山东大学文学院史料丛编

第四辑

杜泽逊 主编
李振聚
张洪刚 编

山东大学出版社
SHANDONG UNIVERSITY PRESS

图书在版编目(CIP)数据

山东大学文学院史料丛编.第四辑/李振聚，张洪刚编.
—济南：山东大学出版社，2021.11
ISBN 978-7-5607-7161-8

Ⅰ.①山… Ⅱ.①李…②张… Ⅲ.①山东大学文学院—校史—史料—汇编 Ⅳ.①G649.285.21

中国版本图书馆CIP数据核字(2021)第197558号

责任编辑 李孝德
文案编辑 孟希亚
封面设计 泽坤广告

出版发行 山东大学出版社
社　　址 山东省济南市山大南路20号
邮政编码 250100
发行热线 (0531)88363008
经　　销 新华书店
印　　刷 济南乾丰云印刷科技有限公司
规　　格 787毫米×1092毫米 1/16
　　　　 34印张 4插页 568千字
版　　次 2021年11月第1版
印　　次 2021年11月第1次印刷
定　　价 180.00元

“山东大学中文专刊”编辑工作组

组　长　杜泽逊　张　帅

副组长　李剑锋　黄发有　程相占　马　兵

成　员　王培源　刘晓东　萧光乾　张学军　张树铮
孙之梅　关家铮　王新华　杨振兰　岳立静
戚良德　祁海文　李开军　刘晓多　沈　文
王　萌　刘靖渊　程鸿彬　刘天宇　吉　颙
李振聚

《山东大学文学院史料丛编》编辑组

主　编　杜泽逊

编　者　李振聚　张洪刚

协　编　初　敏　程宗洋　侯洪震　刘汉君　仇子兴
高　雅　杨　阳　郝梦雪　庄欣欣　鞠啸程
吴奇颖　丁雪媛　张　腾　宋少雄　赵　航
刘泊宁　赵秒秒　黄　静　杨　赛　范　萌
杨雅然

殷孟伦先生（照片辑自 1954 年《干部简历表》）

殷焕先先生（照片辑自 1959 年《干部简历表》）

蒋维崧先生（照片辑自1965年《科学技术干部简历表》）

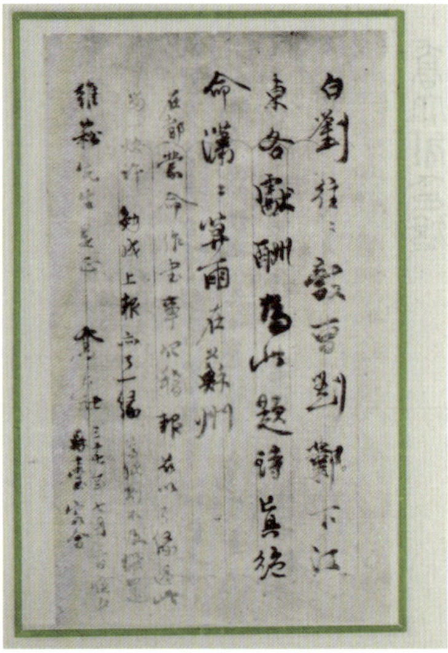

乔大壮书赠蒋维崧绝命词
（照片辑自《乔大壮印蜕》）

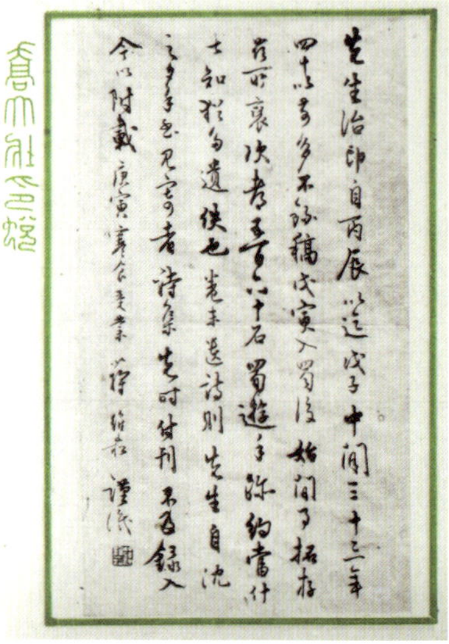

蒋维崧先生撰《乔大壮印蜕跋》书影
（照片辑自《乔大壮印蜕》）

1947 年 11 月国立山东大学中国文学系师生合影

1952 年文史哲社员联欢合影

《山东大学文学院史料丛编》序

杜泽逊

2019 年 12 月 27 日，在山东大学知新楼 A 座 706 会议室召开了第一次文学院院史资料项目组会议。这次会议是由我提出，经院党政联席会议批准召开的。

参加会议的有杜泽逊、沈文、王萌、张洪刚、李振聚，以及研究生刘璐、仇子兴、高雅。会议决定搜集编辑《山东大学文学院史料丛编》，适当时机正式出版。搜集编辑工作由杜泽逊牵头，主要由张洪刚、李振聚负责。2020 年暑假，经文学院与学校档案馆协商，7 月 28 日至 8 月 21 日由张洪刚、李振聚带队，研究生程宗洋、侯洪震、刘汉君、仇子兴、刘泊宁、赵秒秒、宋少雄、赵航、高雅、初敏、杨阳、庄欣欣等参加，组成文学院院史档案整理小组，在档案馆工作 23 天，查阅遴选有关文学院的档案、文献、照片等资料，拍照十余万幅。这项工作得到档案馆耿德良副馆长及工作人员李凤莲、范凯红同志的大力支持协助。其后，经杜泽逊、张洪刚、李振聚研究，决定编为《山东大学文学院史料丛编》共四辑，交山东大学出版社出版。经过张洪刚、李振聚同志的辛勤工作，并增加了他们搜集的档案馆之外的珍贵资料，形成了四辑书稿。在即将出版之际，张洪刚、李振聚要我写篇序言，我也认为应当对读者有个交代。

编辑山大文学院史料，其实是受温儒敏先生的启发。温先生曾担任北大中文系主任，主持编写了《北京大学中文系百年图史》，2010 年由北京大学出版社正式出版。温先生在北大退休后，2011 年 9 月受聘为山东大学一级教授，来山大文学院从事教学科研工作，为山东大学中文学科建设及人才培养工作做出了重大贡献。2018 年 4 月，我被学校任命为山大文学院院长，6

月1日接到温先生给泽逊和文学院党委书记张帅同志的电子信函，表示“希望在方便的时候，就教学和科研问题，向你们提一些建议，也算是一位山大老教师的心愿吧”。温先生随函寄来2018年3月26日樊丽明校长看望他以后，写给樊校长的《汇报与建言》。我和张书记认真拜读来信，尤其是《建言》，发现《建言》对山大文科本科教学、研究生培养、学术生长点、师资建设、校园文化等逐项提出具体建设，其中涉及海内外高校现状和成功做法，对山大情况相当了解，意见具有针对性、可行性。尤其是指出“青年教师压力很大，主要是缺少自由，几乎都被各种指标和项目所捆绑，处于一种‘项目化生存’状态”，切中时弊。对本科教学，先生认为“就文科而言，主要是让学生多读书，活跃思维，开拓眼界”，“最好还要多一些‘小班讲习’的课”。其后与温先生保持了良好的交流，多次受到温先生的表扬、勉励。山大文学院党政联席会议经过周密讨论和规划，开设了28门原典导读课；建立了读书会制度，每学期资助读书会十多个；改造了图书阅览室；设立了学生科研项目资助制度；建立了学生学年论文报告会制度；设立了文学院教师科研项目资助制度；学术成果出版设立了《山东大学中文专刊》资助专项；编辑出版“山大中文名家文集”18家（已基本完成并开始陆续出版）；升级已有的“新杏坛”学术前沿讲座，纳入研究生培养计划；创办刊物《山东大学中文论丛》《文学天地》《中国小说论坛》，均正式按一年四期出版，发表师生学术成果和创作作品，内部刊物《山东大学中文学科动态》、微信公众号“山大中文之声”也发挥了传播山大中文师生学术信息、活跃学术空气的作用。经温先生推荐，著名学者龚鹏程先生于2019年受聘为山东大学全职讲席教授。龚先生来山大文学院以后，多次举办青年学术会议，举办学术讲座，还把自己的藏书辟为“龚鹏程文库”，向师生开放阅览，在提升学术品质、活跃学术气氛、带动青年学者方面，发挥了重要作用。2018年11月，温先生寄赠《北京大学中文系百年图史》，并建议泽逊主编《山东大学文学院院史》。泽逊深表赞成，但因工作头绪太多，只能徐徐图之。

为什么要搜集山大文学院的史料？因为历史是一面镜子，国家需要继承弘扬优秀传统文化，学校也同样需要继承弘扬优秀传统文化。就古典文学学科来说，建国以来，北大老一辈名家有游国恩、王瑶、吴小如、季镇淮等名家，山大有陆侃如、冯沅君、高亨、萧涤非等名家。1957年国家高教部审定、高等教育出版社出版发行的《中国文学史教学大纲》，就是高教部委托北京大学游国恩、王瑶、复旦大学刘大杰、山东大学冯沅君、武汉大学刘绶松(现代部分)撰写的。1963年出版的全国高等院校中文系统编教材《中国文学史》,主编为北京大学游国恩、中山大学王起、山东大学萧涤非、北京大学季镇淮、费振刚。同一时期山东大学中国古代史学科也名家辈出,杨向奎、丁山、童书业、郑鹤声、黄云眉、王仲荦、赵俪生、张维华、卢振华等,成就斐然,所以形成了山东大学"文史见长"的声誉。改革开放之初,山东大学中文学科阵容依然强劲,董治安先生的先秦两汉文学,牟世金、张可礼、龚克昌先生的魏晋南北朝文学,刘乃昌、张忠纲先生的唐宋文学,袁世硕先生的元明清文学,郭延礼先生的近代文学,周来祥、曾繁仁先生的美学,殷孟伦、殷焕先、蒋维崧、葛本仪、钱曾怡先生的语言文字学,可以说群星璀璨,称一时之盛。

为了迎接山东大学百廿校庆,经过长时期筹备,山东大学文学院在知新楼A座四楼至九楼走廊举办了学院的院史展览,包括院史专题、冯陆高萧黄专题、文艺美学专题、语言学与语言实验中心专题、杰出校友专题、"新杏坛"前沿讲座专题,还编辑出版了《2019年山东大学文学院同人录》一册,这些专题已汇集为《山东大学文学院历史图鉴》,即将出版。张洪刚、李振聚等同志的院史资料征集整理工作,事实上为院史展览提供了大量原始图片和说明,做出了贡献。现在这部《史料丛编》要正式出版了,我感到很大的欣慰,相信通过对老一辈教学科研业绩的瞻仰,必然会激发新一辈工作的热情,启发新一辈工作的灵感,从而创造出更大的符合时代需求而又引领未来学术发展的新成绩。

2021年10月23日

编辑说明

《山东大学文学院史料丛编》第四辑收录的材料以殷孟伦、殷焕先、蒋维崧三先生为中心。殷孟伦先生收录其《自传》一份，汪东撰写的《关于殷孟伦的报告》一份，《高等学校教师登记表》和《干部简历表》各一份。殷焕先先生收录其《自传》一份，《往来信札》三通、《教职员登记表》、《高等学校教师登记表》各一份，并收录《音韵学讲义》一种，为1960年山东大学中文系油印本。蒋维崧先生收录其《自传》一份，《山东大学教师工作学习计划》一份，并收录蒋维崧先生所撰《乔大壮印存跋》一文和乔大壮所书《绝命词》。殷孟伦、殷焕先、蒋维崧三先生的材料多数都是辑录自个人档案中。本辑还收录丁山《教职员登记表》一份和丁山所撰《校雠学参考资料十卷》。除此之外，本辑还收录民国二十六年(1937)山东大学中国文学系第四届毕业生阎金锷的毕业论文《古今书目简志》一文，此论文指导教师为姜忠奎。阎氏毕业论文今天看来依然具有重要的学术参考价值，也是山东大学早期教学成果的重要见证之一，今据山东大学图书馆古籍部藏复印本校录整理。

目　录

殷孟伦自传

殷孟伦自传

一、姓名、性别、年龄、籍贯、现在家庭具体住址、出身、成分、民族、部别、职别等

殷孟伦，号石臞，原名开明。在一九二六年暑假投考国立成都高等师范学校时，改用今名。（当时我只读满旧制中学五学期，以经济困难，想改公费学校，由小学先生张良卿之助，代为办了彭县华英中学毕业证明书，因改今名。）男性。出生于一九〇八年四月七日。（原推算为一九〇九年，今照新历书推算改正。）四川郫县人。现住成都将军街四十号。小资产阶级出身。本人成分，教员。汉族。现由四川大学借聘山东大学任中文系教授。

二、家庭情况

我所知道的，在我祖父和父亲两代，都无土地，仅有住宅一所，后来因我家生活困难，已由我父亲将住宅卖掉。在抗日战争前后，日本投降前后，本人虽在教书，仍然无土地及房屋，全凭薪资收入维持家用。解放后，以原有余款和学校工资并卖去一些藏书，凑合拢来，买了住宅一所自住。学校工资收入足用，生活愉快。

我妻名赵苑云，家庭妇女。现任成都住地街道居民委员会职务。过去未参加过任何党派团体及道会门宗教等。未受过高级学校教育，有看书能力，工作能力不强，单独工作比较困难。现在关系正常。

抚有一子，名正廖。本年暑假在小学毕业后，已考入成都第十四中学一年级。

三、社会关系

我主要的亲戚，是妻的后家。妻父赵少咸先生，是一个年过七十的学者。现任四川大学中文系教授。过去参加过同盟会，现在无党派。在成都现同住一处。对语文学研究有较大贡献。现正整理所著二百万字的《广韵疏证》一书,其他著作已有刊行。

妻母张荷秋,是一个居家的老太太。现年已七十。过去信佛。未参加任何党派团体。

妻弟赵吕甫,现任四川省立石室中学历史教员,有著作发表。去年在《历史教学》上也发表过文字。过去未参加任何党派团体和政治活动。解放后,曾参加成都革大学习并土改工作。

老师现在的,有庞石帚先生,现任四川大学中文系教授。无党派。解放后,曾参加西南革大学习。对祖国古典文学及史学极有研究,有著作发表,如《国故论衡疏证》等。他是自学出身,已任大学教授多年。

汪旭初先生,现任上海文物保管委员会委员,过去参加过同盟会。年近七十。擅长语言文字之学和词学。

汪辟疆先生,原任南京大学中文系教授,现已退休,患半边风症。年近七十。擅长诗学和目录学。有著作多种发表,如《唐人小说》《目录学研究》等。党派不详。

庞先生和二汪先生对我治学及工作援引关系不小。另外已故的黄季刚先生(详后)及林山腴先生(原川大中文系教授,四川文史研究馆副馆长)为我揄扬,使我在过去教育工作上增加声光不小。

朋友有陈子展,现任复旦大学中文系教授。进步作家。党派不详。有《中国文学史讲话》等。现闻病神经衰弱极利害。一九四五年在北碚,我因代汪旭初先生在复旦教课,那时他任主任,因此相熟,谈得来。以后在上海见过几面,有信往来。现参加综合大学用《中国文学史》教本编写。

程千帆,现任武汉大学中文系教授。抗战时期,曾作过叶秀峰任西康建设厅厅长时秘书。解放后,学习进步,常发表文艺批评及古典文学方面论文,听说已参加党。曾参加赴朝慰问团工作。擅长文学史及目录学。现参加综合大学用《中国文学史》教本编写。他是金大出身,也上过黄季刚先生、汪辟疆先生的课,又是我同学沈祖棻的爱人,因此熟起来。他对我治学多提意见,过去有著作发表,也彼此商量。解放后,他曾寄他编的《文艺学》和《中国文学史》讲义给我看。

孙望,现任南京师范学院中文系主任。进步作家。党派不详。孙系与程千帆在金大同学,因而相熟。有著作发表。如《全唐诗补遗》等。

同学关系,从小学算起。同班同学有吴英,现在四川大学中文系工作。

过去未参加任何党派。擅长古典文学。曾在西南革大学习毕业。

杨成垣，现在四川乐山从事工业，专做工业上用品金刚砂。党派不详。

杨尚昆，党高级干部。解放后，曾通过信。

杨尚仑，尚昆六弟，现任四川省民政厅副厅长。

杨尚直，尚昆七弟，现任成宝铁路局秘书。在小学比我低一班，解放后，在成都长见面。

中学同班同学有赵幼文，现任四川省立第二师范学校语文教师。是我妻出继之兄。过去未参加任何党派，擅长古典文学及考据。

吴英、杨成垣，在中学亦同班。

杨钰声，现任四川大学物理系副教授。党派不详。

高等学校同班同学，在高师时代有曾君一，现任四川大学中文系副教授。过去未参加任何党派，擅长文学史。

杜仲陵，现任四川大学中文系教授。过去曾参加过青年党小组织惕社。五二年思想改造后，参加民盟。

在中大时代，同班的有游寿，现任山东师范学院中文系教授。党派不详。到山大后，曾通过信。

常任侠，现任中央美术学院教授。参加民盟。常有著作发表关于艺术方面者。

非同班同学有沈祖棻，现任江苏师范学院中文系教授。过去未参加任何党派。擅长词学。

陈志宪，现任四川大学中文系副教授。解放后，学习进步。擅长词学、曲学。在中华书局出版有《西厢记笺注》。近一年有论文在《文学遗产》上发表。

潘石禅，在中大时，比我高一班，后同事，在川大亦同事。曾同办过《学林》。胜利后，任安徽大学中文系主任。解放战争时，已去香港，现状不明。他是黄季刚先生女婿。

同事关系，在中大时，有黄耀先，是我老师黄季刚先生的侄儿。过去政治情况不明。现任武汉大学中文系教授。擅长古典文学及语言文字学。

钱子厚，现任贵州师范学院中文系教授。擅长古典文学及中国哲学。党派不详。钱、黄两人在一九三八年曾同我办过《学林》。

金静安，现任中国科学院近代史研究所研究员。擅长史学。曾编印《辽海丛书》。过去与东北地方关系极深。他是黄季刚先生早年北大学生。现年近七十。曾介绍我到东北大学去教书,我未去。

在川大时,同事有曾圣言,现任四川大学中文系教授。过去与四川军阀关系极深,是黄季刚先生早年北大学生。擅长文学。

曾宇康,现任四川大学中文系教授。现在参加文学史教学。无党派。

蒙文通,现任四川大学史学系教授。解放后,参加民盟。与已故张澜(表方)先生关系极深。有《古史甄微》等著作发表。曾主办私立尊经国学专科学校,约我去担任过音韵学方面的课。他同赵少咸、黄季刚都熟,过去对我很好,为我到处游扬。

黄念田,现任川大中文系副教授,过去曾参加国民党。解放后,参加西南革大学习。他是我老师黄季刚先生之子。有口才。最近曾写好十几万字的《语文教学法》。

周菊吾,现任四川大学中文系讲师。无党派。解放后,曾参加西南革大学习。工作积极。擅长古典文学,现参加川大语言组古代汉语教学。

朱寄尧,现任四川大学俄语讲师。过去未参加任何党派。解放后,曾参加土改。由校派赴哈尔滨俄专学习。长文学。

刘芃如,现任香港《大公报》编辑。川大毕业后,曾在中文系任助教。后留英。与卞之琳同志熟。有《外交家》译本印行,自著有《卓别麟外传》。

王利器,现在文学古籍刊行社工作。过去曾任北大副教授,政法学院副教授。在川大时,任讲师。无党派。擅长古典文学及校勘,近在人民文学出版社出版有《水浒全传》。常有论文发表。

杨明照,现任四川大学中文系教授。无党派。擅长古典文学及校勘,有著作多种印行。

其他因同学关系而共过事的,有高明,中大中文系同学,比我高一班。是黄季刚先生学生。他任西北大学中文系主任时,曾拉我去,我未去。介绍赵幼文去。后来在胜利后,他又同我在礼乐馆同事。

因同学关系而接触过的,有李琢仁,中大同时代同学,他学的数学。他老师何鲁(解放后,重庆大学主任委员)因为同黄季刚先生熟,黄因向何替我游扬,何向李谈过我。因此李对我有好感。在抗战时期,他任国民党四川省党委,我曾因川大对我解聘事找过他,他说他同黄躭娃(指黄季陆)不对头,劝我算了。以后即未见过。

女同学胡元度，她丈夫是黄埔出身的黄仲翔，我因同胡熟而认识。黄任国民党四川省党委，又任社会处，曾经受黄念田之托同他和陈志宪向胡代他兄弟黄念祥求事，到他家去过。

中大同学成都军校教官张天民，他是法律毕业，在校时间同，不熟。胜利后，因成都中大同学分会开会，见过面。四川省府秘书李开第，他是哲学系毕业，在学校时，我已做助教。亦不熟。在抗战期间及胜利后，偶在茶馆及中大同学分会开会时遇见。这两人在成都解放前半年曾游说我参加大川学院。

其他因老师关系而认识的，有孙德操、于右任和章行严先生。

我在成都高师上学时，曾因中学老师吴照华（原联中教务长）介绍，在孙德操（他当时是一个师长）家，为他儿子孙吉寿补习功课。后来孙吉寿到中大上学，他曾面托我为他儿子照料，在南京及上海见到几面。后来我们办《学林》，他捐了几十元。他儿子孙吉寿和我较熟，在一九四九年，他任成都浙蓉中学校长时，曾约我去兼课。我们的关系便是这样。

在四四年，因川大不聘我和程千帆，我曾写信给汪旭初先生请求设法，汪先生就写信给那时住在成都时的于右任，请他向当时川大校长黄季陆转圜，汪先生并叫我们去看于，这样我同程千帆便认识他。他因我是黄先生的学生，黄先生是他的朋友，他就另眼相看，说是同黄讲，并要把他所藏的汉熹平石经残片，拓一份给我。胜利后，在南京，他和张溥泉、贾景德，在紫金山登高，大请其当时的文人。汪先生同我也被邀请。我作了一首歪诗，并和人韵的另一首歪诗应景。后来他过七十征诗，我也因为我回川大事，向他寄了一首无耻阿谀的诗。我同他的交往便是这样。

在抗战期间，我们因办《学林》，由汪辟疆先生介绍，曾去见过章行严（士钊）先生（现任政务委员会委员，全国人民代表大会代表，北京文史研究馆副馆长）。他是我老师黄季刚先生的朋友。他勉励我们，有诗相赠。在解放后，五三年，曾因川大事写过信给他，谈到我同黄念田调工作的问题。黄念田跟他做过学生。

因做诗而接近的有杨廷福和潘伯鹰。在北碚礼乐馆工作时，由于我妻弟赵吕甫认识了复旦学生杨廷福（赵时亦在复旦念书）。杨喜文学，写旧诗，当时曾写过几首给我看。胜利后，在上海见着。他现在在上海教书，最近他寄给我他著的一本关于王船山、黄宗羲、顾炎武的书。

在上海时，杨为我介绍了当时主办《铁路周刊》上的《饮河集》的潘伯鹰。潘是章行严先生的学生，当时在伪中央银行做秘书，又在同济大学中文系兼课。他在《饮河集》上刊了我两首诗。据闻潘做过章行严先生的私人秘书，党派不详。

后来，我又到上海时，曾听他说人民战争必然胜利的话。

总的说来，我的社会关系主要是师生、同学和由这两种关系而后同人认识的。在旧社会乱拉扯关系，在我也以此为关键。但是点头之交多，深交的少。旧社会的情况往往如此。因为我教书的教程已较长，教过的学生也不少，有些有往来。他们一出社会，或者与我同事，或者在异地相逢，因而比较熟起来。这种情形在我到北京所遇到的几个川大学生，便是因为同在异地相逢才熟起来的。如本校本系的殷焕先，在同事时才熟起来的。

四、我的详细经历及思想转变过程

1.从识字起到小学

我从三岁后，即开始识字，读了七八年私塾。所读过的，如《三字经》《百家姓》《四书》《五经》等，都是封建读物。到一九二〇年(民国九年)才进新式初等小学——郫县县立模范小学——三年级。学校里所教的，是国文、修身、算术、珠算、图画、手工、音乐、体操等等。这在我原先私塾所学之外，又传播给我一些资本主义教育。(当时同学比我后的，有杨文浏，现在川大化学系工作。)在那时，有一位彭县姓杨的先生，到学校来教“韵学一见能”，觉得他口念“当汤唐郎”(即注音字母之“ㄉㄊㄌ”)，很有趣，学了后，很容易上口，因此也培植我后来专治文字声韵的兴趣。

初小毕业，有同学张德溥(已故)，因他叔父张继良先生(成都高等师范毕业，解放后，尚见过。现在四川中级学校教书，在何校不详。)那时在成都高师附小教书，他约我同去考，被录取。可是我那时因家境不好，要继续读几年，却很困难。当时张先生便是我们的级任，因为我在校成绩好，他知道我的家境，就不时帮助我。我读了一年，学校试行所谓“道尔顿制”，我参加越级考试，就由高八班考上高五班。再读一学期即毕业(当时是旧制，三年毕业)，因此我高小只读了一年半。那时同学多半是地主阶级或官僚子弟，像我这样的寒士是很少的。因此生活在一起，他们给我的影响，一方面使我羡慕他们，另一方面又使我有了极深的贫富观念。虽然同学没歧视我，可是我的确感到我的境遇总不如人。因此只有拼命用功，才能得到师长的青睐和奖掖，也才是我的出路。我还记得张先生评我的成绩时，有“群季俊秀，生尤翘楚”之语，这使我感到很大鼓励。

那时的同学，在一班有杨尚仑，五班有杨尚昆、吴英、杨成垣等。杨尚昆后来成为党的高级干部。当时相好，曾同在一位高师同学处补习。

在小学时期，我开始看过《学灯》和《学生杂志》，因此我那时能写较长一点的文字。

我小学毕业后，因无经济能力再升学，留在学校管理图书。那时附小主任是邓只淳先生（现任西南师范学院教授），教务主任是张良卿先生（成都高等师范毕业，已故，近他家有信来谈到）。张良卿先生和张继良先生同样地看重我。在我上中大读书时，张先生在学费上亦帮助过我。

2.中学和高师时期

后来因同班同学考上成属联立中学的，鼓励我去考。我在一九二四年春季便考上了。当时在附小教过我们国语的李鉴衡先生（成都高等师范毕业，现在情况不详。）就介绍我去教他亲戚姓周的两个初小上学的小孩，供膳宿，每月十元钱，只是下午替他们复习功课（当时这两小孩在省立第一师范附小初级班念书），我这样便过了两年。到第五学期暑假，当时高师和成大发生分家问题，高师这部分需要学生，我便因张良卿先生之助去报考高师，取入国文部。这样解决了我升学的困难，同时也为我的出路抬高一步。

联中时代，我每期考试都考第一，因此便增加我的自高自大。因为过去读了一些古典文学，而联中当时所教的国文，也属古典文学，我就更为任意。这样便加深我后来对古典文学的嗜好的倾向，那时学校有《说文解字》一课，我笔记得很详细，同学都借去钞，这也给我后来钻研语言文字之学大有关系。

适当五卅运动爆发，传到成都，同学都热心参加游行宣传，我也非常激动，我之参加政治运动，这算有了萌芽。可是进高师后，震于同学所说要先读那些书，因此就向故纸堆中寻生活，而前此一点新的萌芽便逐渐夭折下去。所受于老师的影响，是要多看专书，要钻牛角。当时的老师，主任是庞石帚先生，我听过他讲《文选》、章太炎先生的《国故论衡》，龚向相先生（已故），我听过他讲经学通论；林山腴先生（已故），我听过他讲《史记》；赵少咸先生，我听过他讲《说文》、音韵学、古音学；向先侨先生，我听过他讲文字学。

因为当时四川是在军阀割据局面之下，学校虽然名属国立，而经费则由四川出。地方税收,既为军阀夺取,因此学校经费,又得向军阀乞怜。以致每学期上课不过十二周就完事。当时学校内派别之争很厉害,自己置身事外,常到祝屺怀先生(已故,原川大教授)那里听讲《汉书》,赵少咸先生那里听讲古韵专书和《诗经》。而我们那时所受到当时军阀压迫,觉得使我非常憎恨,但又有一些恐惧。在一九二八年(农历正月十七日)曾发生逮捕,一大早把我们全体同学关在一间大教室里,经过半天,点名捉人。当天就由刽子手三军联合办事处处长向育仁牺牲了十几人,这更造成恐怖的气氛。像我这样逐渐受到封建文学毒害,不敢面对现实,起来与当时军阀作斗争的人,也就只有退缩,不敢向前;只好顾自己,不敢参加学校其他活动。除听课看书外,就给中学改作文,给人补习来补贴自己,并蓄积一点钱作为升学打算,我就这样度过了我三年半的光阴。而我的个人主义,也可以说就是这样渐渐发展起来的。

在高师时,因支部同学曾出过《国文会刊》,第二期我参加过编辑,以无经费,未能即出。

一九二九年底,算结了业。明年的上半年,照例是实习,可是那时学校没有这样办,各人走各人的路子去教书。我因赵少咸先生介绍,就到成都公学去教书。那时月薪有好几十元收入。我教的是高中文科,教的功课是“诗经”“文选”“说文解字”“荀子”等,当时也不过是贩卖知识,谈不上教学,相反地只是向青年放散了一些封建毒素,而在他们走向革命的道路上生出一些障碍而已。

3.中央大学时期

那时我因有部分积蓄,又早从老师那里知道章太炎和黄季刚两先生,因此我非常仰慕他们的名望,想到南京升学,好亲近他们学一点东西。因此在农历五月初,就同一些同学到南京。当时赵少咸先生给我写了一封信给黄季刚先生。到南京报考中大后,去见黄先生。黄先生一见我,大为赞赏。第二天,他写信给我并请我吃饭,他信里有这样的话:“考四海而为儁,非仅蜀中之奇也。”我一时受宠若惊。因此我后来有些自负,在这一事件上,不能不受到一些暗示和影响。我同黄先生接触后,以后六年中,便紧紧地跟他学习古典文学和文字声韵之学。黄先生是有名的狂士和学者,性情兀傲乖僻,脱略不羁,有时使酒骂坐。因此我接触他以后,亦受到他一些坏影响。把人瞧不上眼,也好臧否人物,老子天下第一的思想,便这样潜滋暗长起来。惟其如此，也就容易给人以可乘之隙，那就是：好恭维，轻信人言，一切感情用事。这便使我一生蒙受到不可计量的损害。

当时中大中文系的风气，是承继了南高和东大的学风，又加上了章太炎学派的学风，今天看来，是比较落后和反动的。当时主持系务是文学院长汪旭初先生兼任，我听过他讲文字学和唐宋词，当时对他的印象是：章太炎大弟子之一，小学根柢好，又长古典文学，以词学名家。教授有黄季刚先生，我听过他讲《文选》《文心雕龙》《毛诗》《训诂学》《音韵学》《三礼通论》。我那时课余就到他家里圈《十三经》《说文》等。王伯沆先生是一位由南高直到中大的老教授，年纪最长，我跟他学过古文和杜诗。他是南京的老名士，好谈理学，他对《红楼梦》圈过十九遍。吴瞿安（梅）先生，我听过他讲《清真词》《白石词》《花外集》《山中白云词》《草窗词》《梦窗词》《曲学通论》《曲律》《曲选》等。吴先生是海内有名的词曲家，对当时影响很大。今天讲戏曲史，也有他的地位。他教的学生，以任二北（现任四川大学中文系教授）、卢前（已故）最知名。胡小石先生，我听过他讲文学史、楚辞、陶谢诗、甲骨文、钟鼎文。他在系内处处与黄先生争胜，当时隐然以代表东大旧人自居。汪辟疆先生，我听过他讲诗歌史、目录学。他不善讲话，在当时说来，他是能动笔的。后来我肯同他接近，稍稍懂得诗的做法，我作旧诗，给他改过。那时商务要出《学生小丛书》，曾约他写，他就告诉我写，我写了一本《谢灵运诗》，在一九三五年由商务出版。我又听过哲学系汤用彤先生（现任北大副校长）的西洋哲学史。当时我佩服他讲得很有条理，现在看来，可惜都是资产阶级的货物。这又使我多染□了一些资产阶级学说的毒素。我又听过他讲隋唐佛教史，所受的影响也是一样。宗白华先生（现任北大哲学系教授，当时是哲学系主任，曾主办过《学灯》），与郭沫若、田汉出过一本《三叶集》。我听过他讲艺术学、文化哲学，所受影响不大。另外，我听过何兆清先生（现任北大哲学系教授）讲科学原理和论理学。景幼南先生讲成唯识论。总的说来，这些课都使我加深对古典文学、哲学和佛学的爱好。

一九三一的九一八，日本帝国主义强占我东北，国民党反动派抱不抵抗政策，在党的号召和组织下（这是我今天学习革命史后才认识到的），全国广大群众卷入抗日反蒋热潮之中。不久，南京学生游行请愿示威，我也激于义愤前去参加。先到中央党部，后到外交部，要王正廷（当时任部长）出来讲话，大家气愤，就把这个衙门捣毁并把这个卖国贼打了。然后又到国民政府请愿示威。后来各地大学学生都集中到南京请愿示威,更激起了很大的抗日反蒋斗争。这对我平常不关心国事的人,在思想上有了一次深刻的教育。

一九三二年一月中,日本兵舰炮轰南京,我同黄先生到了北京。先生旧日的学生来看他,我便认识了骆绍宾(已故,曾任北京师范大学、武汉大学、湖南大学、湖南师范学院教授,有《楚辞》及语言文字方面著作,在中华书局出版有《文选学》)和陆颖民(现任北京师范大学中文系教授,盟员)。那时,陆在北大任助教,他为我帮忙,使我在北大借读。但去上课的时间很少,多半时间,在钞黄先生的《尔雅义疏补正》。这使我在训诂学上的学习,自然有了一些踏实工夫,可是我钻书本的精神愈强,而脱离现实就愈厉害。我就这样的以为得到枕中鸿宝,这一生可以吃着不尽,因此,整个精神便为这种思想所笼罩,国事如何全没管它,而打算的是个人将来问题。而黄先生所期于我的,是要我能够做到最服膺他的学生。他曾向我说:“学问既成,名誉不彰,师友之罪也。”所谓“学问”,在今天看来,是成问题的。而我因此更脱离现实,看不见现实,对书本以外的事,更感模糊。在一九三二年的五月,我从北京回南,办理毕业手续,补考了未考的课,计算学分可以,就这样毕业了。

4.中大毕业后的生活和以后教学工作及留学日本情况

一九三二年暑假后,我留校任助教,这是黄季刚先生给我指出的一条扶摇直上的道路,以后我便一心一意想成名成家。当时工作不太忙,月薪六十元;又由同学周味道(已故)的介绍,便在中大附近私立五卅中学兼任两班国文,月薪四十几元。这一来,我生活比较满意,有余款可蓄。于是我一方面作助教,一方面备课教书。空的时候,仍然在中文系、历史系、外文系听课。这样资产阶级学说的毒素更在我身上加重加深。当时我却以为这样做,便是中西兼通的饱学之士,真是幼稚可笑。再有空暇,便游历南京各地名胜,或吃茶喝酒,这又助长了我以后享乐的名士生活。当时在老师方面的风气也是如此。如黄先生要出游,我有时就陪他。在老师中间,不时地也到秦淮河老万全等酒馆聚餐,所以学生也受到这种坏的熏陶。

我在作助教时期,由于黄、汪两先生的庇护,除本系先生外,和其他人也不多接触,因此觉得环境很安定,根本没有感到人事上的问题。黄先生对我的治学指示,当时是:在年青时候踏实用功;读书要划时代,至少在三十岁以前,要把唐以前的专籍看完。我真的这样做。可是他没教我看现代人的书,他认为好多是短书小册,值不得看,因此我也不大看时人的书。

在中大时，黄季刚先生又领我到上海去见章太炎先生。后来章先生在苏州讲学，我也去过几次，有所请益。所谈的都是有关古典文学和语言文字学的问题，这对我后来治学影响很大，我对章、黄两先生一向是倾佩到无以复加的地位，这也增加我的骄傲和自满。两位先生是我学习的榜样。

另外黄先生也给我一些影响，即是：当时黄先生同于右任、张溥泉等都熟，这些人当然利用黄先生在高等学校内讲所谓"学"来维护反动统治政权。而我见着或听着的，是这些人都捧黄先生，也就觉得做教授和学者真好，可以傲视一切，抬高身价，这便大大助长了我有一天做了教授，也可傲视一切，满不在乎的腐朽自私的个人主义思想。

汪辟疆先生既鼓励我写了《谢灵运诗》，后来又鼓励我写其他东西，我就写了《汉魏百三家集题辞笺注》十余万字（稿现存），秦观《淮海词笺注》近十万字（稿现存）。

我在一九三四年一月由南京回成都结婚，当时在五卅兼教的课，便和学校商定由同学杜仲陵（当时杜去中大作学生）代授。回成都之后，我妻父赵少咸先生介绍，在华西协合大学中文系教课，又在成都公学、川大附中、成属联中等校教音韵学。赵先生本要我留在成都，我当时认为还得向黄先生问学，所以在五月内便辞了各校的课，仍回南京中大，因此把家也移住在南京，直到一九三七年八月。回南京后，又在五卅兼课半年。后来为自己写稿，又因给商务（印《万有文库》）圈书，报酬较丰，因未继续任课。（当时同学曾君一亦住在上海，为商务圈书。）在这一段时期，还为赵少咸先生借黄先生的书，过录了一部极难得的清代十三家校本的《经典释文》（这是一部研究汉语史极有用的书）。

在这个时期，中大四牌楼校门旁边开了一所鸡鸣书屋，专卖日本书，我去买了两本，又翻了一些目录，知道日本出了不少的语言学的书籍，我很想买来看看（我过去在学校学过日本文）。当时同学常任侠在中大附中教书，他到日本进东京帝大研究，回来，他把那边学校情形和生活告诉我，不禁使我怦然心动。在一九三五年重九，不幸黄先生因病逝世，使我感到非常沉痛，失所依傍。一方面，恸悼逝世的老师，一方面也觉得此时可以到日本去学一些新的知识。因此，便商量汪先生，终于得到同意，允许我去，同时我亦来脱离中大关系。我便请吴梅先生给日本东大教授盐谷温博士介绍我。去年底，我到日本访问盐谷，交涉入学，次年三月初报名，参加帝大考试，及格，入大学院研究。到六月暑假回南京。当时我又感觉到即或留了学,回国后没有事,怎么办!那时有人约我到药专校去兼教国文,我教了一些日子,实在感不到兴趣,所在十月我又再去日本。当时既已觉得自己已经进了学校,也看到一些书,听过先生的指导,自己可以自学。我只好准备搜缴平时论文,那时我埋头搞日文,长进很快,我开始铃木虎雄《赋史大要》的译述(已于四二年在上海正中出版),我此时的心理,感到我学好了日文,将来可以吃翻译饭。学校如果有人事问题,我就可以到上海住亭子间过卖文生活。我先住在神田,后来搬去成城学校附近祖师ヶ谷,同住的是高师两位同学,一名伍衍之,一名李伯弈,两人已在抗战中死去,我曾有诗哭之。其他接触的人不多。当时日本法西斯统治很严,日本便衣警察对中国留学生行动随时监视,动不动打扰人,或者驱逐出境。因此,我除上学、买书、游玩外,不敢参加其他活动,留日时期的学生证,现尚可找一找。

一九三七年六月暑假,我回到了南京,不久日本法西斯军队激起卢沟桥的七七事变,国民党反动派抱不抵抗政策,便在八月初疏散南京人口,我母亲在此时病故,埋在汤山一个公墓里,家里的人同我亲戚便先趁轮回川,我暂时留在南京。那时汪先生已辞职到西安。文学院长由楼光来先生担任,系主任由胡小石先生担任。同时聘了赵少咸先生来任语言文字方面教授。在八月中,日寇敌机,已经开始轰炸南京,学校不得不急筹内迁,我当时便附轮到武昌等待消息。在十月内又回南京,搬运未搬东西。那时才知道学校决定搬重庆,因此我就回四川成都。到十二月方同赵先生到重庆,赁居在沙坪坝岩口下的刘家大院。学校开课后,我除担任大一国文外,并担任了中文系的经学史和《汉书》两课,当时系里好些同事教课都起劲。

可是到一九三八年暑假,系内便发生人事摩擦,经过一些曲折才了事。后来胡先生辞了职,系主任就由楼先生兼着。这时药专搬在重庆磁器口,该校教务又约我代了短时的国文课,当时好些同事相约出一种学报,定名《学林》,并推汪旭初先生任社长(此时汪在重庆),向中宣部登记,由我和钱堃新(子厚)、黄焯(耀先)、潘重规(石禅)四人主编,大家分出一点薪资,又像外募了一点,但只印了两期即停下,刊物内容,是刊登文史和语言问题方面的文字。在这时期,留日学生在重庆成立总会,由我姨妹赵岷告诉我,我填了所登的一张登记表。以后因轰炸关系,很少进城,也没参加开会。记得当时的会长是许世瑛。

5.由中大转川大教书时期

一九三九年暑假后，一些同事因久不改名义，而其他学校又需要人。因此，各人以人事关系都离开了中大。于是黄耀先去武大（时在乐山），钱子厚去贵大（贵阳），潘石禅去东北大学（时在三台），我去川大（时在峨眉）。初先金静安先生介绍我去东北大学，名义是副教授。后来赵先生自成都回，传言川大方面聘我，向宗鲁先生（已故）介绍，说是桑梓之地，不必去东北大学。当时我答应去。可是先要把名义和功课弄明白。后来商定教文学或语言均可。名义，本年讲师，一年后改副教授。我在十月初经成都转峨眉（到川大之先，已经去中大上了课，除大国文外，还开一班《史记》），到后，见着了文学院长向先侨先生，中文系主任李炳英先生，教授向宗鲁先生、龚向农先生，史学系教授祝屺怀先生、蒙文通先生等。向先侨先生和龚、祝两先生，是我读高师时的老师，向宗鲁先生在重庆见过，是赵先生的朋友，李先生是多年前在成都公学同过事，蒙先生也是多年就相熟的。功课决定由我教的是一班文字学，一班声韵学，一班训诂学，以后好些年功课，名称确有变更，但是都围绕这方面在进行教学。（月薪初数现已记不清）教了一年，我就提出践诺的话，后来名义改了，可是系主任李先生不大痛快我，为什么？因为我不是他的学生，觉得我不受调教，因此他要拿小鞋给我穿。难题的出来是这样：当时学生本分做文学、语言两组，此时李把我的课排在语言组，而他使用两面手法，劝语言组的学生转入文学组，这和他在成都同我所说的和他到峨眉后所进行的办法是两样。我到峨眉，知道这种情形，终于向李先生质问，因此发生一大段纠葛。后来系主任由向宗鲁先生兼任，从此李先生便怀恨我。我往后之所以招致许多对自己不利的事情，其根植便在此。第三学期开始，向宗鲁先生到峨眉不久即病故，系主任由院长向先生兼。这时我渐渐和向先生熟起来。到第三学年终了，李先生回到成都，写信给先生表示：“我不能老死荒山。”因此他就到华西协合大学去教书。因为峨眉生活苦，好些人都不愿去，他这一做，就大大撤了台。向先生在这时就添聘了李源澄先生（现任西南师范学院副教务长）、邵祖平先生（现任川大中文系教授）、潘石禅。到峨眉后，那时伪教育部规定大学教师等级，我在此时改任教授，补了著作。同时得到向先生助手郑异材（我在初教成都公学时老学生，现在四川师范学院任教）的支持和向先生的信任，就把系务给我代理，我这时觉得有机会可以干一番事业，就打起精神，注意系务，计划计划，当然我的名位思想更滋长起来。但是,这对我并无好处,无形中以后我便成了箭把子。不久,程天放调职,黄季陆来接任,峨眉山就发生一场激烈斗争。黄一到,便扬言要把川大搬回成都,向学生许了一些诺言,这正合了大家要回成都的心意。在寒假中,川大就这样开始搬回成都。

我在峨眉,自同李先生交恶之后,时常防他来打击我(有许多事情,曾由向先生转述给我:如李当时曾找省府秘书长李伯申出来讲话等),因此,我依靠向先生非常紧,因为有些问题,他是可以挡住的。(李去年还任四川师范学院中文系主任,现住南充。)

在峨眉时的生活,除编讲义、看书外,课余则不时在报国寺门外喝茶。当时住在一处的,有吴君毅先生(现任川大教授)、叶石荪先生(现任西南师范学院教授)。有个时期,我同叶先生还学了法文。我又给龚向相先生的孙女怡孙补国文,又给当时教务长沈复斋先生(现任北大哲学系教授)的儿子铭谦、女儿铭贞,内侄女杨培荪、培谷、培英,侄儿培良等补习过国文。学生中比较熟的是孙祖武和刘芃如。(孙现在省立第一初中作教员,在抗战前,他在南京未考上金大时,我曾介绍他到苏州进章氏国学讲习会读书。刘是外文系学生,龚先生的亲戚。毕业后,去中文系语言组作了一年助教,后来去当翻译,到英国留学,现在香港大公报任编辑。)还有外文系学生朱遗勋同学同郑异材熟,他会刻图章,要开展览,我给他题过字,后来回成都。他回学校任助教,常约喝酒,也就熟起来,直到现在。在峨眉山这一段,真是过着天地很窄的生活,几乎把国家事没有放在脑子里,对抗战消息也不大关心。只是有时躲飞机,痛恨日本强盗。曾经以假期回成都,遇到大轰炸,当时死伤很多,感到日本强盗太残忍,非常仇恨他。后来美军参战,我对于所谓"来华助战洋人,军民一律保护"的美国佬的胡行乱为,感到愤怒,并不觉得他们对我们有什么帮助,而是一些野兽在横行霸道。在一九四一年郑同我及周癸叔(已故)、叶石荪、曾君一、杜仲陵、李哲生(现住四川文史研究馆馆员,原任川大教授)和在乐山的程千帆、沈祖棻以及学生中的陶道恕(向先生的外甥),结了一个诗社名午社,作了以此禊集,各人作了诗以示风雅,这是在峨眉山一件最无聊赖的玩意,以后没继续。

回成都后,我同时在私立建国中学兼课,是由杜仲陵介绍去的。成都当时的环境很复杂,地方封建势力和军阀势力很大,在这种情形下,我一个初出来任事的人,虽然一心要把系务办好,可是无法压过这些势力,终于任满一年后，向先生就告诉我只作教授，另外向先生就请由中大请假回家养病的赵少咸先生出来担任系主任。这时林山腴、庞石帚两先生回校任教(当时两先生去华西任教)并增聘了程千帆任副教授，陈志宽、刘君惠(现任四川师范学院中文系教授)、钟佛操(现任四川邛崃高中语文教员)、吴英，连同原在峨眉已经聘了的赵幼文任讲师。这一来川大中文系改了一些面目，可是其他没进入川大的人(尤其是川大毕业的)就很侧目，也就认为我们成了一个宗派，我便成为蒙怨和攻击的对象。在这时候，有两桩事使向先生不高兴的，那就是：赵要程千帆教诗选，不要他教；郑异材是向先生的心腹，这时只专任文学院职，不教书。这便伏下一年级发生事故的种子，也就成为向、赵不合作的原因。而郑在此时既不能得其所欲，又因教书不负责，被赵先生裁抑，因此心中对我也起仇恨。至一九四四年暑假，为了我姨妹考试问题，由于我多管闲事，便同新生院主任张登寿斗了嘴，程千帆也帮了两句。因我平时对黄看不起，他很不满意我，此时便因此事惹动了黄季陆，加以向先生和郑一年来对我的不满，结果把赵先生掀下台，把我同程千帆解聘。系务由向先生自兼，系中部署，就由郑联络和他相熟的一些人来搞，后来成为尾大不掉，无论谁作主任，都得受他们的控制，遂有郑丞相的绰号，这是全校都知道的，而中文系的局面从此便陷于专门对付人事的状态。

赵先生任主任时，为了扩大学生学习视野，在一年级部署了请人作专题报告，学生感兴趣。后来部分学生组织了一个中社，专门做旧诗词，请我和潘石禅作指导，出了一本《中声集》。这些学生内，有沙兆骅(现任四川省立第一女子中学语文教员)、苗安庆(现任四川仁寿中学语文教员)等。他们这个组织，有无政治活动，我不知道。

6.到礼乐馆的时期

当我和程千帆被黄解聘时，我当时觉得因小事连累程，真不过意，因此我便写信给当时任礼乐馆馆长的汪旭初先生，汪就写信给于右任向黄转圜。我在这时，闲着无事，便到成都少城公园去听西藏东本极西(极西是西藏学位名，同于一般所谓博士)讲“菩提道次第略论”，听些成、住、坏、空的道理，由法尊任翻译。汪先生后来要我到重庆，就去北碚看他，他就留我在礼乐馆任礼制组编纂，主任是卢前(已故)，月薪是五百二，比川大多四十元。这样使我便转入作“鲁诸生”的一段生活，而为统治阶级上层帮凶的“叔孙通”像汪先生这样的人的助手。可是那时我又请假回成都住着，仍去建中兼了一时间的课，再回北碚。时间约一年。同时中大中文系主任汪辟疆先生又约我回中大任课。因此，胡小石先生不满意我，对我找了一些麻烦。在这时，我会见了在上海曾会见的孙鹰若先生（是在章太炎先生处见到孙，孙是黄季刚先生的早年学生，此时任中大师院国文系的教授。胜利后，殁于安庆，我有诗哭之。）他介绍了王仲荦先生（当时任中大师院国文系讲师）同我认识。接受胡先生对我这一教训，我更感到宗派斗争互相倾诈之利害。

一九四五年暑假，川大又续聘我，以后我便两面兼着，半年在川大，半年在礼乐馆，一直到礼乐馆关门。因为我这样做，郑异材等是愿意的。

当胜利时，汪先生先回江苏，我为他在复旦大学代授半年课。我这时同陈子展先生比较熟起来，以后往来较密。

在北碚时（礼乐馆设在北碚），又为杜钢百拉去他所办的草堂国专兼课，完全尽义务。钢百是杜仲陵的堂兄（现任西南师范学院教授），早年在上海相识。此时同顾颉刚先生、熊十力先生等碰了头，但无甚往来。工作之余，因为天热，大半在江边茶铺喝茶，和同学聊天。人民大众的事，根本没考虑。可是去这里一家店子匾额写了“人人为我，我为人人”八个字，说是陶行知先生的主张，当时感到这意见不错。

这年八月，我乘复员交通工具，到了南京，我去看了我母亲的葬地。直到十月，礼乐馆馆址才定，但尚未正式办公。那时有同事郑颖荪的儿子曾祜从台湾回来，谈到台湾情形，我当时闲着无事，又觉得费用不大，又想买一些日本出的语言学的书。听人说章行严先生已去过，因此同郑君到台湾玩了一趟。住在台北，到各处玩，约近两月光景，买了二三百册日文书，便在十月中旬后回南京。去台湾所见所闻，感到台湾同胞在日本殖民者压榨之下，真是剥削惨重，民不聊生。在由基隆到宜兰线上，曾见到一些同胞只穿着用麻袋做的衣服，非常同情他们所过的贫穷生活。当时到台湾的接受官吏，据闻对人民的剥削压迫，不下于日本统治时代，或更过之。我回南京不久，便见报载有十二月暴动事件发生。虽然当时台湾的人民被血腥统治者残酷屠杀，而没有达到他们的成功，但是也就显出台湾人民的革命性和战斗性来。……郑曾祜当时是去台湾省公矿局任职员，回来后，当时曾去过一封道谢信，以后即断绝来往。

在礼乐馆一段时期，写过一篇《丧服通说》，拟过《丧服草案》，还写过讨论《丧服》的文字和《论礼乐馆的使命》。这个工作，我早就感觉无聊，所以我挑来要作的，完全是和现实极其相远的东西，汪先生也以为我可以搞一搞像《三礼》那样的封建货色。在这种为国民党反动派头子所作的粉饰太平的工作，我文章里还引用了蒋匪所著的所谓《中国之命运》里面的话，实在非常可耻。

礼乐馆的同事，有杨荫浏先生（现在北京国立音乐院工作）、吴南青先生（现在北京中国戏剧学校工作），去年在北京一个戏剧观摩会上曾碰到过。有冯伯华先生（是我川大的学生，现在北京机械学院任语文教师）常通信。

在礼乐馆时期，当时中央文化运动委员会开会，常常通知馆务派人出席，我曾以院长之命去参加过，一次是开的欢迎黄正清的会（青海藏族政教首领），一次是座谈时事，记得是对党不利的一些议论，当时我很茫然，就回来给馆长报告了事。可是后来报上所载，有馆中同事告诉我，说是到会有某某等，把我的名字列上。我当时很诧异，知道这是骗局，不过假借名义用作宣传。但是当时在血腥统治下，我亦无法出来声明我是代表机关，不是个人身份。从此以后，派到我，我只好借故不去。好在我们的馆长是名士作风，对这些事，亦是虚应故事。可是今天再仔细想想，这也由自己思想上有毛病，所以才去，不然就会干脆不理。

在胜利后到南京，这一阶段生活，真是麻痹到极点，关于党和国民党反动派所作的斗争，初先一点也弄不清楚，国民党反动派的宣传，当然在那时也不要人弄清楚。自己耽于安乐，以为天下真太平了，自己又在搞粉饰太平工作，这怎能使自己清醒过来！而另一方面，原先沾染了的一些名士臭习气，这时便具体的表现在做诗上，所做的诗，有些是忆旧，有些是应景，只是胡弄，都请过汪先生辟畺斟酌。一些好事和帮闲的人，一见着便谈这玩意儿。当时本来在老师辈和同辈中懂这一套的多，自己搞不来，所以也觉不好意思，而乱学起步来了。写的这类诗，空洞无聊，毫无一点现实意义。现在再检查，不但如此，有时还站在反动立场上说话。其中最大的错误，是把四平街解放战争当成赤眚；重九登高作诗，还捧了几个匪徒，勉强和韵，自己冒充名士，说瞎话，这不是别人来牵起自己的鼻子走，而是自己的反动思想本质在作怪，不然何以发出这些呓语来呢！因此，自己的脑子在此时已是受毒很深，被国民党反动派的宣传所笼照蒙蔽，竟到了看不见人民力量和人民事业的进展。这时在反动报纸上或刊物上，登了我的诗，我很得意，真不知天高地厚。自己所受封建文化的遗毒实在太厉害了，一直到解放后，还有时紧紧地抱着不放,这能和人民的利益相符合吗?今天只有严格地拿出来批判。如果没有正确的立场,丰富的内容和必须,正可以不必浪费纸笔。在这时期,在上海的《新闻报》上副刊《青鸟》,曾征求我的诗稿和作社员,我当时就很轻率地寄去了几首诗,过后没有和他们中间任何人碰过头,不知道有哪些人物。《铁道周刊》上的《饮河集》,是潘伯鹰主办,先由杨廷福把我的诗抄给他,所以上面有我的诗。《武汉日报》的文学副刊也登过我的诗,这是由程千帆交去的。总之,在这一段时期,我不健康的情绪特别厉害,所以胡诌其诗,被人要去或转钞乱登出来,无可讳言。这完全是腐朽的名利思想和名士作风的具体表现。这样浪费纸笔,于人民痛苦,有何干涉,于人民事业,有何好处?这种自我陶醉臭名士的追求意念,应该早日从思想上取消,不然会大大阻碍自己的改造的。

7.在第二次到川大以后

我在礼乐馆时期,当时有个企图,希望在上海大学里进行教书工作,可以摆脱川大的人事关系,好搞一点真实学问。为自己将来打算,实在应当如此。可是以人事关系,未能如愿。……自然在这种情形之下,我有点爱管闲事,充分表现自私,太无涵养。他们最后还想别有拥戴,向谢文炳同志靠拢,可惜未能兑现。

解放前,我在川大这一长段时间,受人事纠葛影响很大,常常悔恨第一不应该去,第二不应当和地方力量相撞,把好些宝贵时间都空耗了。如果无人事干扰,从容讲学,对学术发掘必更深入,也更愉快。从讲过的课程论,只写了一些讲义,如《中国语言文字学导论》《中国语言文字学》《中国声韵学概要》《中国语文学概说》《论古音定读》《蜾蠃转语记疏证》等,不过几十万字,未能大大发挥,达到拟定愿望,真是遗憾。在川大迁回成都后,我和系内先生办过《文学集刊》。印行二期(川大印行),也无甚表现,对于人民事业只有阻碍作用,毫无贡献可言。我写的讲稿,从今天看来,当然还要重新批判,才可保留,否则还是白费工夫。

8.关于同学会等的一些活动

以下补谈一些关于同学或同学会的一些活动。

在胜利前,大学教书,人事派别的倾轧很厉害。曾由在成都大学里教书的一些同行,商组一个出版社,作为发表大家文章园地,取名华夏。当时相约,在川大的有杜仲陵、曾君一、赵幼文、潘石禅、陈志宪、刘君惠和我,在金大的，有高文、孙望（原金大中文系主任，现状不详）和程千帆，又由程约在西北大学的高明。当时拟每月各抽出百分之一薪资，放在银行生利，可是交的人很少，存的又因伪法币贬值，化为乌有，又因在胜利后，各人四散，此事遂罢。

在过去因同学关系，出身于联中的，有石室学会。在成都教育界过去也用此来攀拉关系，我是联中出身，也参加过这个会，但次数极少。在成都印过一本《石室学报》，我参加编辑，上面有我的一篇《中国语言文字学导论》。解放后，已取消，无任何活动。

成都高师毕业的，也有个明远学会，过去在四川教育界所谓"高师帮"是有相当的恶势力，一些钻中学校长、教育局长的，便拉扯这些关系。我是在抗战期去川大教书，回成都时，曾参加过一二次聚餐会。在胜利后，我同届毕业的，也有过二三次的聚餐会。解放后，这些关系早已断绝，该会已取消，无任何活动。

在中大毕业的，也有南高、东大、中大同学会。在抗战期间，因为四川籍学生进中大得多，毕业后这种同学关系比以往活动。因此成立成都分会，我去参加过几次，因此和过去同学及后来的同学会见了一些，如余霈华（民革，闻现在重庆工作）办成都市立中学，便拉我去兼教过国文。解放后，已取消，无任何活动。

同乡会，过去也盛行。我去川大，同乡学生他们开会时，曾请我去过。解放后，已取消，无任何活动。

由于同学关系，竟至酿成别人利用我，而我亦太糊涂，这便是下面要谈到的大川学院的事件。

9.大川学院的事件

我思想上有毛病，留给敌人以缺口，这便是大川事件。[①] ……

第一，关于坦白交代问题，本人在思想改造及忠诚老实运动时，早已交代清楚，原写材料可以覆查。现在鉴于胡风集团所办《七月》等刊物问题，再就本人曾经发表过文章情况，加以说明：(1)《论古音定读》，曾在《文化先锋》上载过。(2)《蜾蠃转语记疏证叙说》曾在《学原》上载过，这两篇都属于语言学问题讨论，原是我在川大的讲稿，后一篇全文十余万字，在川大《文学集

① 整理者按：此后内容有缺。原件缺136—145页。

刊》上全载过。当时投稿,是个人名利思想作祟。(3)在《上海新闻报》副刊《青鸟》上,曾登过我的旧诗,该刊曾征求我作社友,当时以系小玩意,写过几首去,此外根本没同其中一个人往来过。又《饮河集》上和《武汉日报文学副刊》上亦登过我的旧诗,是由友人辗转钞去的。[①]

第二,关于检举方面,现无确实材料。

殷孟伦

一九五五年七月十五日

(据山东大学档案馆藏《殷孟伦档案》手稿整理,整理者:李振聚)

① 登诗事,在忠诚老实运动时,曾问过负责检查同志,认为无关系,故未写上。

关于殷孟伦的报告(汪东)

关于殷孟伦的报告

汪东

殷孟伦在抗战前(年月我记不清),由成都大学转考到中大的中国文学系(我那时担任文学院长兼中文系主任)。毕业后,因成绩好,留作本系助教。在助教期间,殷曾请假一年到日本去图书馆看书,要求深造(因为中国有些古籍只有在日本看得到),回来后继续任职。抗日战起,中大搬重庆,我先已脱离中大,任监察委员,殷有时仍来看我,后来他到成都大学做教授去了。一九四四年,我做礼乐馆长,聘殷任馆中编纂,又来重庆(礼乐馆的任务是研究编订古代和民间的各种礼俗及音乐的)。胜利后迁南京。一九四八年,因没有经费,馆被裁撤,我回居苏州,殷不久也回四川去了。解放以后,殷同我通信,才知道他又在成都大学教书,他想到东南来。我曾回他现在一切应听从统一支配。后来听说他得到教育部批准,调任山东大学教员,详细情形,我不清楚。殷的为人,脾气有点强傲,但专心旧学,政治活动是没有的,与张道藩等也并无直接联系。我所能记忆的,只是如此。

一九五五年十二月,汪东

补充

殷在礼乐馆时,曾有一两次被派参加张道藩他们的演讲会。那时张在国民党是主持文化工作的。开会时,发通知到馆,所以派殷去听讲的是什么,并不作报告,殷本人或可记忆。

(据山东大学档案馆藏《殷孟伦档案》中手稿整理,整理者:李振聚)

高等学校教师登记表(殷孟伦)

高等学校教师登记表

学校名称:四川大学
系别职务:中国语文系教授兼文科研究所导师
姓　　名:殷孟伦

高等学校教师登记表

<table>
<tr><td rowspan="3">姓名</td><td>姓名</td><td>殷孟伦</td><td>系别及职别</td><td colspan="3">中国语文系教授兼文科研究所导师</td><td>月薪</td><td>抵实单位 168 分</td></tr>
<tr><td>原名</td><td>殷开明</td><td>性别</td><td>男</td><td>出生年月</td><td>1904.4</td><td>家庭出身</td><td>塾师、小商贩</td></tr>
<tr><td>曾用名</td><td>殷石臞</td><td>民族</td><td>汉</td><td>宗教</td><td>无</td><td>个人成分</td><td>职员</td></tr>
<tr><td>籍贯</td><td colspan="3">四川郫县</td><td colspan="2">健康状况</td><td colspan="3">健康</td></tr>
<tr><td colspan="9">通讯处（现在）　成都市将军街 40 号　（永久）成都市将军街 40 号</td></tr>
<tr><td colspan="7">现属于何党派团体任何职务，在人民政府任何职务（时间）</td><td colspan="2">无</td></tr>
<tr><td colspan="4">解放后曾参加过何种政治学习（包括校内的、校外的、经常的和特别的）</td><td colspan="5">工会领导各种政治学习 抗美援朝 土地改革 三反五反 思想改造 忠诚老实 爱国防疫卫生 建党等学习经常参加</td></tr>
</table>

<table>
<tr><td rowspan="2">在高等学校教学年数</td><td>教授</td><td>副教授</td><td>讲师</td><td>讲员（教员）</td><td>助教</td><td>共计</td><td>其他</td></tr>
<tr><td>10</td><td>2</td><td>1</td><td></td><td>7</td><td>20</td><td></td></tr>
</table>

<table>
<tr><td rowspan="2">最后学历
（包括何系何科毕业所得学位）</td><td>国内</td><td>国立中央大学中国文学系 文学士</td></tr>
<tr><td>国外</td><td>日本东京帝国大学大学院</td></tr>
</table>

<table>
<tr><td rowspan="2">担任课程</td><td>现在担任学科（包括两学期）并注明每周讲课及指导实习讨论时数</td><td>可能担任课程</td><td>过去曾担任的课程
（注明年限）</td></tr>
<tr><td>中国语言文字概论（每周讲课及指导讨论各二小时）
中国语法语言学（每周讲讲及指导讨论各二小时，惟下期每周讲课各二小时）</td><td>（1）中国现代语
（2）中国韵文
（3）中国散文
（4）先秦迄隋唐史
（5）史学研究</td><td>经学史（一年）、汉书（一年）、史记（一年）、文字学（八年）、声韵学（八年）、训诂学（五年）、文字学史（半年）、中国文法（半年）、古音研究（五年）、文选（一年）、文心雕龙（一年）、楚辞（半年）、中国文学史（半年）</td></tr>
</table>

续表

学术,研究,生产建设国防建设,及其他方面的专长与技能	(1)语言文字学 (2)中国文学
通晓何种外国文字能否翻译(注明中文译外文还是外文译中文),口译(有无实际经验),阅读能力如何?现在学习何种外文,学了多久?程度如何?	曾经学过英文、德文、法文、俄文、日文、拉丁文、希腊文,但久已荒疏。惟日文、英文书曾有翻译经验。能阅读。

职务情况

曾指导或协助完成何种生产任务或建设工程,曾协助机关或生产部门解决何种实际问题	无
曾从事何种工作,有何种著作、译述(注明出版处所及时间,译述并应写出原书名及作者发现或发明)	本人自肄业中学始,至成都高师毕业止,曾致力我国古代典籍及语言文字学之研究;入中大后,努力读唐以前书,兼治所谓古文词及俗文学;留学日本时,又专习语言科学;在解放后,从事马列主义及毛主席著作之学习,此为本人平生治学祈响大概。所有著手写稿,约二三十种,百馀万言。已发表者:有关文学的,①《谢灵运诗》(1935.上海.商务),②《赋史大要》(据日人铃木虎雄原著译述.1937 译成.1942.上海、正中印行.此书阐明诗赋原起及其流变极有可观,可供治中国文学史考之参考)有关语文的,③《中国语言文字学导论》(1943.成都.自印),④《果赢转语记记疏证》(1944.川大),⑤《声韵学概要》(1945.成都.自印),⑥《读古音定读》(1945.成都.自印),⑦《中国语文学概说》(1949.成都.自印),⑧《中国语言文字学》(1949.成都.自印),⑨《语言体用之关系》(interaction of form and function)译自 L. R. Palmer《现代语言学导论》(An introduction to modern linguistics)(1943.成都);关于制度的,⑩《丧服通说》(1945.北碚礼乐馆)。以上各种,均须彻底改写,或补充说明,及加批判。又为礼乐馆拟制《丧服草案》一种,稿存礼乐馆,已无价值可言,其余讲稿有《汉书略说》《史记略说》《经学史》《语言学》《训诂学》《古音研究》等,笺校有《校本文镜秘府论》《淮海词笺》《汉魏百三家集题辞笺注》《汪容甫文笺》等(单文者不计),译稿有 Palmer 著《现代语言学导论》,Lakil 著《语言学导论》一章,岩村成允著《安南通史》等,论撰有《论鲍明远诗》《尔雅声韵表》《戴东原声类表考订》等;待写定者有《六朝诸家韵目考》《国故论衡上卷疏证》《清儒古音学举要》《初文研究》《骚雅》《莫友芝韵学源流辨误》等。以上各种,或已失去时效,无可保存,或当时有些微可取,有待重加补充及批判。

续表

现从事何种研究工作,今后计划如何?	现以教学关系,注意问题:①中国语法之构成规律;②语义演化之趋势。今后研究计划:①英语,福州语,厦门语,广东语等之研究;②少数民族语之研究(如藏语,台语,越南语,朝鲜语等);③印支语之比较研究;④俄语;⑤努力学习马列主义毛泽东思想用以研究中国语言文字学(包括基本词汇和一般词汇,语言内部规律,文学用语,方言流变语义演化,汉语发展史,语文教学,语文改革,翻译问题等)。⑥由先秦下迄隋唐文化发展史的研究;⑦编纂语文学词典,常用词典;⑧苏联及先进国家语文学名著译述;⑨有留学可能时,愿赴印度学梵文、古波斯文。

家庭情况

家庭经济情况:(包括抗战前后、解放前后、土改前后、家庭经济情况的变化过程、变化原因和现在经济状况)

从开始教书工作,直到现在二十年来,完全靠工薪收入,维持生活。

家庭成员

称谓	姓名	年龄	在何地何部门作何事	政治面貌(过去和现在)	与本人的关系
妻	赵苑云	41	理家	群众	现同住,供给生活费用
子	殷正膺	8	小学学生	群众	供给生活费用

简历(从十六岁起依次详细填写)

何时起至何时止	在何地何部门任何职务(包括学习)	主要工作及活动 *
1925—1926.7	成都 成属联合县立中学肄业	
1926.8—1930.1	成都 国立成都高等师范学校肄业	
1930.2—1930.6	成都 成都公学教员	任国文教员 教学
1930.9—1932.1	南京国立中央大学中国文学系肄业	
1932.8—1939..9	南京、重庆 国立中央大学助教	任中国文学系助教,教国文、经学史,“汉书”“史记”等课程
1932.8—1935.1	南京私立五卅中学教员	任高中部国文教员
1934.2—1934.6	成都华西大学讲师 四川大学附属高中 成都公学 成属联合中学教员	在华大中文系教“尔雅”,其余各校任国文教员
1935.10—1937.6	日本东京帝国大学大学院肄业	留学专习语言科学
1939.10—1944.7	峨眉 成都国立四川大学讲师,副教授教授	任讲师一年,副教授二年,教授二年。兼中文系主任一年,教“文字学”“声韵学”“训诂学”“中国文法”等课程。
1944.8—1948.7	北碚、南京 国立礼乐馆编纂	任编纂,研究丧服,参加民国通礼制定
1943.2—1945.1	成都 私立建国中学教员	任国文教员.教学
1945.2—1945.7	重庆 国立中央大学副教授	任副教授,教“文选”“文心雕龙”
1945.8—迄今	成都 四川大学教授	任教授,曾教“文字学”“声韵学”“古音研究”“中国文学史”“楚辞”等课程
1946.1—1946.5	北碚 私立草堂国专教授	任教授 教“声韵学”
1946.1—1946.5	北碚 国立复旦大学教授	任汪东先生教“文字学”“文心雕龙”

续表

1949.1—1950.1	成都 市立男中教员	任国文教员 教学
1949.8—1950.1	成都 市立女中教员	任国文教员 教学
1949.8—1950.1	成都 石室中学教员	任国文教员 教学
1949.1—1949.7	成都 浙蓉中学教员	任国文教员 教学
1949.8—1950.1	成都 尊经国专教授	任教授　教声韵学
1949.10—1950.12	成都 大川学院教授	任教授　兼中文系主任

* “主要工作及活动”包括职务范围以内的主要工作(如教什么课程，研究什么问题，做些什么事等)及业务范围以外的各种重要活动。填写时要具体、扼要。

何人介绍	变动原因	证明人			备考
		姓名	在何地何部门任何职务	政治面目	
赵少咸	因赴南京升学辞职	赵少咸	川大中国语文系教授	群众	
汪东		汪东	华东文物保养委员会委员(上海)	同盟会会员	
周味道	因任商务馆点书工作辞去	杜仲陵	川大中国语文系教授	群众	在私立五卅中学任课系兼职。1934.2—7,本人因事回成都,即请杜仲陵代课
赵少咸	因回南京中大辞职	赵少咸	川大中国语文系教授	群众	
向宗鲁 庞石帚	因被黄匪季陆解聘离职	庞石帚	川大中国语文系教授	群众	
汪东	因机关停办	汪东	华东文物保养委员会委员	同盟会会员	在1945年8月以后,仍回川大任教时,即半年在礼乐馆工作,半年在川大任课
罗承绅	因离成都辞职	杜仲陵	川大中国语文系教授	群众	兼任
汪辟疆	因回川大任教	汪东	华东文物保养委员会委员	同盟会会员	

续表

何人介绍	变动原因	证明人			备考
		姓名	在何地何部门任何职务	政治面目	
向先乔		向先乔	川大中国语文系教授	国民党党员	1951兼文科研究所导师
杜钢百	因离北碚不能兼任	杜钢百	西南师范学院教授	民革会员	兼任
汪东	同上	陈子展	复旦大学教授	不详	
余沛华	因解放后不能兼课	孙伯岚	成都市立男中语文教员	民主同盟盟员	兼任
范玉梅	同上	范玉梅	成都川西女师语文教员	不详	兼任
王楠	同上	曾君一	川大中国语文系教授	群众	兼任
孙静山	因更校长未再兼课	孙祖成	成都清协联中语文教员	群众	兼任
蒙文通	因解放后不能兼课	蒙文通	成都华西大学教授	不详	兼任
张天民	同上	陈志宪	川大中国语文系副教授	不详	兼任

何时何地参加过何种革命党派或进步组织,任何工作,现在关系如何?证明人(在何地)?

①一九五〇年三月,在成都参加中苏友好协会,由张秀熟先生介绍。

②一九五〇年八月,在成都参加中国教育工会,由李梦雄先生介绍。

续表

曾否参加过什么社会团体,何时何地,何人介绍,任何职务,从事过什么活动? 1939 年,在重庆中大服务时,曾同中文系同事组学林社,出过《学林》二期。我同潘石禅、黄焯、钱堃新任编辑,社长为汪旭初。
经过各种学习运动(如三反运动等)以后对自己的认识。 解放以后,我虽然出生在一个贫苦的家庭,可是以我自己的本阶级性的限制,加以所受封建的资产阶级的教育腐蚀,在很长的时期,我便沉浸在封建文学中,完全脱离政治,自以为是清高的、超阶级的。解放以后,通过各种学习,才认识到自己过去完全是为统治阶级服务;甚至还替统治阶级参加制造一套新的枷锁的工作。我的思想方面,等级观念和宗派思想很浓,这完全是受了封建文化的毒害。我的行为,局限于个人名位的追求,看不见国家,忘记了人民。我个人的历史评价,是宣传封建和资产阶级文化,维护封建统治,服务教育界二十余年,完全是作的危害人民教育事业的勾当。现在在党和毛主席的英明领导之下,我决心从头学起,重新做人。我要多读马列主义理论著作,学习毛泽东思想,追求唯一的真理。用工人阶级思想武装自己。加强对祖国的热爱,对人民事业的责任感,全心全意作一个很好的人民教师。
填表时间:1952.9.20　　填表人签名:殷孟伦

主要社会关系

姓名	在何地何部门任何职务	政治面目 (过去和现在)	政治上及经济上与你的关系
庞石帚	川大中国语文系教授	无	使我脱离政治
林山腴	川大中国语文系教授	无	使我脱离政治
赵少咸	川大中国语文系教授	无	使我脱离政治
黄季刚	已故	同盟会会员	使我脱离政治
章太炎	已故	同盟会会员	使我脱离政治
王旭初	上海华东文武 保养委员会委员	同盟会会员	到礼乐馆工作使 我参加反动政治

(据山东大学档案馆藏《殷孟伦档案》中手稿整理,整理者:程宗洋)

干部简历表(殷孟伦)

干部简历表

姓名:殷孟伦

现任职务:山东大学中文系教授

说　明

1.此表一律用钢笔或毛笔填写,内容要真实,字迹要端正。

2.本人年终总结(或鉴定)可用于本表同样大小的纸张填写,附于表后。

3.本表内之年、月、日一律用公历。

4.本人成分与家庭出生,系指参加革命工作前的情况而言,一律按照政务院颁布之《关于划分农村阶级成分的决定》确定本人的出身和成分。但参加革命工作前如系青年学生,本人成分一栏仍可填写学生二字。

1954 年 10 月 20 日填

干部简历表(殷孟伦)

<table>
<tr><td>现用姓名</td><td>殷孟伦</td><td>性别</td><td>男</td><td>籍贯</td><td>四川郫县</td><td rowspan="2">文化程度</td><td>原有</td><td>大学</td></tr>
<tr><td>曾用姓名</td><td>殷石臞</td><td>年龄</td><td>45</td><td>家庭出身</td><td>塾师、小商贩</td><td>现有</td><td></td></tr>
<tr><td>原用姓名</td><td>殷开明</td><td>民族</td><td>汉</td><td>本人成分</td><td>教员</td><td colspan="2">身体健康状况</td><td>正常</td></tr>
<tr><td colspan="4">参加革命时及现在的经济状况？</td><td colspan="5">完全靠工资收入，维持全家成员生活，现有住宅一所。</td></tr>
<tr><td colspan="4">主要成员姓名、职务、政治态度？</td><td colspan="5">妻 赵苑云 家庭妇女，参加居民学习，现无工作，任本街卫生员。有男孩一人，名殷正麐现在肄业小学六年级。</td></tr>
<tr><td colspan="4">婚否？对方姓名、政治态度、现在何地、任何职务？</td><td colspan="5">已婚，妻 赵苑云，现居成都市将军街 40 号，理家，参加居民学习和卫生学习。</td></tr>
<tr><td colspan="4">有何重要社会关系？姓名、职业、政治态度及现在的关系？</td><td colspan="5">师友中多系教育工作者，尤以研究中国文学及语文学者为多，如赵少咸、庞石帚、王旭初诸先生是。赵、庞两先生现任四川大学教授。汪先生现任上海文物保管委员会委员。原系同盟会会员，已几年不见面。赵、庞两先生在我来青岛前，常见面。</td></tr>
<tr><td colspan="4">何时、何地参加何种进步党派、群众团体，担任何种工作，现在有无关系？</td><td colspan="5">未</td></tr>
<tr><td colspan="4">何时、何地参加何种反动党团、军队、封建道会门，担任过什么工作，何人证明？</td><td colspan="5">未</td></tr>
<tr><td colspan="4">何时、何地受过何种奖励？</td><td colspan="5">未</td></tr>
<tr><td colspan="4">何时、何地受过何种处分？有何意见？已否取消？</td><td colspan="5">未</td></tr>
<tr><td colspan="4">何时在何部门经过审查，有何主要问题，结论如何？</td><td colspan="5">未</td></tr>
<tr><td colspan="4">解放后参加过何种训练？参加过何种运动(如土改、整风、审干等)？</td><td colspan="5">一九五一年六月五日至二十二日，参加成都市统战部土改学习，赓即赴新津方兴乡参加土改工作，至九月底工作完毕，反回川大。
一九五二年三月以后，参加四川大学三反运动及思想改造运动。</td></tr>
</table>

参加革命工作前后主要经历(包括学习)

自年月至年月	在何地区、何部门	任何职	证明人
1922—1923.7	成都 成都高等师范附属小学	学生	邓只淳
1924—1926.7	成都 成都联合中学	学生	赵少咸
1926.9—1930.1	成都 国立成都高等师范	学生	庞石帚
1930.2—1930.6	成都 成都公学	国文教员	赵少咸
1930.9—1932.1	南京 国立中央大学	学生	汪旭初
1932.8—1939.9	南京、重庆 国立中央大学	助教	汪旭初
1935.10—1937.6	日本 东京帝国大学大学院	学生	赵少咸
1939.10—1944.7	峨眉 成都国立四川大学	讲师(一年)副教授(二年)教授(二年)兼中文系主任(一年)	庞石帚
1944.8—1948.7	北碚 南京国立礼乐馆	编纂	汪旭初
1945.8—1950.1	成都 国立四川大学	教授	赵少咸
1950.2—1953.9	成都 四川大学	教授	赵少咸
1951.1—1951.5	成都 四川大学	文科研究所所务委员会合集人	赵少咸
1953.10—	青岛山东大学	教授	殷焕先

续表

<table>
<tr><td colspan="2">自我鉴定：
1.在业务上，三十多年来，对于中国文学和中国语言学致力较久，仅知道其中的一点一滴。
2.本人缺点：①过去对政治觉悟不够高，对人关系是非不明确；②一切从个人主义出发，追求名位思想很浓，进而发展成为个人英雄主义思想；③看问题主观、片面，自高自大，自以为是，有见于己，无见于人，因此不免脱离群众，脱离现实；④生活自由散漫，缺乏组织性和纪律性；⑤尤以个人性格火爆，容易冲动，一触即发。如果与人好恶不同，往之见诸辞色，甚至使人难堪，这是平生最不好的地方。以上各种错误思想，经过参加土改、三反，及思想改造等运动和经常政治学习，本人已深切体识，一二年来，已竭力改正，争取改造，虚心学习，并汲取苏联科学先进经验，改进教学，从不后人。
3.本人优点：①性情直率，求近之心很切，能够努力学习；②态度诚恳，热心工作，服从组织，乐于助人。</td></tr>
<tr><td colspan="2">直属领导机关鉴定：</td></tr>
<tr><td colspan="2">熟习何种业务和技术？志愿做何工作？
熟习中国文学，中国语言学。志愿工作：除教学外，适合①学术机关研究工作；②调查语言工作；③民间文艺研究工作；④编述语文学词典工作；⑤整理中国文学遗产工作；⑥在学校范围，内行政工作，如自己能力可能胜任的某一部分，而又为时间所允许时，可以担任。</td></tr>
<tr><td>备考</td><td></td></tr>
</table>

（据山东大学档案馆藏《殷孟伦档案》中手稿整理，整理者：程宗洋）

殷焕先往来信札三通

殷焕先往来信札三通

信件一(吕荧致殷焕先)

孟非兄：

接奉手书，诸承关切，至为感谢。华校长的盛意，尤为深感。但弟在昨天已寄一信到学校，请求辞职。因为病况仍旧未愈，前几天稍好，一写文章又垮下来，毫无办法，下学期势难担任教学工作。恳兄向华校长婉致谢忱，望能准予辞职，为祷。

关于“文艺学”问题，弟现着手写一稿，提出我的教学大纲和意见。将来发表后，如吴富恒先生可以同意，就不另写文和吴先生讨论。未知兄以为如何，望示知一二。

病中，匆匆草此。敬颂。

教安

大嫂和宝宝们好。

弟荧上

六月十五日

请问候向奎兄。

信件二(颜锡嘏致殷焕先)

焕先兄：

来函悉。我们也正忙于学习。所谈关于在昆明办副刊事,我是记得的。并早在一九五二年交代过。这些文章我于去年冬交到组织上了解。目前没在我这里。我想你将作品历史部分交代一下是应该的、正确的。我记得我批判这事时是这样想的:虽是文学杂谈性质,但为文观点模糊,立场错误。还记得你骂过读书一文,谈风雨(第一期)一文,别的不记得了,共五期即停刊。

你说得这样对你能有些帮助否?

当然,若涉及当时你的历史一段问题?,只(需?)通过组织开导,我可以帮助你那边领导方面了解。

因忙,未能详谈。

敬礼

弟 锡嘏

七月十四日

以上所说均于事先向这里党委声明并汇报过。

(颜信谈是五期,恐怕是五期。焕先)

信件三(赵恩容致殷焕先)

焕先吾兄如晤:

前后给我的两封信都收到了,请勿念。我所以到现在才给你回信的原因,是近来我时刻的感到不适。上月廿九日昌铭有海南岛回来后,就忙着搬家,买应用的东西,直到端午节忙过后才有空闲,来同吾兄谈谈,想吾兄定不会太怪我吧。今接到由香港转交厚哥的信,渠云由台湾去香港是很有限制,在台湾糊口尚无问题,叫我不必等他。并要我转家中及您勿念,释明身体很好。这是厚哥方面的一些事情,我在穗地同厚哥同一次信,需时一个多月,还是我请香港有人转寄的呢。这样的通信真使人焦心。若我在香港就方便多了。现在我连在台的四个兄弟都少通信了。对我们给两个双弟的接济亦受到不少阻碍同麻烦。厚哥及释明在台湾都好,这样大哥亦可以放心多了。实在由台湾回香港却是一件很麻烦的事,就论香港言,该港是限制台琼两岛人之入境,入境须有港政府发给之入境证方可,此证有很麻烦的手续,简直希望太小了。据最近报纸载,台湾出境亦很困难的,照我的看来,不出来就等着解放吧。解放了以后什么事都好办了,免得劳神伤财。今日香港大公报上云台湾有逃出至澳门的平均一人花在台按金公债及船费约港币五千元左右,这数目不算小吧。

现在来谈谈我的事。我的身体已比上个月好点了,但对于饮食方面仍有些挑嘴,想这现象时不会太长久吧,为了这些,昌铭对我是更加的关心同注意了,所以他对于我作长途旅行的去南京是不赞成,理由是我不适合作长途旅行的,这些使我非常气愤,因为我多想回南京去看看我的亲戚朋友们,快两年来的阔别,是多么渴望着见面畅谈一下,再加上我去信给璐媓。一个多月还不给我回信,而使我内心感到非常不安与挂念,不知为什么呢,我将去第二封信了,我想去南京的念头早先潜伏了好久,现在交通便利,是一个好机会,但昌铭不赞成,真使我非常焦急的,现在唯一的希望是等他有调动的时候再去南京,须时不久,约两三月以后,民用航空事业复航了,就可以达到我的希望了。重庆同学来信,谈到学校的情形,很好,希望我能去复学,我心惶惶不知所措。许多问题不能解决,现在的学校生活,已不比昔日,像我这去年病后失调,而致身体虚弱,怕吃不消苦头吧。另一方面我却不愿放弃了我的学业,大哥依你的意思我将如何处理呢。又麻烦的是我已有了三个多月的身孕。去学校读书,是不是不大好,真气人。一个结婚的女人就有那么多的麻烦事。您在青的生活可好吗?够维持吗?我们每月足够维持简单的家庭,暂时尚不会闹经济穷困呢。现在我亦参加了民航局员工学习小组了,每星期二次,每次下午二时至四时,大嫂在家作何消遣,想家务亦够操作的了。二伯母现仍在青岛吗,精神可好吧,一切均在念中,有暇望给我回信,不多写了,敬祝俪安。

妹恩容敬书

六月廿七日

(据山东大学档案馆藏《殷焕先档案》中手稿整理,整理者:程宗洋)

殷焕先自传

殷焕先自传

殷焕先，字孟非，中学时曾用过“一新”做号，江苏六合人，现龄三十九岁，汉族，没有信过宗教。十三岁时入小读书，是“六合县立第一实验小学”，中间休学一年，在十七岁毕业；十七岁下半年入“江苏省立南京中学”，由初中到高中，中间休学一年，在1936年毕业；1936年考入南京“中央大学”，读了一年，抗战发生，随着学校搬到重庆，在重庆读了三年，1940年毕业；这年下半年，到云南省立曲靖中学教了一年书，并作了投考研究所论文的准备工作，1942年去昆明投考，录入北京大学研究院文科研究所，在1943年毕业。总计从七岁起入私塾读书，直到研究所毕业，中间因病休学两次，各一年，一次小学，一次中学，教书一年，其余都是过的学生生活。至于家庭地主成分，原籍住址是江苏六合南乡殷家集，现在在青岛山东大学任中文系教授、历史语文研究所研究员，有母亲、妻、二子、一女靠我赡养，月入够用。

土改以前，家庭靠租田给人生活（只有我在外教书），亦即是靠剥削他人的血汗来生活，虽然我家一向“勤俭”，母亲、妻都参加劳动（有时候也雇一个长工），但所谓“勤俭”也者，仍不免是以扩大剥削为主要动机，我在解放以后，学习以后才了解了这个道理；念及我的学业，都是由剥削他人而养成，真是惭愧无已；从此应当好好的为人民服务，以赎罪愆！

至于个人对土改意见，先是基于儒家思想，认为耕者有其田是消灭社会上一切“罪恶”、一切“祸乱”的基本，认为土改是极其合理的。要天下太平，必须要土改公有。孔子所谓“不患寡而患不均”；又《礼记》里所说的“谋闭而不兴，盗窃乱贼而不作，故外户而不闭”，也必须“天下为公”土地不私有以后才能达到。如果富者田连阡陌，贫者无立锥之地，弄到广大的人民没有饭吃，弄到“老弱转乎沟壑，壮者散之四方”，那自然不会太平的。要太平就要土改，在解放以前，我对于耕者有其田的意见亦即对土改的意见是如此。在解放以后,我了解剥削的罪恶,剥削才是一切罪恶、一切祸乱之源;又了解了要提高生产力必得实行土改,要国家走上工业化必得实行土改,要提高人民爱国的热情,必须实行土改。我并且想:如果在抗战之前,土改已经完成的话,如果政府是共产党领导的话,日本帝国主义也不敢发动侵略战争;就是发动战争,也一定很早就被中国打败,中国受帝国主义的侵略已有百年,土革而使中国富强,真是求之不得的事。所以,解放以后,更赞成土改。母亲、妻子,对土改都表示赞成,都表示丢掉这个剥削罪恶的包袱,自己苦钱自己吃,良心上觉得痛快。我们一家都感激政府的宽大,都没有受到斗争的处分。因为无劳动力,先分给房子一间。

我的任职从任云南省立曲靖中学教员开始。1940 年夏,我在重庆中大毕业,计算去昆明投考北京大学文科研究所,适有清华大学毕业的同乡沈长钺先生在曲靖中学教英文,邀我先到曲靖落脚,考取就读书,考不取就教书。我于是到曲靖中学任文史教员。(月薪 120 元,后来加到 160 元)当年因论文未能充分准备,未能报考。教了一年书,忙着赶成论文。第二年(1941)十月录取北京大学文科研究所语言文字组,就离开曲中。(沈长钺先生现在南京大学外文系任教)

在研究所读书期间,因钱不够用(起初领 60 元,后来改 100 元,当时物价波动,数字越大越不够用)由导师罗莘田(常培)先生介绍兼西南联合大学助教,替游国恩先生改三四年级练习作文卷子。拿助教一半的薪水(起初 300,后来是 500 元)从 1941 至 1943 夏肄业期满,改为北京大学研究助教,教四年级的“训诂学”,仍支助教薪。(罗莘田先生现在北京中国科学院任语言研究所所长,游国恩先生现在北京任北京大学中文系教授。)

适云南大学缺教语言文字的教员,向罗常培先生要人,罗先教我去,1944 秋即在云大教语言学和大一国文,直到 1946 年,是文史系讲师,月薪起薪 240 元,后来加到 270 元。到这期间物价波动最大,几乎天天变,薪水算法也常常变,只记得第一次领到 9000 元,一还账就光了。以后一直过着衣屦不全的日子。(我在云大教书,萧涤非先生知道,萧先生那时任西南联大中文系教授,现萧先生任本校中文系教授。)

胜利后,我的中大语文教师赵少咸(世忠)先生,要我到川大去帮忙教点语文方面新的知识给学生,赵先生是在语文旧知识上很有深湛研究的老学者,教我语文时也煞费苦心尽力教导,因之 1946 年秋我到了成都四川大学。

教了“文字学”、“语言学”、“语音学”、“广韵研究”，课多时每周到十五小时，累人之至。月薪390元。（现赵少咸先生在成都任四川大学中文系教授。）

为了还乡（离乡整十年），为了山东大学可给路费，1947年夏由北大同学孙昌熙先生介绍，到了山大。那时山大缺语文教员，我就应聘来了。任文史系副教授，月薪380元，第二年改为400元。在这里教过“文字学”、“古文字学”、“方言调查”、“古声韵学”、“中国文字改革”、“中国语文概论”等课。1950年春又兼本校历史语文研究所的副研究员。一进文史系领导人是杨向奎先生（杨先生现任历史语文研究所所长）。

总计以往，过的都是读书、教书的生活，所景仰的是著作等身学者，人所影响于我及我影响于人的，都是“读书第一”。（当时确乎是以为“清高”）老师中我所敬服的有赵少咸先生，他是研究中国语文的老师宿儒，我做学生时，他以为我“还可以”，在夹杂着知己之感的情绪中我也一步一趋的走上了研究语文的路子。再有是罗常培先生，他是用新方法研究中国语文著有成绩的学者，他希望我兼知新旧，我也希望在他的指导下写一部《中国音韵学史》。学友之中，李荣先生（曾在本校任教一年）是我最敬佩的，他也是一个兼知新旧而外文根据又比我好同时又比我年轻的一位同学。不是属于这类而得到我的敬佩的人很少；而我在那时也必然是被谈政治、谈思想的人所鄙弃，以为是“不可教也”的，那是绝无问题的了。假如没有解放，我一定还是大梦不醒而继续糊涂的！

我因年幼丧父，孤儿寡母度日，无所依仗，怕惹是非，于是养成了庸懦迟顿的个性，又加之生当帝国主义压迫中国深重之日，又养成了一个“外国没有一国是好的”（所谓“非我族类，其心必异”）狭隘的爱国主义。再加上进了“古味”很重的中大中文系（我如果说这系是以十三经、二十四史为基础，以诗、赋、词、曲为技能这样一个方向为方向，该不致冤枉它），尚未“知名”，便想“隐逸”。加之时政败坏，便又养成个“政治为下”的“傲”气。并且，旧有肺疾，中学发了休学一年，一病几死；入大学后又发，发时气喘不已，不到夜深疲极，不能入睡，因之，当时对于人生，亦颇消极。这些，都不免对我做人有关。我那时除读书外无所好，除慨叹外（对于国是）无办法。而实在我在那时对于政治无观察能力，因之，且亦没有理论。

九一八以后，无论什么人都关心国是了，而那时特别引人注意的是：一、蒋党不抵抗，二、蒋个人闹独裁；抗战以后，更是什么人都注意国是了，而蒋党那时最刺人目的举动是排斥异己，无官不贪。这影响于我的是更绝望于政治，对中国之富强亦失希望。因之，我在教书时期，只教学生好好读书。现在想来是错误至极，在那时要学生好好读书，正合反动派的口味，无形中却替反动势力效了劳。一直到解放前，我对共产党没什么认识。反动报纸上所宣传的我虽都以为言过其实，是恶意中伤；但同时因我一向对政治不求甚解，便也不去寻求认识。直到解放以后、学习以后，我才认识共产党的的确确为人民做了很多事情。这大大的教训了我。"一个党在野时说得蛮响，一到当政了，也就没办法了，就也腐化了"这个以往从国民党所见到的事例，以往以为似乎是定理的，恰恰对共产党全不合用。更大的事实是中国真正地站起来了，悠悠百年殖民地的罪受够了而不敢妄想的富强，在毛主席，共产党的领导下我们达到了，我们翻了身了。这是铁的事实，这教训了我，我以前一直以为中国是无望的。现在，我深深地知道：中国的富强，人民的幸福，在共产党的领导下是一定达得到的。再则，由于对苏联立国的性质经学习后有了认识，知道只有以苏联为首的和平阵营才是我们的真正友人，那些靠侵略而生存的帝国主义们是我们真正地死敌(虽然我以往并没有认他们做友人)。这也大大地改变了我的"两国相交，以利相合，否则相仇"的"以为"。现在知道，这个"以为"只是在矛盾百出的帝国主义侵略阵营中才适用，而在和平阵营里是不适用的。这样，我以往把帝俄和苏联混为一谈因而产生的顾虑便消除了，加入中苏友协是我一个极为高兴的事情。

解放以后，由于学习，由于党的教育，由于事实的教育，我虽不敢说进步到怎么样，但总比以往进步提高了。这样，我觉悟到：一、我的学问的养成是由于人民的血汗(抗战以前是靠家庭剥削所得，抗战后离家大学时领贷金，研究所时领研究生津贴，但无一不是人民的血汗)，以后要好好地为人民服务，报答人民，以赎罪愆。二、解放以前，糊涂半生，教书时期要学生好好读书，无形中为反动势力效了劳。兼之个人以往对政治认识不清，感谢党的早日解放，使我得以早日醒觉。我常常想，解放以前，我虽然没有陷入反动党团等等，但这并不代表思想进步。现在看来，我那时的思想是混乱的，落后的，糊涂的。中国早日解放了，实在也是我个人早日解放了。这是我感激之至的。我决心努力学习，以报答党。

现在我站在教师的地位，真是惭汗之至。课改以后，我才深深体会老教法的错误(不切实际、钻牛角尖，为学问而学问等等)，课改后猛醒，立志痛改前非，在教材教法上都逐步改进；但这还是不够的，我立志搞好教学，以无愧于“人民教师”光荣的称号。

1951年9月20日

（据山东大学档案馆藏《殷焕先档案》中手稿整理，整理者：程宗洋）

学习辩证唯物论后对于语言研究的认识(殷焕先)

学习辩证唯物论后对于语言研究的认识

殷焕先

一、语文研究与语言内部主要的三方面

导师斯大林同志教导我们说:“语言的文法构造和基本词汇是语言的基础,是语言特点的本质。”由此可见,“在语言系统中存在的根本不同的两方面”是“材料方面与结构方面”。材料方面是词汇,结构方面是文法。语言这两方面所赖以表现的形式是语音,马克思和恩格斯说:“‘精神’这个东西,一开始便可怜为物质所‘膠葛’着,这里所说的物质是被振动着的气层,声音;一句话,便是言语。”斯大林说:“有声语言或字底语言始终是人类社会唯一的能作为人们完善的交际工具的语言。历史上没有任何一个人类社会,即令是落后的,能够没有自己的有声语言。”所以说,语言研究——语言学——的范围主要的可以包括如下三方面:

语音——以语言所有的声音材料为对象;

词汇——以语言所有的词(作为意思代表的词)为对象;

语法——以语言所有的语法(词形变化法、造句法)为对象。

这三个方面的研究各有其主要对象,如上所示。

但我们说语言研究可以包括这三方面并不等于说语言可以割裂成为三段。这因为“语言是系统”在这系统中三部分是密切关联着的。

我想在这篇文章里,尝试说明汉语是个系统,以及说明这个系统中三个方面也是相互关联的,以见语言研究,从研究语言本身的内部各方面来说,不可以孤立地看问题。我想把我学习辩唯物论的一点心得,体现在我这篇试作里。

二、汉语是一个系统

契柯巴娃教授在谈到“语言是系统”时,曾举 1.俄语动词现在时、单数、

第三身有两种变位法,2.名词变格有三种方式,以及3.格鲁吉亚语的全部名词各格的字尾都是有自己独特的方法来变位,或每一个名词都有自己独特的方法来变格,情形如果是这样,契柯巴娃教授说:“我们能够说这就是变位或变格系统吗?当然是不能够的。”

契柯巴娃教授是以这种格位的变化来表示格位的系统,并藉以表示语法自身显现为一系统,以见语言自身也显现为一系统,她当然不是说只有格位系统才是以显现语言为以系统,更不是说只有具有格位变化的语言才是以称作系统的语言。格位的系统也只是语言自身显现为一系统的表示之一。汉语是并不具有像俄语那样的格位变化的,但汉语自身仍显现为一个系统。若从语法方面来看汉语显现为一系统,汉语自另有其表示。

近来讲汉语词的分类的,多重视用“词与词的结合”(即“词与词之间的关系”)来判断词类,比如用名词一般不接受“不”“很”等副词的修饰,而可以接受数量词(人、物)的修饰等来区分出名词,得到的结论是汉语时有词类的区分的。由此可以说明,汉语词类系统表示汉语自身显现为一系统。

契柯巴娃教授又从语音方面说明语音为一系统,她谈到,比如,日本语里没有l音,在对译别的语言的语音的时候,遇到l音都用r音来对译;又比如,土耳其语每个词的开端不容忍辅音,因而把别的语言里辅音开头的词读成[i]开头等。

在我们语言里,以北方普通话为例,我们的语音系统的特色是:没有浊塞声,—n、—ŋ外没有辅音尾,没有复辅声,以介音有无及介音种类区分字音,以声调区分字音,字音开头一般是没有ŋ—,而如果是有—ŋ,也不在i、y、u等音前面出现,ts、ts‘、s不拼i、y;tʂ、tʂ‘、ʂ不拼i、y;k、k‘、x不拼i、y;而tɕ、tɕ‘、ɕ只在i、y前面出现。p、p‘、m一般说来不拼—u—介音及y音,f一般来说不拼—u—介音及i、y音,塞声不送气、送气相配,主要元音前带介音—i—、—u—、—y—及其后带辅音尾或元音尾的情况表现为整齐有条理。

这些,都可以看出,我们语言的语音显现为一系统,从而可以看出汉语自身也显现为一系统。

三、语言中的诸系统并不孤立存在

语音、词汇、语法都自身显现为一系统,并且不是各不相关的,这些系统在语言中是互相密切联系着,互相依赖着,互相制约着的。

比如,由于社会发展,要求表达思想的工具趋于精密,不容许一词多义情况的存在;又,由于汉语语音组织趋简,例如某些辅音尾失落以及浊塞声丧失等,于是同音词增多;这些,都影响到词的构成,在词汇方面,就表现为复音词增多。这可以用下面的例子说的:“严肃、严格、严厉、严密”,“思想、思考,私自、私人”。

词由单趋复,又从而影响到语法,比如,动词是复音词的,便容易取得名词性。例子:“思想”“报告”“教育”。

复音词形成后,又反转来影响到语音。本来,在汉语里,声调在词汇、语法上是占重要地位的,因而它在语音构成上也是主要角色之一。比如:“劳平声苦”“慰劳去声”,但因为复音词产生提供了新的区分字义的条件,这样,声调的重要性便有下降的可能。比如现在的汉语便有可能不严格要求读“慰劳去声”。

这说明语言中的诸系统是互相联系、互相依赖、互相制约的。它们虽各自显现为一系统,然而不是互不相关的,不是各自孤立的。

四、从发展中看系统

我们说,语言是系统,意思即是说语言在发展中是系统。现在我想用历史的追溯说明这点。

(一)系统是以多数表现的,若只是一个,那就谈不上什么系统。同一系统中多数,有它们成为同属于该系统之所以为该系统的同一性质、同一条件,即是这些多数,都具有该系统之所以为该系统的特殊性格。此一系统变化时,如以此同一性质、同一条件为变的条件变的基础,则此同一性质、同一条件即决定此一系统中的多数之作同一路线变化。若是,则此同一系统中的多数,变化中及变化后仍同为一系统,即是由旧质过渡到新的质,是系统地进行的。这比如,在古代,汉语中的名词可以直接接受数词的修饰,同在名词系统中的,都同具这一性质;同样,古代汉语中的数词,都同具可以直接修饰名词的性格。例如:“三人行”、“宅边有五柳”。而在现代汉语中,则此“数、名”的语法规律变为“数,量,名”的语法规律,例如“三个人”,“五棵柳树”。亦即,在现代汉语中的名词,一律通过量词接受数词的修饰;而数词,一律通过量词修饰名词 。在动词方面,也有类似的情形。例如:古代的“数、量”(“三仕、三已”)规律变为“动·数量”(“做了三回”“休了三回”)规律。这表示同一系统——系统的变——变后仍为同一系统。

(二)但此一系统常与别的系统相制约,因之,同一系统中的多数,除了具有它们成为同属于该系统的同一性质、同一条件外,它们还可以分批地各与别的不相同的系统相制约。由此,此同一系统中的多数,可以分批地向不同的路线变化。但这样的变化,仍是有系统的变化,在相制约中的变化。这比如:古代 k、k‘、ŋ、x 成一系统(即ㄍㄎ兀厂),这些辅音跟多元音相拼。此一系统有其共同特殊性格,即同具有舌根音特色,是舌根音。此一系统中多数又各与别的系统相制约,k 不送气系统;k‘送气系统;ŋ 鼻音系统;x 摩擦音系,此一系统的同一路线的变化,比如在北京话里,此一系统有系统地不拼 i,凡是古代的 ki、k‘i、ŋi、xi 音都变为 tɕi、tɕ‘i、ni(又见下)、ɕi(即ㄐㄑ广ㄒ)。因为与别的系统相制约而起的不同路线的变化比如 ŋ 因为是舌根鼻音,它在北京话里有系统地(不是拼 i 音的)失去(拼 i 的又因与别的系统相制约而作不同的变化,失去或变为 n(了))——若从鼻音的立场来说,它的变化又是与喉音想制约的,比如 n 也是鼻音,但与舌头音系统相制约,北京话并不把古代 n 丢掉——而 k、k‘、x 并不失去。其余如某些方言在 ku、k‘u、xu 系统中,x 因为又与摩擦音相制约之故,xu 变为 fu(如“胡”读“扶”,“婚”读“分”)等等,亦属同一事例。

由此我们可以看出:就着已成一个音缀口中实际读音来说,ki 等与 ka 等相比,k 与 i 中所存在的矛盾,跟 k 与 a 中所存在的矛盾,两者是不同的:k 这个后部辅音要求拼后母音,开母音,而 i 这个前闭母音则要求拼前部辅音。矛盾不同,决音变化不同,决定变化后的系统(新质系统)不同。从声调的变化,也可以看出上面所说的(一)(二)两种情况:如汉语声调变化之是有规律地系统地这些情况所表示。汉语曾经有过一个时期在当时主要方言里乃至是大多数方言是四个声调,数目就是“四”每一调所统的音很多(即不只是一个)构成一系统。这个“多”是以其“声、介、元音、韵尾”的之一(或不止于一)的不同得到的(如果这些方面都相同,那就只是一,便“多”不起来了)。这也就是说,这一个调的系统又与其他种种系统相制约;亦即是同在这一个调的系统的各批读音,虽然调同,但音的内在矛盾,此一批音与彼一批音又不相同。

有的方言入声整个变了,昆明话入声整部变后与阳平相合。入声变后与其他声调(平、上、去)变后(它们也同样在变),又构成昆明方言的新声调系统。——这就说明(一)。

北京话入声完全变了(全系统都变了),这是同一路线,但又分批的各有其不同的路线(矛盾相同的路线相同,矛盾不同的路线不同)。据白涤洲先生统计,北京话入声变化规律是"全清全浊变阳平。次清次浊变去声"。那也就是:全清声母(如 k)全浊声母(如 g)跟入声调之间的矛盾,次清声母(如 k‘)次浊声母(如 l)跟入声调之间的矛盾,二者是不同的。入声变化与其他声调变化后又构成北京方言新声调系统。——这就是说明(二)。

当然,新系统也未尝停止,它又继续含有新矛盾,走进新变化过程。

教职员登记表(殷焕先)

教职员登记表

学校名称　山东大学
系别职务　中文系教授
姓　　名　殷焕先
填写时间　1952.9

中央人民政府教育部制

教职员登记表

姓名	殷焕先	曾用何名	别号 孟非	性别	男	年龄	卅七	籍贯	江苏省六合县南区殷家集

	从何时间	至何时止	何地	何校	毕业或肄业	有何著作
学历	1919	1924	家乡村上	私塾		《广雅曹宪音研究》《古四声说》《连绵字研究》《释广韵序古今通塞》《释逍遥》（都是语言文字方面的考证文章，都未发表）
	1925	1929	六合县城	六合县立实验小学	毕业	
	1929	1936	南京市	江苏省立南京中学	毕业	
	1936	1940	前一年在南京以后在重庆	国立中央大学	毕业	
	1940	1944	昆明市	国立北京大学文科研究所	毕业	

	从何时间	至何时止	何地	在机关或□□	做何种工作	主管人姓名
经历	1940.8	1941.10	云南曲靖	云南省立曲靖中学	教国文和历史课	谢显琳
	1942	1944.8	昆明市	国立西南联大中文系	半时助教（改练习作文课卷）	蒋梦琳 梅贻琦 张伯苓
	1944.8	1945.8	昆明市	国立北京大学文科研究所	研究助教（教训诂学）	汤用彤
	1945.8	1946.8	昆明市	国立云南大学文史系	讲师（教大一国文、语言学）	熊庆来
	1946.8	1947.8	成都市	国立四川大学中文系	讲师（教语言文字学方面课）	黄季陆
	1947.8	1949.8	青岛市	国立山东大学中文系	副教授（教大一国文及文字方面课）	赵太侔

							人口	父兄姓名及职业	
家庭经济状况	土改前	不动产	田五十五亩	土改后	不动产	尚未土改			父亲：殷德荣，1917年故去。原种田。母亲：殷徐氏，种田。两个姐姐都出嫁了，没有哥哥及弟弟
		动产	无		动产	无			
		其他	无		其他	无			

社会关系	参每个时期的思想情况栏中学老师和大学老师			介绍人现在何处何工作	无	担任什么职务
现任何职务	山东大学中文系副教授	擅长何种科目	语言文字方面			
参加过何种政治党派或团体会门何时何地			无			

看过哪些书籍	中学时代新文艺看的不少，进大学以后转到阅读文史考据的书籍上去了。（参每个时期思想情况栏）						
是否结婚	已	对方姓名	朱锦若	在何处工作	现同住	双方关系	很好
受过何种训练	未						

续表

解放前每个时期的思想情况	解放前每个时期我以求学过程中的段落来分: 小学:私塾中读了几年,连自己是中国人都不知道。不用说中国有好多大等等。进了小学不久,碰到了济南事变,于是把日本人恨到了家。读了些历史,就种下了凡是外国人没有好的。初中时报名参加军队抗日(九一八事变后)老师不准许,也是这时种的根芽。 中学:初中老师汪铭竹先生(新诗作家)很指导我们看了不少新书。我们班上自己有个小图书馆,鲁迅先生的呐喊彷徨等不用说,翻译的书如煤油屠场没钱的犹太人等亦复不少,同学中受汪老师影响的很多。在高中,有穆济波先生,作风和汪先生一样,也影响了好多同学。在这时期中一般来说,都集中在抗日问题上,其次就是失业。我的个性板滞,虽有如此师友,但我还是落了伍。高中要毕业那年得了肺病,动则气喘,意志消沉,就决定大学读中文系,一则以为自己曾在私塾读些旧书,一则以为中文系要适合我的个性些。 大学:中央大学中文系是黄季刚先生的遗风,读旧书很着重,搬到重庆沙坪后,因为气候不良,我的病一发而大吐血,当时举目无亲,不得不以学校为寄身之所,因为一出学校,即无饭食,不敢休学,当然谈不到医病。如此者一年有余,更趋消沉。之后,病忽好转,真是出乎意外,因此才有后来的再读书。当时的老师除了一位钱子厚先生之外,其余都只是学问上的老师。钱先生是讲程朱哲学的,笃信钱先生的弟子如有一位尚爱松同学,解放前已站在人民这边来,而我仍是落伍者。 以后:太平洋战事之后,看到政府腐败,等着别人替他打胜仗。绝望之极,以为中国没有新生的希望了。(那时伪宣传把共产党说的渺乎其小),刚好又入了北大语文研究所,导师罗莘田先生,因为我还读了些旧书,很希望在我身上看到新旧合一,为此,我四五年住在昆明郊外龙头村。罗先生的态度,又是绝不做国民党的官的(有一次,教部请他主持东方语言专科学校,他因为党的气味重而拒绝了),因此没给我们政治上影响。当时我们所特别焦虑的是中国的新生和逼人的物价,其余就是研究,研究上一个问题,有时会把什么都忘了。

续表

解放后五个月来的思想变化及自我检讨	解放以后,我曾参加学校中的学习;之后,又和几个同事组织了一个学习小组,学习唯物辩证法。由于学习,又加上这五个月来所见所闻,很觉得思想上有了不少的变化,现在分为几项写在下面: (一)资本主义及其走狗必败:远在抗日战争尚未结束的时候,我深觉得国民党必然垮台,要走到死亡的结局,并且贻祸国家,毒害人民。原因是国民党的腐化已到极点。解放以后,经过了学习,又听了演讲,知道资本主义必然要归于消灭。国民党既已放弃了革命,做上资本主义的走狗,那跟着一道消灭是无疑的。其中我又看了陈伯达的《中国四大家族》又更了解到国民党的:确确是集了以往的恶劣制度及恶劣办法之大成,是资本主义政治末路的表现,他必然要溃灭。 (二)一边倒的认识:我自己得承认,我在这一点改变是很慢的,直到近两个月我才了解一边倒的真理。因为中国近百年史上记录着帝国主义给我们的欺压剥削太广太深了,无形中把我们训练到"凡是外国一定得提防"的程度。对于苏联,自然也不例外。苏联会不会牺牲我们呢?又苏联是否能善始善终地帮助我们到底呢?一边倒以后没有孤立的危险吗?这些顾虑是不能不有的,后来由于学习来改变过来:①能够了解共产主义才能够了解苏联扶助弱小民族革命的真精神。才能了解苏联给予中国真挚的友谊,也才能了解和中国始终如一的携手并且也就是苏联的志愿。那么这些顾虑也就自然没有了。②目前世界的局势是如此,张牙舞爪的帝国主义如英如美我们能和他们合作吗?他们实在是压迫我们的,惟有倒在苏联这边与苏联携手,解除帝国主义所给我们的枷锁才有希望,才会成功。——这是我两月来的结论。 (三)自我检讨:比如做梦,解放以后我才清醒过来的。以前浑浑沌沌,对于政治认识差。解放以后,才认清了为人民服务的目标,(说以前是中了"为学问而学问"的毒素,并不冤枉)但在思想进步方面,自己依然落后。思想中自然还有许多残余,自然要扫除,要改进的。我当自己认真的学习。 殷焕先

(据山东大学档案馆藏《殷焕先档案》整理,整理者:程宗洋)

高等学校教师登记表(殷焕先)

高等学校教师登记表

学校名称　山东大学

系别职务　中文系教授

姓　　名　殷焕先

填写时间　1952.9

中央人民政府教育部制

高等学校教师登记表

<table>
<tr><td rowspan="3">姓名</td><td>现名</td><td>殷焕先</td><td colspan="2">系别及职别</td><td colspan="2">中文系教授</td><td>月薪</td><td>496分</td></tr>
<tr><td>原名</td><td>殷焕先</td><td>性别</td><td>男</td><td>出生年月</td><td>1913.10.16</td><td>家庭出身</td><td>地主</td></tr>
<tr><td>曾用名</td><td>孟非
(字、笔名)</td><td>民族</td><td>汉</td><td>宗教</td><td>无</td><td>个人成分</td><td>教员</td></tr>
<tr><td colspan="2">籍贯</td><td colspan="3">江苏省六合县</td><td colspan="2">健康状况</td><td colspan="2">尚好</td></tr>
<tr><td colspan="9">通讯处
(现在)青岛山东大学中文系　　　　(永久)江苏六合南乡殷家集</td></tr>
<tr><td colspan="3">现属何党派团体任何职务,在人民政府任何职务(时间)</td><td colspan="6">青岛市 文教工作者工会
青岛市 中苏友好协会
中国史学会青岛分会(秘书)</td></tr>
<tr><td colspan="3">解放后曾参加何种政治学习(包括校内的、校外的、经常的和特别的)</td><td colspan="6">本校:夏令学习,政治大课学习,抗美援朝学习,党史学习,三反及思想政治改造学习。</td></tr>
<tr><td colspan="2" rowspan="2">教学年限</td><td>教授</td><td>副教授</td><td>讲师</td><td>讲员(教员)</td><td>助教</td><td>共计</td><td>其他</td></tr>
<tr><td>一年</td><td>四年</td><td>三年</td><td>中学教员(一年)</td><td>三年</td><td>十二年</td><td></td></tr>
<tr><td colspan="2" rowspan="2">最后学历</td><td>国内</td><td colspan="6">北京大学研究院语文研究所毕业</td></tr>
<tr><td>国外</td><td colspan="6"></td></tr>
</table>

续表

<table>
<tr><td rowspan="2">担任课程</td><td>现在担任课程(包括两学期,并注明讲课及指导实习,讨论时数)</td><td>可能担任课程</td><td>过去曾担任的课程(注明年限)</td></tr>
<tr><td>语文概论三人合组,每周二小时课,讲课、指导学习约分得1/3时间,任此组小组长。
语法修辞(二人合组,约分得1/2时间)
写作实习(三)(六人合组,讲授一个单元,改作文卷30本,改卷一学期)</td><td>语文概论
语法修辞</td><td>训诂学(1943—1944),语言学(1944—1947)
语音学(1946—1947),广韵研究(1946—1947)
方言调查(1949),文字学(1946—1950)
古文字学(1948—1949),古声韵学(1949)
国文(1944—1946,1947—1948)</td></tr>
<tr><td>学术研究生产建设、国防建设及其他方面的专长与技能</td><td colspan="3">语言文字课程及方言调查</td></tr>
<tr><td>通晓何种外国文字、能否笔译(注明中文译外文还是外文译中文),口译(有无实际经验),阅读能力如何?现在学习何种外文,学了多久?程度如何?</td><td colspan="3">英文可以阅读书籍,笔译尚不流畅
现在学习俄文(初学)</td></tr>
</table>

业务情况

曾指导或协助完成何种生产任务或建设工程,曾协助机关或生产部门解决何种实际问题。	未
曾从事何种研究工作,有何种著作、译述?(注明出版处所及时间、译述并应写出原书名及作者发现或发明)	《曹宪博雅音研究》(1940) 《释切韵序"古今通塞"》(1946) 对于切韵不是代表一个方言系统的韵书,提供证明。 《连绵字研究》(1941—1945) 说明双声叠韵不是连绵字的分类方法,提出连绵字是研究汉语语音语义演变的最具有说服力的材料 (以上均未刊) 《新文字字母的字类跟字值》(载《山东大学学报》1951年第1期) 提出把新文字字母分为字类与字值两者来认识,以解决教学中所遇到的方言的困难,与此文相辅相成的有: 《北方拉丁化方案里的o、ou、e》(刊《新文字半月刊》1950年第50期) 《丰润话里的单用韵母》 (刊《光明日报新语文》1950年第26期) 《安丘话里的n声母》 (未刊) 《北方话里的大小音》 (未刊) 《联系汉字来记注音字母》(刊《语文学习》1952年8月号) 提出一个有汉字基础的人学习注音字母的速成方法,希望对于推广"速成识字法"有帮助。
现从事何种研究工作,今后计划如何?	1.配合文字改革作方言调查及研究工作 2.配合语法教学作语法研究工作

家庭情况

从抗战前到现在家庭经济情况(包括所有动产、不动产及收支情况)的变化过程与原因和前经济情况

抗战前家庭负债约千五百元,抗战起后卖房卖田逐渐还清,以后每略有多余,抗战末期买田约三亩。
不动产约一百八十亩,抗战前自家做一部分,抗战起后全部佃与人做,每年收入约五百元到七百元。动产无。
胜利后因家用不敷,卖去约两三亩,解放时仍约一百八十亩,土改时因无劳动力未分土地。
现在全家具在青岛,靠月薪收入,够用。

家庭成员

称谓	姓名	年龄	在何地何部门作何事	政治面目(过去和现在)	与本人的关系
母	殷徐氏	64	家中照应(在青岛同住)		母子
妻	殷朱锦若	40	家中照应(在青岛同住)		夫妻
子	殷小林	5			父子
子	殷小强	3			父子
女	殷小元	2			父女

简历(从十六岁起依次详细填写并分别插入各时期兼职。未工作学习时间也请列为一项,加以说明)

起讫年月	在何地何部门任何职务(包括学习)	主要工作及活动
1928—1929.8	六合 六合县立实验小学	学生
1929.9—1932.8	南京 江苏省立南京中学 初中	学生
1932.9—1936.8	南京 江苏省立南京中学 高中	学生
1936.9—1937.8	南京 伪中央大学 中文系	学生
1937.9—1940.8	重庆 伪中央大学 中文系	学生(三年级起研究语言文字,论文有《曹宪博雅音研究》)
1940.9—1941.7	曲靖 云南省立曲靖中学	文史教员(高三、高二、初二国文,高二本国史、公民;续作《博雅音研究》,校读说文)
1941.8—1943.7	昆明 北京大学研究所	语言研究所研究生(研究语言文字,论文有《连绵字研究》)
	昆明 西南联大 中文系	(兼)半时助教(做游国恩先生助教,改四年级作文卷)
1943.8—1944.7	昆明 北京大学 研究生院	研究助教(教"训诂学",续作《连绵字研究》)
1944.8—1946.7	昆明 云南大学 文史系	讲师(教"语言学""文字学""广韵研究"等课,写完论文《释切韵序"古今通塞"》)
1947.8—现在	青岛 山东大学 中文系	副教授、教授(教"文字学""语言学""古文字学""古声韵学""中国文字改革""方言调查""语文概论",参加"语法修辞""写作实习"小组)
1948.3—1948.7	青岛 伪海军学校	替丁山带国文课一班(无名义、无聘书)

续表

何人介绍	介绍人与你的关系	离职原因	证明人		
			姓名	在何地何部门任何职务	所属党派
			沈长钺	南京 南京大学外文系教授	
			吕荧	青岛 山东大学中文系教授	
			同上	同上	
			尚爱松	北京 科学院历史研究所	
			同上	同上	
沈长钺	同乡	考取北大研究生	沈长钺	南京 南京大学外文系教授	
（投考录取）		毕业	罗常培	科学院语言研究所所长	
罗常培	罗系我的研究生导师		游国恩	北京 北京大学中文系教授	
罗常培	师生	到云大任教	罗常培	（已见上）	
郑天挺	师生	胜利后接川大聘离职	萧涤非	青岛 山东大学中文系教授	
赵少咸	师生	接山大聘离职	赵少咸	成都 四川大学中文系教授	
孙昌熙	同学				
丁山	同事		杨季藩	科学院物理研究所	

续表

何时何地参加何种革命党派或进步组织？任何工作？现在关系如何？证明人(在何地)？ 未。
曾否参加过什么社会团体？何时何地？何人介绍？任何职务？从事过什么活动？ 解放前:无。 解放后:1952年2月,加入青岛市文教工作者工会,介绍人孙思白。 1949年冬,加入青岛市中苏友好协会。 1949年冬,加入青岛市新史学会(现名中国史学会青岛分会),介绍人赵纪斌、杨向奎,任秘书。
曾否参加过反动组织何时何地由何人介绍？任何职务？从事何种活动？何人证明？现在何地？ 无。

主要社会关系

姓名	在何地何部门任何职务	政治面目 (过去和现在)	政治上及经济上与你的关系
赵少咸	现任四川大学中文系教授		师生,无政治上与经济上关系
罗常培	现任科学院语言研究所所长		同上
钱子厚	现任贵州大学中文系主任		同上

续表

经过各种学习运动(如三反思想改造运动等)以后对自己的认识。
在三反运动初期,自己没有想到对自己的思想彻底认识一番的,直到检查书籍浪费时,自己才开始认识自己。首先,认识到了自己完全没有“全心全意为人民服务”,虽然一向以为已经注意到这点了。检查结果,研究所的浪费数字是二千三百五十万中的七百三十万,占总数三分之一。造成这样浪费的原因虽然来路不一(有起于方针路线不明确的,有起于好大喜功的,有起于报销主义的,有起于旧型正规思想的),由于我是所秘书,我都应该负绝大部分责任,也就是说,绝大部分是由于我个人资产阶级腐朽思想在作祟。其中还有不可饶恕的是自己为了救济自己而损害公家以自利,把自己的书卖给公家的事实,我一共卖了四十万元的书,当时以为自己经济上有困难,藉此得到公家救济,经过三反学习后,确实认识到这就是假公济私,这就是变相贪污,换句话说即完全为自己着想,自私自利,在卖书行为中还有一件事实:大图书馆有一次表示对买私人书很不以为然,于是我当时便叫私营书店开了一张两万元发票,卖了一本书给公家,当时的意思以为这该可以避免是“私人”的了,经三反学习后,认识到这一行为对内是欺瞒组织,对外是损害学校信义,这是极其恶劣的行动。我想到:以“自私自利”为基础,而又已经有了这样恶劣的举动,如果发展下去祸患是不堪设想的,如果没有三反的教育,我敢担保我以后不做出更恶劣的行动吗?有一个时候我曾想:如果50年底来了三反就好了,那时我自己还没有卖过书给所里,而所里购书经费也还不多,也不会造成这样的浪费,但现在我不这样想,现在我以为只有发掘出资产阶级的腐朽思想儿后才有思想改造的可能。现在我的想法是这样:三反运动是富有教育意义的,而且是及时的。我的资产阶级腐朽思想已经很严重的存在着了,有了三反运动我才能够及时从具体事实上清晰地认识到自己思想的丑恶,这才可能下定决心去改造。 三反运动给我的教育很多,现在先说在政治认识方面的。从这个运动中,我认识到毛主席英明领导的正确跟伟大;认识党跟政府的很有耐心地教育群众,更从发动群众,依靠群众中认识到人民和党和政府的血肉相联的一体的关系,认识到这才是真正的民主,人民真正是国家的主人翁,这些都大大地深刻地教育了我。今后我要努力工作,认真学习,服从组织,服从领导,在实践中改造自己。 以下,我再结合着批判我的资产阶级私自自利的个人主义和封建伦理观念来说明这个运动所给我的教育。我的教学研究的脱落实际也是检查书籍浪费时检查出来的。属于浪费的书籍很清楚的反映出我的教学跟研究还有“重古”的偏向。经过多次课改学习后,自以为能够结合实际了;现在知道在思想未能彻底批判跟改造时,那个所谓结合实际在只是勉强实际来结合自己的研究。我曾细想:已经认识结合实际的重要,而未能认真去做是和没有主人翁的态度,亦即雇佣观点分不开的。存在着雇佣观点便会“做一日和尚撞一日钟”,虽然钟是撞着的,但不是主动的,因之便不能撞得好、撞得响。虽然我担任的事情比较多些,但主观的努力还是不够的。三反学习后,认识到脱离实际跟雇佣观点的危害性,力求改正,但改得还不够,还得努力。以下结合我的出身学历来谈我的思想。我出身于地主家庭,衣食相当的不用烦心,家庭要我读书大概是想我“光大门楣”,而我呢,一是因为求个“自立”,一是因为“从吾所好”,便一直读着学堂。中学时代很读了些新文学作品,国文还相当不错。因之想当文学家,便进了中文系。可是进的中文系是伪“中央大学的”(后迁重庆)这是一个以十三经廿四史为体,诗词歌赋为用的中文系,古老的狠;并且气味也特别,饮酒赋诗题字作画的文人习气很重,外加还“讲”些旧道德。一进去便闷得我要命,就想转学,但终

续表

究由于自己家庭出身，跟这种文人生活还合得上，转学不成，便转向这种文人生活了。后来由于一位教语言文字的老师的鼓励，于是我又选择学了语言文字，很花了些时间去认辨汉字的结构及汉字的声韵等机械的记忆工夫，语言文字这门学问在往日是脱离实际的，现在回想起来，我之所以会走上研究这个比较脱离实际的学问，阶级出身成分很有关系，就是可以不必甚至不愿意参加斗争生活，所以这不是偶然的。后来到了昆明进了北大研究院，更是钻牛角尖，再加上多年的资产阶级学校教育，养成了专家思想，想“专”成一“家”以“自立”，这也是助长了脱离实际。直到听到华校长“抗美援朝前线上为了实际需要，开汽车的争取学好开坦克”报告，我这才深觉到一切应当从实际需要出发，并且为了纠正我以后的钻牛角尖，便诚意地参加写作实习及语法修辞的小组教学，想从集体工作实践中痛改以往脱离实际脱离群众的毛病。“中大”中文系封建气味很浓厚，师生间“师徒”关系很深。老师“带徒弟”，学生是“投师父”，一般的情况是相互标榜，相互拉拢，结成“行帮”大有“独家经理”“垄断市场”之势。后来我去到北大情况大抵相同。于是我出来教书，便继承了“带徒弟”的传统，现在回想，自己以往所谓的认真教学跟很想教出几个得意“门生”，无非为的是替自己装门面，替“行帮”壮声威，那里是为国家造就建设人才，所以教起学生来，总是拉他们向“绝学”上面走，以为非此不得“出人头地”，不足以“出奇制胜”，这确实是一种资产阶级做买卖图利的思想。并且，由于自己的出身，由于自己所学的课，于是自己走上自以为超政治的路子，在教学时无形中便阻碍了青年，要青年埋头读书，把青年引向脱离实际，消磨了他们斗争的意志。经过解放后许多次学习，我认识到这种所谓超政治行为，实在只是维护剥削阶级利益的反动行为，实在是替剥削阶级帮闲甚至帮凶的行为，我以后要认真的为工农兵大众而教学，以赎前愆。再有我的“好人主义”思想也非常严重，我很少得罪人，经过这次学习，我才恍然大悟好人主义是用来保护个人主义的，是个人主义的严重表现，从这个好人主义上可以看出我没有站好为人民服务的立场，因之没有原则性的是非，加上我的封建教育的影响，于是跟人相处，不是阶级立场的友爱，而仍是封建气味很浓厚的朋友关系。比如我劝吕荧主任检查自己的文艺学教学也只是从朋友关系出发，便是一例。再说到崇美思想也是严重的存在着的。刚胜利的那年有一次公费留学考试的科目居然有中国文字学声韵学等，我觉得大为奇怪，连自己的东西也要到美国留学了，我们学术不独立，还不至于到这种地步。但是自己以往何尝不想“留一次学”，就是“镀”一次“金”回来便可以更好的“垄断市场”呢？由此可知，自己所受的买办思想的毒害是很深的。

通过这次三反思想改造的学习，从具体事实检查自己的思想，深深地认识到自己存在着资产阶级自私自利的个人主义，并有封建伦理观念，并深深地认识到它的危害性。这次既然认清敌我思想的界限，认清不建立起工人阶级思想便不能在国家建设中尽力，甚至于有害国家，我今后一定努力学习马克思列宁主义毛泽东思想，并从集体工作中锻炼改造自己，并建立起革命的人生观，清除自私自利的个人主义及封建伦理观念，重新做人，以求在教育后一代的工作中献出自己的力量。

殷焕先

（据山东大学档案馆藏《殷焕先档案》整理，整理者：程宗洋）

殷焕先书法

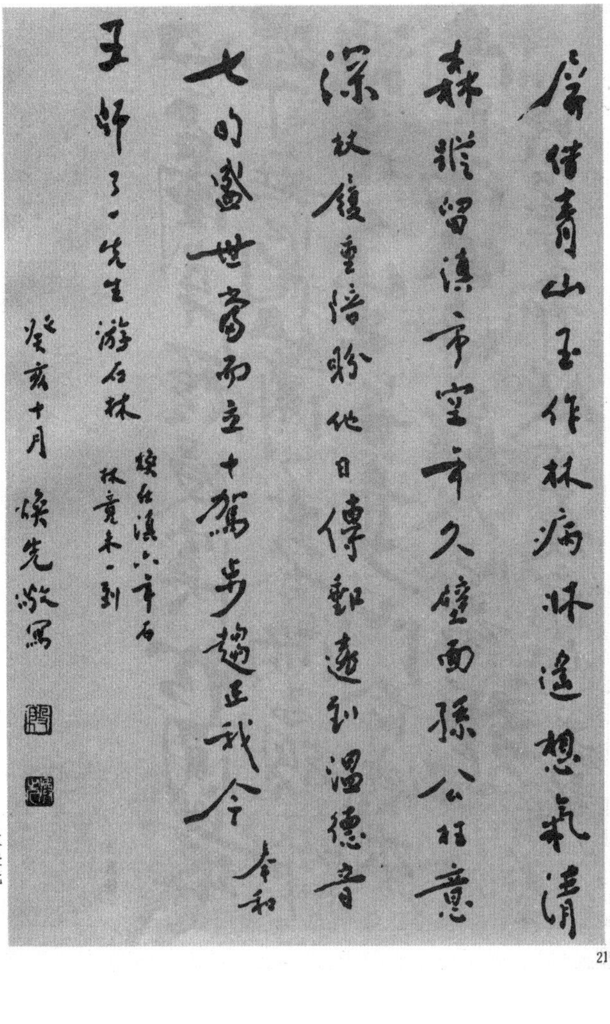

殷焕先

蒋维崧自传

蒋维崧自传

一、家庭情况

我出生于一九一五年，在原籍——江苏武进。

曾祖是经学家，早年一面应考，一面在做幕友，后来就回家专心著述，著作很多(由莲池书院刻成)。然而学问的成就与经济状况成了反比，著书然多，家业越惨。每方面的影响使他年寿止于四十八岁。

以后祖父也在三十几岁去世(为了催缴钱粮不力忧急成病)，这样使这旧士大夫家庭更趋没落。

父亲走的是老路子。读书应考，十六岁中了秀才，接着科举废除，希望幻灭，当时学堂代兴父亲先后在江苏高等学堂、京师法律大学堂毕业(当时经济上大部分靠我的两位祖姑母按月补助)。此后就在司法界工作四十多年，现在六十二岁仍在工作(南京人民法院做研究工作)。

父亲是拘谨，俭朴，勤恳，不爱交流。在旧社会中是不肯同流合污的正派人。由于他幼年贫寒，造成他肯吃苦，勤恳，俭朴的性格习惯。由于他做事以来一直靠自己的努力，又因为司法官职务的关系，使他不爱交朋友，拘谨。

母亲的性格和善，而自学心非常强。

在我出生以后，家庭景况已经好转。父亲每月有二百多元的收入，此后到抗战止家里一直维持平稳无波折的生活。(抗战后父亲的薪额是五百多元)

我有弟妹五人(连我六人)，加上幼年夭折的共十二人(二弟现在西安群众日报做记者，三弟于一九四一年参加革命，现在是第八军分区宣教科长，大妹已婚，丈夫朱彤是公立文化教育学院教授，二妹在南京工商局，三妹在家)。

在这样的家庭里,使我幼年青年时没有遇着一些悲伤苦恼的事儿,看不到黑暗、冷酷。

五岁时,我两个哥哥在几天内相继夭折,因此祖母和父母对我特别爱护,以至近乎放纵。我幼年多病是和这过分的爱护有关系的。

在抗战以前,我一直和家庭在一起,生活居住在南昌、北京、苏州、南京等地。至于家乡在我四岁时就离开了,此后为了扫墓去过两三次,对于我是生疏隔膜的。

二、本人和学做事经过

我小学毕业时(在北京汇文小学)正遇到北伐成功,因此全家南下,搬到苏州。

初中一年级是在苏州树德中学,树德功课很严,也很守旧。国文、英文每周多有十小时,国文的教材是《左传句解》《古文观止》,在一年中我渐渐能写二三百字的通顺的文言文,也能自己翻翻《通鉴》之类,这对我此后读中文系是有些关系的。

初中二年级时我家搬到南京,这些迁移完全由于父亲工作地点的改变。我在私立钟英中学读完初中。

我不太佩服钟英的老师们(比起树德来钟英是差的多),常常不听讲,因此功课退步,初中毕业后我决定转学,考进中央大学实验中学。(当时认为读书最好在公立学校,国立更好。)

在初中时,正是普罗文学在学校盛行时,我看过一些但引不起注意。一次我看到一本小说,叙述丝厂女工被工头凌辱种种情形,我不大相信,因为我家的女佣就做过丝厂工人(所谓湖丝阿姐),她身体结实也从没有谈过工厂里受压迫种种。

进入实中之后,由于功课紧张,同学都是啃书本的,我们一班原有四十五人到毕业淘汰为二十几人。到高三时二十几人中戴眼镜的超过三分之一,三年后死于肺病的有两人,因肺病请假休养的一人,还有一人是后来进大学后死的。这些事实也许有些偶然的凑合,然而多数同学的用功确实是过分的。

因此□□外界的风波是打不进这安静的小圈子中的,而一般同学也是决不肯把眼光移开练习簿上的 x.y.向外界事物张一张的。

到高三时,大家所注意的,只是争取全市会考第一(结果如愿以偿,实中是团体第一)。

当时全班预备考理工科的占百分之八十,我的想法却是想学艺术,这在班上是唯一的,颇有同学为我打气。

对于那些候补工程师,我以为只是想把自己变成机器,对于政治认为是一些虚伪骗子搞的。我也不愿学法律,因为父亲一脑子法律,我认为他生活太缺乏情趣。

我之所以想学艺术,多少是在初中时受了《中学生》杂志的影响。我看了些丰子恺编的译的《艺术概论》《西洋美术史》《西洋画派十二讲》《西洋名画巡礼》,朱光潜的《给青年的十二封信》《谈美》等。到实中后因为后门与中大艺术系相近,常去玩。家里也有旧藏的中国画。在当时学西画的条件是不够的,只能无师自通地画一些国画。另外我的表现区域就是校中壁报,我画些报头、漫画。

在实中时,我对数理化的要求只是及格,因此我可以抽出一部分时间,用在这些地方。

当时我认为其他科学都有利有害(并不知道这些是在有阶级的社会中才这样)。飞机可以缩短地理上的距离,□能用来摧毁人类,只有艺术是带给人类以喜悦,是完全可以表现自己的个性的,而且是发挥自己的才能不需要靠旁人的。

对于意识形态有阶级性,是社会存在的反映,这些是无所知的,我只以为人的感情——所谓人性,是古今如一的(像当时新月派所谈的那样),我不同意"为人而艺术"的说法,我以为最高的艺术,完全是自己崇高人格的表现,艺术是万古常新的,不许夹杂功利的目的或政治作用。

这些想法都由于自己生活安定,我无法考虑到家庭负担,没有接触了解工农大众被压迫剥削的情形,完全是些天真的想法。

一九三四年我考进中央大学中国文学系,为了考大学引起我家庭中一场争辩,结果我放弃了学艺术的愿望(在法律家的眼光中那些长头发、打领结、坐咖啡馆的人是可厌的)。

当时中大和北大的中文系,是代表新旧两个壁垒,以旧的方面而论,我们的教授阵容是坚强的。

踏进校门以后,首先我觉得自己基础太差了,我贪婪地乱看书,有些疲于奔命。

老先生的讲授方法是不高明的,没有系统的说明,只是逼你自己做,诗文词曲都要写。

第一年我无所表现,第二年我渐渐跑到前面,我的诗得了一次一百分,也居然可以即席凑一首词。

当我觉得这些原来并不困难之后,我又再将兴趣伸张到其他方面。三年级时我到艺术系选了“篆刻”“书法”,本系,我选了“甲骨文”“书学史”一类的课程。

这样,我对新文艺书籍更疏远,自己过去写的(中学时我们出过刊物)也都抛弃,颇有钻故纸堆的野心。当时中文系的教授们,治学态度都很谨严,一再告诉我们不能随便草率著书发表,因此减少了我们写作的勇气,就好的方面说,是使我们能比较谨慎地求学问。

此外,由于我选了“篆刻”“书法”课程,我认识了乔大壮先生。以后十几年中,他是我最接近的老师,也是最尊敬的一位,他给我很多影响,在“做人”“求学”多方面。

乔先生对于自己当未彻底了解的问题,决不随便发议论,对于自己认为不是十分完善的作品决不轻易拿出来,在家人面前从不表现自己,非常“爱好”,因此自尊心极强,这些都给我以影响。

我们的课外活动是跑图书馆,跑书店。我们也有系会,我也担任这七学期的主席,因为中文系同学,大都不管外务,平均年龄也较大,所以永远把我套上在七学期中。系会只能说办过一样事,就是把大家所讨厌的必修课“英文名著选”(或英国文学史)取消了,是在三年级时。此外我们的系会活动只限于瓜子花生的迎新会,以及旅行聚餐之类,毫无政治性的活动。

一九三七年抗战爆发,学校迁渝。

当时沙坪坝上,救亡运动很热烈,艾思奇的小册子在宿舍中流通,少数同学忽然走了,据说是前往延安,一般的心情是兴奋激动的。

但四年级学生,大多数还是为毕业论文而苦恼,为职业发愁。

我第一次和家庭分开、生活突然改变,有些兴奋,也交杂着些感伤。虽然照样上课、看书,总是不定心,烦乱得很。于是我选了一门哲学系的“中国人生哲学”,想使自己宁静下来。

一九三八年夏,我毕业。

做事的开始在重庆高级工业学校。课程原是初三一班、高三一班,中途高二一班反对他们党义教员兼教国文（这位先生外号萝卜丝，他老把罗斯福说成罗福斯），要求以我代替。在蜀中无大将廖化作先锋的情形下，我有了三个班。

到"高工"是徐悲鸿先生介绍的，他就常关心我，他接洽成功后才告诉我。

此后汪辟疆先生继任中大中文系主任，他告诉我要加开基本国文（即大一国文）我可以去做助教。这使我很兴奋，因为在过去中文系教授的助教，都是四十以上的人，他居然问到我二十四刚毕业的学生，觉得很光荣。

因此我离开"高工"，又担心聘书是否拿得到，恰巧有人找我到兵工署，于是决定先在兵工署落脚，等候开学。

十月开学，我离开兵工署，到了柏溪中大分部。

当时除了每周九小时课程外，有很多空余时间，我写了一些旧诗（因此我认识章士钊、沈尹默先生等），替历史系所藏的甲骨文做过释文，又想写一本"屈赋简释"，居然有"述作之志"。

在这一段时期中，实在只是为个人兴趣做自己高兴做的事，是逃避现实的，所谓"钻进象牙之塔"，而当时主观上却以为是在各人的岗位上作战，我们要以东京帝大的文科为竞争对象。

一九四一年春，一位亲戚（一度办过广西美专）告诉我广西大学有一个讲师位置，问我意思如何。我当时觉得在母校教书难有发展，因此在五月一日我转到桂林。

在桂林，自己颇有些自满，因为在所有中大同学中我进层最为顺利，我打算两年后升副教授（当时讲师中我等薪级较高，起薪 135 元，我是 175 元，西大因由省立改为国立不久，薪级比一般国立大学低）。向上爬的思想是很浓的。

接着困难来了，通货逐渐膨胀，我母亲、弟、妹，都在上海，父亲的收入已不够接济家用，而且汇款困难，要我想办法。

早在一九四〇年夏，我考过中央银行，录取后，我又觉得兴趣不合，而且我教书方面很顺利，因此并未报到，资格倒是保留的。事隔年余，在困难中，我考虑到进银行，这样家庭困难问题可以完全解决。

我写了封信给昆明的朋友吴北璜（央行的文书主任）说明我的意思，恰巧昆明行需人，不久手续办好，在以一九四一年太平洋战事爆发的第二天，我启程去昆明。

在昆明四年,进行是文书课办事员,工作是办稿,薪水七十元,过去的锐气打消一半。

两年以后,发行第二分局(也在昆明)文书课副主任出缺,由那边经理向昆明行商量调去,条件是昆明行有机会时仍可调回,因此在昆明行经理调任青岛行经理时,我又调到青岛。

进银行之初,我非常不习惯,但渐渐我找到了自己的蜗牛壳。工作以外,我从事副业——刻印,在昆明时刻印对我的收入大有补助。遇有旺月,甚至可以超过正业,这是当初学刻印时意想不到的。

这样我除了维持上海的家庭外,还有余力买书,也加了抽香烟吃零食的习惯。

一九四五年抗战结束,我调青岛分行文书主任。

青行经理黄秀峰廉洁认真,在央行高级人员中是很少见的。到青岛之初,他告诉我们一定要把青行搞成模范行。事实上,在当时央行分行中,青行也确实是非常好的。

那时,我工作很吃重,要处理事务工作,也要办稿,而且兼了四□分处秘书(青岛分处并无专任人员,直到我快离开时才添了一位雇员,而其他各分处,甚至支处都有专任人员三四人),要应付新闻记者,要每星期开三四次会议,做议程,做记录,毫无余时翻自己的书。

起初一年中,青行朝气蓬勃,人少,效率高,同事很合作,情绪非常高,一年以后总行陆续派来三个副理,都为了到风景之区来享福的先生们,抢房子,争汽车。一方面拉公事,一方面又遇事推诿,这些使黄很灰心,一九四七年他出国了,由一位副理暂时代理。

一九四七年夏总行秘书处系处工作扩大,要以原来负责系处文书科的一位副主任和我对调。在夏天我回到南京。

在秘书处工作并不少于青岛,以至我结婚也没有请一天假。所幸是文书科同人能力都强,整个的表现还不错。因此当主持系处的副处长张大同调人事处长时我被调到人事处先后在文书科、考核科工作。

在中央银行共计八年。

在银行工作中,使我进一步看到社会上的形形式式,增加对政府的不满,尤其憎恨所谓“豪门”。

我了解在整个国家没有前途之下，个人是没有前途的。

但是自己还没有意思做社会改革家，或是参加革命，只是常常考虑中国的出路而已。

由于人事处迁回上海，在一九四八年秋，我随同来沪，把父母弟妹也都接来。（当时国民党政府南迁广州，父亲辞去了职务）

一九四九年五月上海解放，当时我认为一切不合理的现象，可以从此消除，想回到学校工作，曾写信给北京的同学说明希望，到六月我被留用。

（本文据山东大学档案馆藏《蒋维崧档案》中手稿整理，有删节，整理者：丁雪媛）

山东大学教师工作学习计划（蒋维崧）

山东大学教师工作学习计划

姓名　蒋维崧
中文系 语言第二 教研室
1964年2月29日

山东大学教师工作学习计划

<table>
<tr><td>姓名</td><td>蒋维崧</td><td>职务</td><td>副教授兼系副主任</td><td>级别</td><td>5</td><td>教令</td><td></td></tr>
<tr><td rowspan="2">教学工作</td><td colspan="2">任课名称
(或备课)</td><td colspan="5">文字学和文字改革问题　古代汉语研究生的文字课
古汉语专书导读(两周)
学生毕业论文一篇</td></tr>
<tr><td colspan="2">上课时数
和 班 级</td><td colspan="5">文字学和文字改革问题 上学期 2 下学期 2 四年级
古汉语专书导读 上学期 2(两周) 五年级
古代汉语研究生(一年级) 文字课 下学期 3</td></tr>
<tr><td rowspan="2">科学研究</td><td colspan="2">科研项目
进行方式
和 时 间</td><td colspan="5">1.汉语史文字部分(教材) 4—6 万字
1964 年内完成
上学期收集整理资料,暑假中写出 1/2,下学期继续完成 1/2。
2.文字学的新体系 积累资料</td></tr>
<tr><td colspan="2">学术活动
进行方式
和 时 间</td><td colspan="5">参加本教研室学术活动
参加校庆科学论文讨论会</td></tr>
<tr><td rowspan="3">进修方向</td><td colspan="2">政治理论课</td><td colspan="5">学习七本书
学习《毛选》第一卷
参加反修学习和时事政策学习</td></tr>
<tr><td colspan="2">专 业 课</td><td colspan="5">结合教学和科学研究进修</td></tr>
<tr><td colspan="2">外 国 语</td><td colspan="5"></td></tr>
<tr><td rowspan="2">其他</td><td colspan="2">党政、社会工作</td><td colspan="5">市政协委员
系副主任
教研室副主任
中文系工会部门委员会主席
山大九三支社委员,中文系小组长</td></tr>
<tr><td colspan="2">劳动形式
和 时 间</td><td colspan="5"></td></tr>
</table>

续表

计划内容、措施(政治思想、理论学习、教学工作、科学研究、业务进修等)。

政治理论、时事政策学习：

1.学习七本书

2.学习《毛选》第一卷

3.参加反修学习

4.积极参加五反运动和社会主义教育运动

5.每天听广播、读报、学习时事政策

通过学习和参加运动。要求：

1.加强阶级和阶级斗争的观念，继续改造立场，世界观。

2.以饱满的政治热情，充沛的干劲来进行工作，克服冷热病和遇见困难不耐烦的情绪。

3.改造思想方法、工作方法，加强工作的计划性。抓重点，合理地支配时间，保证完成工作任务。

4.改造教学思想、学术思想，提高专业理论水平。

5.以"当老实人，说老实话，做老实事"衡量自己，跟同志们搞好政治上的团结。

教学工作：

上学期担任"文字学和文字改革问题"(18周，每周2学时)、"古汉语专书导读"(2周，每周2学时)两门课程。前一门课程，除了继续注意讲课质量外，还应加强辅导，帮助复习，抓两头，并重点地修改下学期所用的讲义。后一门是新开课，事先要了解同学的要求和基础，用心备课，使之能收实效。

下学期再次开出"文字学和文字改革问题"，要求教材和参考资料更完整，课程的计划更周密。

毕业论文的指导，应启发思考，并对材料的分析多作具体指导。

古汉语研究生的文字课：整理过去准备的学习参考资料，抓笔记和基本功的训练。

科研研究工作：

1.汉语史文字部分(教材)4—6万字。

目前已有的汉语史教材，都没有文字部分，在编写体例和整理资料上存在着一定的困难。计划上学期收集整理材料，在暑假中写成1/2，下学期继续完成1/2。内容要求着重说证明文字研究与语言研究的关系在文字的发展上反映出的语言的发展。(另作编写计划)

2.文字学的新体系

这是较长期的研究方向，准备在若干专题研究论文的基础上，写出一本新的文字学。本年继续积累材料，争取写出一篇关于汉字书体的论文。

业务进修：

理论学习(见上)。

专业学习，结合教学、科学研究，学习马克思列宁主义的语言理论，阅读历代汉字的实际材料(作笔记、摘录)。

个人业务工作检查

一九六四年上八年担任的课程是《文字学和文字改革问题》(文字改革部分)和《古汉语专书选读》的一部分。备课都是认真的。前一门的教学,按小改精神想了一些改革措施,特别最后一部分,作了较大的改动。但总起来说,这门课的教学,主观主义、形式主义、烦琐哲学全有。为了求系统,面面俱到,不深不透,有些问题没有考虑同学原基础,凌空着讲;关于介绍过去多种拼音文字方案和叙述拼音方案的字母安排等,烦琐而概括不足。

下半年担任现代汉语一个小班的语音练习,为时不久,因同学下乡而停止。

科学研究工作。一九六四年写了一篇参加校庆讨论会的论文《形声字发展中义符、声符的选择与替换》,内容是探讨汉字发展规律,对汉字简化中义符简化归并和声符的选用等提出参考意见。内容酝酿较久,材料是平时积累的,写成后感到有的部分申述不透,有的统计数字须详细校对,所以没发表。古汉语通论的文字部分只写了很少一部分,汉语史文字部分,收集了一些材料。两三年来科研计划都完成得不好,是抓得不紧,也是计划不够落实。

关于行政工作。语言学二教研室方面,上半年主要是抓课程的小改,调查现代汉语的教学效果,修改讲课计划。在工作上是按照学校的多项布置和指示进行的,但是工作不深入。此时对刘□宝同志的工作,帮助和督促都不够,也没有能针对他的思想进行帮助。

系行政工作,一年来做得不多。这并不是没有工作,而是没能积极主动地去做。对政策方针和具体情况两头都缺乏认真的研究,即使做了点也只是浮面而不实在的。

(本文据山东大学档案馆藏《蒋维崧档案》中手稿整理,有删节。整理者:丁雪媛)

乔大壮印存跋(附乔大壮书绝命词)

蒋维崧　撰

蒋维崧撰《乔大壮印存跋》

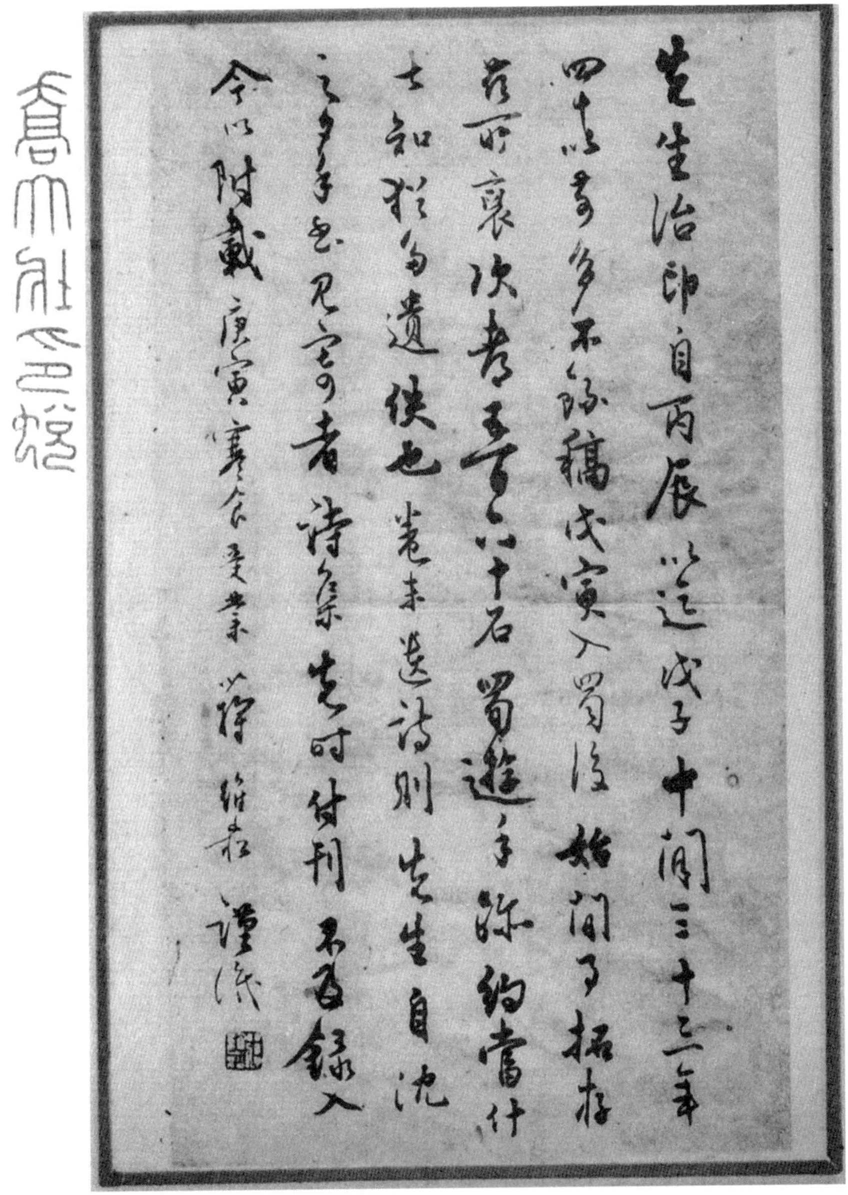

先生治印自丙辰以迄戊子中間三十二年
四易寒暑多不留稿戊寅入蜀後始聞予搜存
其所裒次者五百八十石蜀遊予踪約當什
之一知將多遺佚也卷末選詩則先生自沈
之月手自寫定之者詩集先時付刊未肯録入
今以附載　庚寅寒食受業武進蔣維崧謹識

乔大壮书《绝命词》

教职员登记表（丁山）

姓名	丁山	曾用何名	原名增熙	性别	男	年龄	49	籍贯	安徽省和市/县沈朝乡 街道/镇

学历	从何时起	至何时止	何地	何校	毕业和肄业		有何著作
	1911 年	1917 年八月	和县戚桥镇	戚桥小学	毕业		
	1917 年八月	1921 年八月	南京	私立钟英中学	毕业		
	1921 年八月	1924 年八月	北京	北京大学文科	旁听生		
	1924 年八月	1926 年八月	北京	北京大学研究所国学门	肄业		
经历	从何时起	至何时止	何地	何单位	任何职务	证明人	
	1926 年 8 月	1927 年七月	厦门	厦门大学国学院	助教	沈荣士先生(院长)	
	1927 年 8 月	1929 年七月	广州	中山大学文科	教授	戴传贤(校长)	
	1929 年 8 月	1932 年七月	北京	中央研究院历史语言研究所	专任研究员	蔡元培先生(院长)	
	1932 年 8 月	1933 年七月	南京	中央大学历史系	教授	罗家伦(校长)	
	1933 年 8 月	1935 年七月	青岛	山东大学中文系	教授	赵太侔(校长)	
	1936 年正月	1937 年正月	成都	四川大学历史系	教授	任鸿隽(校长)	
	1937 年正月	1937 年八月	杭州	浙江省政府	秘书	朱家骅(主席)	
	1937 年八月	1938 年七月	青岛,重庆	山东大学中文系	教授	林济青(校长)	
	1938 年十月	1941 年七月	四川三台	东北大学史学系	主任教授	臧启芳(校长)	
	1941 年八月	1942 年七月	陕西城固	西北大学史学系	主任教授	陈石珍(校长)	
	1942 年八月	1944 年正月	重庆	中央大学史学系	教授	顾孟余先生(校长)	
	1944 年正月	1944 年十二月	四川三台	东北大学史学系	教授	臧启芳(校长)	
	1945 年正月	1945 年十二月	成都	四川大学史地系	教授	黄季陆(校长)	
	1946 年八月	1947 年七月	上海	暨南大学史地系	主任教授	李寿雍(校长)	
	1947 年八月	1949 年	青岛	山东大学中文系	教授	赵太侔(校长)	

续表

<table>
<tr><td rowspan="3">家庭经济状况</td><td rowspan="3">土改前</td><td>不动产</td><td>住宅一所</td><td rowspan="3">土改后</td><td>不动产</td><td></td><td rowspan="3">人口</td><td rowspan="3">父兄姓名及职业</td><td rowspan="3" colspan="2">父亲早死,现在母亲在堂。无兄弟,有姊一人,已嫁,在和县,与母亲同居。子女均幼(白 14 岁……共五人)</td></tr>
<tr><td>动产</td><td>书籍八千册</td><td>动产</td><td></td></tr>
<tr><td>其他</td><td>田四余亩</td><td>其他</td><td></td></tr>
<tr><td colspan="3">社会关系</td><td colspan="4"></td><td colspan="4"></td></tr>
<tr><td colspan="3">现任职务</td><td>中国文学系教授</td><td colspan="2">擅长何种科目</td><td>中国古代史</td><td rowspan="2">介绍人现在何处作何工作</td><td rowspan="2"></td><td rowspan="2">担任什么职务</td><td rowspan="2"></td></tr>
<tr><td colspan="3">参加过何种政治党派或团体会门何时何地</td><td colspan="4">未参加过任何党派</td></tr>
<tr><td colspan="3">看过哪些书籍</td><td colspan="8">五经,四书,廿四史,资治通鉴,读史方与纪要,资本论,辩证法唯物,历史唯物论,新民主主义论等。</td></tr>
<tr><td colspan="2">是否结婚</td><td>是</td><td>对方姓名</td><td>陶梦云</td><td>在何处工作</td><td colspan="2">在苏州看护子女</td><td colspan="2">双方关系</td><td>夫妻</td></tr>
<tr><td colspan="3">受过何种训练</td><td colspan="8">苏州浒墅关蚕桑专科学校毕业</td></tr>
<tr><td>备考</td><td colspan="10"></td></tr>
<tr><td>每个时期的思想情况</td><td colspan="10">儒家思想本是中国农业社会的产物,本人生长在农村,当然服膺儒家思想。孔子所谓“不患寡而患不均,不患贤而患不安。”孟子所谓“民为贵,社稷次之,君为轻”都是站在人民的立场上说话的。过去的统治阶级的一切设施,总是站在小我的立场,违反孔孟的学说,在那时代,本人不敢有什么思想。</td></tr>
</table>

续表

家庭经济状况	土改前	不动产	住宅一所	土改后	不动产		人口	父兄姓名及职业	父亲早死,现在母亲在堂。无兄弟,有姊一人,已嫁,在和县,与母亲同居。子女均幼(白14岁……共五人)
		动产	书籍八千册		动产				
		其他	田四余亩		其他				
解放后五个月来的思想	马、恩、列、斯、毛诸家的伟大著作,没有机会能全部阅读过。对于社会主义革命的基本理论尚未明了,故本人思想上不敢说有何重大的变化,自我检讨。但从形势上看,本人不能不承认自己是个落伍者。								

处　　　组

文学院　中文系　填表时间 1949 年 11 月 16 日

说明

1.要逐项填写,不得遗漏。

2.一律用钢笔正确填写,不得草笔。

(本表据山东大学档案馆藏《丁山档案》中手稿整理)

整理者:丁雪媛

校雠学参考资料十卷

（丁山撰，民国间国立四川大学排印本）

校讎學參考材料

丁山纂錄

（一）漢書藝文志節錄

昔仲尼沒而微言絕，七十子喪而大義乖；故春秋分爲五，詩分爲四，易有數家之傳。 戰國縱橫，眞僞分爭，諸子之言，紛然殽亂。 至秦患之，乃燔滅文章，以愚黔首。 漢興，改秦之敗，大收篇籍，廣開獻書之路。迄孝武世，書缺簡脫，禮壞樂崩，聖上喟然而稱曰，朕甚閔焉！ 於是建藏書之策，置寫書之官，下及諸子傳說，皆充祕府。 至成帝時，以書頗散亡，使謁者陳農，求遺書於天下，詔光祿大夫劉向校經傳諸子詩賦，步兵校尉任宏校兵書，太史令尹咸校數術，侍醫李柱國校方技，每一書已，向輒條其篇目，撮其指意，錄而奏之。會向卒，哀帝復使向子侍中奉車都尉歆卒父業。 歆於是總羣書而奏其七略。 故有輯略，有六藝略，有諸子略，有詩賦略，有兵書略，有術數略，有方技略，今刪其要，以備篇籍：

（一）六藝略

(甲)易十三家，二百九十四篇。

(乙)書九家，四百一十二篇。

(丙)詩六家，四百一十六篇

(丁)禮十三家，五百五十五篇。

(戊)樂六家，百六十五篇

(己)春秋二十三家，九百四十六篇。

(庚)論語十二家，二百二十九篇。

(辛)孝經十一家，五十九篇。

(壬)小學十家，四十五篇。

(二)諸子略

(甲)儒五十三家，八百三十六篇。

(乙)道三十七家，九百九十三篇。

(丙)陰陽二十一家，三百六十九篇。

協美印刷公司代印

（丁）法十家，二百一十七篇。
（戊）名七家，三十六篇。
（己）墨六家，八十六篇。
（庚）縱橫十二家，百七篇。
（辛）雜二十家，四百三篇。
（壬）農九家，百一十四篇。
（癸）小說十五家，千三百八十篇。

（三）詩賦略

（甲）屈原等賦二十家，三百六十一篇。
（乙）陸賈等賦二十一家，二百七十四篇。
（丙）孫卿等賦二十五家，百三十六篇。
（丁）雜賦十二家，二百三十三篇。
（戊）歌詩二十八家，千三百一十八篇。

(四)兵書略

(甲)權謀十三家，二百五十九篇。

(乙)形勢十一家，九十二篇，圖十八卷。

(丙)兵陰陽十六家，二百四十九篇，圖十卷。

(丁)兵巧技十三家，百九十九篇。

(五)數術略

(甲)天文二十一家，四百四十五卷。

(乙)曆譜十八家，六百六卷。

(丙)五行三十一家，六百五十二卷。

(丁)蓍龜十五家，四百一卷。

(戊)雜占十八家，三百一十三卷。

(己)形法六家，百二十二卷。

(六)方技略

協美印刷公司代印

（甲）醫經七家，二百一十六卷。
（乙）經方十一家，二百七十四卷。
（丙）房中八家，百八十六卷。
（丁）神仙十家，二百五卷。
大凡書六略，三十八種，五百九十六家，萬三千二百六十九卷。

（二）鄭樵校讐略

秦不絕儒學論二篇

陸賈秦之巨儒也。酈食其秦之儒生也。叔孫通秦時以文學召待詔博士，數歲，陳勝起，二世召博士諸儒生三十餘人而問其故，皆引春秋之義以對。是則秦時未嘗不用儒生與經學也。況叔孫通降漢時，自有弟子百餘人，齊魯之風，亦未嘗替。故項羽既亡之後，而魯爲守節禮義之國，則知秦時未嘗廢儒，而始皇所阬者蓋一時議論不合者耳。

蕭何入咸陽，收秦律令圖書，則秦亦未嘗無書籍也。其所焚者，一時間事耳。後世不明經者，皆歸之秦火，使學者不覩全書，未免乎疑以傳疑。然則易固爲全書矣。何嘗見後世有明全易之人哉？臣向謂秦人焚書而書存，諸儒窮經而經絕，蓋爲此發也。詩有六亡篇，乃六笙詩，本無辭。書有逸篇，仲尼之時已無矣。皆不因秦火。自漢已來，書籍至於今日，百不存一二，非秦人亡之也。學者自亡之耳。

編次必謹類例論六篇。

學之不專者，爲書之不明也。書之不明者，爲類例之不分也。有專門之書，則有專門之學，有專門之學，則有世守之能人守其學，學守其書，書守其類，人有存沒，而學不息，世有變故，而書不亡，以今之書、校古之書，百無一存，其故何哉？士卒之亡者，由部伍之法不明也。書籍之亡者，由類例之法不分也。類例分則百家九流，各有條理，雖亡而不能亡也。巫醫之學，亦經存沒，而學不息，釋老之書，亦經變故，而書常存，觀漢之易書甚多，今不傳，惟卜筮之易傳；法家之書亦多，今不傳，惟釋老之書傳，彼異端之學，能全其書者，專之謂矣。十二野者，所以分天之綱，卽十二野不可以明天。九洲者所以分地之紀，卽九州不可以明地。七略者所以分書之次，卽七略不可以明書、欲明天者在於明推步，欲明地者在於明遠邇，欲明書者在於明類例。噫，類例不明，圖書失紀，有自來矣。臣於是總古今有無之書，爲之區別，凡十二類，經類第一，禮類第二，樂類第三，小學類第四，史類第五，諸子類第六，星數類第七，五行類第八，藝術類第九，醫方類第十，類書類第十一，文類第十二。經一類分九家，九家有八十八種書，以八十八種書而總爲九種書可乎。禮一類分七家，七家有五十四種書，以五十四種書而總爲七種書可乎。樂一類爲一家，書十一種。小學一類爲一家，書八種。史一類，分十三家，十三家爲書九十種，朝代之書則以朝代分，非朝代書則以類聚分。諸子一類，分十一家，其八家爲書八種，道釋兵三家書差多，爲四十種。星數一類，分三家，三家爲書十五種。五行一類分三十家，三十家爲書三十三種。藝術一類爲一家，書十七種。醫方一類爲一家，書二十六種。類書一類爲一家，分上下二種。文類一類，分二家，二十二種，別集一家，爲十九種書，餘二十一家，二十一種書而已。總十二類，百家，四百二十二種，朱紫分矣。散四百二十二種書，可以窮百家之學，斂百家之學，可以明十二類之所歸。

易本一類也，以數不可合於圖，圖不可合於音，讖緯不可合於傳注，故分爲十六種。詩本一類也，以圖不可合於音，音不可合於譜，名物不可合於詁訓，故分爲十二種。禮雖一類，而有七種，以儀禮雜於周官可乎？春秋雖一類，而有五家，以啖趙雜於公穀可乎？樂雖主於音聲，而歌曲與管絃異事。小學雖主於文字，而字書與韻書背馳。編年一家，而有先後。文集一家，而有合離。日月星辰，豈可與風雲氣候同爲天文之學？三命元辰，豈可與九宮太一同爲五行之書？以此觀之，七略所分，自爲苟簡，四庫所部，無乃荒唐。

類書，猶持軍也。若有條理，雖多而治，若無條理，雖寡而紛，類例不患其多也，患處多之無術耳。

今所紀者，欲以紀百代之有無。然漢晉之書，最爲希闊，故稍略。隋唐之書，於今爲，近故差詳。崇文四庫及民間之藏，乃近代之書，所當一一載也。

類例既分，學術自明，以其先後本末具在。觀圖譜者可以知圖譜之所始，觀名數者可以知名數之相承。讖緯之學，盛於東都，音韻之書，傳於江左，傳注起於漢魏，義疏成於隋唐，覩其書可以知其學之源流，或舊無其書，而有其學者，是爲新出之學，非古道也。

編次必記亡書論三篇

古人編書，皆記其亡闕，所以仲尼定書，逸篇具載。王儉作七志已，又條劉氏七略，及二漢藝文志。魏中經簿所闕之書爲一志。阮孝緒作七錄已，亦條劉氏七略及班固漢志。袁山松後漢志，魏中經晉四部所亡之書爲一錄，隋朝又記梁之亡書。自唐以前，書籍之富者爲亡闕之書有所系，故可以本所系而求所以書或亡於前而備於後，不出於彼而出於此。及唐人收書，只記其用，不記其無，是致後人失其名系，所以崇文四庫之書，比於隋唐，亡書甚多，而古書之亡尤甚焉。

古人亡書有記，故本所記而求之。魏人求書，有闕目錄一卷。唐人求書，有搜訪圖書目一卷。所以得書之多也。□□□下詔，幷書目一卷，惜乎行之不遠，一卷之目，亦無傳焉。臣今所作羣書會紀，不惟簡別類例，亦所以廣古今而無遺也。

古人編書，必究本末，上有源流，下有沿襲，故學者亦易學，求者亦易求，謂如隋人於曆一家最爲詳明，凡作歷者幾人，或先或後，有因有革，存則俱存，亡則俱亡。唐人不能記亡書，然猶紀其當代作者之先後，必使具在而後已。及崇文四庫，有則書，無則否，不惟古書難求，雖今代憲章亦不備。

書有名亡實不亡論一篇

書有亡者，有雖亡而不亡者，有不可以不求者，有不可求者。文言略例雖亡，而周易具在。漢魏吳晉鼓吹曲雖亡，而樂府具在。三禮目錄雖亡，可取諸三禮。十三代史目錄雖亡，可取諸十三代史。常鼎寶文選著作人名目錄雖亡，可取諸文選。孫玉汝唐列聖實錄雖亡，可取諸唐實錄。開元禮目錄雖亡，可取諸開元禮。名醫目錄雖亡，陶隱居以收入本草。李氏本草雖亡，唐愼微以收入證類。春秋括甲子雖亡，不過起隱公至哀公甲子耳。韋嘉年號錄雖亡，不過起漢後元至唐中和年號耳。續唐歷雖亡不過續柳芳所作，至唐之末年。亦猶續通典，續杜佑所作至宋初也。毛詩蟲魚草木圖，蓋本陸機疏而爲圖，今雖亡，有陸機疏在，則其圖可圖也。爾雅圖蓋本郭璞注而爲圖，今雖亡，有郭璞注在，則其圖可圖也，張頻禮粹出於崔靈恩三禮義宗，有崔靈恩三禮義宗，則張頻禮粹爲不亡。五服志出於開元禮，有開元禮，則五服志爲不亡。有杜預春秋公子譜，無顧啓期大夫譜可也。有

協美印刷公司代印

洪範五行傳，無春秋災異應錄可也。丁副春秋三傳同異字，可見於杜預釋例。陸淳纂例，京相璠春秋土地名，可見於杜預地名譜。桑欽水經，李騰說文字源，不離說文，經典分毫正字，不離佩觿，李舟切韻乃取說文而分聲，天寶切韻郎開元文字而爲韻，內外傳歸字圖，內外傳鈐指歸圖，切韻樞之類，無不見於韻海鏡源。書評，書論，書品，書決之類，無不見於法書苑墨藪。唐人小說，多見於語林。近代小說，多見於集說。天文橫圖，圓圖，分野圖，紫微圖，象度圖，但一圖可該。大象賦，小象賦，周髀星述，四七長短經，劉石甘巫占，但一書可備。開元占經，象應驗錄之類，郎古今通占鑑，乾象新書可以見矣。李氏本草拾遺，刪繁本草，徐之才藥對，南海藥譜，藥林，藥論，藥忌之書，證類本草收之矣。肘後方，鬼遺方，獨行方，一致方，及諸古方之書，外臺秘要，太平聖惠方中盡收之矣。紀元之書，亡者甚多，不過紀運圖，歷代圖可見其略。編年紀事之書，亡者甚多，不過通歷，帝王歷數圖，可見其略。凡此之類，名雖亡而實不亡者也。

編次失書論五篇

書之易亡，亦由校讐之人失職故也。蓋編次之時，失其名帙，名帙既失，書安得不亡也。按唐志於天文類有星書，無日月風雲氣候之書，豈有唐朝而無風雲氣候之書乎？編次之時失之矣。按崇文目有風雲氣候書，無日月之書，豈有宋朝而無日月之書乎？編次之時失之矣。四庫書目，並無此等書，而以星禽洞微之書列於天文，且星禽洞微五行之書也，何與於天文？

射覆一家，於漢有之，世有其書，唐志崇文目並無，何也？

軌革一家，其來舊矣。世有其書，唐志，崇文目幷無，四庫始收入五行類，醫方類自有炮炙一家書，而唐隋二志並無，何也？

人倫之書極多，唐志只有袁天綱七卷而已。婚書極多，唐志只有一部，崇文只有一卷而已。四庫全不收。

見名不見書論二篇

編書之家，多是苟且，有見名不見書者，有看前不看後者。尉繚子兵書也，班固以爲諸子類，寘於雜家，此之謂見名不見書。隋唐因之，至崇文目始入兵書類。

顏師古作刊謬正俗，乃雜記經史，惟第一篇說論語，而崇文目以爲論語類，此之謂看前不看後。應知崇文所釋，不看全書，多只看帙前數行，率意以釋之耳。按刊謬正俗當入經解類。

按漢朝駮議，諸王奏事，魏臣奏事，魏臺詔議，南臺奏事之類，隋人編入刑法者，以隋人見其書也，若不見其書，即其名以求之，安得有刑法意乎？按唐志見其名爲奏事，直以爲故事也，編入故事類。況古之所謂故事者，即漢之章程也，異乎近人所謂故事者矣。是之謂見名不見書。按周易參同契三卷，周易五相類一卷，爐火之書也。唐志以其取名於周易，則以爲卜筮之書，故入周易卜筮類，此亦謂見名不見書。

收書之多論一篇

臣嘗見鄉人方氏望壺樓，書籍頗多，問其家乃云先人守無爲軍日就一道士傳之，倘不能盡其書也，如唐文人集無不備。又嘗見浮屠慧邃收古人簡牘，宋朝自開國至崇觀間，凡是名臣及高僧筆迹無不備，以一道士能備一唐朝之文集，以一僧能備一宋朝之筆迹，況於堂堂天府，而不能盡天下之圖書乎？患不求耳。然觀國家向日文物全盛之時，猶有遺書，民間所有，祕府所無者甚多，是求之道未至耳。

闕書備於後世論一篇

古之書籍，有不足於前朝，而足於後世者。觀唐志所得舊書，盡梁書卷帙，而多於隋，蓋梁書至隋，所失已多，而卷帙不全者又多，唐人按王儉七志，阮孝緒七錄，搜訪圖書，所以卷帙多於隋，而復有多於梁者。如陶潛集梁有五卷，隋有九卷，唐乃有二十卷，諸書如此者甚多，孰謂前代亡書不可備於後代乎？

亡書出於後世論一篇

古之書籍有不出於當時，而出於後代者。按，蕭何律令，張蒼章程，漢之大典也。劉氏七略，班固漢志全不收。按，晉之故事，即漢章程也，有漢朝駁議三十卷，漢名臣奏議三十卷，并爲章程之書，至隋唐猶存，奈何闕於漢乎？刑統之書，本於蕭何律令，歷代增修，不失故典，豈可闕於當時乎？又況兵家一類，任宏所編，有韓信軍法三篇，廣武一篇，豈有韓信軍法猶在，而蕭何律令，張蒼章程則

一　協美印刷公司代印

無之，此劉氏班氏之過也。孔安國舜典不出於漢而出於晉，連山之易不出於隋而出於唐，應知書籍之亡者，皆校讐之官失職矣。

亡書出於民間論一篇

古之書籍，有上代所無而出於今民間者。古文尚無音，唐氏與宋朝幷無，今出於漳州之吳氏。陸機正訓，隋唐二志幷無，今出於荆州之田氏。三墳自是一種古書，至熙豐間始出於野堂村校。按，漳州吳氏書目算術一家有數件古書，皆三館四庫所無者，臣已收入求書類矣。又師春二卷，甘氏星經二卷，漢官典義十卷，京房易鈔一卷，今世之所傳者，皆出於吳氏，應知古書散落人間者，可勝計哉。求之之道未至耳。

求書遺使校書久任論一篇

求書之官，不可不遣，校書之任，不可不專，漢除挾書之律，開獻書之路，久矣。至成帝時，遺謁者陳農求遺書於天下，遂有七略之藏。隋開皇間，奇章公請分遣使人，搜訪異本，後嘉則殿藏書三十七萬卷，祿山之變，尺簡無存，乃命苗發等使江淮括訪，至文宗朝，遂有十二庫之書。唐之季年，猶遣監察御史諸道搜求遺書，知古人求書欲廣，必遣官焉。然後山林藪澤，可以無遺，司馬遷世爲史官，劉向父子校讐天吳，虞世南顏師古相繼爲祕書監，令狐德棻三朝當修史之任，孔穎達一生不離學校之官，若欲圖書之備，文物之興，則校讐之官，豈可不久其任哉。

求書之道有八論九第篇

求書之道有八，一曰卽類以求，二曰旁類以求，三曰因地以求，四曰因家以求，五曰求之公，六曰求之私，七曰因人以求，八曰因代以求，當不一於所求也。

凡星曆之書，求之靈臺郎，樂律之書，求之太常樂工。靈臺所無，然後訪民間之知星歷者，太常所無，然後訪民間之知音律者，眼目之方多，眼科家或有之，疽瘍之方多，外醫家或有之。紫堂之書多亡，世有傳紫堂之學者，九曜之書多亡，世有傳九星之學者、列仙傳之類，道藏可求，此之謂卽類以求。

凡性命道德之書，可以求之道家；小學文字之書，可以求之釋氏。如素履子，玄真子，尹子，鬻子之類，道家皆有；如倉頡篇，龍龕手鑑，郭逸音訣圖字母之類，釋氏皆有周易之書，多藏于卜筮家；洪範之書，多藏于五行家。且如邢璹周易略例正義，今道藏有之；京房周易飛伏例，卜筮家有之；此之謂旁類以求。

孟少主實錄，蜀中必有。王審之傳，閩中必有。零陵先賢傳，零陵必有。桂陽先賢贊，桂陽必有。京口記者，潤州記也；東陽記者，婺州記也；茅山記必見于茅山觀，神光聖跡必見于神光寺；如此之類，可因地以求。

錢氏慶系圖，可求于忠懿王之家；章氏家譜，可求于申公之後。黃君俞尚書關言雖亡，君俞之家在興化。王棐春秋講義雖亡，棐之家在臨漳。徐寅文賦，今莆田有之，以其家在莆田。潘佑文集，今長樂有之，以其後居長樂。如此之類，可因家以求。

禮義之書，祠祀之書，斷獄之書，官制之書，版圖之書，今官府有不經兵火處，其書必有存者，此謂求之公。

書不存於祕府，而出於民間者甚多。如，漳州吳氏，其家甚微，其官甚卑，然一生文字間，至老不休，故所得之書多蓬山所無者。兼藏書之家，例有兩目錄，所以示人者，未嘗載異書，若非與人盡誠盡禮，彼肯出其所祕乎？此謂求之私。鄉人李氏，曾守和州，其家或有沈氏之書，前年所進褚方回清愼帖，蒙賜百四兩，此則沈家舊物也。鄉人陳氏，嘗爲湖北監司，其家或有田氏之書，臣嘗見其有荆州田氏目錄，若迹其官守，知所由來，容或有焉。此謂因人以求。胡旦作演聖通論，余靖作三史刊誤，此等書卷帙雖多，然流行於一時，實近代之所作。書之難求者，爲其久遠而不可迹也，若出近代人之手，何不可求之有？此謂因代而求。

編次之訛論十五篇

隋志所類，無不當理，然亦有錯收者。謚法三部已見經解類矣，而汝南君謚議又見儀注，何也？後人更不考其錯誤，而復因之。按，唐志經解類已有謚法，復於儀注類出魏晉謚議，蓋本隋志。

一類之書，當集在一處，不可有所間也。按，唐志謚法，見於經解一類而分爲兩，處置四庫書目以入禮類，亦分爲兩也。

唐志於儀注類中，有玉璽國寶之書矣、而於傳記類中復出此二書。四庫書目既立命書類，而三命五命之書，復入五行卜筮類。

遁甲一種書耳，四庫書目分而爲四類。兵書見之五行，卜筮又見之，壬課又見之，命書又見之。既立壬課類，則遁甲書當隸壬課類中。

月令乃禮家之一類，以其書之多，故爲專類，不知四庫書目如何見於禮類，又見於兵家？又見於農家？又見於月鑑？按，此宜在歲時類。

太元經以諱故，崇文改爲太真，今四庫書目分太玄太真爲兩家書。

貨泉之書，農家類也。唐志以顧烜錢譜，列於農，至於封演錢譜，又列於小說家，此何義哉？亦恐是誤耳。崇文四庫因之，並以貨泉爲小說家書，正猶班固以太玄爲楊雄所作，而列於儒家，後人因之遂以太玄一家之書爲儒家類。是故君子重始作，若始作之訛，則後人不復能反正也。

有歷學，有算學，隋志以歷數爲主，而附以算法，雖不別條，自成兩類，後人始分歷數爲兩家。不知唐志如何以歷與算二種之書，相濫爲一，雖曰歷算同歸乎數，各自名家。

李延壽南北史，唐志類於集史，是，崇文類於雜史，非。吳紀九卷，唐志類於編年，是，隋志類於正史，非。海宇亂離志，唐志類於雜史，是，隋志類於編年，非。

唐藝文志與崇文總目，既以外丹煅法爲道家書矣，奈何藝文又於醫術中見太清神丹經，諸丹藥數條？崇文又於醫書中見伏火丹砂，通玄祕訣數條？大抵爐火與服餌兩種，向來道家與醫家雜出，不獨藝文與崇文，雖隋志亦如此。臣今分爲兩類，列於道家，庶無雜揉。

歲時自一家書，如歲時廣記百十二卷，崇文總目不列於歲時，而列於類書，何也？類書者謂總眾類，不可分也，若可分之書，當入別類。且如天文有類書，自當列天文類。職官有類書，自當列職官類，豈可以爲類書而總入類書類乎？

諫疏時政論與君臣之事，隋唐志並入雜家，臣今折出，按此當入儒家。大低隋唐志於儒雜二家不分。

古今編書所不能分者五，一曰傳記，二曰雜家，三曰小說，四曰雜史，五曰故事，凡此五類之書，足相紊亂。又如，文史與詩話亦能相濫。

凡編書，每一類成，必計卷帙於其後，如何唐志於集史計卷，而正史不計卷？實錄與詔令計卷，而起居注不許卷？凡書計卷帙，皆有空別，唐志無空別，多爲抄寫所移。

隋志最可信，緣分類不考，故亦有重複者。嘉瑞記，祥瑞記二書，既出雜傳，又出五行。諸葛武侯集誡，衆賢誡，曹大家女誡，正順志娣姒訓，女誡，女訓，凡數種書，既出儒類，又出總集。衆僧傳，高僧傳，梁皇大捨記，法藏目錄，玄門寶海等書，既出雜傳，又出雜家，如此二種，實出分類不明，是致差互。若陶弘景天儀說要，天文類中兩出，趙政甲寅元歷序，歷數中兩出。黃帝飛鳥歷與海中仙人占，災祥書，五行類中兩出。庾季才地形志，地理類中兩出。凡此五書，是不校勘之過也。以隋志尚且如此，後來編書，出於衆手，不經校勘者，可勝道哉！於是作書目正訛。

崇文明於兩類論一篇

崇文總目，衆手爲之，其間有兩類極有條理，古人不及，後來無以復加也。道書一類，有九節相屬，而無雜揉。又雜史一類，雖不標别，然分上下二卷，卽爲二家，不勝冗濫，及覩崇文九節，正所謂大熱而濯以清風也。雜史一類，隋唐二志，皆不成條理，今觀崇文之作，賢於二志遠矣。此二種往往是一手所編，惜乎當時不盡以其書屬之也。

泛釋無義論一篇

古之編書，但標類而已，未嘗注解其著注者人之姓名耳。蓋經入經類，何必更言經。史入史類，何必更言史，但隨其凡目，則其書自顯。惟隋志於疑晦者則釋之，無疑晦者則以類舉。今崇文總目出新意，每書之下，必著說焉，據標類自見，何用更爲之說？且爲之說也，已自繁矣，何用一一說焉？至於無說者，或後書與前書不殊者，則强爲之說，使人意怠。且太平廣記者，乃太平御覽别出。廣記一

協美印刷公司代印

書，專記異事，奈何崇文之目所說不及此意，但以謂博採羣書，以類分門。凡是類書，皆可博採羣書，以類分門，不知御覽之與廣記又何異？崇文所釋，大概如此，舉此一條，可見其他。

書有不應釋論三篇

實錄自出於當代，按崇文總目有唐實錄十八部，既謂唐實錄，得非出於唐人之手，何須一一釋云唐人撰？

凡編書皆欲成類，取簡而易曉，如文集之作甚多，唐人所作，自是一類，宋朝人所作，自是一類，但記姓名可也，何須一一言唐人撰，一一言宋朝人撰。然崇文所作，所以爲衍文者，不知其爲幾何，此非不達理也，著書之時，元不經心耳。

有應釋者，有不應釋者。崇文總目必欲一一爲之釋，間有見名知義者，亦彊爲之釋，如鄭景岫作南中四時攝生論，其名自可見，何用釋哉？如陳昌胤作百中傷寒論，其名亦可見，何必曰百中者取其必愈乎？

書有應釋論一篇

隋志於他類，只注人姓名，不注義說，可以睹類而知義也。如史家一類，正史，編年，各隨朝代易明，不言自顯。至於雜史，容有錯雜其間，故爲之注釋，其易知者則否。惟霸史一類，紛紛如也。故一一具注，蓋有應釋者，有不應釋者，不可執一概之論。按，唐志有應釋者，而一概不釋，謂之簡。崇文有不應釋者，而一概釋之，謂之繁。今當觀其可不可。

不類書而類人論三篇

古之編書，以人類書，何嘗以書類人哉！人則於書之下，注姓名耳。唐志一例削注，一例大書，遂以書類人。且如別集類，自是一類，總集自是一類，奏集自是一類。令狐楚集百三十卷，當入別集類，表奏十卷當入奏集類，如何取類於令狐楚，而別集與奏集不分？皮日休文藪十卷，當入總集類，文集十八卷，當入別集類，如何取類於皮日休而總集與別集無別？詩自一類，賦自一類，陸龜蒙有詩十卷，賦六卷，如何不分詩賦，而取類於陸龜蒙？

協美印刷公司代印

按隋志於書，則以所作之人或所解之人，注其姓名於書之下，文集則大書其名於上曰某人文集，不著注焉。唐志因隋志，係人於文集之上，遂以他書，一概如是。且春秋一類之學，當附春秋以顯，如曰劉向，有何義？易一類之書，當附易以顯，如曰王弼，有何義？

唐志以人寘於書之上，而不著注，大有相妨，如管辰作管輅傳二卷，唐省文例，去作字，則當曰管辰管輅傳，是二人共傳也。如李邕作狄仁傑傳三卷，當去作字，則當曰李邕狄仁傑傳，是二人共傳也。又如，李翰作張巡姚誾傳三卷，當去作字，則當曰李翰張巡姚誾傳，是三人共傳也。若文集置人於上，則無相妨，曰某人文集可也，卽無某人作某人文集之理。所志惟文集置人於上，可以去作字，可以不著注，而於義不妨也。又如盧粲佐作孝子傳三卷，又作高士傳二卷，高士與孝子自殊，如何因所作之人而合爲一？似此類極多。炙轂子雜錄注解五卷，乃王叡撰，若從唐志之例，則當曰王叡炙轂子雜錄注解五卷，是王叡復爲注解之人矣。若用隋志例，以其人之姓名，著注於其下，無有不安之理。

編書不明分類論三篇

七略惟兵家一略，任宏所校，分權謀，形勢，陰陽，技巧爲四種書。又有圖四十三卷，與書參焉。觀其類例，亦可知兵，況見其書乎。其次則尹咸校數術，李柱國校方技，亦有條理。惟劉向父子所校經傳諸子詩賦，冗雜不明，盡採語言，不存圖譜。緣劉氏章句之儒，胸中元無倫類，班固不知其失，是故後世亡書多，而學不知源別。凡編書惟細分難，非用心精微，則不能也。兵家一略極明，若他略皆如此，何憂乎斯文之喪也。

史家本於孟堅，孟堅初無獨斷之學，惟依緣他人以成門戶，紀志傳則追司馬之蹤，律歷藝文則躡劉氏之迹，惟地里志與古今人物表，是其胸臆。地里一學，後代少有名家者，由班固修書之無功耳。古今人物表，又不足言也。

古者修書，出於一人之手，成於一家之學，班馬之徒是也。至唐人始用衆手，晉隋二書是矣。然亦皆隨其學術所長者而授之，未嘗奪人之所能，而彊人之所不及。如，李淳風于志寧之徒，則授之以志，如顏師古孔穎達之徒則授之紀傳，以顏孔博通古今，于李明大文地理圖籍之學，所以晉隋二志，高於古今，而隋志尤詳明也。

編次有敍論二篇

隋志每於一書，而有數種學者，雖不標別，然亦有次第。如春秋三傳雖不分爲三家，而有後之列，先左氏，次公羊，次穀梁，次國語，可以次求類。唐志不然，三傳國語，可以渾而雜出，四家之學，猶方圓冰炭也。不知國語之文，可以同於公穀，公穀之義，可以同於左氏者乎？

隋志於禮類有喪服一種，雖不別出，而於儀禮之後，自成一類，以喪服者，儀禮之一篇也。後之儀禮者，因而講究，遂成一家之書，尤多於三禮，故爲之別異，可以見先後之次，可以見因革之宜，而無所紊濫，今唐志與三禮雜出可乎？

編次不明論七篇

班固藝文志出於七略者也。七略雖疏而不濫，若班氏步步趨趨，不離於七略，未見其失也。間有七略所無，而班氏雜出者，則躓矣。揚雄所作之書，劉氏蓋未收，而班氏始出，若之何以太玄，法言，樂箴三書合爲一，總謂之揚雄所序三十八篇，入於儒家類？按儒者舊有五十二種，固新出一種，則揚雄之三書也。且太玄易類也，法言諸子也，樂箴雜家也，奈何合而爲一家？是知班固胸中，元無倫類。

舊類有道家，有道書，道家則老莊是也。有法家，有刑法，法家則申韓是也。以道家爲先，法家次之。至於刑法道書，別出條例，刑法則律令也，道書則法術也，豈可以法術與老莊同條，律令與申韓共貫乎？不得不分也。唐志則併道家道書釋氏三類爲一類，命以道家可乎？凡條例之書，古人草昧，後世詳明者有之，未有棄古人之詳明從後人之紊濫也。其意謂釋氏之書，難爲在名墨兵農之上，故以合於道家。殊不知凡目之書，只要明曉，不如此論高卑，況釋道二家之書，自是矛盾，豈可同一家乎？

漢志於醫術類有經方，有醫經，於道術類有房中，有神仙，亦自微有分別，奈何後之人更不本此，同爲醫方同爲道家者乎？足見後人之苟且也。

唐志別出明堂經脈一條，而崇文總目合爲醫書，據明堂一類，亦有數家以爲一條，已自疎矣。況合於醫書，而其類又不相附，可乎？

漢志以司馬法爲禮經，以太公兵法爲道家，此何義也？疑此二條非任氏劉氏所收，蓋出班固之意，亦如以太玄樂箴爲儒家類也。

漢志以世本，戰國策，秦大臣奏事，漢著紀爲春秋類，此何義也？

唐志以選舉志入職官類，是，崇文總目以選舉入傳記非。

（四）阮孝緒七錄　校勘學參考材料之三

日月貞明，匪光景不能垂照，嵩華載育，非風雲無以懸感，大聖挺生，應期命世，所以匡濟風俗，矯正彝倫，非夫丘索墳典，詩書禮樂，何以成穆穆之功，致蕩蕩之化也哉。故洪荒道喪，帝昊興其爻畫，結繩義隱，皇頡肇其文字，自斯已往，沿襲異宜，功成治定，各有方冊，正宗既殄，樂崩禮壞，先聖之法，有若綴旒。故仲尼歎曰，大道之行也，與三代之英，丘未逮也，而有志焉。夫有志以爲古文猶好也，故自衞反魯，始立素王，於是刪詩書，定禮樂，列五始於春秋，興十翼於易道，夫子既亡，微言殆絕，七十並喪，大義遂乖。逮於戰國，殊俗政異，百家競起，九流互作，嬴政嫉之，故有坑焚之禍。至漢惠四年，始除挾書之律，其後外有太常太史博士之藏，內有延閣廣內祕室之府，開獻書之路，置寫書之官。至孝成之世，頗有亡逸，乃使謁者陳農求遺書於天下，命光祿大夫劉向及子俊歆等讎校篇籍，每一篇已，輒錄而奏之。會向亡喪，帝使歆嗣其前業，乃徙溫室中書於天祿閣上，歆遂總括羣篇，奏其七略。及後漢蘭臺，猶爲書部，又於東觀及仁壽閣，撰集新記，校書郎班固傅毅幷典祕籍，固乃因七略之辭，爲漢書藝文志。其後有著述者，袁山松亦錄在其書。魏晉之世，文籍逾廣，皆藏在祕書中外三閣，魏祕書郎鄭默刪定舊文，時之論者，謂爲朱紫有別。晉領祕書監荀勗因魏中經更著新簿，雖分爲十有餘卷，而總以四部別之。惠懷之亂，其書略盡，江左草創，十不一存，後雖鳩集，淆亂已甚。及著作佐郎李充始加刪正，因荀勗舊簿四部之法，而換其乙丙之書，沒略羣篇之名，總以甲乙爲次。自時厥後，世相祖述。宋祕書監謝靈運，丞王儉，齊祕書丞王亮，監謝朏等，幷有新進，更撰目錄。宋祕書殷淳撰大四部目，儉又依別錄之體，撰爲七志，其中朝遺書，收集稍廣，然所亡者，猶太半焉，齊末兵火，延及祕閣，有梁之初，缺亡甚衆，爰命祕書監任昉躬加部集，又於文德殿內，別藏衆書，使學士劉孝標等重加校進，乃分數術之文，更爲一部，使奉朝請祖暅撰其名，錄其尙書閣內別藏經史雜書，華林園又集釋氏經論，自江左篇章之盛，未有踰於當今者也。孝緒少愛墳籍，長而弗倦，臥病閑居，傍無塵雜，晨光纔啓，緗囊已散，宵漏既分，綠袠方掩，猶不能窮究流略，探盡祕奧，每披錄內省，多有缺然，其遺文隱記，頗多搜集，凡自宋齊已來，正公搢紳之館，苟能蓄聚墳籍，必思致其名簿，凡在所遇，若見若聞，校之官目，多所遺漏，遂總集衆家，更爲新錄。其方內經史至於術伎，合爲五錄，謂之內篇；方外佛道，各爲一錄，謂之外篇；凡爲錄有七，故名七錄。昔司馬子長記數千年事，先哲懋其勤，雖復稱爲良史，猶有捃拾之責，況總括羣書，四萬餘券，皆討論研覈，標判宗旨。才愧疎通，學慚博達，靡班嗣之賜書，微黃香之東觀，儻欲尋檢，內寡卷軸，如有疑滯，傍無沃啟，其爲紕繆，不亦多乎。將恐後之罪予者，豈不在於斯錄，如有刊正，請俟君子。昔劉向校書，輒爲一錄，論其指歸，辨其訛謬，隨竟奏上，皆載在本書，時又別集衆錄，謂之別錄，卽今之別錄是也。子歆撮其指要，著爲七略，其一篇卽六篇之總最，故以輯略爲名。次六藝略，次諸子略，次詩賦略，次兵書略，次數術略，次方伎略。王儉七志，改六藝爲經典，次諸子，次詩賦爲文翰，次兵書爲軍書，次數術爲陰陽，次方伎爲術藝，以向歆雖云七略，實有六條，故別立圖譜一志，以全七限。其外，又條七略，及二漢藝文中經簿所闕之書，幷方外之經，佛經道經，各爲一錄，雖繼七志之後，而不在其數。今所撰七錄，斟酌王劉，王以六藝之稱，不足標牓經目，改爲經典，今則從之，故序經典錄爲內篇第一。劉王並以衆史合於春秋，劉氏之世，史書甚寡，附見春秋，誠得其例，今衆家記傳，倍於經典，猶從此志，實爲繁蕪。且七略詩賦，不從六藝詩部，蓋由其書既多，所以別爲一略，今依擬斯例，分出衆史，序記傳錄爲內篇第二。諸子之稱，劉王竝同，又劉有兵書略，王以兵字淺薄，軍言深廣，故改兵爲軍，竊謂古有兵革兵戎，治兵用兵之言，斯則武事之總名也，所以還改軍從兵，兵書既少，不足別錄，今附於子末，總以子兵爲稱，故序子兵錄爲內篇第三。王以詩賦之名，不兼餘制，故改爲文翰，竊以頃世文詞，總謂之集，變翰爲集，於名尤顯，故序文集錄爲內篇第四。王以數術之稱，有繁雜之嫌，故改爲陰陽，方伎之言，事無典據，又多爲藝術，竊以陰陽偏有所繫，不如數術之該通，術藝則濫六藝與數術，不逮方伎之要顯，故還依劉氏，各守本名，但房中神仙，既入仙道，醫經經方，不足別創，故合術伎之稱，以名一錄，爲內篇第五。王氏圖譜一志，劉略所無，劉數術中，雖有歷譜，而與今譜有異，竊以圖畫之篇，宜從所圖爲部，故隨其名題，各附本錄，譜既注記之類，宜與史體相參，故載於記傳之末。自斯已上，皆內篇也。釋氏之教，實被中土，講說諷味，方軌孔籍，王氏雖載於篇，而不在志限，即理求真，未是所安，故序佛法錄爲外篇第一。仙道之書，由來尚矣，劉氏神仙，陳於方伎之末，王氏道經，書於七志之外，今合序仙道錄，爲外篇第二。王則先道而後佛，今則先佛而後道，蓋所宗有不同，亦由其教有淺深也。凡內外兩篇，合爲七錄，天下之遺書祕記，庶幾窮於是矣。有梁普通四年，歲維單閼，仲春十有七日，於建康禁中里宅，始述此書。通人平原劉杳從余遊，因說其事，杳有志，積久未獲操筆，聞余已先著鞭，欣然會意，凡所抄集，盡以相與，廣其聞見，實有力焉，斯亦康成之於傳釋，盡歸子愼之書也。

古今書最

七略書三十八種，六百三家，一萬三千二百一十九卷，五百七十二家亡，三十一家存。

漢書藝文志書，三十八種，五百九十六家，一萬三千三百六十九卷。

五百五十二家亡，四十四家存。

後漢藝文志書若干卷，

八十七家亡

晉中經簿四部書一千八百八十五部，二萬九百三十五卷，其中十六卷佛經書簿少二卷，

不詳所載多少。

一千一百一十九部亡，七百六十六部存。

晉元帝書目四部三百五帙，三千一十四卷，

晉義熙四年祕閣四部目錄，

宋元嘉八年祕閣四部目錄，一千五百六十有四帙，一萬四千五百八十二卷，（五十五帙，四百三十八卷佛經。）

宋元徽元年祕閣四部書目錄，二千二十袟，一萬五千七十四卷。
齊永明元年祕閣四部目錄五千，新足合二千三百三十二袟，一萬八千一十卷。
梁天監四年文德正御四部，及術數目錄，合二千九百六十八袟，二萬三千一百六卷。（祕書丞殷鈞撰，祕閣四部書少於文德，故書不錄其數也。）
新集七錄內外篇，圖書凡五十五部，六千二百八十八種，八千五百四十七袟，四萬四千五百二十六卷。（六千七十八種，八千二百八十四袟，四萬三千六百二十四卷經書二百三種，二百六十三袟，八百七十九卷，圖符）
內篇五錄四十六部，三千四百五十三種，五千四百九十三袟，三萬七千九百八十三卷，（三千三百一十八種，五千三百六十袠，三萬七千一百八卷，經書一百三十五種，一百八十七袠，七百七十五卷圖也。）
外篇二錄，九部，二千八百三十五種，三千五十四袠，六千五百三十八卷。（二千七百五十九種，五千九百七十八袟，六千四百三十四卷，經書七十六種，七十八袟，一百卷符圖。）

七錄目錄

經典錄內篇一

易部，本四種，九十六帙，五百九十卷。

尙書部，二十七種，二十八帙，一百九十卷。

詩部，五十二種，六十一帙，三百九十八卷。

禮部，一百四十種，二白一十一帙，一千五百七十卷。

樂部五種，五帙，二十五卷。

春秋部，一百一十一種，一百三十九帙，一千一百五十三卷。

論語部，五十一種，五十二帙，四百一十六卷。

孝經部，五十九種，五十九帙，一百四十四卷。

小學部。七十二種，七十二帙，三百一十三卷。

右九部五百九十一種，七百一十帙，四千七百一十卷。

記傳錄內篇二，

國史部，二百一十六種，五百九帙，四千五百九十六卷。
注歷部，五十九種，一百六十七帙，一千二百二十一卷。
舊事部，八十七種，一百二十七帙，一千三十八卷。
職官部，八十一種，一百四帙，八百一卷。
儀典部，八十種，二百五十二帙，二千二百五十六卷。
法制部，四十七種，九十五帙，八百八十六卷。
僞史部，二十六種，二十七帙，一百六十一卷。
雜傳部，二百四十一種，二百八十九帙，一千四百四十六卷。
鬼神部，二十九種，三十四帙，二百五卷。
土地部，七十三種，一百七十一帙，八百六十九卷。
譜狀部，四十二種，四百二十三帙，一千六十四卷。
簿錄部，三十六種，六十二帙，三百三十八卷。
右十二部，一千二十種，二千二百四十八帙，一萬四千八百八十八卷。

子（兵錄內篇三）

儒部，六十六種，七十五帙，六百四十卷。

道部，六十九種，七十六帙，四百三十一卷。

陰陽部，一種，一帙，一卷。

法部，十三種，十五帙，一百一十八卷。

名部，九種，九帙，二十三卷。

墨部，四種，四帙，一十九卷。

縱橫部，二種，二帙，五卷。

雜部，五十七種，二百五十七帙，二千三百三十八卷。

農部，一種，一帙，三卷。

小說部，十種，十二帙，六十三卷。

兵部，五十八種，六十一帙，二百四十五卷。

右一十一部，二百九十種，五百五十三帙，三千八百九十四卷。

文集錄，內篇四，
楚辭部，五種，五帙，二十七卷。
別集部，七百六十八種，八百五十八帙，六千四百九十七卷。
總集部，十六種，六十四帙，六百四十九卷。
雜文部，二百七十三種，四百五十一帙，三千五百八十七卷。
右四部，一千四十二種，一千三百七十五帙，一萬七百五十五卷。
術伎錄，五篇五，
天文部，四十九種，六十七帙，五百二十八卷。
緯讖部，三十二種，四十七帙，二百五十四卷。
歷筭部，五十種，五十帙，二百一十九卷。
五行部，八十四種，九十三帙，六百一十五卷。
卜筮部，五十種，六十帙，三百九十卷。
雜占部，十七種，十七帙，四十五卷。

刑法部，四十七種，六十一帙，三百七卷。
醫經部，八種，八帙，五十卷。
經方部，一百四十種，一百八十帙，一千三百五十九卷。
雜藝部，十五種，十八帙，六十六卷。
右十部，五百五種，六百六帙，三千七百三十六卷。

佛法錄，三卷，外一篇，
戒律部，七十一種，八十八帙，三百二十九卷。
禪慧部，二千七十七種，二千一百九十帙，三千六百七十七卷。
疑似部，四十六種，四十六帙，六十卷。
論記部，一百一十二種，一百六十四帙，一千一百五十八卷。
右五部，二千四百一十種，二千五百九十五帙，五千四百卷。

仙道錄，外篇二，
經戒部，二百九十種，三百一十八帙，八百二十八卷。

服餌部，四十八種，五十二帙，一百六十七卷。
房中部，十三種，十三帙，三十八卷。
符圖部，七十種，七十六帙，一百三卷
右四部，四百二十五種，四百五十九帙，一千一百三十八卷。
文字集略一帙，三卷，序錄一卷。
正史删繁十四帙，一百三十五卷，序錄一卷。
高隱傳，一帙，十卷，序例一卷。
古今世代錄一帙，七卷。
序錄二帙，一十一卷
雜文一帙，十卷。
聲緯一帙，一卷
右七種二十一帙，一百八十一卷，阮孝緒撰，不足編諸前錄，而載於此。（廣弘明集三。）

（五）牛弘請開獻書之路表

經籍所典，由來尙矣。爻畫肇於庖羲，文字生於蒼頡，聖人所以宏宣教導，博通古今，揚於王庭，肆於時夏。故堯稱至聖，猶考古道而言，舜其大智，尙觀古人之象，周官外史掌三皇五帝之書，及四方之志，武王問黃帝顓頊之道，太公曰在丹書，是知握符御歷，有國有家者，曷嘗不以詩書而爲教，因禮樂而成功也。昔周德既衰，舊經紊棄，孔子以大聖之才，開素王之業，憲章祖述，制禮刊詩，正五始而修春秋，闡十翼而弘易道，治國立身，作範垂法，及秦皇馭寓，吞滅諸侯，任用威力，事不師古，始下焚書之令，行偶語之刑，先王墳籍，掃地皆盡，本既先亡，從而顚覆。臣以圖讖言之，經典盛衰，信有徵數，此則書之一厄也。漢興，改秦之弊，敦尙儒術，建藏書之策，置校書之官，屋壁山巖，往往間出，外有太史太常之藏，內有延閣祕書之府，至孝成之世，亡逸尙多。遣謁者陳農求遺書於天下，詔劉向父子讎校篇籍，漢之典文，於斯爲盛。及王莽之末，長安兵起，宮室圖書，並從焚燼，此則書之二厄也。光武嗣興，尤重經誥，未及下車，先求文雅，於是鴻生鉅儒，繼踵而集，懷經負帙，不遠斯至。肅宗親臨講義，和帝數幸書林，其蘭台石室，鴻都東觀，祕牒塡委，更倍於前。及孝獻移都，吏民擾亂，圖書縑帛，皆取爲帷囊，所收而西者裁七十餘乘。屬西京大亂，一時燔蕩，此則書之三厄也。魏文代漢，更集經典，皆藏在祕書內外三閣，遣祕書郎鄭默刪定舊文，時之論者，美其朱紫有別。晉氏承之，文籍尤廣，晉祕書監荀勗定魏內經，更著新簿，雖古文舊簡，猶云有缺，新章後錄，鳩集已多，足得恢弘正道，訓範當世。屬劉石憑陵，京華覆滅，明章國典，從而失墜，此則書之四厄也。永嘉之後，寇竊競興，因河據洛，跨秦帶趙，論其建國立家，雖傳名號，憲章禮樂，寂滅無聞。劉裕平姚，收其圖籍，五經子史，纔四千卷，皆赤軸青紙，文字古拙，僭僞之盛，莫過二秦，以此而論，足可明矣。故知衣冠軌物，圖書記注，播遷之餘，皆歸江左。晉宋之際，學藝爲多，齊梁之間，經史彌盛。宋祕書丞王儉依劉氏七略撰爲七志，梁人阮孝緒亦爲七錄，總其書數三萬餘卷。及侯景渡江，破滅梁室，祕省經籍，雖從兵火，其文德殿內書史，宛然猶存。蕭繹據有江陵，

協美印刷公司代印

遺將破平侯景，收文德之書，及公私典籍，重本七萬餘卷，悉送荆州，故江表圖書，因斯盡萃於繹矣。及周師入郢，繹悉焚之於外城，所收十纔一二，此則書之五厄也。後魏爰自幽方，遷宅伊洛，日不暇給，經籍闕如。周氏創基關右，戎車未息，保定之始，書止八千，後加收集，方盈萬卷。高氏據有山東，初亦採訪，驗其本目，殘缺猶多。及東夏初平，獲其經史，四部重雜，三萬餘卷，所益舊書，五千而已。今御書單本，合一萬五千餘卷，部帙之間，仍有殘缺，此梁之舊目，止有其半。至於陰陽河洛之篇，醫方圖譜之說，彌復爲少。臣以經書，自仲尼已後，迄今當今，年踰千載，數遭五厄，興集之期，屬膺盛世。伏惟陛下，受天明命，君臨區宇，功無與二，德冠往初，自華夏分離，彝倫攸斁，其間雖霸王遞起，而世難未夷，欲崇儒業，時或未可，今土宇邁於三王，民黎盛於兩漢，有人有時，正在今日。方當大弘文教，納俗昇平，而天下圖書，尙有遺逸，非所以仰協聖情，流訓無窮也。臣史籍是司，寢興懷懼，昔陸賈奏漢王云，天下不可馬上治之，故知經邦立政，在於典謨矣。爲國之本，莫此攸先，今祕藏見書，亦足披覽，但一時載籍，須令大備，不可王府所無，私家乃有。然士民殷雜，求訪難知，縱有知者，多懷恡惜，必須勒之以天威，引之以微利，若猥發明詔，兼開購賞，則異典必臻，觀閣斯積，重道之風，超於前世，不亦善乎。伏願天監，少垂照察。（隋書牛弘傳）

（六八）倪棨明史藝文志序

歷代史之志藝文也尚矣。以之經緯天地，則足以宏建樹而致治功，以之淑善身心，則足以端秉彝而貞末俗，昔人所云大業崇之，則成欽明之德，匹夫克念，則有王公之重，良非虛也。自孔子刪述以來，六籍始大顯於世，遭秦燔學，若存若亡，漢興，掇拾殘缺，周易而外，無復全經，然六藝初不以不完而晦。數千年來，儒者講求，精義粤旨，愈久愈出，正如日月在天，雖遭剝蝕而不改其光明，未嘗以缺軼而不傳也。支流所及，爲史爲子，下逮騷賦詞章，雖不可與六藝抗行，然皆得道之一端。紀事紀言，則尚書春秋之具體；典章圖志，則職方王會之流亞；卜筮五行，則出於疇範卦爻；歷象經方，則出於烈山軒帝；三百而後，變而爲屈宋，漢魏淹中以下，盛而有度數儀文，雖殊途異軌，而一道同歸。其間亦多宏深奧衍之論，藻雅卓犖之詞，有志聖學者，間亦有取，此經史子集四部所由名已。始劉向爲七略，班固因之而志藝文，王儉阮孝緒爲七志七錄，魏徵因之而著經籍。四部之名，至唐而始定，曰甲部，經典小學諸書；曰乙部，史家編年紀傳等類；曰丙部，諸子百家在焉；曰丁部，騷賦別集係焉。下逮有宋，亦沿其制，而歷朝歷辟，崇文右儒，若兩漢之孝武，孝宣光武明章諸帝其表表者。乃若成靈二帝，或遣使求遺書，或詔刊定五經於石，斯非中主，亦足稱焉。其聚書多者則梁元之江陵十萬卷，隋嘉則殿之正本八萬餘卷，最爲富有。而更喪亂，存者無幾。唐武德開元，再加裒集，後還舊觀。天寶之後，湮沒殆盡，元載爲相，奏以千錢購書一卷，又命拾遺苗發等括訪江淮，文宗時鄭覃復請搜採，而四庫之書復完。及昭宗播遷，又蕩然無遺矣。宋初三館之書，不過萬餘卷，嗣平荆南，克李煜，吳越歸命，各有所得，然猶未備。於是募人獻書，來獻者賜以科名，知吏治者即授以職，太宗以後，遂大備焉。於是改建崇文院，著其目錄，讎校勘定，亦如漢代。然古書雖間出，而世祀悠邈，簡帙多亡，存者鮮矣。其後汴京既破，三館圖籍，歸於有金。高宗南渡，搜訪遺闕，臨安之有，不減東都。迨伯顏南下，試朱清張瑄海運之議，皆載而之北，故元奎張崇文之積，不下於歷朝。其尤可嘉尚者，郡邑儒生之著述，多由本路進呈，下翰林看詳可傳者，命江浙行省或所在各路儒學刊行，故何王金許之書，多賴以傳，鄱陽馬氏之通考，且出於羽流之薦達。其他或命以官，或給以祿，亦古今來所未有。蓋自姚樞得趙復江漢之傳，紫陽之學，盛行於北，大儒許衡輩挺生其間，故文雅彬郁，度越遼金以前諸代。惜明初脩元史者不爲特志，殊足憾焉。明太祖既克建康，龍鳳丙午，即命有司訪求古今書籍。元都既定，大將軍徐達盡收金章崇文祕書圖籍，及太常法服祭器儀象版籍歸之於南。先是，洪武初，設秘書監丞，仍元制，十三年從吏部之請，罷之，而以其職，歸之於翰林典籍。明年以北方自經喪亂，經籍殘缺，命頒四書五經於各學校。又明年，諭禮部曰，古先聖賢以教後世，存者書而已。朕每觀書，自覺有益，嘗以諭徐達，達亦好學，親儒生，囊書自隨，蓋讀書窮理，於日用事物間，自然見理明而所行當，書之有益者此也。今國子監藏版殘缺，其命諸儒考補，工部督修之。至二十四年再命頒國子監子史等書於北方學校，而帝於洪範有註，書傳有選，其他編類諸書尤多。帝初奮起隴畝，未嘗學問，即位而後揮毫染翰聖藻葩流，甲乙之集，流集人世，雖曰天縱其資於經集者，蓋不淺矣。其時典籍皆在南京，迨成祖即位四年，命禮部遣使購求遺書。及建都北平，命修撰陳循取文淵閣所貯書籍，自一部以至百部之多者，各取其一，置於燕都，連艫膚載而遷之南者，復改而之北。帝武功既成，頗修文事，命儒臣輯五經四子性理大全，頒之郡邑學宮，以訓生徒。復選天下耆儒宿士釋道之人，輯永樂大典，多至二萬餘卷，蓋欲倣宋太宗太平御覽等三書。然基書龐雜煩重，僅藏弆禁掖，未能如三書之流通也。仁宣二主，世既承平，文物益盛，宣宗治命楊士奇等輯文淵閣書目，第有篇名而無卷帙姓氏，稱缺略焉。宣德八年，命少傅楊士奇楊榮於館閣中擇能書數十人，取五經四子及說苑之類，各錄數本，分貯廣寒清暑二殿，及瓊花島以備觀覽。當是之時，典籍最盛，而通集庫皇史宬以貯金匱石室之藏者，又不與焉。其後太平既久，文治益隆，翰林館閣，兩京胄監，部署郎曹，各有所貯，下至郡邑諸學，鄉士大夫，或捐所有，或益所無，雖未能盡括天下之典籍，然亦稱略備矣。弘治中大學士邱濬言經籍圖書，皆自古帝王精神心術所寓，今世賴之以知古，後世賴之以知今者也。是以自古帝王，莫不以是爲重，我朝館閣祕藏，不減前代，然藏書雖多，不無雜亂，積歷年久，不無鼠蠹，經該人衆，本無散失，乞敕內閣臣計議，專委學士及講讀以下官數員，督同典籍等官將書目一一比較，有無全欠，分爲經史子集四部，及雜書類書二種，每類若干部，部若干卷，各類種書若干識校，次歲時職官於簡末，備考仍令內閣查見存書有副本者，各分其一送兩京國子監，幷勅南京守備諸臣，會同南禮部翰林院官，查永樂中，原留南內書籍奏知或止有一本者，將本發國子監，選監生善書者謄錄，付各堂校對，送兩監掌管。如此則一書有數本，永無散失矣。其內閣諸書，或有缺本則行各直省訪求，有者借官鈔錄以增未備。疏入，上納之，而究未能行，而後內閣諸書，典司者半係貲郎，於四部之旨懵如。且秩卑品下，館閣之臣假閱者往往不歸原帙。値世廟而後，諸主多不好文，不復留意查覈，內閣之儲，遂缺帙過半。萬歷間，中書舍人張萱始請於閣臣，躬自編類，更著目錄，則視前所錄十無二三，所增益者僅近代文集地志，其他唐宋遺編，悉歸子虛烏有，迄乎崇禎之末，大盜移國，鍾虡爲墟，縑緗卷軸，又可知矣。第有明一代以來，君臣崇尚文雅，列聖之著述，內

校雠学参考资料十卷

（丁山撰，民国间国立四川大学排印本）

府咸有歸攸，而一時作者，亦自彬彬。崇正學者多以濂洛爲宗，尚詞藻者，亦以班揚爲志。迨夫博雅淹通之士，著述尤夥。故其編帙繁富，遠過前人，雖不無蕪蔓，然亦有可採。前代史志，皆錄古今之書，以其爲中秘所藏，著一代之所有。今文淵之目，既不可憑，且其書僅及元志，三百年作者缺焉。此亦未足稱紀載也。故特更其例，去前代之陳編，紀一朝之著述，元史既無藝文，宋志咸淳以後多缺，今竝取二季，以補其後，而附以遼金之僅存者。萃爲一編，列之四部，用傳來茲。諸書既非官所簿錄，多採之私家，故卷帙或有不詳，要欲使名卿大夫之崇論宏議，文儒學士之懃志苦心，雖不克盡見其書，而得窺標目以著一代之盛云爾。（盧文弨宋史藝文志補引）

（七）四庫全書總目凡例

一是書卷帙浩博，爲亙古所無，然每進一編，必經親覽，宏綱巨目，悉稟天裁，定千載之是非，決百家之疑似，權衡獨運，袞鉞斯昭，睿鑒高深，迥非諸臣管蠡之所及。隨時訓示，曠若發蒙，八載以來，不能一一殫記，謹錄歷次恭奉聖諭爲一卷，載諸簡端，俾共知我皇上稽古右文，功媲刪述，懸諸日月，昭示方來，與歷代官修之本，泛稱御定者，迥不相同。

一是書以經史子集提綱，列目，經部分十類，史部分十五類，子部分十四類，集部分五類。或流別繁碎者，又各析子目，使條理分明。所錄諸書，各以時代爲次，其歷代帝王著作，從隋書經籍志例，冠各代之首。至於列朝聖製，皇上御撰，揆以古例，當弁冕全書，而我皇上道秉大公，義求至當，以四庫所錄，包括古今，義在衡鑒千秋，非徒取尊崇昭代，特命各從門目，弁於國朝著述之前，此尤聖裁獨斷，義愜理精，非館臣所能仰贊一詞者矣。

一前代藏書，率無簡擇，蕭蘭竝擷，珉玉雜陳，殊未協別裁之義。今詔求古籍，特創新規，一一辨厥妍媸，嚴爲去取。其上者悉登編錄，罔致遺珠，其次者亦長短兼臚，見瑕瑜之不掩。其有言非至訓，義或違經，則附載其名，兼匡厥謬。至於尋常著述，未越羣流，雖咎譽之咸無，要流傳之已久，準諸家著錄之例，亦併存其目，以備考核。等差有辨，旌別兼施，自有典籍以來，無如斯之博且精矣。

一自隋志以下，門目大同小異，互有出入，亦各有得失。今擇善而從。如詔令奏議，文獻通考入集部，今以其事關國政，詔令從唐志例亦入史部。東都事略之屬，不可入正史，而亦不可入雜史者，從宋史例立別史一門。香譜鷹譜之屬，舊志無所屬麗，強入農家，今從尤袤遂初堂書目例，立譜錄一門。名家，墨家，縱橫家，歷代著錄，各不過一二種，難以成帙，今從黃虞稷千頃堂書目例，併入雜家爲一門。又別集之有詩無文者，文獻通考別立詩集一門，然則有文無詩者何不別立文集一門，多事區分，徒滋繁碎，今仍從諸史之例，併爲別集一門。又兼詁羣經者，唐志題曰經解，則不見其爲諸經。朱彝尊經義考題曰羣經，又不見其爲經解。徐乾學通志堂所刻，改名曰總經解，何焯又譏其杜撰。今取隋志之文，名之曰五經總義，凡斯之類，皆務求典據，非事更張。

一焦竑國史經籍志，多分子目，頗以餖飣爲嫌，今酌乎其中，惟經部之小學類，史部之地理傳記政書三類，子部之術數，藝術，譜錄，雜家四類，集部之詞曲類，流派至爲繁夥，端緒易至茫如，謹約分小學爲三子目，地理爲九子目，傳記爲五子目，政書爲六子目，術數爲七子目，藝術譜錄各爲四子目，雜家爲五子目，詞曲爲四子目，使條理秩然。又經部之禮類，子部之天文算法類，小說家類，亦各約分子目，以便檢尋，其錄瑣節，槩爲刪併。

一古來諸家著錄，往往循名失實，配隸乖宜，不但崇文總目以樹萱錄入之種植，爲鄭樵所譏，今竝考校原書，詳爲釐定。如筆陣圖之屬，舊入小學類，今惟以論六書者入小學，其論八法者不過筆札之工，則改隸藝術。羯鼓錄之屬，舊入樂類，今惟以論律呂者入樂，其論管絃工尺者不過世俗之音，亦改隸藝術。左傳類對賦之屬，舊入春秋類，今以其但取儷辭，無關經義，改隸類書。孝經集靈，舊入孝經類，穆天子傳舊入起居注類，山海經十洲記舊入地理類，漢武帝內傳飛燕外傳舊入傳記類，今以其或涉荒誕，或涉鄙猥，均改隸小說。他如揚雄太元經，舊入儒家類，今改隸術數。俞琰易外別傳，舊入易類，今改隸道家。又如倪石陵書名似子書，而實文集，陳埴木鍾集，名似文集，而實語錄，凡斯之流，不可殫述，並一一考核，務使不失其眞。

一諸書刊寫之本不一，謹擇其善本錄之，增刪之本亦不一，謹擇其足本錄之。每書名之下，欽遵諭旨，各註其家藏本，以不沒所自。其坊刻之書，不可專題一家者，則註曰通行本。至其編次先後，漢書藝文志以高帝所撰雜置諸臣之中，殊爲非體，隋書經籍志以帝王各冠其本代，於義爲允，今從其例。其餘槩以登第之年，生卒之歲，爲之排比，或據所往來倡和之人爲次，無可考者，則附本代之末。釋道閨閣，亦各從時代，不復區分。宦侍之作，雖不宜廁士大夫閒，然漢志小學家嘗收趙高之爰歷，史游之急就，今從其例，亦閒存一二。外國之作，前史罕載，然既歸王化，即屬外臣，不必分疆絕界，故木增鄭麟趾徐敬德之屬，亦隨時代編入焉。

一諸書次序，雖從其時代，至於箋釋舊文，則仍從所註之書，而不論作註之人。如儒家類，明曹端太極圖述解，以註周子之書，則例於張子全書前。國朝李光地註解正蒙，以註張子書，則例於二程遺書前，是也。他如史記疑問，附史記後，班馬異同，附漢書後之類，亦同此例，以便參考。至於汪晫所輯之曾子子思子，則仍例於宋，呂枏所輯之周子鈔釋諸書，則仍例於明，蓋雖裒輯舊文，而實自爲著述，與因原書而考辨者，事理固不同也。

一劉向校理祕文，每書具奏，曾鞏刊定官本，亦各製序文，然鞏好借題抒議，往往冗長，而本書之始末源流，轉從疎略。王堯臣崇文總目，晁公武郡齋讀書志，陳振孫書錄解題，稍具崖略，亦未詳明。馬端臨經籍考，薈萃羣言，較爲賅博，而兼收竝列，未能貫串折衷，今於所列諸書，各撰爲提要，分之則散弁諸編，合之則共爲總目，每書先列作者之爵里，以謂世知人，次考本書之得失，權衆說之異同，以及文字增刪，篇帙分合，皆詳爲訂辨，巨細不遺。而人品學術之醇疵，國紀朝章之法戒，亦未嘗不各昭彰癉，用著勸懲。其體例悉承聖斷，亦古來之所未有也。

一四部之首，各冠以總序，撮述其源流正變，以挈綱領。四十三類之首，亦各冠以小序，詳述其分併改隸，以析條目。如其義有未盡，例有未該，則或於子目之末，或於本條之下，附註案語，以明通變之由。

一歷代敕撰官書，如周易正義之類，承詔纂修，不出一手。一一詳其爵里，則末大於本，轉病繁冗，故但記其成書年月，任事姓名，而不縷陳其爵里。又如漢之賈董，唐之李杜韓柳，宋之歐蘇曾王以及韓范司馬諸名臣，周程張朱諸道學，其書竝家弦戶誦，雖村塾童豎，皆能知其爲人，其爵里亦不復贅。至一人而著數書，分見於各部中者，其爵里惟見於第一部，後但云某人有某書，已著錄，以省重複。如二書在一卷之中，或數頁之內，易於省記者，則第二部但著其名，如明臧原禮，已見所校補朱震亨金匱鉤之條下，其推求師意二卷，僅隔五條之類。

一劉勰有言，意翻空而易奇，詞徵實而難巧，儒者說經論史，其理亦然。故說經主於明義理，然不得其文字之訓詁，則義理何自而推。論史主於示褒貶，然不得其事迹之本末，則褒貶何據而定。如臧風為魯僖公之母，明載左傳，而趙鵬飛春秋經筌謂不知為莊公之妾，為僖公之妾，是不知其人之名分，可定其禮之得失乎？劉子翼入唐為著作郎宏文館直學士，明載唐書劉禕之傳，而朱子通鑑綱目，書貞觀元年徵隋祕書劉子翼不至，尹起莘發明，稱特書隋官以美之，與陶潛稱晉一例，是未知其人之始終，可定其品之賢否乎？今所錄者，率以考證精核，辨理明確為主，庶幾可謝彼虛談，敦茲實學。

一文章流別，歷代增新古來有是一家，即應立是一類，作者有是一體，即應備是一格，斯協於全書之名，故釋道外教，詞曲末枝，咸登簡牘，不廢蒐羅。然二氏之書，必擇其可資考證者，其經懺章咒，並凜遵諭旨，一字不收。宋人朱表青詞，亦概從刪削。其倚聲填調之作，如石孝友之金谷遺音，張可久之小山小令，臣等初以相傳舊本，姑為錄存，並蒙皇上指示，命從屏斥。仰見大聖人敦崇風教，釐正典籍之至意，是以編輯雖富，而謹持繩墨，去取不敢不嚴。

一聖賢之學，主於明體以達用，凡不可見諸實事者，皆屬巵言。儒生着書，務要高論陰陽太極，累牘連篇，斯已不切人事矣。至於論九河則欲修禹跡，考六典則欲復周官，封建井田，動稱三代，而不揆時勢之不可行。至黃諫之流，欲使天下筆札，皆改篆體，顧炎武之流欲使天下言語皆作古音，迂謬抑更甚焉。又如明之曲士，人喜言兵，二麓正議欲掘坑藏錐以刺敵，武備新書欲雕木爲虎以臨陣，陳禹謨至欲使九邊將士，人人皆讀左傳，凡斯之類，並闢其異說，黜彼空言，庶讀者知致遠經方，務求爲有用之學。

一漢唐儒者，謹守師說而已。自南宋至明，凡說經講學論文，皆各立門戶，大抵數名人爲之，而依草附木者囂然助之，朋黨一分，千秋吳越，漸流漸遠，並其本師之宗旨，亦失其傳，而讎隙相尋，操戈不已，名爲爭是非，而實爲爭勝負也。人心世道之害，莫甚於斯。伏讀御題朱弁曲洧舊聞，致遺憾於洛黨，又御製憲成涇皐藏稾，示炯戒於東林，誠洞鑒情僞之至論也。我國家文教昌明，崇真黜僞，翔陽赫燿，陰翳潛消，已盡滌前朝之敝俗，然防微杜漸，不能不慮遠思深，故甄

協美印刷公司代印

別遺編，皆一本至公，劃除畛域，以預消芽蘖之萌，至詩社之標榜聲名，地志之矜誇人物，浮辭塗飾，不盡可憑，亦併詳爲考訂，務核其真。庶幾公道大彰，俾尙論者知所勸戒。

一文章德行，在孔門既已分科，兩擅厥長，代不一二，今所錄者，如龔詡楊繼盛之文集，周宗建黃道周之經解，則論人而不論其書。歐南仲之說易，吳幵之評詩，則論書而不論其人。凡茲之類，略示變通。一則表章之公，一則節取之義也。至於姚廣孝之逃虛子集，嚴嵩之鈐小堂詩，雖詞華之美，足以方軌文壇。而廣孝則助逆興兵，嵩則怙權蠹國，繩以名義，匪止微瑕，凡茲之流，竝著其見斥之由，附存其目。用見聖朝彰善癉惡，悉準千秋之公論焉。

一儒者著書，往往各明一義，或相反而適相成，或相攻而實相救，所謂言豈一端，各有當也。考古者無所別裁，則多歧而太雜，有所專主，又膠執而過偏，左右佩劍，均未協中。今所採錄，惟離經畔道，顚倒是非者，掊擊必嚴，懷詐挾私，熒惑視聽者，屏斥必力。至於闡明學術，各擷所長，品騭文章，不名一格，兼收竝蓄，如渤解之納衆流，庶不乖於全書之目。

一七略所著書，卽多依託，班固漢書藝文注，可覆按也。遝流洎於明季，譌妄彌增，魚目混珠，猝難究詰，今一一詳核，竝斥而存目，兼辨證其非。其有本屬僞書，流傳已久，或掇拾殘剩，真贋相參，歷代詞人，已引爲故實，未可槩爲捐棄，則姑錄存而辨別之。大抵灼爲原帙者，則題曰某代某人撰，灼爲贋造者，則題曰舊本題某代某人撰。其踵誤傳譌，如呂本中春秋傳，舊本稱呂祖謙之類，其例亦同。至於其書雖歷代著錄，而實一無可取，如燕丹子，陶潛聖賢羣輔錄之類，經聖鑒洞燭其妄者，則亦斥而存目，不使濫登。

一九流自七略以來，卽已著錄，然方技家遞相增益，篇帙日繁，往往僞妄荒唐，不可究詰，抑或卑瑣微末，不足編摩，今但就四庫所儲，擇其稍古而近理者，各存數種，以見彼法之梗概。其所未備，不復搜求，蓋聖朝編錄遺文，以闡聖學明王道者爲主，不以百氏雜學爲重也。

一是書主於考訂異同，別白得失，故辨駁之文爲多，然大抵於衆說互殊者，權其去取，幽光未耀者，加以表章，至於馬班之史，李杜文詩，韓柳歐蘇之文章，濂洛關閩之道學，定論久孚，無庸更贅一語者，則但論其刊刻傳寫之異同，偏次增删之始末，看是本之善否而已。蓋不可不辦者，不敢因襲舊文，無可復議者，亦不敢橫生別解，凡以求歸至當，以昭去取之至公。

（八）乾隆四十一年十一月十七日上諭

前因彙輯四庫全書，諭各省督撫，遍爲採訪。嗣據陸續送到各種遺書，令總裁等悉心校勘，分別應刊，應鈔，及存目三項，以廣流傳。第其中有明季諸人書集，詞意抵觸本朝者，自應在銷燬之例。節經各督撫呈進，並飭館臣詳晰檢閱，朕復於進到時，親加披覽，覺有不可不爲區別甄核者。如錢謙益在明已居大位，又復身事本朝，而金堡屈大均則又遁蹟緇流，均以不能死節，靦顏苟活，乃托名勝國，妄肆狂狺，其人實不足齒，其書豈可復存。自應逐細查明，概行燬棄，以勵臣節，而正人心。若劉宗周黃道周，立朝守正，風節凜然，其奏議慷慨極言，忠藎溢於簡牘，卒之以身殉國，不愧一代完人。又如熊廷弼受任疆場，材優幹濟，所上封事，語多剴切，乃爲朝儀所撓，致使身陷大辟。嘗閱其疏內有灑一腔之血於朝廷，付七尺之軀於邊塞二語，親爲批識云，至此爲之動心欲淚，而彼之君者不聞，明欲不亡，得乎。可見朕大公至正之心矣。又如王允成南臺奏稾，彈劾權姦，指陳利弊，亦爲無慚骨鯁。又如葉向高爲當時正人，頗負重望，及再入內閣，値逆閹弄權，調停委曲，雖不能免責賢之備，然視其綸扉奏章，請補閣臣疏，至七十上，幾於痛哭流涕，一概付之不答，其朝綱叢脞，可不問而知也。以上諸人所言，若當時能採而用之，敗亡未必若彼其速，是其書爲明季喪亂所關，足資考鏡，惟當改易違礙字句，無庸銷燬。又彼時直臣如楊漣左光斗李應昇周宗建繆昌期趙南星倪元璐等所有書籍，竝當以此類推，即有一二語傷觸本朝，本屬各爲其主，亦止須酌改一二語，實不忍竝從焚棄，致令湮沒不彰。至黃道周另有博物典彙一書，不過當時經生家策料之類，然其中紀本朝事蹟一篇，於李成梁後設謀惎害，具載本末，尤足徵我朝祖宗行事正大光明，實大有造於明。人而彼轉逞狡謀陰計以怨報德，伏讀實錄，我太祖高皇帝以七大恨告天，師直爲壯，神戈所指，肇造鴻基，實自古創業者所莫及，雖彼之臣子，亦不能變亂黑白，曲爲隱諱，存其言并可補當年紀載所未備，因命館臣酌加節改，附載開國方略後，以昭徵信。近復閱江蘇所進應燬書籍內，有朱東觀編輯崇禎年間諸臣奏疏一卷，其中多指言明季秕政，漸至瓦解，而不可救，亦足取爲殷鑒。雖諸疏中多有乖觸字句，彼皆忠於所事，實不足罪，惟當酌改數字，存其原書，使天下後世曉然於明之所以亡，與本朝之所以興。俾我子孫，永念祖宗締造之艱難，益思兢兢業業，以祈天而永命，其所裨益，豈不更大，又何必亟燬其書乎。又若彙選各家詩文內，有錢謙益屈大均所作，自當劃去，其餘原可留存，不必因一二匪人，致累及衆。或明人所刻類書，其邊塞兵防等門，所有觸礙字樣，固不可存，然祇須劃去數卷，或劃去數篇，或改定字句，亦不必因一二卷帙，遂廢全部。他如南宋人書之斥金，明初人書之斥元。其悖於義理者，自當從改，其書均不必燬，使無礙之書，原聽其照舊流行，而應禁之書，自不致仍前藏匿，方爲盡善。著四庫全書總裁等妥協查辦，粘簽呈覽，候朕定奪，並將此通諭中外知之。欽此。

（九）乾隆四十二年十一月十四日上諭

前日披覽四庫全書館所進宗澤集內，將夷字改寫彝字，狄字改寫敵字。昨閱楊繼盛集內改寫亦然。而此兩集中又有不改者，殊不可解。夷狄二字，屢見於經書，若有心改避，轉爲非理，如論語夷狄之有君，孟子東夷西夷，又豈能改易，亦何必改易。且宗澤所指，係金人，楊繼盛所指係諳達，更何所用其避諱耶。因命取原本閱之，則已改者皆係原本妄易，而不改者原本皆空格加圈，二書刻於康熙年間，其謬誤本無庸追究。今辦理四庫全書，應鈔之本，理應斟酌妥善，在謄錄草野無知，照本鈔謄，不足深責。而空格則係分校所塡，既知塡原文，何不將其原改者悉爲更正，分校覆校，俱係職官，豈宜失檢若此。至總裁等身爲大臣，於此等字面，尤應留心細勘，何竟未能逐一校正，其咎更無所辭，非他書總核記過者可比。所有此二書之分校覆校及總裁官，俱即交部分別議處。除此二書改正外，他書有似此者，並著一體查明改正，並諭館臣，嗣後務悉心詳校，毋再輕率干咎，欽此。

（九）金鶚周代書册制度考

書册之制，歷代不同，周之書册，皆用竹木，其制度可考而知也。鄭君注中庸云，方版策簡也。聘禮注亦云，策簡也，方版也。蓋以竹爲之曰簡，曰策，以木爲之曰方。簡一曰畢，爾雅釋器云，簡謂之畢，郭注云，今簡札也。學記云，呻其佔畢，鄭注云，吟誦其所視簡之文，是畢爲簡也。簡又曰牒，說文云，簡，牒也。簡又曰籥，說文云，籥，書僮竹笘也，潁川人名小兒所書寫爲笘。廣雅云，籥，笘，籥也。少儀云，執筴籥尙左乎，筴爲著，籥爲占兆之書，故筴籥連文。鄭注云，籥如笛三孔，龜筴之筴，與羽籥之籥連文，爲不類矣。書金縢云，啟籥見書，書者占兆之辭，籥所以載書，故必啟籥乃見書也。馬融注云，籥開藏十兆書管也。鄭王注竝同，不知籥者啓鍵之器，可言啓鍵，不可言啓籥，且當是時，惟取占兆之書以出，而匱不與焉，無匱則無鍵，又安用籥。近王氏伯升會辨之。是籥即簡，漢時則曰笘曰籥也。簡與策不同，左傳孔疏云，單執一札謂之簡，連編諸簡乃名爲策，故於文策本作册，象其編簡之形，是簡與策異。然編簡爲策，則策即是簡，故鄭君以策爲簡也。釋名云，簡，閱也，編之篇篇有閒也。又簡一名札、釋名云，札櫛也，編之如櫛齒相比也。是諸簡連編者亦名爲簡，蓋對文則簡與策別，散文則簡與策通也。方一曰牘，說文云，牘書版也，論衡量知篇云，截竹爲簡，破以爲牒，加筆墨之跡，乃成文字，斷木爲槧，梡之爲版，力加刮削，乃成奏牘，此簡策用竹，方版用木之證也。古者用策用簡牘之別，以文之多少而異。聘禮記云，百名以上書於策，不及百名書於方。鄭注云，名，書文也，今謂之字。（自秦以後始稱字，）杜預春秋序云，諸侯各有史官，大事書之於策，小事簡牘而已。孔疏云，簡之所容，一行字耳，牘乃方版，廣於簡，可以竝容數行，凡爲書字有多少，一行可盡者書之於簡，數行可盡者書之於方，方所不容者，乃書於策，如聘禮記所云是也。此言大事小事，乃謂事有大小，非言字有多少也。大事者，謂君舉，告廟，及鄰國赴告，經之所書皆是也。小事者，謂物不爲災，及言語文辭，傳之所載皆是也。案策與簡牘之異，杜預所言與聘禮記不合，事雖小而其文多，不可不書於策，事雖大而其文少，亦可以書於簡，夫弒君大事也，而崔杼弒莊公，南史氏聞太史盡死，執簡以往，是知大事未嘗不書於簡也。

大事可書於簡，則小事亦可書於策矣。六經文字，一皆在策。蓋其文既多，必須編簡爲之，初不以事之大小而有異也。史記云，孔子晚好讀易，韋編三絕。易既編而成策，則諸經可知。晉書束皙傳，太康二年，汲縣人盜發魏襄王冢，得竹書數十車，皆簡編，科斗文字，檏寫經史，可見六經皆編而爲策矣。簡策長短之度，說者不一。蔡邕獨斷云，策者簡也，其制長二尺，短者半之。孔沖遠春秋疏云，鄭玄注論語序，以鉤命決云，春秋二尺四寸書之，孝經一尺二寸書之，故知六經之策，皆長二尺四寸。蔡邕言二尺者，謂漢世天子策書所用，與六經異也。士聘禮，賈疏，鄭作論語序云，易書詩禮樂春秋策皆尺二寸，孝經謙半之，論語八寸，策者三分居一，又謙焉。賈孔之言，長短大異。竊謂孔疏是也。漢書杜周傳，不循三尺法，注謂以三尺竹簡書法律也。朱博亦云，奉三尺律令以從事，鹽鐵論云，二尺四寸之律，古今一也。曹褒新禮，寫以二尺四寸簡，漢禮與律令同錄，則律書之簡，亦必以二尺四寸，言三尺者舉大數耳。鹽鐵論謂古今一也，則周之律書，亦二尺四寸可知。律書既二尺四寸，則六經之策亦必以二尺四寸矣。齊文惠太子鎮雍州，有盜發楚王冢，獲竹簡書，青絲編簡，廣數分，長二尺，有得十餘簡，以示王僧虔，僧虔曰，是科斗書考工記，周官所闕文也。二尺與二尺四寸相近，蔡邕言策長二尺，與此所得竹書二尺合，是皆以漢尺言之。漢尺大於周尺，二尺約當周之二尺四寸也。孔沖遠謂簡容一行字，鄭注尚書云，三十字一簡之文，漢書藝文志云，劉向以中古文（古文在中秘者，謂之中古文，）校歐陽大小夏侯三家經文，率簡二十五字者脫亦二十五字，簡二十二字者脫亦二十二字，是一簡容字有多少，然要自二十字以上，大約以三十字爲歸。周之一尺二寸，當今九寸六分，恐不容三十字。周之六寸，當今四寸八分，孝經之策，毋乃太短乎。且彼謂論語策三分居一又謙焉，若六經策一尺二寸，論語三分居一，當爲四寸四寸當今三寸二分，其短尤甚矣。論語一簡容八字，誠不以富，亦祇以異，鍇簡可證。服虔注左氏云，古文篆書，一簡八字，又一證也。若三寸二分，豈能容八字乎。今觀賈疏，論語策實是八寸，以三分居一推之，六經策當二尺四寸，孝經當一尺二寸，與孔疏合。二疏同引鄭君論語序，不應有異，然則賈疏尺二寸三字，必是二尺四寸之譌可知矣。此後人傳寫之謂，非賈氏所引誤也。論語策八寸，容八字，六經策二尺四寸，容二十餘字至三十字，其制自合，大約一寸容一字，古用科斗大篆，其字體不宜小。又一簡止容一行，則字體更不宜小，故每一寸容一字也。古人書簡，每行亦不拘字數，故或有二十五字，或有二十二字推之，或二十三字，或二十四字，皆未可定矣。此由字體有繁簡，繁者宜疎，簡者宜密，總欲其點畫之明析而已。方版之制，長短未聞，然其所書，自百字以下或爲五行，每行二十字，或爲四行，每行二十餘字，則其長亦當有二尺餘，其廣大約五六寸，若二三行者，其廣不過三四寸，有長方形，故謂之方，非必正方也。至於書字亦以筆墨，筆自古有之，非始於蒙恬也，蒙恬始用兔豪耳，詳筆考。若有不當，則以刀削去之，更書他字，此皆可考而知也。尤古餘叢說卷十，

（十）王國維簡牘檢署考節錄

書契之用，自刻畫始金石也，甲骨也，竹木也，三者不知孰爲後，先而以竹木之用，爲最廣，竹木之用，亦未識始於何時，以見於載籍者言之，則用竹者曰册，書金縢，史乃册祝，洛誥，王命作册逸祝册，顧命，命作册度册，字或假鞭策之策字爲之，聘禮，百名以上書於策，旣夕禮，書遣於策，周禮內史，凡命諸侯及公卿大夫，皆策命之，左傳，滅不告敗，克不告勝，不書於策又名藏在諸侯之策是也。曰簡，詩小雅，畏此簡書，左傳，執簡以往，王制，太史執簡記是也。用木書者曰方，聘禮，不及百名書於方，旣夕禮，書賵於方，因禮內史，以方出之，誓簇氏以方書十日之號是也，曰版，周禮小宰，聽閭里以版圖，司書掌邦人之版，大胥，掌學士之版，司士，掌羣臣之版，司民，掌民之數自生齒以上皆書於版，是也。曰牘，韓詩外傳七，用舍見趙簡子云，墨筆操牘是也。竹木通謂之牒，亦謂之札，司馬貞史記索隱，牒小木札也，顏師古漢書注，札木簡之薄小者也，此謂木牒，木札也。說文六，簡牒也，又七，牒札也，論衡量知篇，截竹爲筒，破以爲牒，文心雕龍五，短簡編牒，此謂竹牒也。左傳疏單執一札，謂之爲簡，此謂竹札也，殷周制度，雖不可得而詳，然戰國以降，則可略述焉。

簡策之別，舊說不一，鄭康成儀禮記注，杜元凱左傳注，皆云策簡也。賈公彥儀禮疏謂簡據一片而言，策是連編之稱，孔穎達左傳疏亦曰，單執一札謂之爲簡，連編諸簡乃名爲策，是賈孔二君均以簡爲策中一札。然孔氏於尚書疏又引顧彪說曰，二尺四寸爲策，一尺二寸爲簡，則又以長短別之。前說是也。

古策有長短，最長者二尺四寸，其次二分而取一，其次三分取一，最短者四分取一，論衡汁量知篇，截竹爲筒，破以爲牒，加筆墨之蹟，乃成文字大者爲經，小者爲傳記。又汁謝短篇，二尺四寸，聖人文語，朝夕講習，義類所及，故可務知，漢事未載於經，名爲尺籍，短書比於小道，其能儒者之責也。案說文五，引莊都說，典大冊也，而五帝之書名典，則以策之大小爲書之尊卑，其來遠矣。周末以降，經書之策皆用二尺四寸，儀禮疏引鄭注論語序云，詩書禮樂春秋策皆長尺二寸，孝經謙半之，論語八寸，策又謙焉，案尺二寸當作二尺四寸，左傳疏云，鄭元注論語序以孝經鈎命決云春秋二尺四寸書，孝經一尺二寸書，故知六經之策，皆長二尺四寸。通典五十四封禪，使許敬宗等奏案孝經鈎命決云，六經策長二尺四寸，孝經策長一尺二寸，則賈疏之尺二寸爲二尺四寸之訛無疑也，以上三說，賈孔二君僅見康成論語序，未見鈎命決原文，而所引鄭序，又皆僅援其意，不盡舉其辭，細繹之則鄭之所以知六經策皆二尺四寸者，亦第據鈎命決所云，春秋策推之，並未親見六經策。蓋鄭君生年後於王仲任其時中原簡策制度，已有變易，後漢書周磐傳，磐遺令編二尺四寸簡，寫堯典一篇以置棺前，蓋其時舊制漸廢，故磐特用之，史亦著之云爾。且不獨古六經策爲二尺四寸也。荀勗穆天子傳序，古文穆天子傳者，太康二年汲縣民不準盜發古冢所得書也，皆竹簡，素絲綸以臣勗前所攷定古尺，度其簡長二尺四寸，以墨書，一簡四十字，則周時國史記注策亦二尺四寸也。禮制法令之書亦然。後漢書曹褒傳，褒撰天子，至於庶人冠昏吉凶終始制度，以爲五十篇，寫以二尺四寸簡，則禮書之制也，鹽鐵論下貴聖篇，二尺四寸之律，古今一也，則律書之制也。此上所云，尺寸，皆漢尺，非周尺，周尺二種，一以十寸爲尺，一以八寸爲尺，其以八寸爲尺者，漢之二尺四寸，正當周之三尺，故鹽鐵論言二尺四寸之律，而史記酷吏傳稱三尺法，漢書朱博傳言三尺律令，蓋猶沿用周時語也。南齊書文惠太子傳，時襄陽有盜發古塚者，相傳云是楚王塚大獲寶物，玉屐，玉屏風竹簡書，青絲綸，簡廣數分長二尺，皮節如新，盜以把火自照，後人有得十餘簡以示撫軍王僧虔，僧虔云，是科斗書，考工記，周官所闕文也。案齊尺長短，史無明文，隋書律歷志謂宋氏尺比晉前尺一尺六分四釐，梁朝俗間尺比晉前尺一尺七分一釐，齊尺當介宋梁之間，南齊二尺，大抵當漢二尺一寸有奇，則攷工記竹簡殆亦爲漢之二尺四寸，而史特舉其成數耳，此最長之簡也。二分取一則得一尺二寸，鉤命决所云孝經策是也。漢以官府册籍，亦用一尺二寸，漢書元帝紀注，應劭曰，籍者爲尺二竹牒，記其年紀名字物色，懸之宮門，續漢書百官志亦云，凡居宮中者，皆有口籍，於門之所屬宮名兩字爲鐵印文符案省符乃納之，注引胡廣曰，符用木長尺二寸，蓋始用竹而後改爲木也。太平御覽引晉令郡國諸戶口黃籍，皆用一尺二寸札，已在官役者載名，疑亦用漢制也。三分取一爲八寸，論語策是也，論衡正說篇說論者皆知說文解語而已，不知論語本幾何篇，但周以八寸爲尺，不知論語所獨一尺之意。夫論語者，弟子共記，孔子之言行勅已之時甚多數十百篇以八寸爲尺紀，省約懷特之便也，以其遺非經傳文紀識恐忘，故以但八寸尺，不二尺四寸也。又書解篇云，秦雖無道，不燔諸子，諸子尺書，文書具在，此尺書當亦以八寸尺言，則諸子亦八寸策也。四分取一爲六寸，符筭是也。說文五符信也，漢制以竹長六寸，分而相合，又筭長六寸紀歷數者此種短簡，連編不易，故不用於書籍，唯符信之但需二印相合者始用之。筭籌則本分別用之，亦以短爲便，故周時用一尺二寸者漢亦用六寸，此周秦兩漢間策種類之大略也。

製策之始，所以告鬼神命諸侯，經所謂册祝策命是也。說文册符命也，諸侯進受於王者也，象其札一長一短，中有兩編之形，此言王官諸侯，殆謂周制，史記三王世家，褚先生曰，孝武帝之時，同日而俱拜三子爲王，爲作策以申戒之，至其次序分絕，文字之上下，簡以參差長短，皆有意，人莫之能知，而漢策亦有長短

行數字數不等

也。後漢猶然，獨斷云，策書，策者，簡也，其制長二尺，短半之，其次一長一短，兩編，下附篆書，起年月日，稱皇帝曰以命諸侯王三公，自是以降，訖於北齊，仍用此制，隋書禮儀志，後齊諸王三公儀同尚書令五等開國太妃妃公主封拜冊軸長二尺，以白練衣之用竹簡十二枚，六枚與軸平，六枚長尺二寸，文出集書，皆篆字，哀冊贈冊亦同是也。釋名六簡間也，編之篇篇有間，殆亦長短相間，故云篇篇有間也，初疑此制，唯策命之書爲然，未必施之書籍，然古書之以策名者，有戰國策，劉向上戰國策序，中書本號，或曰國策，或曰國事，或曰長短，或曰事語，或曰長書，或曰修書，竊疑周秦游士甚重此書，以策書之，故名爲策，以其札一長一短，故謂之短長，比尺籍短書，其簡獨長故謂之長書修書，劉向以戰國時游士輔所用之國，爲之策謀定其名曰戰國策，以策爲策謀之策，蓋已非此書，命名之本義。由是觀之，則雖書傳之策，亦有一長一短如策命之書者，至他書盡如此，否則非今日所能臆斷矣。

若一簡行數，則或兩行，或一行。字數則視簡之長短以爲差，自四十字至八字不

協美印刷公司代印

等，。晉書束皙傳，有人於嵩高山下得竹簡一枚，上兩行科斗書，傳以相示，莫有知者，司空張華以問皙，皙曰，此漢明帝顯節陵中策文也。穆天子傳，簡長二尺四寸，而一尺四十字恐亦兩行，然以一行爲常。左傳疏云，簡之所容一行字耳，尙書本二尺四寸策，聘禮疏引鄭注云，尙書三十字一簡，漢書藝文志劉向以中古文校歐陽大小夏侯三家經文，酒誥脫簡一，召誥脫簡二，率簡二十五字者，脫亦二十五字，簡二十二字者，脫亦二十二字，以二尺四寸策而每簡二三十字，則一行可知。左傳之策，當短於孝經，或用八寸策，聘禮疏引服虔注左氏曰古文篆書，一簡八字，當亦每簡一行。此外易詩禮經，春秋策之長短，與尙書同，則字數亦當如之，禮記爲釋經之書其策當視左傳，今攷記中錯簡，則玉藻錯簡六，計三十五字，三十一字者各一，二十九字者二，二十六字者一，八字者一，樂記錯間二，一爲五十一字，一爲四十九字，雜集錯簡四，一二十一字與十九字相錯，一二十九字與十八字相錯，唯玉藻之王后禕衣夫人揄狄一簡，獨爲八字，由此推之，則五十一字四十九者，當由五簡相錯，三十五字三十一字二十九字者當由三簡相錯，其二十六字者簡末天子素帶朱裏終辟與下簡之首，而朱裏終辟五字不接，其下常脫爛諸侯□□四字，幷脫字計之共三十字，則亦三簡也，其二十一字，十九字，十八字者，當爲二簡，則每簡一行，亦可知也。

上古簡策書體自用篆書，至漢晉以降，策命之書，亦無不用篆者。獨斷云，策書策書，三公以罪免，亦賜策文如上策，而隸書。以尺一木，兩行，惟此爲異。通典晉博士孫毓議曰，今封建諸王，裂土樹藩，爲冊告廟，篆書竹冊，執冊以祝，訖藏於廟，四時享祀祝文，事訖不藏，故但禮稱祝文尺一白簡，隸書而已。然則事大者用策篆書，事小者用木隸書，殆爲通例，隋志言北齊封拜冊用篆字，蓋亦用漢晉之制也。孔安國尚書序云，以所聞伏生之書，攷論文義，定其可知者爲隸古定，更以竹簡寫之，則漢時六經之策，似用隸書，然孔傳贋作，不足信，又漢經籍雖有古今文之分，然所謂今文對古籀言之，亦不能定其爲篆爲隸，唯漢時宮籍獄辭，亦書以簡，則容有用隸書之事。又書傳所載，似簡策亦有用草書者，則殊不然。史記三王世家，褚先生曰臣幸得以文學爲侍郎，好覽觀太史公之列傳，

協美印刷公司代印

列傳中稱三王世家，文辭可觀，求其世家，終不能得，竊從長老好故事者取其封策書，編列其事而傳之，謹論次其真草詔書，編於左方，顧氏炎武日知錄據此，遂謂褚先生親見簡策之文，而孝武時詔已用草書。然褚先生所謂真草詔書，蓋指草稿而言，封拜之册，諸王必攜以就國，則長老好故事者所藏，必其草稿無疑，未足爲草書策之證也。宋黃伯思東觀餘論漢簡辨云，近歲關右人發地得古甕，中有東漢時竹簡甚多，往往散亂不可攷，獨永初二年討羌符文字尚完，皆章草書，書蹟古雅可喜，其詞云云，則漢時似直有草書之簡。然據趙彥衛雲麓漫鈔所紀則不云竹簡，而云木簡，且謂吳思道親見之於梁師成所，其言較爲可據，則以章草書簡，均無確證，或竟專用篆隸矣。

至簡策之文，以刀書，或以筆書，殊不可攷，若工記築氏爲削，鄭注今之書刀，賈疏古者未有紙筆，則以削刻字，至漢雖有紙筆，仍有書刀。案漢之書刀，殆用以削牘，而非用以刻字，故恆以刀筆並言。雖殷周之書，亦非盡用刀刻，大戴禮踐阼篇，師尚父謂黃帝顓頊之道在丹書，周禮司約，小約劑書於丹圖，左傳，斐豹隸也，著於丹書，鄭注周禮云，丹圖未詳，杜注左傳云，以丹書其罪，案越絕書云，越王以丹書帛致諸枕中，以爲國寶，則杜說殆是也，至周之季年，則有墨書，管子霸形篇，令百官有司，削方墨筆，明日皆朝於太廟之門，朝定令於百吏，韓詩外傳七，周舍見趙簡子曰臣願爲諤諤之臣，墨筆操牘，從君之後，伺君之過而書之此足爲周時已有墨書之據，且汲冢所出穆天子傳，必書於魏安釐王以前而爲墨書，則戰國以後，殆無有用刀刻者矣。

策之編法，用韋．或絲。史記孔子世家，孔子晚而喜易，讀易，韋編三絕，此用韋者也。穆天子傳，以素絲綸，考工記以青絲綸，孫子以縹絲綸，此用絲者也。至編次之狀則說文所謂中有二編，獨斷所謂兩編者是，觀篆文冊字之形，可悟矣。

周時方版尺寸，蓋不可得而詳。若秦漢以降之牘，則其制度，可略言焉。牘之未成者爲槧，說文七，槧牘樸也，論衡量知篇，斷木爲槧，析之爲板，力加刮削，乃成奏牘，此槧之本義也。牘之未製者，必長於常牘故牘之長者，亦稱爲槧。西京雜記三，楊子雲好事，常懷鉛提槧，從諸訂吏訪殊方絕域四方之語，釋名六，槧板之長三尺者也，槧漸也，言其漸漸然長也，顏師古急就篇注亦云，此後起之義也。牘之最長者爲槧，其次爲檄，長二尺。說文六，檄二尺書，段氏玉裁注，據韻會所引說文繫傳，及後漢書光武紀注所引說文，改爲尺二書，然宋本說文繫傳實作二尺書，又史記索隱於張儀韓信二傳中，兩引說文，藝文類聚二十人，太平御覽五百九十七，玄應一切經音義所引說文，與顏師古漢書申屠嘉傳，急就篇注均作二尺，不作尺二段改非是。其次爲傳信，長一尺五寸，漢書孝平紀一封軺傳，注，如淳曰，律諸當乘傳，及發駕置傳者皆持尺五寸木，傳信封以御史大夫印章是也。其次爲牘，長一尺，漢書游俠傳，陳遵與人尺牘，主皆藏弆之以爲榮，說文七，牘書版也，後漢書北海靖王興傳，蔡邕傳注皆云，說文曰，牘書版也，長一尺，蓋通行之制也。唯天子詔書，獨用尺一牘。史記匈奴傳，漢遺單于書牘，以尺一寸，漢舊儀之尺一板，漢儀之尺一詔，獨斷之尺一木皆是也。漢人又單謂之尺一，後漢書楊賜傳云，斷絕尺一，李雲傳云尺一拜用，儒林傳云尺一出升，續漢書五行志云尺一兩布皆是。魏志夏侯玄傳，先是有詐作尺一詔書，以玄爲大將軍，則魏制猶然，漢時以長牘爲尊，故臣下用一尺，天子用尺一，至中行說教單于用尺二寸牘，乃用以夸漢。非定制，惟封禪玉牒其制仿牘爲之，而長尺三寸，此又非常大典，不能以定制論也。魏晉以後，寖以加侈，有至一尺二寸者，通典注晉六禮版聘皇后用長尺二寸，以象十二月，博四寸以象四時，厚八分以象八節，皆真書，又有至一尺三寸者。隋書禮儀志，後齊正日，侍中宣詔，慰勞州郡國使，詔牘長一尺三寸，廣一尺，雌黃塗飾，上寫詔書三，又有二尺五寸者，隋志後齊頒五條詔書於諸州郡國，使人寫以詔牘，一板長二尺五寸，廣一尺三寸，亦以雌黃塗飾，上寫詔書正會，依儀宣示，使人歸以告刺史二千石，此二事殆因所書非一詔，又或因宣示使人，故書以大牘，自非常制，若漢時之牘，則僅有一尺，尺一兩種，此外別無所聞。又其次，則爲五寸，門關之傳是也。漢書孝文帝紀，除關無用傳，案傳信爲出入關門之傳，鄭氏問禮注所謂若今過所文書是也。其制則崔豹古今注云，凡傳皆以木爲之，長五寸，書符信於上，又以一板

協美印刷公司代印

封之，皆封以御史印章，此最短之牘也。此二者，一爲乘傳之信，一爲通行之信，一長尺五寸，一長五寸，一封以御史大夫印章，一封以御史印章，尊卑之別，顯然可知，由是觀之，則秦漢簡牘之長短，皆有比例存乎其間，簡自二尺四寸而再分之，三分之，四分之，牘則自三尺，檄而尺五寸，傳信而一尺，牘而五寸，門關之傳，一均爲二十四之分數，一均爲五之倍數，此皆信而可徵者也。

周時方版尺寸，雖不可考，然聘禮云，不及百名書於方，則一方固可容八九十字，既夕禮，知死者贈知生者賻，書賵於方，若九，若七，若五，鄭注，方板也，書賵奠賻贈之人名與其物於板，若九行，若七行，若五行。夫一方之字數，可至八九十，而行數可至於九，則其制不得過狹，所謂方者，或卽以其形製名歟。至漢時之牘，則分廣狹二種，廣者爲牘，狹者爲奏，釋名六，奏鄒也，鄒狹小之言也，論衡效力篇書五行之牘，十奏之記，其才劣者筆墨之力尤難，案記之爲言書也。十奏之記猶言十牘之書也。史記滑稽列傳，東方朔至公車，上書，用三千奏牘，蓋奏事之書，以狹牘連編之，故得奏之名。魏志張既傳注引魏略云，既常蓄好刀筆及版奏，伺諸大吏有乏，輙給與，則版與奏明爲二物。釋名畫姓名於奏上曰畫，刺以刺但需寫爵姓里名，故用牘之狹者也。至諸牘廣狹之制，則常牘之廣，太抵三分其袤而有其一。續漢書祭祀志，玉牒書長尺三寸，廣五寸，通典晉六禮版長尺二寸，廣四寸，其氏可以此推。牘上之字，以五行爲率，論衡云，五行之牘，獨斷云表文多以編兩行，少以五行，蓋文多者編兩行牘若干書之，而少者以五行牘之，與周之百名以上書於策不及百名書於方同意，廣四五寸者，容五行之字，於形製亦宜，若以小字細書之，則得書十行。後漢書循吏傳，初光武長於民間，頗達情僞，見稼穡艱難，百姓病害，至天下已定，務用安靜，其以手跡賜方國者，皆一札十行，細書成文，儉約之風，行於上下，此於五行之牘，書十行之字，乃光武示民以儉之意，初非常制如斯也。至狹牘之書，則容兩行，獨斷云，表文多以編兩行，又云，三公以罪免，亦賜策文，隸書，尺一木，兩行，案前後漢書所載，策免三公之文，多者至數百字，斷非一牘兩行所能容，當亦編衆牘爲之也。匈牙利人斯坦因於敦煌西北長城址所得木札，長漢尺一尺，廣半寸許，余所見日本橘瑞超所得於吐峪溝者大略相同，其書或一行，或二行，此當爲最狹之牘矣。

版牘書體，周秦以上，自用篆書，漢後多用隸書。獨斷言隸書尺一本，通典載晉博士孫毓議亦以篆書竹册，與尺一白簡隸書並稱，此所謂尺一白簡，卽指尺一本而非竹簡。李善注文選引蕭子良古今篆隸文體云，鵠頭書，偃波書，俱詔板所用，漢時謂之尺一簡，上云詔板，下云尺一簡，亦簡板互文也。鵠頭書，謂隸書之一體，隋書百官志之鶴頭板，指鶴頭書所書之板也。偃波書，亦同。初學記引摯虞決疑要注云，尚書臺召人用虎爪書，告下用偃波書，皆不可卒學，以防詐偽，蓋官省所用隸書變體也。晉納后六禮版文用真書。通則行版牘，自以真行爲主。後漢書北海靖王傳作草書尺牘，蔡邕答詔問災異八事亦云受詔書各一通，尺一木版草書，宋則所得漢永初二年討羌符，亦用草書，則漢牘固亦通用章草矣。

簡策版牘之制度，略具於右，至簡牘之用，始於何時，訖於何代，則無界限可言。殷人龜卜文字及金文中已見册字，則簡策之制古矣。方版二字，始見周禮，然古代必已有此物，又世或有以縑帛之始，爲竹木之終者，則又不然。帛書之古見於載籍者，亦不甚後於簡牘。周禮大司馬，王載太常，各書其事，與其號焉，又司勳，凡有功者銘書於王之太常，士喪禮，爲銘各以其物，亡則以緇曰某氏某之柩，皆書帛之證。墨子明鬼篇，古者聖王必以鬼神爲其務，又恐後世子孫不能知也故書之竹帛，傳遺後世子孫咸恐其腐蠹絕滅，後世子孫不得而紀，故琢之盤盂，鏤之金石以章之，有恐後世子孫不能敬莙以取羊，故先王之書，聖人一尺之帛，一篇之書，語數鬼神之有也，重又重之，墨子之書，雖作於周季，然以書竹帛稱先王，則其來遠矣。晏子春秋七，昔吾先君桓公，予管仲狐與穀其縣十七，著之於帛，申之以策，通之諸侯，論語子張書諸紳，越絕書越王以丹書帛，韓非子安危篇，亦云先王致理於竹帛，則以帛寫書，至遲亦當在周季。然至漢中葉，而簡策之用尙盛，漢書公孫賀傳，朱安世曰，南山之竹，不足盡我辭，是獄辭猶用簡也。劉向序錄諸書皆云定以殺青，是書籍多用簡也。漢書藝文志所錄各書，以卷計者，不及以篇計者之半，至言事通問之文，則全用版奏，少竹之處，亦或用以寫書，雖蔡倫造紙後，猶然，晉時戶口黃籍尚用一尺二寸札，至晉末始廢，初學記引桓元僞事曰，古無紙故用簡，非敬也，今諸用簡者，皆以黃紙代之，至版牘之廢，則尚在其後，晉人承制拜官則曰版授，抗章言事則曰露版，南史張興世傳宋明帝卽位，四方反叛，時臺軍據赭圻，朝廷遣吏部尚書褚彥回就赭圻行選，是役也皆先戰授位，檄板不供，由是有黃紙札，蓋簡牘時代，肇於縑素之先，而尚延於穀網等紙之後，至南北朝之終，而始全廢矣。

（十一）金鶚漢唐以來書籍制度考

三代之書，皆用方策，漢唐以來，制度代異。漢初因周制，仍用簡册，而帛與竹同時。戴氏宏云，公羊傳至漢景帝時，公羊壽乃共弟子胡母子都著於竹帛，此竹帛竝用之證。漢書藝文志，歐陽大小夏侯三家經文，酒誥脫簡一，召誥脫簡二，可知其書於竹也。然古書有篇無卷，而藝文志所載如尚書古文經四十六卷，經二十九卷，可知其書有用帛者矣。篇字从竹，故竹書曰篇。帛可卷舒，故帛書曰卷。通言之，則竹書亦曰卷，帛書亦曰篇也。古詩云，中有尺素書，風俗通云，劉向校書，皆先書竹，致易删定，可繕寫者以上素。書籍考云，靈帝西遷，縑帛散爲帷囊皆可見漢書之用帛也。至蔡倫造紙，而書籍始用紙，然帛與紙，猶竝用也。厥後不用帛而用紙矣。漢唐之時，未有印板，其書皆以紙素傳寫。抱朴子所寫反覆有字，金樓子謂細書經史莊老離騷等六百三十四卷在巾箱中，桓譚新論謂梁子初楊子林所寫萬卷，至于白首，南齊沈驎士年過八十，手寫細書，滿數十篋，梁袁峻自寫書課，日五十紙，後周裴漢借異書，躬自錄本，蓋書之難得也。其書

訓爭操譯傳覈語之訓者也，是訓字典謨同義。（張揖為爭之訓紛，覈言淫文並非，卷26）
以為字之覈若干の兩為撥訓，于其訓迄為爭之一名，作者實本其訓之作，訓枕諸耳之說文諸者也。
所以述云，又綜貫覈發の番意為十例。覈觀明末之根據典雅，又以伊訓為字之詞二篇為古訓
西晉以前，并充當名稱訓者，東晉古文因并序之目，錯誤，訓為典謨，訓誥並命六名。孔
以此作鄭氏時為良史之跋，所見。
左傳成公二年正義引吾謂傳，藝文志類聚卷十九、御覽七三八引並作要鄭氏跋，且揚良夫時，

校讎學纂要校釋

協美印刷公司代印

音韵学讲义

（殷焕先撰，1960 年山东大学中文系油印本）

应用专题篇

音　韵　学

（上 册）

殷焕先

山 东 大 学 中 文 系

一 九 八 一 年 二 月

音韵学

引 言

一、音韵学名义

音韵学，现在又叫"汉语音韵学"，是以汉语语音为研究对象的一门学科。传统音韵学，研究的重点是古音、今音、等韵。

古音指的是周秦时代的汉语语音，现在又叫"上古音"。反映这一时期语音的重要文献是《诗经》，所以现在又叫这一时期的语音为"诗经音"。

今音是音韵学上的专门术语，指的是隋唐时代的汉语音，现在又叫"中古音"。反映这一时期语音的重要文献是《切韵》，所以现在又叫这一时期的语音为"切韵音"。

等韵学是研究汉语语音的一门音理之学，流传下来的"韵图"是我们研究等韵的重要资料。

一般所谓音韵学，其含义是如此。

二、课程内容

《切韵》的后身是《廣韵》。

前人学习音韵，把《廣韵》作为基本书籍，也把它作为入门书籍。以《廣韵》为重点来学习音韵，能收到通古知今的

— 1 —

良好效果。这也是《廣韵》一书以往受人重视的原因之一。不少音韵学家从这部书得到音韵培养。

我们现在这门课程也把《廣韵》这样看待。我们把《廣韵》作为汉语音韵基本书籍看,也把它作为学习音韵基本知识的实习教材看。

课程内容计分四个部分。

一是音韵基本知识。讲述汉语声韵的基本知识。讲述这一部分的目的是为学习《廣韵》打基础。但因为讲述内容多取材于《廣韵》,所以实在已是进行了学习《廣韵》本书的第一步。

二是《廣韵》的内容。讲述《廣韵》一书所反映的声韵组织。《廣韵》一书,比较完整地反映了汉语的中古音,而中古音在汉语音韵研究上是最有关键性的一部分。这一部分也就是讲述中古语音的声韵组织。

三是《廣韵》字表。这表是用的中国科学院语言研究所编辑的《方言调查字表》。这表按"摄"、"韵"、"开"(或"合")、"等"、"声"、"调"列字,可以帮助我们对"中古音系统"取得明确的认识。

四是音韵知识的应用。讲述如何应用音韵知识。重点在讲述在文字通假和汉语音韵史方面的应用,至于在词汇、语法、方言调查以及声律方面的应用,也扼要地举例说明。

三、学习方法

音韵这本学科久久被人视为"绝学",认为它是"玄奥莫

— 2 —

测”的，其实这门学科并不是这样的。这门学科所以蒙上“绝学”的称号，大概是由于教、学两方面都有其不妥处。因之，这里就把学习最须注意的事项说明一下。

首先，学习音韵应当具有“时”、“地”的观点：古今不同时，南北不同地，语音就不尽相同。比如“玄黄”二字，上古双声，现代北京音不是双声；“剑阁”二字，广州方言双声，而现代北京音不是双声。音韵学上常常要举具体字例来说明声韵的类别，这个具体字例往往因为时、地的不同而引起声韵上的不同认识。比如“剑阁”二字，在中古也是双声。“剑”跟“阁”同是属于“舌根声母”所谓“牙音”，“剑”跟“阁”同是古“见”声母字，所以是双声。但“剑”在现代广州方言虽读“牙音”，而在现代北京音则已读成“舌面音”jian。“阁”字在现代北京音仍读“牙音”gé。如果北京人通过“剑阁”二字的北京读法来体会“双声”、“牙音”的含意，那自然不能取得对“双声”、“牙音”的明确的了解，因而就觉得“双声”、“牙音”之类的术语，甚为“玄奥”。

在古人讨论音韵问题的文献里，往往有这样情况：或是各人用自己的方言来讨论同一个问题，或者凭现代的语音情况来讨论古音，时、地既不相同，因之他们的讨论往往教人莫知所云。这也就是教人认为音韵神秘的原因之一。因之，我们首先提出要具有“时”、“地”的观点。

再则是要通过共同的标准语音进行学习。既然时地不同语音就不尽相同，那末，学习音韵就应当通过一个共同标准语音来进行，以免各人对提出的例子体会不一致，纠缠不清，影响到对语音类别的辨认，影响到对语音上基本知识取得明确的了

— 3 —

解。现在，北京语音已为大家所熟悉，用北京语音作为共同的标准语音来学习，是应当的也是合适的。如果有人认为自己对北京音还不十分熟悉，那就要趁此复习。应当注意到，学习《廣韵》和学习北京音二者也是相輔相成的。

通过一个共同的标准语音来进行学习，还有更重要的意义。语音演变是很有规律的，古今语音之间，无论在声、韵、调哪一方面都有其严整的对应规律，这正和现代汉语各方言跟北京话之间也有其语音对应规律一样。通过方言跟北京话之间某些语音对应规律，学北京话就便当得多，同样，通过北京话跟中古音之间的某些对应规律，学习中古《廣韵》音也就便利得多。应当指出，中古《廣韵》音跟现代汉语各方言之间都有某些严整的对应规律，这些规律当然可以帮助各方言学习中古《廣韵》音。不过在教学上，很难照顾到各个方言，也只能用北京音作基础来跟中古《廣韵》音相比较，举出其相对应的情况，以帮助学习。所以，熟悉北京语音是重要的。至于各方言利用学习到的音韵知识来推求出自己方言跟中古《廣韵》音的对应规律以帮助自己学习，那当然是很好的。

三则要注意辨析，注意记忆。辨析，是指把音韵上的问题辨认明析，绝不可留有含胡处。记忆，是指对音韵上的基本东西，该记的都应当记清，不能只停止在理解上。比如说明北京语音“剑” jiàn 的声母是“舌面音”，是“塞擦音”，是“清音”“不送气”。这些都应当辨认清楚。如果有方言读“剑”是［c］声母的，那就要（1）通过通过北京音的读法来辨认，（2）并且应当记牢“剑”的北京音的读音。可是绝不能用自己方言的［c］声母的读法来辨认，这在上面已经说过。又比如，

—— 4 ——

“绝”、“决”二字，现代读音都是 jué，但中古《廣韵》音，“绝”属从母（薛韵），而“决”属見母（屑韵），读音大不相同（中古不会把“绝”错作“决”），比如从声母来看“绝”音，它是齿头音，是“塞擦音”，是“浊音”、“送气音”，就是［dz‘］，这些都应当辨认清楚。并且，“绝”和“决”的不同，各读什么声母，都是要加以注意记忆的，只是讲起来懂得而不能记牢，这就无法应用，也有碍于向前学习。没有一门学科是用不到记忆工夫的。

以上所说的学习方法，学的人必须注意，教的人自然也应当在教学设计上时时贯彻。

— 5 —

第一部分　音韵基本知识

第一节　北京音的声韵调的系统和北京音组织

认识现代语音组织是认识古代语音组织的阶梯。古今的语音组织虽然多有不同，但其间总存在着对应关系，这些对应关系都可供学习古音参考。对现代语音组织模糊不清是很难学好古音的，这点相当注意。

一、北京音的声母系统

现代汉语北京音有辅音声母21个，零声母一个。这里我们先提出一点，就是：北京音声母系统里有辅音声母跟非辅音声母的对照。这以下讲现代汉语北京音的辅音声母系统。这里先把辅音声母按发音部位和发音方法来分类，再从分类情况来看它的系统。

（a）辅音声母的分类

（甲）按发音部位分：

唇音	b	p	m	f
舌尖（中）音	d	t	n	l
舌根音	g	k	h	
舌面（前）音	j	q	x	
舌尖（后）音（搽舌音）	zh	ch	sh	r
舌尖（前）音（齿尖音）	z	c	s	

(乙)按发音方法分：

(1) 按受阻状态分：

塞音	b	p	d	t	g	k
鼻(塞)音	m	n				
擦音	f	h	x	sh	r	s
塞擦音	j	q	zh	ch	z	c
边音	l					

(2) 按送气不送气分：

不送气	b	d	g	j	zh	z
送气	p	t	k	q	ch	c

(3) 按清浊分：

清音	b	d	g	j	zh	z	p
	t	k	q	ch	c	f	h
	x	sh	s				
浊音	m	n	l	r			

(b) 辅音声母系统之说明

现代汉语北京音的辅音声母系统，总地说来是简单的。最大的特色是塞音塞擦音没有清浊的对照，也就是没有浊的塞音塞擦音之类。在擦音里，清浊的对照也不是"完全的"，f、h、x、sh、s五个清擦音，也只有sh是有浊擦音r跟它相对照的。把北京音的辅音声母系统跟吴方言的一比较，北京音的声母辅音声母系统的特色就显现出来了。比如属于吴方言的常州方言，清塞音、清塞擦音、清擦音等的送气声母，都有浊的送气声母跟它们相对照，象浊声母〔bʻ dʻ gʻ, dzʻ dʒʻ, v z ɦ〕等。在塞音、塞擦音、擦音有清浊相对照这一点上，《廣韵》音的性质跟常州方言是相同的。

要认识北京音辅音声母的系统，可以分别按发音部位、发音方法等角度进行观察。当然，在要指出这个系统的特色的时候，那是要把它跟《廣韵》音系统或跟现代某一方音的系统比较着讲述才行的。

（甲）发音部位

1、从发音部位看，比起《廣韵》音来，现代北京音多出“轻唇音”一类。但要注意，这也只是多出一个声母 f 。

2、其余显著的是比《廣韵》音少了一类“舌面（前）音”的塞音，就是［ȶ］（知）、［ȶʻ］（徹）、［ȡʻ］（澄）。

（乙）发音方法

3、比起现代某些方言来，北京音里沒有舌根“鼻（塞）音”［ŋ］，沒有舌面“鼻（塞）音”［ȵ］。

4、浊音情况上面已经谈过了，那是现代北京音声母系统的主要特色，无论是跟《廣韵》音比較或是跟现代某些方言相比较。

把发音部位、方法综合起来看，又可以看出：

5、北京音声母系统里有些类不是“完全的”。比如：比照“b、p、m”、“d、t、n”而“g、k、0”少［ŋ］，比照“sh、r”而“f、0”少［v］，等等。

在有需要的时候，还可以从跟别的民族语言辅音系统相比較来认识现代北京音辅音声母的特色。比如俄语、英语在清塞音方面就沒有送气跟不送气的对照。北京音有 b、p，而俄语只有П，英语只有 p［pʻ］。

— 8 —

二、北京音的韵母系统

(a)韵母的分类

韵母的分类，主要可以从韵头韵尾看。

(甲)按韵头分：

开口	i([ʅ]) i([ʅ]) er a o e ai ei ao ou an en ang eng ong
齐齿	i ia ie iao iou ian in iang ing iong
合口	u ua uo uai uei uan uen uang ueng
撮口	ü üe üan ün

(乙)按韵尾分：

开尾	i([ʅ]) i([ʅ]) er i u ü a ia ua o uo e ie üe
元音尾	ai uai ei uei ao iao ou iou
鼻音尾	an ian üan en uen in ün ang iang uang eng ueng ing ong iong

(b)韵母系统之说明：

现代汉语北京音的韵母系统，总地说来也是简单的。最大的特色是韵尾辅音系统的简化。它只有鼻辅音尾，如an、in，ang、ing之类，但也缺了-m辅尾。比起《广韵》音或现代粤方言来，它的鼻辅尾也不是"完全的"。

现代北京音也没有口辅尾。象《广韵》音或现代粤方言里的[-p]、[-t]、[-k]尾,北京音里是不存在的。

从《广韵》音到北京音韵尾系统的变化是很大的,这里作个粗略的对照:

现代北京音	中古广韵音
开尾	开尾
元音尾	元音尾
鼻辅尾	鼻辅尾
	[-m]
-n	[-n]
-ng	[-ŋ]
	口辅尾
	[-p]
	[-t]
	[-k]

因此,也影响到北京音整个韵母系统的简单化,很明显的是韵母数目少了下去。

现代北京音的韵头系统——开齐合撮——也跟《广韵》音不同,这到以后再介绍。至于北京音里还有一套"儿化韵",这是北京音的特色。

三、北京音的声调系统

现代北京音有四个声调,是˥55、˧˥35、˨˩˦214、˥˩51,共有平、升、曲、降四式。

同一式没有高低的对照。比如厦门方言就有55、11、33的对照：诗˥55，试˩11，是˧33；重庆方言就有21、42的对照：时˨˩21，使˦˨42等。

同一式没有明显的长短的对照。比如福州方言就有44、4的对照：诗˦44，十˦4；扬州方言就有55、3的对照：试˥55，十˧3等。

北京音没有入声，了解《廣韵》音的入声要参考到其他现代方言。广州方言的去入同调形的情况是应当注意的。去：阴去：富˧33，阳去：附˨22；入：上阴入：北˥5（短元音），中阴入：百˧33（长元音），阳入：白˨2、˨22。

象与声调相关的元音长短的现象也是不可忽视的。

应当注意北京音的变调：˨˩21，˥˧53。把变调算进来，同一式就有55、53的对照了。

现代北京音还有轻声。轻声也是汉语史上值得研究的一个语言现象。

北京音和《廣韵》音的声调，可作概略的对照：

中古廣韵音	平	上	去	入
现代北京音	阴平 阳平	上	去	

北京音入声分散到阴阳上去四声，这些字在需要指明其声调来源时，称之为"旧入声字"。比如："七"qī，"国"guó在北京音一读阴平，一读阳平，这两个字都是《廣韵》入声字，即"旧入声字"。

四、北京音的组织

现代北京音声韵调组合情况对于学习《廣韵》音很为重要，现在把重要的几点叙述如下：

1．开口韵、合口韵不拼声母 j、q、x；合口韵除 u 韵外不拼 b、p、m、f。

2．齐齿韵、撮口韵不拼声母 f、g、k、h，zh、ch、sh、r，z、c、s；撮口韵 b、p、m。

3、i（[ɿ]）韵只拼 z、c、s，i（[ʅ]）韵只 zh、ch、sh、r；i（[i]）韵正好只拼 z、zh 两组以外的声母（i 不拼 g 组声母，已见上）。

4．er 不拼声母，ueng 不拼声母。

5、e（[ɤ]）无齐合撮，ê（[e]）无开合。

6、m、n、l、r 声母无阴平字（猫 māo、妈 mā、拉 lā 是特殊读音）。

7．鼻辅尾韵拼不送气的塞音、塞擦音，无阳平字。

应当仔细体察北京音的语音组织。

也应当仔细体察自己方言的语音组织。

可以帮助我们学习《廣韵》音的任何一个口头上的材料都不可忽略

—— 12 ——

第二节 声母分合概说

古今声母系统彼此不相同，某一声母领有哪些字彼此亦不相同。了解古今声母分合即可以从古今声母对应关系上学习古声母。

利用古今声母对应关系学习《廣韵》音非常重要，当然也应当利用一切可利用的方法来帮助学习。

一、古今声母分合总说

音韵学上习惯只用"母"字称呼古代声母，也有叫"声母"、叫"声类"的。

现代北京音共有21个辅音声母和1个零声母——共有22个声母。

中古《廣韵》音共有35个辅音声明和1个零声母——共有36个声母。

北京音22个声母是《廣韵》音36个声母在语音演变中分化合併的结果。下面从发音部位简要说明分合情况。

1、唇音

重唇音

《廣韵》　邦[p]，滂[p‘]，並[b‘]，
bāng　pāng　bìng
明[m]
míng

北京　b(ㄅ玻)，p(ㄆ坡)；m(ㄇ模)；

— 13 —

f（ㄈ佛）；　o（u开头的）

有人把《廣韵》音重唇与轻唇音分别列出，现在列目于此备参考：

轻唇音
非　敷　奉　微
fēi　fū　fèng　uéi

这四母演变为北京音里 f、o（u开头的）。

这一组声母，《廣韵》音分化为北京音两组。一组仍读旧来的发音部位重唇（双唇）；一组是，前三母转变为轻唇（唇齿）f，后一母转变为以u开头的零声母。

2、舌头音

《廣韵》　端〔t〕，透〔t'〕，定〔d'〕
duān　tòu　dìng
泥〔n〕　来〔l〕①
ní　lái

北　京　d（ㄉ得）　t（ㄊ特），n（ㄋ讷）
l（ㄌ勒）

这一组声母《廣韵》音与北京音同读舌头音。

3、齿头音

《廣韵》　精〔ts〕　清〔ts'〕　从〔dz〕
jīng　qīng　cóng
心〔s〕　邪〔z〕
xīn　xié

①音韵学上把来母归为半舌音，今依发音部位置于此。

北　京　　z(ㄗ资);c(ㄘ雌),s(ㄙ思);
　　　　　j(ㄐ基),q(ㄑ欺),x(ㄒ希)

这组声母《廣韵》音分化为北京音两组。一组仍读旧来的发音部位,如z;一组则转变为舌面音,如j。

4、舌上音

《廣韵》　知〔ȶ〕,徹〔ȶʻ〕,澄〔ȡʻ〕
　　　　　zhī　　chè　　chéng

北　京　zh(ㄓ知),ch(ㄔ吃)

有人把娘〔ȵ〕母从泥母独立出来列于此,现在用泥娘当时合一为泥的说法。《廣韵》里可以归入娘母的字,北京音也都读为n声母,跟由《廣韵》泥母来的合一。

知徹澄三母《廣韵》音读舌面音,转变为北京舌面音zh、ch。

5、正齿音

莊组[1]

《廣韵》　莊〔tʃ〕,初〔tʃʻ〕,崇〔dʒʻ〕,生〔ʃ〕
　　　　　zhuāng　chū　chóng　shēng

章组[2]

《廣韵》　章〔tɕ〕,昌〔tɕʻ〕,船〔dʑʻ〕,書〔ɕ〕
　　　　　zhāng　chāng　chuán　shū
　　　　　禅〔ʑ〕,日〔nʑ〕[3]
　　　　　chán　rì

[1]莊组一般又用"莊初牀疏"称名。生母又称山母。

[2]章组一般又用"照穿神審禅"称名。

[3]音韵学上把日母归为半齿音。今依发音部位置于此。

— 15 —

北　京　z（ㄗ资），c（ㄘ雌），s（ㄙ思）；
zh（ㄓ知），ch（ㄔ吃），sh（ㄕ诗），r（ㄖ日）；
o

莊组一部分转变为北京 z、c、s；一部分转变为 zh、ch、sh。章组转变为 zh、ch、sh、r；日母少数转变为零声母。

6、牙音

《廣韵》　见[k]，溪[k']，群[g']，疑[ŋ]
jiàn　qī　qún　í

北　京　g（《哥），k（ㄎ科）；
n（ㄋ讷），o；
j（ㄐ基），q（ㄑ欺）

这一组声母，前三母《廣韵》音分化为北京音两组。一组仍读旧来的发音部位，如 g、k；一组则转为舌面音，如 j、q；疑母大部分转读零声母，一部分转为 n。

7、喉音[1]

《廣韵》　曉[x]，匣[ɣ]
xiǎo　xiá
影[ʔ]　雲[j]　以[o]
ǐng　ún　ǐ

北　京　o；　h（ㄏ喝）；　x（ㄒ希）

这一组声母，前二母分化为北京音两组。一组仍读旧来的发音部位，如 h；一组则转为舌面音，如 x；影、雲两母转读

[1] 雲母又叫爲母、于母；以母又叫餘母。雲以两母旧来合称喻母。

为零声母，以母仍读为零声母。

二、声母分合与声母的辨认

上面所说的是《廣韵》声母到北京声母演变的主要情况。其中古今相同而又不跟别组声母发音部位相混的如端透定等母的並不多，一般是分合情况较复杂。这样，依据今声母来推定古声母就有困难，很难凭口头读音辨认出一个汉字《廣韵》属于哪类声母或哪个声母。因之，应当多多注意辨认古声母的方法，多多下工夫记忆古声母。

必须注意，凡是经过重点介绍过的声母，一定要花工夫记牢。对于一些必须记忆的音韵上基本的东西，都应当如此。

下面主要就着《廣韵》見组[1]与精组声母在北京相混的问题[2]说明一般辨认声母方法的大要。

一是要分别轻重缓急。假如我们能够具有这样的能力，看到任何一个字我们都能够辨认出它属于《廣韵》哪类声母或哪个声母，那当然是很好的。但这种能力要慢慢地培养，逐步地去取得。我们可以先记忆那些急于要用的，可以缓的就缓一步。大概说，和学习音韵基本东西（诸如反切、通假）有关的算急，和学习普通话和方言调查有关的算急。比如分清見精两组声母就可以算急。又比如《廣韵》来母字，北京音跟《廣韵》音几乎完全相同，像"来卢郎落魯力良呂"等字。但有些方言 l、n 相混，那就要把辨认《廣韵》来泥声母当作急务。至如《廣

[1] 这里指見溪群曉匣五母

[2] 所谓尖团不分问题。

— 17 —

韵》知章两组声母的辨认，对上面所讲的反切、通假、普通话、方言调查的学习关系就小，可以暂作缓务，虽然最后也应当把这个问题解决。

二是弄清问题，审情度势。比如首先要弄清：从見组声母说，它只跟精组声母相混，并且只在齐齿撮口两呼读音里相混，像"江"（見组）"将"（精组）同读 jiang，"虚"（見组）"须"（精组）同读 xü；再则，今音读 g、k、h 声母的字，不会是古精组字；今音读 z、c、s 的字，也不会是古見组的字。可見，只是今音读 j、q、x（并且是齐撮两呼）的字里有見精相混的问题。这样，相混的所在就有了底，学习也就有了用力之处。又比如来泥两母相混，在有些方言里，也应当作进一步的观察。比如在成都方言里，两母只是在开合两呼相混，而在齐撮两呼能分（齐撮的泥母，北京 n，成都 ȵ；齐撮的来母，北京 l，成都读 n 或 l 随便）。又如，北京的 r 声母字，一般跟《廣韵》日母字相合，但也并非全无问题，然而也要认识到，问题只涉及到少数字"容"róng（《廣韵》以母）、"瑞"ruèi（《廣韵》禅母）等，不必为之慌张。总之，摸清问题的究竟，就可以作合适的学习安排，绝不可不摸清问题的深浅，一味觉得难，惹起急躁。

三是利用又读。一个字如有几个读音，这几个读音之间往往有"血缘"关系，这种关系就能够反映语音演变的源流。比如"给"，北京读 jí 又读 gěi。这说明"给"jí 音的 j 声母是由 g 声母（属《廣韵》見组）来的，"给"gěi 音的 g 声母帮助我们认出这种关系，帮助我们断定"给"不会是《廣韵》的精组字。又如"宿"，北京读 xiǒu 又读 sù。这

— 18 —

也说明“宿” xiǒu 音的x声母是由s声母（属《廣韵》精组）来的，“宿” sù音的s声母帮助我们认出这种关系，让我们能够断定“宿”不会是《廣韵》的見组字。

四是利用语音组织。比如，北京语音里，跟 ia韵相拼的 j、q、x，来源都是《廣韵》的見组声母，比如“加迦枷嘉佳夾家葭；蛺莢恝；甲假賈斝；價架駕嫁稼（以上 jia）”，“掐；拤；卡；洽恰（以上 qia）”，“蝦瞎；峽俠匣狎遐霞轄黠；嚇夏罅下（以上 xia）”。从语音组织了解到这点，就掌握了一批古見组字，而不用再怀疑 jia、qia、xia 音里有什么古精组字。

上面这些读 ia韵的 j、q、x声母字，其为来源于古見组，有的还可以用“又读”来证明，如“賈”读 jiǎ 又读 gǔ；“卡”读 qiǎ 又读 kǎ；“嚇”读 xià 又读 he。

五是利用口语又读，诸如文白异读之类。可以是自己方言里的，可以是别的方言里的。比如“房间”有读“房 gān”的；“戒酒”有读“gài 酒”的；村莊名“张家莊”“李家集”之类，“家”也多读 ge。没有 z、c、s拼齐撮音节（即所谓没有尖音）的方言听到别人尖音读法觉得异常刺耳，但倒是容易留下深刻印象，比如“小心、思想、信息、七千、齊秦、習俗、即將、似像”等，这都应当随时注意，跟所学习的相印证，以加强记忆。

六是利用文字谐声。我们天天同方块字打交道，最便于应用文字谐声来帮助辨认声母，必须利用这个条件。同一个声符几个字里如果有几个读法，往往几个读法有“血缘”关系，这跟又读的这类情况相似。比如，读 j、q、x声母的字，如果

— 19 —

有同声符字今音是读g、k、h的，那这类j、q、x是《廣韵》見组声母演变来的；如果有同声符字今音是读z、c、s的，那这类j、q、x是《廣韵》精组声母演变来的。例如：

江（廣韵見组字）　工功空红
给（廣韵見组字）　合（hé，gě）阁（gé）
加（廣韵見组字）　賀
將（廣韵精组字）　臧
宿（廣韵精组字）　缩（suō）
槍（廣韵精组字）　倉蒼

文字谐声实在可以给我们不小的帮助。

并且，应用别的方面情况辨认出来的字，亦可以应用谐声推广。比如，由文读得知"给"jí音的j从《廣韵》見组来，那末，跟"给"同声符的"洽、恰"qia自然也是從《廣韵》見组来。

七是联系有关学科的学习到的语言现象。比如文章声律。像韵文里的双声也对我们辨认声母有帮助。比如学了"经过"双声，就应当从而学得"经"jīng音的j是从《廣韵》見组来的。并且，还应当利用声符从而学得"轻、涇"的声母也是从《廣韵》見组来的。下面从杜甫诗举几个例子。（例子里双声用△标志，也用○标志出迭韵，以显示声律的应用）

感激时将晚，蒼茫兴有神（《上韋左相》）

壮夫思敢决，哀诏惜精灵（《武卫将军挽歌》）

鼓角凌天籁，关山倚月轮（《寄张山人》）

经过辨丰剑,意气逐吴钩(《重送刘判官》)

老亲如夙昔,部曲异平生(《哭严仆射》)

藻鉴流连容,江山顇顩人(《送孟仓曹》)

说诗能累夜,醉酒或连朝(《赠卢参谋》)

纵酒欲谋良夜饮,归家初放紫宸朝(《腊日》)

又如文字通假现象,也应联系学习,以帮助学记忆。比如"亟""革"通假,从而可知"亟"jí音的j声母从古見组来;"溱""潧"通假,可知"秦"qín音的q声母从古精组来。其余如声训,也有可以利用之处。

总之,音韵学习可以帮助了解声律通假现象,而声律通假学习亦可以帮助了解音韵上的一些现象。这些学科原是相关的,也应当联系着学习。

以上略说方法,但终之是要下工夫记忆。了解之后,加以记忆,这是重要的。

— 21 —

第三节 声母清浊的分合及辨认

一、声母清浊的分合

音韵学上分汉语声母为清浊两大类，每类又用“全”、“次”来再分类，计得“全清”、“次清”、“全浊”、“次浊”四类。这种分类，适合于《廣韵》的声母。

现在看来，音韵学上所谓的清浊，是凭据一个单一标准，即声带颤动与否来划分的。发音時声带不顫动的叫清音，声带顫動的叫浊音。至于所谓“全”、“次”，则是又附加上别项划分标准。

就着清声母说，全清是发音时（1）声带不顫动，（2）塞音塞擦音读不送气；次清是发音时（1）声带不顫動，（2）塞音塞擦音读送气。“全”、“次”在清声母上所附加的标准主要如此。

就着浊声母说，全浊是发音时声带颤动，即包括塞音、塞擦音和擦音。全浊的塞音和塞擦音到底是读送气还是不送气，现在学者的意見还未能一致，这里用送气的假定。次浊是发音时声带颤动，计包括鼻音[1]、边音、擦音，还包括零声母即元音开头的以母。

音韵学上这种全清、次清、全浊、次浊的分类，从现代方

---

[1] 包括“鼻＋擦”的日母。

言声母读音跟《廣韵》四类往往相对应的这一情形来看，可以看出前人的分类是有其科学的依据的。

现在按清浊把《廣韵》声母列表如下。

《廣韵》声母清浊表

清		浊	
全清	次清	全浊	次浊
邦[p] bāng (非) fēi	滂[p'] pāng (敷) fū	並[b'] bìng (奉) fèng	明[m] míng (微) uéi
端[t] duān	透[t'] tòu	定[d'] dìng	泥[n] ní 来[l] lái
精[ts] jīng 心[s] xīn	清[ts'] qīng	從[dz'] cóng 邪[z] xié	
知[ȶ] zhī	徹[ȶ'] chè	澄[ȡ'] chéng	(娘) niáng
莊[tʃ] zhuāng 生[ʃ] shēng	初[tʃ'] chū	崇[dʒ'] chóng	
章[tɕ] zhāng 書[ɕ] shū	昌[tɕ'] chāng	船[dʑ'] chuán 禅[ʑ] chán	日[nʑ] rì
見[k] jiàn	溪[k'] qī	群[g'] qún	疑[ŋ] í

— 23 —

曉[h] xiǎo 影[ʔ] yǐng	匣[ɣ] xiá 雲[j] ún 以[0] yǐ

在《廣韵》36个声母中有19个声母是清音，其中全清12个："邦端精心知莊生章書見曉影"，次清7个："滂透清徹初昌溪"；有17个声母是浊音，其中全浊10个："並定従邪澄崇船禅群匣"，次浊7个："明泥来日疑雲以"。

从声母塞音塞擦音的送气不送气相配对看，全清之"邦端精知莊章見"7母有次清之"滂透清徹初昌溪"7母与之相配对，而全清之"影"母無配；全浊之"並定従澄崇船群"7母则均无配对。从擦音之清浊相配对看，全清之"心書曉"3母有全浊之"邪禅匣"与之相配对，而全清之"生"母无配，次浊之"以"母无配。以上的"相配对"，是就着汉语发音习惯来说的。汉语发音习惯，原可以有塞音塞擦音全浊的送气与不送气相配对，原可以有塞音的清浊相配对，但《廣韵》音在这方面不是"完全的"。

声母清浊在北京语音里的对应情况是：全清，北京读清音，不送气的仍读不送气。全清例："邦心影"等。次清，北京读清音，送气的仍读送气。次清例："滂"等。全浊，北京读清音，有的读同全清，有的读同次清。全浊读同全清例："並邪"等读同"邦心"等；全浊读同次清例："従"等读同"清"等。次浊"泥来日"北京读n、l、r声母，"泥来"可说继承古读未变，r也仍是读浊音。"微（明母的一部分）"和"疑"

— 24 —

大部分丧失声母转为零声母，"雲"全部丧失声母转为零声母，"以"母则仍读零声母。

如果用音韵学传统分类来看这些声母清浊的变化，全清次清次浊这三类可说在现在仍然继续着，只全浊一类消失。

总看上述《廣韵》、北京声母对应情况，在辨认声母上就应当注意全浊声母和一些零声母。要求我们学习辨认全浊声母，辨认一些丧失声母的次浊声母。

二、全浊声母的辨认

首先，可以利用《廣韵》、北京语音对应情况来辨认全浊声母。主要是利用全浊字在声调上的表现：《廣韵》平声全清次清北京读阴平；全浊次浊读阳平。全浊上声变去声。

(1) 平声塞音塞擦音字

《廣韵》全浊声母塞音塞擦音平声字，在北京音平声里读送气音，读阳平声。

在北京音平声里，塞音塞擦音不送气音只有一个来源，来自《廣韵》全清字，如"邦"；送气音有两个来源，一是来自《廣韵》次清声母，如"滂清"；一是来自《廣韵》全浊声母，如"從澄"。不送气"邦端"读阴平；送气"滂清"读阴平而"從澄"读阳平。所以，北京平声里，《廣韵》全浊塞音塞擦音之全清、次清、全浊三类声母区分，在口头上就很显明[1]。现在以"邦滂並"声母為例，列表如下：

[1] 这里沒有谈到《廣韵》入声字，当另章讲述。

北京平声邦滂並三母区分表

			清		浊
			全清 邦	次清 滂	全浊 並
平声	阴平声	不送气	卑 bēi 边 biān 巴 bā 兵 bīng 邦 bāng	○	○
平声	阴平声	送气	○	滂 pāng 披 pī 丕 pī	○
平声	阳平声	不送气	○	○	○
平声	阳平声	送气	○	○	皮 pí 便 pián 旁 páng 毗 pí 平 píng

上表说明这样情况：

全清：次清全浊

== 不送气：送气

比如"卑滂皮"三字都是北京平声字，"卑"读不送气，"滂皮"读送气。单凭这种不送气与送气的对照，我们可以指出："卑"平声不送气，"卑"是《廣韵》"邦"母字；"滂皮"平声送气，"滂皮"不是《廣韵》"邦"母字。

上表又说明这样情况：

次清：全浊

== 阴平：阳平

比如"滂皮"二字都是北京平声送气字，"滂"读阴平，"皮"读阳平。单凭这种阴平与阳平的对照，我们可以指出："滂"送气阴平，"滂"是《廣韵》"滂"母字；"皮"送气阳平，"皮"是《廣韵》"並"母字。

总之，平声：不送气，全清；送气阴平，次清；送气阳平，全浊。

上表以"邦滂並"平声字为例；别的塞音塞擦音字母平声字也可以照推。比如"颠天田"三个平声字，"颠"不送气，《廣韵》"端"母字；"天"送气阴平，《廣韵》"透"母字；"田"送气阳平，《廣韵》"定"母字。

（2）平声擦音字

《廣韵》全浊声母擦音平声字，在北京音平声里读阳平。

在北京音平声里，擦音来自全清的，读阴平[1]；来自全浊的，读阳平。来源的辨认较易，即：

全清：全浊
== 阴平：阳平

比如"心邪"，"心"阴平，来自《廣韵》的"心"母；"邪"阳平，来自《廣韵》"邪"母[2]。又如"蒿豪"、"馨刑"[2]、"烘洪"、"呼胡"等，都是前一個字读阴平，来自《廣韵》"曉"母；后一个字读阳平，来自《廣韵》"匣"母。

（3）其他声调里的清浊字

全浊声母字在北京上声里一般不存在，因为"（《廣韵》）全浊上声变（北京）去声"。

全浊声母塞音塞擦音字，在北京音里除平声读送气外，仄声都读不送气[3]。

因之，北京上声里，塞音塞擦音的送气字不送气字各只有一个来源。《廣韵》上声全清，北京上声全清；《廣韵》上声次清，北京上声次清；《廣韵》上声全浊，北京已读去声，即不在北京上声里存在。情况是：

《廣韵》上声：北京去声。

全清：次清：全浊 == 上声不送气：上声送气：去声不送气。

[1] "敷"次清也同于全清的"非"，不易分辨。但这是全清次清的分别问题。

[2] 这要配合見精的辨认法进行。

[3] 在北京入声存在時，全浊塞音塞擦音字已变成不送气。

这样，就是《廣韵》上声没有全浊塞音塞擦音字。

比如，在《廣韵》上声里，塞音塞擦音的全清、次清、全浊字并存情况是"董、桶、动"，"宰、采、在"，"早、草、皁"，在语音变化中，"动"、"在"、"皁"全浊字已变成北京去声，所以现代北京上声里留下的是："董、桶"，"宰、采"，"早、草"，即留下"全清、次清"字。因此，看到上声不送气"董"，就可以知道它是《廣韵》"端"母字，看到上声送气"草"，就可以知道它是《廣韵》"清"母字。

了解上述道理，对北京上声擦音的全清全浊，辨认起来也就不困难[1]。全浊擦声字，也适用"全浊上声变去声"这一规律。比如《廣韵》上声里擦音的"虎、户"，"海、亥"，"好、皓"并存，各组里两个字依次为"全清、全浊"，而在北京上声里只剩下"虎"、"海"、"好"獨存，即剩下"全清"。所以，我们看到上声"虎"字，就可以知道它是《廣韵》"曉"母字。

北京去声里，全清全浊辨认不易；旧入声字就又要作特别项目来学习。

上面讲的清浊辨认，主要是利用《廣韵》、北京语音上声调的对应。当然也应当利用其他方面的条件，下面举一些文学上的和文字上的一些可以利用的声律现象为例，但要紧的是多下记忆工夫。

唐棣之华（《诗・召南・何彼襛矣》）

"唐""棣"上古与中古同是双声，两字《廣韵》归全浊"定"母，"唐"，平声，读送气阳平；"棣"，仄声，读不

— 29 —

送气。

林热鳥開口，江渾魚掉頭（杜甫：送王信州）

“掉”“头”两字双声，两字《廣韵》归全浊“定”母。“头”，平声，读送气阳平；“掉”，仄声，读不送气。

墙有茨，不可埽也。中冓之言，不可道也。所可道也，言之醜也。（《诗·鄘风·墙有茨》）

《诗经》押韵，在四声上一般不混押。这首诗押韵的“埽道醜”在《诗经》语言是同一声调，在《廣韵》还是同属上声字。北京今读“埽”“醜”上声，“道”去声。“道”《廣韵》全浊上声，变成今去声。

调　藏　便　重

像这类平声读阳平送气，仄声读去声不送气的两读字，一般属《廣韵》全浊声母。

以上这些现象，都可以利用来帮助辨认全浊声母，但是必须加之以记忆。

三、次浊声母的辨认

次浊声母计有“明泥来日疑雲以”共7母，其中“泥”（北京n）、“来”（北京l）、“日”（北京ʐ）三母，北京辨认起来可谓不成问题。其余“微”（“明”母一部分）、“疑”、“雲”等在零声母读法里相混，都应注意辨认。现在拿“微”母作例讲述辨认方法。

—— 30 ——

首先是语音上的可供利用的条件应当注意。

一是次浊声母在平声也读阳平。“微”、“疑”、“雲”、“以”都读阳平，这就跟全清“影”母字在平声读阴平如“威”、“衣”、“蠱”等区别开。这点应当注意。比如“烏”字北京读阴平，“烏”字就没有来源于“微”母的可能。

二是“微”母来的字读u开头，比如“微、尾、未、文、吻、问、无、武、務”等，这就跟“疑”、“雲”、“以”三母来的开齐撮三组的字区别开。像“按”、“岸”、“暈”、“遏”、“谕”、“意”、“雁”等字，也没有是“微”母字的可能。

三是“微”母与“非、敷、奉”三母同来源同变化，只是“微”读零声母合口（如“尾”），而“非、敷、奉”读f声母开口（如“篚”），因之，开口韵不拼f的，它的合口就一般无“微”母字。比如，北京没有fai音节，我们就可推知uai音节里没有“微”母字，像“歪”、“外”就不是“微”母字。可以有“微”母的音节是不多的。

四是“微”母字在口头上可以有m声母的又读。这是也可以在方言中取材的。如苏州“问”有$vən^2$和$mən^2$两读。平常听方言应留心这类材料。

以上四点都是语音方面的条件，而前三点可以说是替“微”母在北京语音的情况摸一下底。

再则，对“微”母说来，谐声在辨认上也很有些作用。“微”母的同声符字主要跟m声母字有联系，也有一些跟h声母字有联系。现在举些例子于下。

— 31 —

微 u-	m-	hu-
微	黴	徽
尾		[火+尾]
未味	妹	沬
亡罔	盲	肓
文	闵	
萬	迈	

当然，在声律通假方面，如果学习到跟“微”母辨认相关的，也应该记忆。

第四节　韵母的分合及辨认

《廣韵》北京韵母对应情况比较复杂，这里先作概略的介绍。一、《廣韵》韵母大类；二、韵母分合的辨认。

一、《廣韵》韵母大类

音韵学上把《廣韵》韵母相近似的归在一起，成为一个大类。这种大类传统叫它作"摄"。《廣韵》二百〇六韵可归为十六摄。

《廣韵》里韵部的排比，大略是把读音相近的韵靠在一起。这里就按照《廣韵》韵部次序依十六摄介绍二百〇六韵。

十六摄是：

1、通	2、江	3、止	4、遇
5、蟹	6、臻	7、山	8、效
9、果	10、假	11、宕	12、梗
13、曾	14、流	15、深	16、咸

记忆和辨认《廣韵》韵母，都应当以摄为单位来作。

1、通　十一韵

一東 dōng	一董 dǒng	一送 sòng	一屋 ū
二冬 dōng	○	二宋 sòng	二沃 uò
三锺 zhōng	二腫 zhǒng	三用 iòng	三燭 zhú

通摄计包含十一个韵。"董送屋"是"東"韵上去入三声

—33—

的韵。"一、二、三"表示各个声调里的排列的次序，如"鍾"是平声第三个韵，"用"是去声第三个韵。"○"表示缺韵，如《廣韵》冬韵没有上声。

通摄是阳声韵，阳声韵都是鼻辅音收尾的。通摄收〔ŋ〕尾。阳声韵有入声，入声韵都是口辅音收尾，如这摄入声韵收〔k〕尾。

这一摄收〔ŋ〕尾的阳声韵，在现代北京音中读 ong、iong、eng（少数字）韵。收〔k〕尾的入声韵读 u、ü、ou（少数字）韵。

2、江　四韵

四江 jiāng　　三講 jiǎng　　四絳 jiàng　四觉 jüé

这一摄收〔ŋ〕尾的阳韵在现代北京音中读 ang、iang、uang 韵。收〔k〕尾的入声韵读 o、uo、üe、ao（少数字）、iao（少数字）韵。

3、止　十二韵

五支 zhī　　四紙 zhǐ　　五寘 zhì

六脂 zhī　　五旨 zhǐ　　六至 zhì

七之 zhī　　六止 zhǐ　　七志 zhì

八微 uéi　　七尾 uěi　　八未 uèi

止摄是阴韵。阴韵是收开尾、元音尾的韵。《廣韵》阴韵没有入声。这一摄阴韵在现代北京音中读 i、i（〔ɿ〕）、i（〔ʅ〕）、er、ei、uei 韵。

—— 34 ——

4、遇　九韵

九鱼 ǘ	八语 ǚ	九御 ǜ
十虞 ǘ	九麌 ǚ	十遇 ǜ
十一模 mú	十姥 mǔ	十一暮 mù

这一摄阴韵在现代北京音中读ü、u韵。

5、蟹　十九韵

十二齐 qí	十一荠 jǐ	十二霁 jì ——i、uei
○	○	十三祭 jì ——i、i([ʅ])、ei、uei
○	○	十四泰 tài ——ai、ei、uei
十三佳 jiā	十二蟹 xiè	十五卦 guà ——ai、uai、ie、ia
十四皆 jiē	十三骇 hài	十六怪 guài ——ai、uai、ie
○	○	十七夬 guài ——ai、uai、ua
十五灰 huēi	十四贿 huèi	十八队 duèi ——ei、uei
十六咍 hāi	十五海 hǎi	十九代 ——ai、ei（少数字）
○	○	二十废 fei ——i、ei、uei

— 35 —

这一摄阴韵在现代北京音中读ia、ua、ie、ai、uai、ei、uei、i、i（[ʅ]）韵。这一摄韵母对应比较复杂，这里在某韵之下分注其现代北京音。

6．臻　二十五韵

十七真zhēn	十六轸zhěn	廿一震zhen	五质zhì
十八谆zhuēn	十七準zhuěn	廿二稕zhuèn	六術shù
十九臻zhēn	○	○	七栉zhì
二十文uén	十八吻uěn	廿三问uèn	八物ù
廿一欣xīn	十九隐ǐn	廿四焮xìn	九迄qì
廿三魂huén	廿一混huèn	廿六恩huèn	十一没mò
廿四痕	廿二很hěn	廿七恨hèn	○

这一摄收[n]尾的阳韵在现代北京音中读en、uen、in、ün韵。收[t]尾的入声韵："质、術、栉"读i、i（[ʅ]）、u、ü、uo、e、uai（少数字）；"物、迄"读i、u、ü；"没"读u、o韵。计共為：i、i（[ʅ]）、u、ü、o、uo、e、uai等韵。

7．山　二十八韵

廿二元üán	二十阮üǎn	廿五愿üàn	十月üe
廿五寒hán	廿三旱hàn	廿八翰hàn	十二曷hé
廿六桓huán	廿四缓huǎn	廿九换huàn	十三末mò
廿七删shān	廿五潸shǎn	三十谏jiàn	十四黠xiá
廿八山shān	廿六産chǎn	卅一裥jiàn	十五辖xiá

一[1]先 xiān　廿七銑 xiǎn　卅二霰 xiàn　十六屑 xiè
二 仙 xiān　廿八獮 xiǎn　卅三線 xiàn　十七薛 xiē

这一摄收〔n〕尾的阳韵在现代北京音中读 an、uan、ian、üan 韵。收〔t〕尾的入声韵："月"读 a、ie、üe；"屑、薛"读 uo、e、ie 韵；"曷、末"读 a、uo、e；"黠、鎋"读 a、ia、ua。计共为 a、ia、ua、uo、e、ie、üe 等韵。

8. 效　十二韵
三蕭 xiāo　廿九篠 xiǎo　卅四嘯 xiào
四宵 xiāo　三十小 xiǎo　卅五笑 xiào
五肴 iáo　卅一巧 qiǎo　卅六效 xiào
六豪 háo　卅二晧 hào　卅七號 hào

这一摄阴韵在现代北京音中读 ao、iao 韵。

9. 果　六韵
七歌 gē　卅三哿 gě　卅八箇 gè
八戈 gē　卅四果 guǒ　卅九過 guò

这一摄阴韵在现代北京音中读 a、o、uo、e（哥）、üe 韵。

10. 假　三韵
九麻 má　卅五馬 mǎ　四十禡 mà

[1]《廣韵》平声韵分两卷，"一先"是第二卷开头一个韵。

— 37 —

11. 宕　八韵

十　陽 iáng　卅六養 iǎng　四一漾 iàng　十八藥 iào
十一唐 táng　卅七蕩 dàng　四二宕 dàng　十九铎 duò

这一摄［ŋ］尾阳韵，在现代北京音中读 ang、uang、iang 韵。收［k］尾的入声韵读 u（少数字）、e、üe、o、uo、ao（少数字）、iao（少数字）韵。

12. 梗　十六韵

十二庚 gēng　卅八梗 gěng　四三映 ìng　二十陌 mò
十三耕 gēng　卅九耿 gěng　四四諍 zhèng　廿一麥 mài
十四清 qīng　四十静 jìng　四五劲 jìng　廿二昔 xī
十五青 qīng　四一迥 jiǒng　四六径 jìng　廿三錫 xī

这一摄收［ŋ］尾的阳韵在现代北京音中读 iang（少数字）、eng、ing、ong（少数字）韵。收［k］尾的入声韵读 i、i（［ʅ］）、ü、uo、e、ai 韵。

13. 曾　八韵

十六蒸 zhēng　四二拯 zhěng　四七證 zheng　廿四職 zhí
十七登 dēng　四三等 děng　四八嶝 dèng　廿五德 dé

这一摄收［ŋ］尾的阳韵在现代北京音中读 eng、ing 韵。收［k］尾的入声韵读 i、i（［ʅ］）、u、uo、e、ei 韵。

—— 38 ——

14. 流　　九韵

十八尤 ióu	四四有 iǒu	四九宥 iòu
十九侯 hóu	四五厚 hòu	五十候 hòu
二十幽 iōu	四六黝 iǒu	五一幼 iòu

这一摄阴韵在现代北京音中读 u（少数字）、ou、iou 韵。

15. 深　　四韵

廿一侵 qīn	四七寝 qǐn	五二沁 qìn	二六缉 qī

这一摄收〔m〕尾的阳韵在现代北京音中读 en、in 韵。收〔p〕尾的入声韵读 i、ɿ（〔ʅ〕）、u、e 韵。

16. 咸　　三十二韵

廿二覃 tán	四八感 gǎn	五三勘 kàn	二七合 hé
廿三谈 tán	四九敢 gǎn	五四阚 gàn	二八盍 hé
廿四盐 ián	五十琰 iǎn	五五艳 iàn	二九叶 iè
廿五添 tiān	五一忝 tiǎn	五六㮇 tiàn	三十帖 tiē
廿六咸 xián	五三豏 xiàn	五八陷 xiàn	三一洽 xiá
廿七衔 xián	五四槛 jiàn	五九鉴 jiàn	三二狎 xiá
廿八严 ián	五二俨 iǎn	五七酽 iàn	三三业 iè
廿九凡 fán	五五范 fàn	六十梵 fàn	三四乏 fá

这一摄收〔m〕尾的阳韵在现代北京音中读 an、ian 韵。收〔p〕尾的入声韵：“合、盍”读 a、e；“洽、狎、乏”读 a、ia；“叶、帖、业”读 a、e、ie 韵。

—— 39 ——

二、《廣韵》韵部的辨认

辨认《廣韵》韵部是指辨认现代一个字在《廣韵》里属于哪一韵。

上面在韵部介绍中，都注出了一个摄里的《廣韵》韵母在现代北京音中的读音。某摄下所注的北京音，是从统计这一摄《廣韵》韵部中所有的字在现代北京音里读的韵母得来的。在辨认现代一个字在《廣韵》属哪一韵的时候，要参考这些注子。应当先记忆《廣韵》这一摄所包含的北京韵和另一摄所包含的北京韵的同或异，逐步记牢这些。应当算一算由《廣韵》到北京音的韵母方面的源流分合，也逐步记清这些。

上面说过，记忆和辨认《廣韻》韻部要以摄为单位来进行，再由摄到韵。我们应当注意。

辨认韵部，首先要注意语音上的情况，也应当利用其他方面如声符、押韵等的帮助。

辨认一开始就应当弄准这个要辨认的字在北京音的韵母是什么。要看《廣韵》哪一摄里有这字的韵母。辨认工作也时时要联系到韵母。

比如北京"相" xiāng 音，《廣韵》只有两个摄可以有这个韵母："江"摄和"宕"摄。这两摄的名字的韵母就告訴了这点："江" jiāng，"宕" dàng。

"相"字到底在"江"摄或"宕"摄，这，辨认起来就不大容易。区分"江"摄与"宕"摄，要想单凭北京口头上语音来进行是不可能的，这就要利用其他方面的帮助。

"江"摄与"宕"摄的声符是两个系统。这两个系统的区分，可以利用口头上语音联系来记忆。一般情况，"宕"摄声符读 ang 韵，而又有些字读 eng 、ing韵，比如"行"读 háng 又读 xíng ，"黄"读 huáng，而同声符字"横"读 héng。"江"摄声符读 ang韵，而又有些字读 ong 韵。比如"江"读 jiāng ，"虹"读 jiàng 又读 hóng ，同声符字"工、功"读 gōng ，"红"读 hóng。可以看出，一个读 ang韵的字，一般说来，跟 eng 、ing 韵有联系的是"宕"摄字；跟 ong韵的是"江"摄字。"行" hang "黄" huang是"宕"摄字；"江" jiang "虹" jiang 是"江"摄字。应当注意到谐声声符可以帮助我们推知一个字在《廣韻》属于哪摄哪韻，应当学习利用声符。

学习声符在韵部方面的系统，有必要跟学习《诗经》相配合。比如《豳、七月》有些押韻就可以帮助我们记忆"宕"摄声符系统。像：

陽 庚 筐 行 桑 （二章"春日載陽……"）

桑 斨 扬 桑 …… 黄 阳 裳 （三章"蚕月條桑……載玄載黄……"）

霜 场 飨 羊 堂 觥 疆 （八章"九月肃霜……"）

上举这些《七月》押韵字，都是古"唐"字，古"唐"部字跟《廣韵》"宕"摄字，语音上是有渊源关系的。

凡是声符跟上列字相同的读 ang 韵的字也都是《诗经》韵"唐"部和《廣韵》"宕"摄"陽""唐"两韵的字。比如"相""霜"声符相同，如果知道了"霜"是《诗经》韵"唐"部字，《廣韵》"宕"摄"陽""唐"两韵中字，那"相"字也是。

也应该注意利用音节组织情况。对《廣韵》一个韵的语音组织也应当逐步作到有深细的了解，并加以应用。

比如，《廣韵》"江""阳""唐"三个韵，读"端透定"声母的音节只有"唐"韻里有，那末，比如遇到今音读舌头音"当""汤""唐、堂"等字，我们即使不依靠声符帮助，也能够指出这些字不单不是"江"摄字，并且在"宕"摄里也只能是"唐"韵里的字。

又如，今韵 guang 等音节的字，只能是"宕"摄字。"江"韵今读合口的只有捲舌声母不多字，并没有 guang 等合口音节。再则，如果我们又能利用声符，就可以看出《廣韵》"阳"韵的 guang等音节多是"狂匡"等声符一派字，而"唐"韵里的 guang等音节，几乎都是"光"声符一派字如"光黄廣"等。

了解到音节组织对辨认韵部的作用并加以应用，那也就不难了解"相"是《廣韵》"阳"韵字。

韵语和声律上一些其他现象，也是要随时留心。比如我们遇到过的"五經无双◎许叔重◎"，"双"（今读 shuang）与"重"（今读 zhong ）押韵，那也就可以照"江工功红"谐声关系例推，知道"雙"是"江"韵字（《诗经》押韵与文字谐声，在韵部上是一致的）。再如"有鳴倉庚"（《豳、七月》），"倉庚"古迭韵。学习了"倉庚"迭韵，就又帮助我们在《诗经、七月》押韵例子里添上一个"倉"声符，学到"倉"以及"蒼槍鎗搶蹌"等字是《诗经》"唐"部，也就是《廣韵》"宕"摄字。这里，如果再应用上语音组织来观察，就又可

— 42 —

以指出“倉蒼”(今读 cāng)是《廣韵》“唐”韵字，而“槍鎗、搶、蹌”(今读 qiāng，qiǎng，qiàng)是《廣韵》“阳”韵字。

要利用多方面可以利用的条件。比如在记忆声符上，学习韵目，记忆韵目，也可以作为记忆声符。以《廣韵》“侵”以下九韵为例，它们分属《廣韵》“深”摄“咸”摄，在《廣韵》音是读[m]收尾的，这两摄的阳韵字都是读[m]收尾的字。北京音没有[m]收尾韵，《廣韵》[m]收尾字北京也读[n]收尾，因而跟“臻”“山”两摄[n]收尾字(《廣韵》也是[n]收尾)相混。像“赶”、“感”北京同读[n]收尾，口头上无法区别哪个是《廣韵》[m]收尾的，哪个是《廣韵》[n]收尾的。如果应用声符、韵目等来观察，就可以知道“感”是古[m]收尾字，“咸”摄“感”韵的标目字就告诉我们这点。“趕”是古[n]收尾字，“旱”韵(“旱”与“趕”同“干”声符)的标目字也告诉我这点。

末了仍得一提的是记忆工夫是不可少的。已经理解了的一些基本的东西，必须从多看多应用中把它记牢。

— 43 —

第二部分
《廣韵》的内容

第一节 《廣韵》简介

一、由《切韵》到《廣韵》

《廣韵》是继承《切韵》而来的。《切韵》是反切注音法盛行以来的产物。要了解《廣韵》，得先对《切韵》有个了解。

《切韵》成书是在公元六〇一年，距反切发明（东汉末年，约公元二〇〇年）有四〇〇年了。这四个世纪里，反切注音法非常盛行。《颜氏家训》曾评论这种盛行情况为"音韵锋出"。反切用来替经籍注音，《经典释文》反映了这点；反切用来替通俗文字注音，《颜氏家训》反映了这点（《书证篇》説："《通俗》反音，甚为近俗"）；反切也用来研究文章音韵，《文心雕龙》反映了这点；真可谓风行一世。至于用反切来讨论字音的时代差异，方言的南北不同，以及对反切注音法的认识，也都可以从《颜氏家训》看出那一时代的盛况。

反切的盛行刺激了韵书的编纂。整理、类集反切的工作就必然走上编纂的道路。对自己语言语音特性的认识和表达既已相当精密，这也就为韵书的产生准备好了条件。

最早的韵书当推魏李登的《声类》。其后，晋吕静仿李登《声类》之法，作了《韻集》。这两部书的体制如何，犹待考订。据《封演闻見记》说："魏时有李登撰《声类》一卷，凡一万一千五百二十字，以五声命字，不立诸部”。

《魏书·江式傳》说：“吕忱弟静别放故左校令李登《声类》之法，作《韵集》五卷，宫商角徵羽各为一篇”。它们叙述《声类》、《韵集》两书的体制是如此。

继李登吕静而起的有不少音韵学家编制了韵书，著名的如夏侯该《韵略》，阳休之《韵略》，周思言《音韵》，李季节《音谱》，杜台卿《韵略》等。但诸家对声韵的认识和处理是不一致的，这又要求作一番整理工作，划一工作，《切韵》出世就是要担负起这个使命。《切韵》是韵书风行之世的产物。

《切韵》作者是陆法言。他名叫词，“词”又写作“慈”。他一向留心音韵，在他四十多岁时，以当时一些音韵学家讨论决定的意见为依据，取材于诸家音韵、古今韵书，编成了《切韵》，他自己替《切韵》写《序》是在“大隋仁寿元年”，即公元六〇一年。

《切韵》对它以前的韵书来说，是一部具有“集大成”和“总结”性质的韵书。

《切韵》被后一些的音韵学家推崇为权威著作。长孙讷言评论它说：“此制酌古沿今，无以加也”。王仁昫评论它说：“陆法言《切韵》，时俗共重，以为典规”。孙愐评论它说：“……述作颇众，得失互分，惟陆生《切韵》盛行于世”。这些可谓交口赞扬。据记载，陆氏的《切韵》书成不久就流行甚广，几乎“家置一部”。

《切韵》既这样为人所推重，因而人们对它提高了要求[1]，

[1] 比如正音、正义、正字、增注、增字等要求。

增字、增注，以及刊谬补缺等等增订工作，就时时有人在作，书名也相应地有更改，终于《切韵》转变成《广韵》。上举长孙、王、孙三人都是曾替《切韵》作过增订工作的。至于书名，或仍名《切韵》，或名《广切韵》，或以时代名之《唐韵》，《广唐韵》。到了宋大中祥符元年，即公元一〇〇八年，陈彭年、邱雍参照了好多家《切韵》的本子修订《切韵》，书成，叫《大宋重修广韵》，后亦称《广韵》。

二、《切韵》《广韵》的本子

《切韵》、《广韵》是汉语音韵方面极其重要的书籍，现在略述今日所得见的本子如下：

(甲)《切韵》

1、蒋斧所藏唐写本《唐韵残卷》(国粹学报馆影印本)

2、故宫所藏唐写本王仁昫《刊谬补缺切韵》(北京延光室摄影本，上虞罗氏印秀水唐兰写本)

3、王国维摹日本大谷光瑞家藏唐写本《韵书断片》(有大谷《西域考古图谱》影印本，王氏摹入《韵学余说》，后又有《观堂别集后编》印本，附考证)

4、王国维手抄巴黎国民图书馆所藏唐写本《切韵残卷》三种(王氏手写石印本)

5、刘复手抄巴黎国家图书馆所藏唐写本王仁昫《刊谬补缺切韵残卷》(《敦煌掇琐》刻本)

6、魏建功存巴黎国家图书馆所藏五代刻本《切韵残卷

— 47 —

》（共摄影片十六页，不全是一种书的残片）

7、柏林普鲁士学院所藏唐写本《韵书断片》（摄影片两页，为两种书的残片）

——以上韵书的残卷、断片共计九种，刘复、罗莘田两先生益以《大宋重修广韵》一种，汇为一种书，定名为《十韵汇编》，颇便于研究之用。

8、唐写本王仁昫《刊谬补缺切韵》（宋濂跋本，1947年故宫博物院影印）

9、姜亮夫编《瀛涯敦煌韵辑》（有姜亮夫的论文）

（乙）《廣韵》

1、古逸丛书复宋本《重修廣韵》（繁本）。

2、古逸丛书复元泰定本《廣韵》（简本）。

3、张氏泽存堂重刊宋本《廣韵》（繁本）。

4、小学汇函张氏本《廣韵》（即泽存堂本）。

5、小学汇函内府本《廣韵》（简本）。

6、新化邓氏重刊张氏本《廣韵》（即泽存堂本）。

7、商务印书馆影印古逸本《廣韵》（繁本）。

——以上七种为现在流行的本子。周祖谟先生校本，颇便于用。

赵少咸先生已写成《廣韵疏证》，此书对《廣韵》作了详细深入的校刊疏证，将给《廣韵》研究工作以很大的便利和启发。

— 48 —

三、《廣韵》一书的体制

《切韵》的体制是前有所承的。《廣韵》继承了《切韵》的体制。《切韵》几经增订成为《廣韵》，但在体制上没有什么变动。现在分项叙述《廣韵》的体制。

(1) 分卷　　《廣韵》继承《切韵》，用声调分卷。当时汉语共有四个声调，就分为四卷；只是平声的字多些，又分上下，因而共得五卷。同一卷里只有同属一个声调的字而不掺杂别的声调的字。此所谓以四声为纲。如今本《廣韵》每卷首题云："廣韵上平声卷第一"，"廣韵下平声卷第二"……"廣韵入声卷第五"等。

至于"平""上"."去""入"四个字，除了各个字可以代表它的本调类而外，还具有描述调值的作用。"平"."上""去""入"是当时调类标目字，也是当时的调类描写字。这四个字《切韵》前有所承，《廣韵》也沿用。

(2) 分韵　　同一个声调的字同在一卷里，在一卷里又用韵作单位。同属一韵的字，聚在一起，称为一韵。同一个韵里原则上不掺杂其他韵的字。以所谓以韵为纬。《切韵》、《廣韵都是这样。不过，有的韵同韵的字实在太少，为了省事就不替它特立一韵，而把这零星的字寄放到相邻的(发音也是相近的)韵里。这比如二冬的上声只有一个"湩"字，这个字就放到三锺的上声二腫韵里，"湩"下注云："此是冬字上声"。

整个一个韵叫"大韵"。

—— 49 ——

《切韵》到《广韵》，大韵的数目有增加。

（3）韵目　某一个韵有个名称，如"東"、"冬"、"鍾"、"江"之类。这个名称字是从同属一韵的字里选出来以之作这个韵的标目的。"東"、"冬"、"鍾"、"江"等是韵的标目字。这些标目字《切韵》已前有所承，《广韵》也承用《切韵》的。为什么要用"東"等字作标目字，原因还说不准。

韵的标目字也是韵的开头字。如一東韵开头一个字就是"東"字，等等。

平声一个韵的韵目字与这个韵上去入韵的韵目字，一般是声母相同的字。如"江、讲、绛、觉"是一个韵的平、上、去、入四个韵的标目字，这四个标目字同是中古"見"母字。这看来不是无意的安排。

（4）韵次　一个韵的后面该接什么韵，一组韵后面该接什么韵，《切韵》已是前有所承，看来也不是漫不经心的安排。比如"東、冬、鍾、江"四个韵相邻次，可算作一组。这一组韵都是收〔ŋ〕尾的，在当时读音也相近。又如："支、脂、之"三个韵相邻次，可算作一组，这组韵都是元音韵（开尾），在当时读音也相近。

《廣韵》韵次可说同于《切韵》，用的是：一東、二冬、三鍾、四江、五支、六脂、七之……。"一"、"二"等数目就是标明韵次的。各个调类的标韵次的数码各个调类自为起讫，如平声"一东、二冬……"，上声"一董、二腫……"，去声

— 50 —

“一送、二宋……”，入声“一屋、二沃……”。至如平声下卷，《广韵》是“一先、二仙……”，这样，那就是各卷标韵次的数码各卷自为起讫了。

上去入韵的韵次依照平声韵次来安排，这从上例可以看出来。比如二冬韵在一东韵之后，二冬的入声沃韵也就排在一东韵的入声屋韵之后。

在韵次上，〔m〕尾韵跟〔ŋ〕尾韵在《切韵》里有穿插的安排。《廣韵》是经过增订后的韵次，〔m〕尾韵都集中在一起了。

(5)小韵　韵里一个音节为一个小韵，小韵把一个音节里的同音字聚在一起。有的小韵没有同音字，这比如平声五支韵的小韵“虧”就只有一个“虧”字。有的小韵同音字很多，这比如下平声十五青韵的小韵“灵”，就有同音字八十多个。有没有这个小韵，以及这个小韵该有多少同音字，这当然要看当时实际语音情况和比较常見的字的多寡而定。不过这两项后人都有所增加，今《广韵》要比原本《切韵》多出些小韵来，小韵同音字也增多。

一个小韵的开头一个字多是常用字，这样当然便利于应用。

同音的字都安排在同一个小韵里，同音字不会被安放在两处。如果有安放在两处的，那其中的一个很可能是后人增订时加进来的。

一个小韵后面该接上哪一个声母的小韵，《切韵》和《广韵》都是任意的，这两部韵书都没有应用声母的类的次序来安排小韵。比如《廣韵》一东韵的小韵“东”的后面接着出现的

— 51 —

小韵是：

東（端，一等）
同（定，一等）
中（知，三等）
蟲（澄，三等）
终（照，三等）
忡（徹，三等）
崇（崇，三等）
……

此后又隔了好多小韵才出现跟“东”、“同”发音部位相同的“通（透，一等）”小韵。总之，小韵的安排不是以声母的次序的。《集韵》在小韵的安排上就进了一步，这是受了等韵学的影响。

（6）注文　《廣韵》每个字下面都有注文，注文都是小字夹注。注文主要是注音，其次是注义。

小韵的第一个字下面必须注音，注音是用的反切。比如一東韵开头的“東”小韵下注云：“德红反”。跟在“东”字后面的一些同小韵的字因为与东字同音，就不再注音。

小韵的第一个字的注音，也有用“纽四声法”的，这是特殊现象。比如上声四十二拯韵“拯”下注云：“无韵切，音蒸上声”（当时音韵家对这个字都这样注，大概因为没有常见的字可作反切下字）。

如果一个字有又读，往往也注明出来。又音就注在有又读的该字之下，並明言是“又音”。注明又音，或用反切形式，或用直音形式，没有一定。比如“东”小韵下第四个字“𠍀”

—— 52 ——

下注云："又音陳，音棟"。第九个字"涷"下注云："又都贡切"。又音只管到被注又音的字，不与它前后的字相干。

注文也注明异体字、正俗字等。比如"東"小韵下第二个字"菄"下注云："俗加艹"，第三个字"鶇"下注云："亦作𩿨"。又如第六个字"倲"下注云："上同"，这是说"倲"字跟它上面的一个字（即第五个字）"𠍀"是同字异体。

小韵第一个字的反切下面有个数目字的注文，这个数目字是注明这个小韵的同小韵字（即同音字）的共有的字数的。比如"東"小韵注文"德红反"下接着有"十七"数字，这是说这个小韵中同音字共有十七个（连"东"字在内，大字异体字算，夹注中注出的异体字不算。比如上举"菄"字、"倲"字各算一个字，而夹注中出现的"𩿨"字不算在十七字之内）。

注文的训释原是为定音用的。比如上声二腫韵读"之隴切"的"種"字，下注云："種类也"；去声三用韵读"之用切"的"種"字，下注云："種植也"。这就是说，"種类"的"種"才读上声"之陇切"，"種植"的"種"才读去声"之用切"。

训释的注文在增订中也有增加，比如"東"字，宋濂跋本《切韵》的训释只有"木方"二字，而今《廣韵》的训释竟多到二百余字。这是在"家置一部"的盛况下，人们又要求韵书兼有字典之用的结果。

《廣韵》的体制主要如此[1]。

---

[1] 《廣韵》每一卷卷首的韵目下面，注有"同用"、"独用"字样，比如"東第一"下注云："独用"，"冬第二"下注云："鍾同用"。戴东原《声韵考》卷一引《封演闻见记》（卷二）云："先仙删山之类分为别韵，属文之士，

共苦其苛细。国初许敬宗等详议，以其韵窄，奏合而用之”。《声韵考》卷五又引《玉海》（卷四十五“景德新定韵略”条）云：“《韵略》五卷，景德四年龙图阁待制戚纶等承诏详定考试声韵，纶等以殿中丞丘雍所定《切韵》同用独用例及新定条例参定”。“同用、独用”是为属文之士考试用韵定的，与韵书体制无关。

第二节 《廣韵》的声母

一、三十六声母与"三十六字母"

直到《切韵》成书的六〇一年，汉语音韵学家没有替汉语的声母作出类的叙述，虽然汉语双声特性被认识很早，虽然反切注音方法已用了四个世纪，虽然声母间细微的差别已被觉察到。

从《切韵》可以看出，隋、唐韵书在对汉语语音声韵调的称名上，讲韵，有"东"、"冬"、"钟"、"江"等这样的标目；讲调，有"平"、"上"、"去"、"入"这样的标目，但是，在讲声方面却显得没有提出什么。如前面所说，汉语音韵学家在选用韵和调的标目字上是精到的，而连个标目字都没有替声母提出。

汉语声母，直到了守温"三十六字母"才有像韵的"東"、"冬"等和调的"平"、"上"等那样的标目，当时称之为"字母"，这就是"見、溪、群、疑，端、透、定、泥"等等。当然，这"三十六字母"并不是一次就发展到成熟的地步，连次序也一下子就排得很为合理的。

从宋代向后，讲声就都沿 用这"三十六字母"。并且，"三十六字母"的类的组别也影响了韵书的编纂体制，使韵书体制在声的类次上也具有条理、合乎科学。像吴棫《韵补》、韩道昭《五音集韵》、黄公绍《韵会》，对于各韵里的字，都依照字母来排比，这是韵书用字母分声类排比的创始。清初李

— 55 —

光地作《音韵阐微》，也是这样排比的。比起《切韵》、《广韵》的不按声母次序排列要整齐得多了。这也是韵书编纂体制上的一大进步。

但是，字母比起韵书来，它是后起的东西。字母的创制又不是完全以《切韵》、《广韵》等所代表的语音为根据的。所以，"三十六字母"系统跟《切韵》、《广韵》等韵书所代表的声母系统颇有出入。宋、元的等韵学家没有替《广韵》的声母作考订，直到清代音韵学家陈澧才把《切韵》的声母作为它自己所代表的语音系统来研究。

陈澧在他所作的《切韵考》里，根据《广韵》考订出《切韵》所代表的语音声类（即声母）数是四十，这与三十六母不同。把《切韵》音声母跟三十六字母脱离开来，这是音韵学上的一件大事。其后，在这方面下了工夫研究《切韵》音到底有好多声母的音韵学家有：黄侃、钱玄同、白涤洲、曾运乾、李荣，高本汉等。他们所得的结果并不一致，但都说明《切韵》音声母跟"三十六字母"是两回事。

音韵学家王了一在前期著《中国音韵学》时（1936 年），采用了白涤洲、高本汉等人的说法，认为其时声母有四十七（参王了一《汉语音韵学》188—198 页。《汉语音韵学》是《中国音韵学》的增订本）；最近著《汉语史稿》（1957 年），基本上采用李荣的说法，认为其时文学语言书面语语音系统有声母三十六（参王了一《汉语史稿》49—50 页）。现在我们就采用三十六声母的说法。应当注意的是，《切韵》音的三十六声母跟三十六字母，数目虽同，但实质并不相同。

三十六字母与中古音声母对照表

三十六字母	陈澧四十类	白涤洲四十七类	王了一三十六类
見	見	古 居	見 [k]
溪	溪	苦 去	溪 [k']
群	群	渠	群 [g']
疑	疑	五 魚	疑 [ŋ]
端	端	都	端 [t]
透	透	他	透 [t']
定	定	徒	定 [d']
泥	泥	奴	泥(娘) [n]
知	知	陟	知 [ȶ]
徹	徹	丑	徹 [ȶ']
澄	澄	直	澄 [ȡ']
娘	娘	女	(併在泥)
帮	帮	博	帮(非) [p]
滂	滂	普	滂(敷) [p']

— 57 —

並	並	蒲	並（奉）[b']
明	明（微）	莫	明（微）[m]
非	非	方	（併在帮）
敷	敷	芳	（併在滂）
奉	奉	符	（併在並）
微	微	武	（併在明）
精	精	子	精 [ts]
清	清	七	清 [ts']
從	從	昨	從 [dz']
心	心	蘇	心 [s]
邪	邪	徐	邪 [z]
照	莊 照	側 之	莊 [tʃ] 章 [tɕ]
穿	初 穿	初 昌	初 [tʃ'] 昌 [tɕ']
牀	牀 神	士 食	崇 [dʒ] 船 [dʑ']
審	疏 審	所 式	山 [ʃ] 書 [ɕ]
禪	禪	時	禪 [ʑ]
影	影	烏 於	影 [ʔ]
喻	喻 爲	以 于	餘 [o] 雲 [j]

— 58 —

曉	曉	呼 许	曉 [x]
匣	匣	胡	匣 [ɣ]
來	來	郎 良	來 [l]
日	日	而	日 [ɳʑ]

二、《廣韵》声母的考订

《广韵》在清代很受到古韵学家的重视，像顾炎武、江永等古韵学家都曾对《广韵》作过研究，但对《广韵》的声母是如何，未能提出什么发明。摆脱"三十六字母"的拘束，探讨《广韵》声母的真实情况，这要推陈澧。

陈澧，字兰甫，广东番禺人，生于1810年，卒于1882年(清嘉庆十五年——光绪八年)。他精研小学，在音韵上著有《切韵考》。《切韵考》是凭借《广韵》来考订《切韵》的本来面目是怎样，主要是考订《切韵》的声母和韵母的。《切韵考》是学习《广韵》的一部很重要的参考书。

陈澧在考订《切韵》声母上所面临的问题是这样的：原来，反切原则只是规定了反切上字要与被反切字同声母，而对反切上字于同一声母该用哪几个字来表示声母，却未给出规定。因之，声母相同而反切上字各异的情况是常見的。反切上字既是这样，在语音有了变化之后，后人就不易弄清它们所代表的声母是如何。从下面例子可以体会到后人通过反切来了解《廣韵》声母并非易事。比如：

— 59 —

支：章移切　　脂：旨夷切　　之：止而切

这里"支"、"脂"、"之"三个字，虽然同属一个声母，但后人从反切上字看，却不敢断定在中古声母究属如何，因为又如还有如下的反切，比如：

莊：侧羊切　　臻：仄詵切　　装：争义切

冢：知陇切　　张：陟良切　　䡴：知恋切

后人看反切，不能断定"莊"、"臻"、"装"三个字中古是否同属一个声母，不能断定"冢"、"张"、"䡴"三个字中古是否同属一个声母。事实上上述三组字，在中古各组间声母不同，各组里三个字声母相同。在中古，"支"三个字同属"章"母；"莊"三个字同属"莊"母；"冢"三个字同属"知"母。后人只听说这三组字声母不一定相同，这就不敢断定这九个字古代声母究竟有无差别。为此，就要把中古音声母到底如何这一问题提出来讨论。

陈澧利用《廣韵》反切材料丰富，提出著名的"系联法"。系联法用在考订声母上，其根据和方法，《切韵考》（卷一、"条例"）有说明：

> 切语上字与所切之字为双声，则切上字同用者、互用者、递用者，声必同类也。同用者，如："冬：都宗切"，"當：都郎切"，同用"都"字也。互用者，如："當：都郎切"，"都：當孤切"，"都"、"當"二字互用也。递用者，如："冬：都宗切"，"都：當孤切"，"冬"字用"都"字，"都"字用"當"字也。今据此系联之，为切语上字四十类。

这就是取反切的"上字定声"的原则作系联法的根据，即是取反切字与反切上字的声母相同”作根据。比如看了“支：章移切”，“脂：旨夷切”，“之，止而切”之后，根据反切的“上字定声”的原则，就可以断定：在声母上，

支 = 章 ①

脂 = 旨 ②

之 = 止 ③

不过，“支”跟“脂”声母关系如何，或“支”跟“之”声母关系如何等等，就不能断定。但反切的材料是丰富的，这就可以利用别的材料来作“沟通”（系联），比如：“章：诸良切”，“旨：职矢切”，“止：诸市切”，“职：之翼切”等等反切，可以断定：在声母上，

章 = 诸 ④

旨 = 职 ⑤

止 = 诸 ⑥

职 = 之 ⑦

等等。有了这些断定，就可以用“支 = 章”、“章 = 诸”得出：

支 = 诸 ⑧

这就把“支”跟“诸”系联上，断定“支”跟“诸”同声母。这就又可以从

支 = 诸 ⑧

止 = 诸 ⑥

之 = 止 ③

职 = 之 ⑦

来断定“支”、“脂”、“之”三个字在中古声母相同，当然

— 61 —

也可以断定“支”、“章”、“脂”、“旨”、“之”、“止”、“诸”、“職”这一批字在中古声母相同。这样继续系联下去，中古同声母的所有的字都可以系联在一起。

系联法主要关键就是如此。

系联法是个科学的方法，虽然还不是完美无缺的方法。

陈澧得了四十类之后，异于陈氏的结论的有几种说法，简述如下。

黄侃先生早年曾有四十一类的说法，比陈澧四十类又分了“明”、“微”。晚年也用了五十一类的说法。

钱玄同先生分四十六类，比陈澧再分“見、溪、疑”各为二，“明、微”为二，“影、曉”各为二。

赵世忠先生分四十六类，比钱“影”不分，而“来”分为二。

白涤洲先生的四十七类，比钱、赵“影”、“来”都各分为二。高本汉氏亦主四十七类的说法。

主张五十一类的有黄侃、曾运乾、陆志韦、周祖谟等音韵学者。主要是比四十七类又把“精、清、從、心、邪”四母各分为二。

近来李荣先生、王了一先生均有三十六类的说法。李比陈澧四十类是合併了“帮、非”、“滂、敷”、“並、奉”、“泥、娘”、“匣、于、雲”，但又分“牀”母为二：“崇、俟”。合併了五个，分出了一个，总共三十六类。

王比陈是合併了“帮、非”、“滂、敷”、“並、奉”、“泥、娘”。合併了四个，故总为三十六类。

王氏最近用的三十六类是比较合理的，但“匣、于”未始不可以合併。讲义姑遵用王氏的三十六类。

第三节 《廣韵》的韵母

一、二百〇六韵

《广韵》共二百〇六韵。这里所谓韵，如"东"、"冬"、"锺"、"江"之类，有一个韵目就算一个韵。二百〇六韵是四个声调的韵合计总数。

从《切韵》到《广韵》，韵数是有变动的。主要是：《切韵》共一百九十三韵，王仁昫《刊謬补缺切韵》共一百九十五韵，《广韵》共二百〇六韵。变动是由少到多。

这种数目的变动，并不影响《切韵》、《广韵》的编纂体制，也不影响它们所代表的音韵系统。多出韵来的原因在于《广韵》把一些"开合同韵"的韵改为开合各韵（独韵）。《广韵》改了三韵，两韵是有平上去入的，一改就是"四"分为"八"；一韵是只有平上去的，一改就是"三"分为"六"。这样，《广韵》就比王韵的一百九十五韵多出十一韵。分开合的韵是：

	《切韵》	《广韵》
开 合	真轸震质	真 軫震质 谆 準稕術

	《切韵》	《广韵》
开 合	寒旱翰曷	寒旱翰曷 桓缓换末
开 合	歌哿箇	歌哿箇 戈果過

至于一百九十三韵的《切韵》，是比一百九十五韵在上声少“广（iǎn）”韵，去声少“嚴（釅 iàn）”韵。现把三种韵数列表如下：

	平	上	去	入	共计
切　韵	54	51	56	32	193
刊谬补缺切韵	54	52	57	32	195
广　韵	57	55	60	34	206

《广韵》有二百〇六韵，在韵上可谓丰富。对于这种丰富，有两种不同的意见。一是认为这种丰富，是当时实际语音的反映；一是认为当时语音实在不得如此丰富，二百〇六韵乃综合古今南北之音而有。这个问题直到现在还有讨论，这里略举前人之说。

戴震说“……僕固究韵书之等呼……，蓋定韵时有志求密，用意太过，强生轻重”（《答段若膺论韵书》）。

章太炎说：“……不悟《广韵》所包兼有古今方国之音，非並时同地得有声势二百六种也（且如‘东、冬’于古有别，故《广韵》两分之，在当时固无异读，是以李涪《刊误》以为不须区别也。‘支’、‘脂’、‘之’三韵惟‘之’韵无合口音，而‘支’、‘脂’开合相间，必分为二者，亦以古音不同，

— 64 —

非必唐音有異也。若夫'東、鍾'、'阳、唐'、'清、青'之辨，蓋由方国殊音，甲方作甲音者，乙方作乙音；乙方作甲音者，甲方或又作乙音，本无定分，故殊之以存方語耳)"(《国故论衡》上)。

段玉裁说(此段原讲义稿在"章太炎说"一段之前，缮写时漏写，现补于此——缮写者注)："陆法言《切韵》……皆就其时之音读参校异同，定其远近洪细，往往有意求密，而用意太过，强生区别"(《六书音均表·序》)。

以上三说，都对《广韵》代表语音系统方面，提出不信任。

江永说："……若夫'东、冬、锺'，'支、脂、之'别之为三，'寒、桓、删、山'、'萧、宵、肴、豪'析之为四；'江'次'冬、锺'，不随'阳、唐'，'侯'间'尤、幽'，不厕'鱼、模'；此类盖因当时通行之音，审其粗细，以别部居……"(《古韵标准·例言》)。

江氏是承认这种分得细密实有当时的实际语音作根据的。又如他说："且谓书之有'侯'、'厚'、'候'三韵，亦非编书者所能为，自是溥天之下有此音"。可见江氏承认二百〇六韵有其语音依据，意思是很明显的。

二、《廣韵》韵母的考订

江永谈到二百〇六韵时，又说过这样的话："……夫音韵精微，所差在毫厘间，即此二百六部者，吾尚欲条分缕析，以别音呼等第，以寻支派脉络……"(《古韵标准·例言》)；

— 65 —

又说:"若一部之中,同韵异等如'公'、'宫';同母异呼如'饑'、'龟';同音异字如'岐'、'奇':皆别其音切不令淆混。由当时反切等韵之理大明,故能条分缕析……"(同上书)。按照江永的意见,二百〇六韵实在还要再细分的,因为《广韵》一书本身就反映了这种细微的差异。

江永自己作了这个"条分缕析"工作[1],其后把这个工作作得出色的是陈澧。

陈澧作这个工作,也是用的著名系联法。他曾说过他的系联法的根据和方法,并说出他对这种条分缕析的认识。他说:

切语下字与所切之字为迭韵,则切语下字同用者、互用者、递用者,韵必同类也。同用者,如:"东:德红切"、"公:古红切",同用红字也。互用者,如:"公:古红切"、"红:户公切","红"、"公"二字互用也。递用者,如:"东:德红切"、"红:户公切","东"字用"红"字,"红"字用"公"字也。今据此系联之,为每韵一类、二类、三类、四类(《切韵考·条例》)。

《广韵》平上去入二百六韵,必陆氏《切韵》之旧也。夫韵部分至二百六,固已多矣。今以其切语下字考之,有一韵只一类者,有一韵而分二类、三类、四类者。平上去入四声相承之四韵:一韵一类,则餘三韵亦一韵一类;分二类、三类、四类,则余三韵亦二类、三类、四类。亦有相承而少一类者,则其切语系联不可分故也。孙愐曰:"若细分条目,则令韵部繁碎,徒拘桎于文辞(《唐韵·序·后论》)。今每韵分析二类、三类、四类,不嫌烦碎,此编考覈声韵,非为文辞而设也(《切韵考》卷三)。

(本页注[1]见下页)

由此可见，陈澧认为这种“繁碎”是《切韵》分韵就是这样，《切韵》所反映的当时语音系统分韵就是这样。至于系联法，用在考订韵母上的也同于用在考订声母上的，这里就不再加解释。

陈澧考订的结果，除了个别韵类分合有可商之处，大体都为后来学者所赞同，用现在的话来说，《广韵》的所谓“韵”，像“东”、“冬”、“锺”、“江”之类，其一韵一类的，就是一韵只包含一个韵母，比如“冬”韵里，所有的小韵（音节）都读〔uoŋ〕韵母；其一韵二类、三类、四类的，就是一韵包含了因“等”、“呼”等的不同而读音有异的两个、三个、或四个韵母，比如“东”韵包含〔uŋ〕、〔ĭuŋ〕两个韵母，“麻”韵包含〔a〕、〔ĭa〕、〔wa〕三个韵母等。

由此可見，研究《廣韵》，应当注意到它的“韵”并不等于“韵母”。拿韵母来算，《廣韵》韵类超出三百，实不止二百〇六。

下面用简表说明陈澧考订韵类的结果。

66页注〔1〕：

江氏参考周秦音作《四声切韵表》。

—— 67 ——

《廣韵》韵类表

1.東 蒙：莫红 瞢：莫中	1.董③	1.送 謥：千弄 趥：千仲	1.屋 木：莫卜 目：莫六
2.冬	（湩）	2.宋	2.沃
3.鍾	2.腫	3.用	3.烛
4.江	3.講	4.绛	4.觉
5.支① 诧：香支 犧：許羈 麾：许为 隓：许規	4.纸① 枳：居纸 掎：居绮 诡⑤：过委 彼：甫委 俾：并弭	5.寘 缢：於赐 餧：於伪 恚：於避 臂：卑義	
6.脂 鬐：渠支 逵：渠追 葵②：渠追	5.旨 几：居履 軌：居洧 癸：居诔	6.至① 冀：几利 媿：俱位 季：居悸	
7.之	6.止	7.志	
8.微 威：於非 依：於希	7.尾 磈：於鬼 扆：於岂	8.未 魏：魚贵 毅：魚既	
9.魚	8.语	9.御	
10.虞	9.麌	10.遇	
11.模	10.姥	11.暮	

—— 68 ——

12.齐 雞：古奚 圭：古攜	11.荠	12.霁 蒵：胡计 慧：胡桂	
		13.祭 祭：子例 蕝：子芮	
		14.泰 泰：他蓋 娧：他外	
13.佳 佳：古膎 娲：古蛙	12.蟹	15.卦 卦：古卖 懈：古隘	
14.皆 皆：古谐 乖：古怀	13.骇	16.怪 怪：古壞 诫：古拜	
		17.夬 夬：古迈 虿：丑介 ②	
15.灰	14.賄	18.队	
16.咍	15.海	19.代	
		20.废	
17.真 因：於真 𪗲：於巾 贇：於伦	16.軫① 泯：武盡 愍：眉殞	21.震	5.質 一：於悉 乙：於笔 率：所律 ②

— 69 —

18.諄	17.準	22.稕	6.術
19.臻			7.櫛
20.文	18 吻	23.问	8.物
21.殷	19.隐	24.焮	9.迄
22.元　元：愚袁 言：语轩	20.阮　婉：於阮 偃：於幰	25.願　怨：於願 堰：於建	10.月　鱖：其月 楬：其謁
23.魂	21.混	26.慁	11.没
24.痕	22.很	27.恨	
25.寒	23.旱	28.翰	12.曷
26.桓	24.缓	29.换	13.末
27.删　姦：古颜 关：古还	25.潸①　僩：下赧 睆：户板	30.諫　諫：古晏 惯：古患	14.黠　戛：古黠 劀：古滑
28.山　閒：古闲 鰥：古顽	26.産　剗：初限 嵼：初绾	31.裥　莧：侯裥 幻：胡辦	15.鎋　鶻：古鎋 刮：古頒
1.先　堅：古贤 涓：古玄	27.銑　峴：胡典 泫：胡畎	32.霰　見：古电 睊：古縣	16.屑　结：古屑 玦：古穴
2.仙　焉：於乾 嬽：於权 娟：於缘	28.獮　膳：旨善 剸：旨兗	33.線　戰⑤：之膳 剸：之啭 繕⑤：时戰 摶：时釧	17.薛　哲⑤：陟列 輟：陟劣 屮⑤：丑列 敓：丑悦

3 萧	29.篠	34.啸	
4.宵 飖：甫遥 镳：甫娇	30.小① 藨：平表 標：符小	35.笑① 妙：弥笑 廟：眉召	
5.肴	31.巧	36.效	
6.豪	32 晧	37.号	
7.歌	33 哿	38 箇	
8.戈① 蓮：七戈 脞：醋伽	34.果	39.过	
9.麻 奓：陟加 撾：陟瓜 爹：陟邪	35.馬① 馬⑤：莫下 乜：弥也 下⑤：胡雅 踝：胡瓦	40.禡④ 嚇：呼讶 化：呼霸 夜：羊谢 谢⑤：辞夜	
10 陽 强：巨良 狂：巨王	36.養 響：许两 怳：许往	41 漾 向：许亮 况：许访	18.药 噱：其虐 戄：其籰
11.唐 航：胡郎 黄：胡光	37 荡 沆：胡朗 晃：胡廣	42 宕 鋼：古浪 桄：古曠	19 铎 落：盧各 硚：盧矱

—— 71 ——

12庚	庚⑤：古行 觥：古横 驚：举卿 闵⑤：甫盲 兵：甫明	38梗①	梗：古杏 礦：古猛 警：居影 憬：俱永	43敬①	瀴⑤：於孟 映：於敬 孟⑤：莫更 命：眉病 蝗⑤：户孟	20陌①	格：古伯 戟：几劇 虢②：古伯
13耕	甖：烏莖 泓：烏宏	39.耿		44诤		21.麦	隔：古核 蝈：古獲
14清	嬰：於盈 縈：於營	40静①	郢：以整 颊：餘顷	45劲		22昔	皵：七迹 旻：七役
15青	经：古灵 扃：古萤	41迥	刭：古挺 熲：古迥	46徑		23锡	激：古歷 鶪：古闃
16蒸		42拯		47證		24職	
17.登	揯：古恆 肱：古孔	43等		48嶝		25德	祴：古得 國：古或
18尤		44有		49宥			
19侯		45厚		50候			
20幽		46黝		51幼			

— 72 —

21侵① 愔：挹淫 音：於金	47寑① 坅：丘甚 顩：钦锦	52沁	26缉① 揖：伊入 邑：於汲
22覃	48感	53勘	27合
23谈	49敢	54阚	28盍
24盐① 懕：一盐 淹：央炎	50琰① 黶：於琰 奄：衣检	55.艳 猒：於艳 愴：於验	29叶
25添	51忝	56㮇	30帖
26咸	52豏	57陷	31洽
27衔	53槛	58鉴	32狎
28严	54俨	59酽	33业
29凡	55范	60梵	34乏

陈澧于韵类下往往加注语，申明以下事项：

（1）申明声同类，以見其韵当为不同类。比如五支下注語说："香、许声同类"，意思是说：诧：香支、犧：许羈两音，其切語上字既同类，則其下字支、羈必不同类。这种推订方法，也是系联法主要内容之一。像这样的注語还見于以下的各韵类之下：

平声：支、元、戈、侵、盐；

上声：纸（居、过；甫、並）、轸、潸、小、馬（莫、弥）、梗（古、居、俱）、静、寝、琰；

去声：至（几、俱、居）、裥、笑、敬（莫、眉）；

入声：陌（古、几）、缉。

（2）申明切语下字为借字，以明借与所借，应各成一类。比如六脂"葵：渠追"下云："葵字无同类之字，故切语借用追字"。意思是说：葵虽用追作切语下字，但系借用，葵、追仍应各成一类。像这样的注语还见于以下的各韵类之下：

平声：脂（葵、追）；

上声：○；

去声：寘（臂、義）、夬（至、介）、祃（化、霸）、敬（蝗、孟）；

入声：質（率、律）、陌（虢、伯）。

（3）申明平上去入相承的各韵，所含的韵类数不能一致。比如一董下注语说："此韵与一东相承，一东二类，此韵只一类"。这种韵类数不一致的情况，看上表自明，表里其余同样情况，便不再加注号。

（4）申明以平上去入相承各韵所含韵类数相比，推定某韵应为若干类。比如四十祃下注语说："……此韵与九麻、三十五馬相承，九麻、三十五馬皆三类，此韵亦三类无疑也"。这也是推订韵类的方法之一。

至于表中注号⑤，乃表示韵中此两韵类实属一类。比如四纸韵"诡⑤ 彼⑤"，意思是说："诡"、"彼"实同一类。

三、等呼

音韵学传统说法有"四等二呼"，韵图就是用"等"、"呼"的分类来替韵列图的。

"等"指音的"洪""细"。

"呼"指唇的"开""合"。

语音是时时变化着的，古今"实"、"呼"的实质不尽相同，这是应当注意的。后人有根据自己口语来探讨和评论中古等呼的，那当然不能得其真相，不能取得正确的认识。

章太炎曾经说："季宋以降，或谓圜口开口皆四等，而同母同收者可分为八，乃是空有名言，其实使人哽介不能作语"；又说："验以見母收舌之音，昆圜口君撮口根开口斤齐齿以外，复有他声可容其间耶"（《国故论衡·音理论》）。章氏音韵造诣甚高，但这里的一番"以今衡古"的话则是一失。他的学生黄季刚先生就不从他的老師而主张四等说。

江永曾替传统上的等呼作出解释，他的解释被认为是合理的。音韵学者常引用他的话。

他解释"等"说：

> 一等洪大，二等次大，三四皆细，而四尤细（《音学辨微·辨等列》）。

他解释"呼"说：

> 音呼有开口合口，合口者吻聚，开口者吻不聚也（《音韵辨微·辨开口合口》）。

应当注意，"等"跟语音学上的"开"、"闭"并不完全

— 75 —

相同。

也应当注意，“呼”跟今日“开齐合撮”里的“开合”也并不完全相同。

音韵学上对“等呼”的“四等二呼”转变为今日的“开齐合撮”的“二等二呼”，其中有语音演变的认识，有“等呼”术语意义的认识，在立名上有过曲折[1]。应当知道，今日的“开口呼”、“齐齿呼”、“合口呼”、“撮口呼”是综合“等”、“呼”两方面立名的。

《广韵》各韵里的韵母（韵类）的差别，是“等”的方面或“呼”的方面的差别，或者是“等”和“呼”两方面的差别。如前所举，“東”韵里〔uŋ〕与〔ĭuŋ〕（“蒙”与“瞢”）之间是等的差别，“麻”韵里〔ɑ〕与〔wɑ〕（“下”与“踝”）之间是呼的差别，而〔ĭɑ〕与〔wɑ〕（“也”与“踝”）之间则是“等”和“呼”两方面都有差别。

下面用简表说明“四等二呼”。

四等二呼示意表

等＼呼	开口	合口
一	干该珊	官傀酸
二	姦皆删	关乖○
三	甄○羶	勬○○
四	坚雞先	消圭○

〔1〕参罗常培先生《等呼观念演进表》（《汉语音韵学导论》，67页）。

看上表可以知道，古代“等”与“呼”是两回事。下面再把上表里的字依今读改为今“开齐合撮”来表示。

开齐合撮示意表

今类名 今呼 今等	开	合
洪音	开口呼 干 该 珊 删 羶	合口呼 官 傀 酸 关 乖 圭
细音	齐齿呼 姦 皆 甄 坚 雞 先	撮口呼 勬 涓

看上表，可以知道现在“开齐合撮”四呼的实质——今四呼是综合“等”与“呼”两者立名的。

把上面两个表对照起来看，应当注意，中古的一二三四等转为现代的洪细，情况是复杂的。大要情况是：

— 77 —

古今等呼演变示意表

中古	开	合	现代
一	干 该 珊	官 傀 酸	洪
			细
二	删	关 乖	洪
	姦 皆		细
三	甄 獐		洪
			细
四		圭	洪
	坚 雞 先	涓	细

看上表应当注意：中古“等”与现代“洪细”对应上的不齐一的原因，其中关涉到是什么声母，是什么韵母。比如，同是牙音、合口的“涓”和“圭”，但因“涓”收［n］尾，“圭”收元音尾，前者由中古四等转为现代的细音撮口呼；而后者则由中古四等转为现代的洪音开口呼。

由此可知，如果认为：中古一二等对应现代洪音，中古三四等对应现代细音——那是把问题没看得透。

四、《廣韵》声韵拼合规律

正与现代汉語声韵拼合有其一定规律一样，《廣韵》的声韵拼合也有其一定规律。

声韵拼合规律，提出来很早。在韵图之类的书里就有所论

— 78 —

说(如《四声等子》),或编为简要的歌诀,比如:

端精二位两头居　知照中间次第呼
来晓见帮居四等　日非三等外全无[1]

又如:

見溪群疑四等连　端透定泥居两边
知徹澄娘中心纳　帮滂四等亦俱全
更有非敷三等数　中间照审义幽玄
精清两头为真的　影晓双飞亦四全
来居四等都收后　日应三上是根源[2]

清代音韵学家江永也曾应用韵的等来说明他对《廣韵》声韵拼合规律的观察。他说:

"一等:有牙;有舌头;有喉;无舌上;有重唇,無轻唇;有齿头,无正齿;有半舌,无半齿。而牙音无群,齿头无邪,喉音无喻。通得十九位:見、溪、疑;端、透、定、泥;帮、滂、並、明;精、清、從、心;晓、匣、影;来也。

"二等:有牙;有喉;有舌上,无舌头;有重唇,无轻唇;有正齿,无齿头;有半舌,无半齿。而牙音无群,正齿无禅,喉音无喻。亦通得十九位:見、溪、疑;知、徹、澄、娘;帮、滂、並、明;照、穿、牀、审;晓、匣、影;来也。

[1]《经史正音切韵指南》(卷首)"明等第"。又引在《康熙字典》(卷首)的《等韵切音指南》,题"明等第法",末句作"轻唇三等外全无"。
[2]《切韵指掌图》:邹光祖《检例》"辨分韵等第歌"。

"三等:有牙;有舌上,无舌头;有喉;有半舌;有半齿;有正齿,无齿头。而唇音不定:或有重唇,或有轻唇;喉音则无匣母。通得二十二位:見、溪、群、疑;知、徹、澄、娘;照、穿、牀、审、禅;晓、影、喻;来、日;及唇音之四母也。

"四等,与一等同:有牙;有喉;有舌头,无舌上;有重唇,无轻唇;有齿头,无正齿;有半舌,無半齿。而牙音有群,齿头有邪,喉音有喻。亦通得二十二位:見、溪、群、疑;端、透、定、泥;帮、滂、並、明;精、清、從、心、邪;晓、匣、影、喻;来也"[1]。

江氏的说明已较细致,现在再列一简表于下,以资比较。应当熟悉这些歌诀、说明和图表。

[1] 《四声切韵表·凡例》。江氏着重在韵图,下简表着重在韵书。

廣韵声韵[illegible]合表

等	开合	影喻為晓匣 (以)(雲)	见溪群疑	端透定泥	来	知徹澄[illegible]	[illegible]審禅日 ([illegible])	精清從心邪	莊初牀疏 (崇)(生)	邦滂並明	非敷奉微
一等	开	+○○++	++○+	++++	+			++++○		++++	
	合	+○○++	++○+	++++	+			++++○		++++	
二等	开	+○○++	++○+		+	+++[illegible]			++++	++++	
	合	+○○++	++○+			+++[illegible]			++++	++++	
三等（甲）	开	+○++○	++++								
	合	+○++○	++++								++++
三等（乙）	开	++++○	++++		+	+++[illegible]	[illegible]++++	+++++	++++	++++	
	合	++++○	++++		+	+++[illegible]	[illegible]++++	+++++	++++		++++
四等	开	+○○++	++○+		+			++++○		++++	
	合	+○○++	++○○								

说明：

1、声母全类无字者，[illegible]白，不另作符号；该类有字：有字者作"十"号，[illegible]母無字，无字者作"○"号。
2、开合同韵者，唇音[illegible]
3、轻重唇不兼。
4、四等无独立合口韵[illegible]

—81～82—

第四节　《廣韵》的声调

一、四声的认识

四声之说提出甚早。南北朝时已用在文学上。

传统习惯用“平上去入”的次序，把入声列在“平上去”三声之下。应当对这个次序取得科学的认识。

南北朝音韵学家的认识该已是“平上去入”。韵书把入声一卷列在平上去各卷之后算作末一卷，这反映了他们的看法。音韵学家调平仄也反映出他们的认识是如此。比如曹宪《博雅音》说：“抍：蒸之上声，四声蒸抍證職”（《释诂》）；又说：“龀：痕之入”（《释蟲》）[1]。

从上面例子也可以看出：当时音韵上并且是以入声承阳的（“阳”指“阳声韵部”，即收〔m〕、〔n〕、〔ŋ〕尾的韵部）。像上面所说的“職”是入声，“蒸、抍、證”是收〔ŋ〕尾的阳声韵部的平上去；“龀”是入声，“痕”是收〔n〕尾的阳声韵部的平声。在韵图里，入声也是承阳的。

从音理上说，入声承阴（“阴”指“阴声韵部”，即收开尾元音尾的韵部）也并非是不可以的。入声承阴的认识也很早，比如《文镜秘府论》说[2]：

皇晃璜　　鑊　　禾祸和

傍旁徬　　薄　　婆菠彼

---

〔1〕原脱“入”字，王念孙于此无订正。按：“龀”无“痕之”之音，参韵书韵图，知“之”下应补“入”字。

〔2〕见《调四声谱》。

光廣珖　　郭　　戈果过

荒恍侊　　霍　　味火貨

又如《四声五音九弄反纽图》也说[1]：

怡　以　異　翼

筵　演　見　撷

这都是入声两承（承阳又承阴）的例子。

所谓入声两承，从音理上看，以上举"皇、镬、禾"为例，它是：

阳	入	阴
唐合	铎合	戈合
uaŋ	uak	ua

可见，入声承阴或承阳，承与所承，在韵尾上总是有差异的（当然，在韵母其余的方面要相同，即主要元音和等呼相同，像上面三韵都是［ua］）。

那末，我们应当注意到：入声，在实质上，并不单纯是个声调问题。

近来，音韵学家李荣先生提出"四声三调说"，认为：

> 切韵平上去入四声，论调值只有三个调位，平声是一类，上声是一类，去声入声是一类。去声入声的不同是韵尾的不同，去声收浊音，入声收清音，乐调是一样的。这个假设我管它叫四声三调说[2]。

"四声三调说"这个假设是很有意义的。

[1] 見《玉篇》卷末。

[2]《切韵音系》，152页。

学习中古入声，必须认识中古入声是具有〔p〕〔t〕〔k〕清音口辅尾的。以往有些学者，用后代已经丧失了辅尾的入声作底子来认识中古入声，那当然很难了解"入声"的真相。比如"入声是由去声变来的"说法，就是对入声未能取得真的认识的推论。

二、入声的学习

《广韵》入声一类在现代北京音里已经不能自成一个调类，中古入声调类里的字在北京音里已经分散到阴、阳、上、去四个调类里去了。对北京音说，中古入声就叫"旧入声"。

旧入声在北京音分散读为别的调类，虽然说来是有些规律的，但对已经知道旧入声的人来说这些规律才是可用的。

所以，学习旧入声的主要方法是记忆。

应当知道在北京语音组织里旧入声的分布情况，这有助于学习。下面列举大要：

（甲）从哪些字不是旧入声字来看[1]

(1) 收n尾和ng尾韵的字都不是旧入声字。

(2) z、c、s三个声母拼i（〔ɿ〕）韵母的字都不是旧入声字。

(3) er韵母（零声母字）都不是旧入声字。

(4) uei韵母全韵没有旧入声字。

（乙）从哪些是旧入声字来看

---

〔1〕此以下参董少文《语音常识》。

(5)今读塞音塞擦音不送气声母(只有b、d、g、j、zh、z六个)阳平声的字是旧入声字。

(6)fa和fo两个音节的字,不论今读阴阳上去,都是旧入声字。

(7)舌头、齿头声母(共d、t、n、l、z、c、s七个)拼e韵母的字,不论今读阴阳上去(实际上只有阳平、去声有字),都是旧入声字。

(8)捲舌声母(zh、ch、sh、r四个)拼uo韵母的字,不论今读阴阳上去(实际上只 阴、阳、去有字),都是旧入声字。

(9)重唇、舌头声母(共b、p、m,d、t、n、l七个)拼ie韵母的字,除了"爹"diē是古平声字外,不论今读阴阳上去,都是旧入声字。

(10)üe韵母字除"嗟"jüē、"瘸"qüé、"靴"xüē之外,都是旧入声字。

(11)舌根、舌头声母拼ei韵母gei、hei、zei三个音节的字,不论今读阴阳上去(实际上只阴、阳、上有字),都是旧入声字。

熟悉北京话的人,还可以利用文白异读。

必须联系古典文学的学习来记忆旧入声字。比如从杜甫的《哀江头》《北征》两首押入声韵的诗的学习里,就可以学得不少旧入声字。

下面附的《旧入声字今读表》,应当时时翻看。一是,主要利用它来记忆旧入声字和旧入声字的普通话的读法;二是,也可以利用它作研究旧入声字分散规律的参考。

— 86 —

旧入声字今读表

i（[ʅ]）

	阴平声	阳平声	上声	去声
全清	zhī 汁隻织 shī 湿失虱	zhí 执职 shí 识		zhì 质炙 shì 室式适饰释
次清	chī（喫）		chǐ 尺	chì 饬斥赤
全浊	zhī 掷（～色子）	zhí 直值殖植 侄掷2 shí 十什（～物） 拾实食蚀 石		zhì 秩掷1
次浊				rì 日

i

	阴平声	阳平声	上声	去声
全清	bī 逼 dī 滴 jī 积迹绩激击 xī 吸悉膝析淅 息熄惜 yī 揖	bí 鼻 dí 的（～确）嫡 jí 级急吉棘即 xí 昔锡	bǐ 笔 jǐ 给脊 yǐ 乙	dì 的（目～） jì 鲫 yì 邑忆亿抑益 溢

次清	pī 匹劈霹 tī 踢剔 qī 缉(～边)七漆戚		qǐ 乞	tì 惕 qì 泣讫迄缉(～拿)
全浊	xī 夕	dí 笛敌狄籴 jí 及极集辑疾籍藉 xí 习袭席		
次浊				mì 密蜜觅 nì 匿昵逆溺(～死) lì 立粒栗力历雳疬(瘰～) yì 逸弋亦翼译易疫役

u

	阴平声	阳平声	上声	去声
全清	dū 督 sū 粟(～子) shū 叔 hū 忽 wū 屋	fú 幅福蝠 zú 卒足 zhú 竹烛	bǔ 卜 dǔ 笃 zhǔ 嘱 gǔ 骨毂谷	bù 不 fù 腹 sù 速肃夙宿粟 zhù 祝 shù 束

次清	pū扑 tū秃 chū出 kū窟哭	fú拂		cù猝促 chù畜触 ku酷
全浊	tū突	pú僕 dú独读犊毒 tú突 zú族 sú俗 zhú逐 shú赎 熟文 hu核斛	shǔ蜀属	pù瀑（～布）曝 fù復 shù術述
次浊			rǔ辱	lù鹿禄陆录 rù入褥 wù物勿

ü

	阴平声	阳平声	上声	去声
全清		jú橘菊		xù畜蓄旭 yù鬱郁
次清	qū屈曲（～折） 麴		qǔ曲（歌～）	
全浊		jú局		xù续
次浊				yù域育欲浴 慾玉狱

a

	阴平声	阳平声	上声	去声
全清	bā 八捌 fā 发 shā 杀	dá 答	fǎ 法(~律)髮 zhǎ 眨(~眼) sǎ 撒	fà 法(~术)
次清	dā 搭 chā 插	chá 察	tǎ 塔獭	tà 踏榻
全浊		bá 拔 fá 乏伐阀罚 dá 达 zá 杂		
次浊	lā 拉			nà 纳捺 là 腊蜡辣

ia

	阴平声	阳平声	上声	去声
全清	yā 押鸭压 xiā 瞎	jiā 夹	jiǎ 甲	yà 轧
次清				qià 恰
全浊		xiá 匣狭狎		
次浊				

— 90 —

ua

	阴平声	阳平声	上声	去声
全清	guā 刮 shuā 刷 wā 挖			
次清				
全浊		huá 滑猾		huà 劃
次浊				uà 襪

o

	阴平声	阳平声	上声	去声
全清	bō 剥	bó 博搏膊伯		
次清	pō 泼			pò 迫魄
全浊		bó 渤泊薄 fó 佛		
次浊			mǒ 抹	mò 末沫抹茉没莫漠默墨脉文

—— 91 ——

uo

	阴平声	阳平声	上声	去声
全清	guō 郭 huō 豁 zhuō 桌捉 shuō 说 suō 缩	duó 掇 guó 国 zhuó 拙卓酌啄	suo 索	wò 握沃 huò 霍 zuò 作
次清	tuō 托讬脱 chuō 戳 cuō 撮			kuò 阔括扩廓 chuò 绰
全浊		duó 夺 huó 活 zhuó 浊着 zuó 昨		huò 或惑獲穫
次浊				nuò 诺 luò 捋洛落络骆 ruò 若

e

	阴平声	阳平声	上声	去声
全清	gē 鸽疙割搁胳 hē 喝	dé 得德 gé 蛤葛革隔格阁 zhé 摺 zé 则责	ě 恶(～心)	è 恶扼 gè 各 hè 赫吓 zhè 浙 shè 设摄 sè 啬涩塞色

	阴平声	阳平声	上声	去声
次清	kē 磕	ké 咳殼	kě 渴	kè 克客刻 chè 撤 cè 侧测策册
全浊		hé 合盒核 zhé 折蛰辙 shé 舌 zé 泽择		tè 特 hè 褐 chè 撤 shè 涉
次浊	lē 勒	e 額		è 鄂 lè 垃乐 rè 热

ie

	阴平声	阳平声	上声	去声
全清	iē 噎 biē 憋 jiē 接揭疖 xie 歇	jié 劫洁结孑节 xié 脅		iè 谒 xie 泄
次清	tiē 贴 qiē 切	pié 撇 tié 怗铁		qiè 怯切窃

全浊	diē 跌 bie 蹩	bié 别蹩 dié 碟蝶谍叠 jié 捷竭截桀 xié 协		
次浊	niē 捏			yè 葉業 miè 滅蔑衊 niè 镊 liè 猎烈列裂劣

üe

	阴平声	阳平声	上声	去声
全清	yuē 约 xuē 薛	jué 决诀觉角 脚	xuě 雪	xuè 血
次清	quē 缺			què 却確鹊
全浊		jué 倔掘绝 xué 学		xuè 穴
次浊	yuē 曰			yuè 悦阅越粤 躍月乐岳 nüè 虐瘧 lüè 略掠

ai 附 uai

	阴平声	阳平声	上声	去声
全清	sāi 塞 zhāi 摘		bǎi 百伯柏 zhǎi 窄 shǎi 色	shuài 率蟀
次清	pāi 拍 chāi 拆			
全浊		bái 白 zhái 择宅翟		
次浊				mài 麦脉

ei

	阴平声	阳平声	上声	去声
全清	sēi 塞 hēi 黑		běi 北 děi 得（须～） gěi 给（～你）	

	阴平声	阳平声	上声	去声
次清				
全浊		zéi 贼白		
次浊	lēi 勒(～紧)			lèi 勒(～骨)

ao

	阴平声	阳平声	上声	去声
全清	bāo 剥	záo 凿		
次清				
全浊		báo 雹薄 háo 鹤 zháo 着(睡～ 附～) sháo 勺(～子)芍		bào 瀑曝

— 96 —

次浊				lào 烙酪落白 rào 弱

iao

	阴平声	阳平声	上声	去声
全清	xiāo 削(~皮)	jiǎo 脚白角白 qiǎo 雀白		
次清			qiǎo 鹊白	qiào 殼
全浊		jiáo 嚼		
次浊				yào 瘧白药

ou

	阴平声	阳平声	上声	去声
全清	zhōu 粥			
次清				
全浊		zhóu 轴妯 shóu 熟白		
次浊				rou 肉

iou

	阴平声	阳平声	上声	去声
全清			xiǔ 宿(一~)	
次清				
全浊				
次浊				liù 六

— 98 —

本書下冊爲"方言調查字表"
此表據廣韻聲系編排而成.
主編爲中國社會科學院語言研究所

古今书目简志

（阎金锷撰，民国二十六年山东大学本科毕业论文）

古今書目簡志

古今書目簡志序

目錄者,學問之門戶也;天下圖籍,浩如煙海,終朝營營,皓首不能盡其辭,况聖賢之道,紛紜襍陳,欲踵跡繼起,創說立教,則必先尋其根,究其底,論著以達其意,吾知必有興河伯之歎,動茫茫之感者矣,何則?古今圖籍,汗牛充棟,精華糟粕,襍沓兼存,精華者不可不讀,糟粕者不能不棄,然何者為精華,何者為糟粕,則非先攻目錄,莫可問津矣,讀書而知目錄,則精華掬手而得,讀書而得精華,猶開門而入堂也。既入堂矣,何愁不得入室。學問之道無他,要在得其門戶,漸以升堂入室而已矣。

目錄之書,自向、歆創始,以迄今日,蔚然大國,何止千數百種,將據何目,作求學之標準,此誠學者所急需解決之問題也。劉氏《七略別錄》,以辨章學術,攷鏡源流,為其指歸,後之《隋志》《崇文》,均追步其說,開書目有解題有序說之一派。至宋鄭樵氏出,目解題為冗繁,視序錄為贅疣,乃僅記書目,嚴分體例,學術源流,雖不見於解題,而力徵諸體例,亦得表見,於是又開書目《遂初》之一派。後之學者,厭繁喜簡,相沿成風,目錄之書,宛然如記書之賬簿矣。有清一代,官私貯藏,可謂極前古之盛,然求一修短合度,體例嚴明之書目,仍不多得。何則,清人書目,卷帙不厭其繁,解題不厭其詳,率皆記板本,矜宋元,無或談及書之內容者。天祿琳瑯,禁中祕笈;百宋千元,一代巨擘,其於書目,又別開藏弆鑑賞之一派。其能折中劉、鄭,適古合今,嘉惠士林,成為巨帙者,唯《四庫提要》為群目之冠。以上三派,乃就其體例而言,若以創作而言,類別尤夥,縷兮條析,不勝指屈。鄭樵有言曰:"有專門之書,則有專門之學。"何者為專門之書,則不能不質諸書目。而古今書目,卷帙浩繁,為一書目之微,費窮年之力,翻箱倒篋,誠有不值。鍔不自惴,因將前人書目,斟酌其性質,部次其先後,彙為是編,以便人之檢討焉。

書目之目,前人著述無多,李之鼎、周貞亮之《書目舉要》,邵瑞彭等之《書目長編》,梁任公《國書大辭典簿錄之部》官簿及史志類。北平圖書館之《目錄類》等數書而已。綜觀各家已成之作,長短間出,未足便於學者之檢討。《書目舉要》,似依書目編次之分類,故失之繁瑣而無倫次。《書目長編》,分書目為四大類,各類又分若干子目,較《書目舉要》,已略具系統。然貯藏徵存評論等類名,不免籠統,頗欠醒目,且採入之目,多有失慎。如《古今圖書集成經籍典》,本為類書,與馬氏《文獻通攷經籍攷》,同一性質,可入普通書目之子部類書類,已有定例,不必強事割裂,分入書目之目。梁氏之書,系未竟之稿,茲不詳論。北平圖書館之目,乃就該館所藏,而編次之者,類例頗為詳審,然限於該館所有,所錄終覺有限。斯編所錄,兼采古今,并收散佚,存者便文人之索求,亡者便收藏家之推尋,唯視所用為方耳。

鄭樵曰:學之不專,書之不明也;書之不明者,類例之不分也。目錄之書,首重類例,類例嚴明,學者可因類而知目,因目而見學。鄭樵本斯義而删《崇文》,未可厚非也。後之為簿錄者,遵鄭樵之簡略,避劉氏之冗繁,典冊目錄,視同賬簿,僅記書名,甚至卷冊之數、編者名氏,均略而不著,其編次顛倒,更無待言。明之《文淵》《千頃》,即其例也。此等書目,于學問有何裨補耶?斯編分類,頗費斟酌,所收書目近兩千種,宗教之目尚不與焉,或依其性質,或依其編著,總以簡括明顯為主,每類又分若干細目,均以書目所包括書之性質為依歸,力求詳實,期符學術源流存於類例之義。

鍔幼年失學,一而且再,一曝十寒,遠期何敢,行年而立,迄無建樹,清夜自問,愧對父母養育之恩,師友教誨之誼。二十二年夏,遇劉君子益于稷下,奉請指津,蒙以《書目答問》見教,曰:誠欲讀聖賢書,此其南針也。逮入山東大學,前後得識姜先生叔明、胡先生文玉,皆一代鴻碩,於目錄之學,尤為人所共稱,晨夕誨教,惇惇無已,因略知經史之目。霜抄露書,星斗兩易,黽跡蛾術,積而成帙,雖未足以續向、歆之意,補鄭樵之志,然學者用為參攷,或亦不無小補云。

古今書目簡志凡例

一、本書所收書目，上自炎漢，下迄近代。其有攷証典籍存佚者，亦兼及之。

二、本書依書目之性質別之為十類，曰圖書學類，書目類、史志類、方志類、方志藝文志類、公家藏書類、私家藏書類、國學書目類、参攷書目類、闕佚書目類。

三、每類各有序一篇，以述立類之意義。

四、本書每類又各分若干細目。

五、本書各目前後次序略依四庫總目例，或以登第之年，或以生卒之歲，或據所往來倡和之人而定其時代。

六、本書所收之目，用鄭樵編次必記亡書之說，存者注明板本，久佚及未見者，均列書名，暨所援引之書名，以待後之賢達，按目訪求焉。

七、書目久佚，有待攷尋者，而其性質無從決定，則約略其時代，列於該時代諸目之後。

八、書目之僅見於他書所引者，一時無從攷索，則於書名下，注明援引之書。

九、金石之目，前賢部次，雖同入史部目錄類，實不與經籍之目同列，本書著錄之目，以經籍為主，舉凡金石之目，概不入錄，以廓清界限。

十、翻譯、書局、圖書館、學校、西學、叢書、私人專體等書目，其性質有異，編纂體例，別出心裁，與本書體旨相左，概依類分別入附錄，以便好學者之問津焉。

十一、外國人所著書目凡為我國典籍者，則依其性質分別附於各類之後，若其所著書關係我國學術而彙成之目，則入方志類。

十二、本書所錄各書，多采自前人巨製專帙，史乘策簿，皆可自成專書。如斷羽零簡，僅屬附見他書者，皆不入錄。

十三、宗教之目向附驥尾，以其道統非一，指歸特異，今則摒而不錄，以清疆域。

十四、每書之下，註明卷冊之數、撰著者（附註略歷）、板本，節鈔各家序跋，間亦附加案語詳細說明。

古今書目簡志目錄

古今书目简志

（阎金锷撰，民国二十六年山东大学本科毕业论文）

史志類

一、漢書

二、三國

三、兩晉 齊

四、南北朝 宋、齊、梁、魏、陳、隋

五、唐 附五代

六、宋

七、遼金元

八、明

九、清

方志類書目類

方志藝文經籍志類

（甲）中國方志藝文經籍之屬

一、省

二、郡 州府

三、縣

四、其他 鄉土志

（乙）外國方志藝文經籍之屬

一、日本

二、其他

公家藏書目錄類

（甲）普通板本之屬

（乙）善本之屬

私家藏書目錄類上

（甲）題跋之屬 藏書志

（乙）讀書志（解題提要）之屬

（丙）經眼（知見、所見、寓眼）之屬

（丁）板本之屬

一、善本

二、普通本 附版片

（戊）著述之屬

一、族姓著術

二、個人著述

私家藏書目錄類

一、唐

二、宋

三、元

四、明

五、民國

私家藏書目錄類下(據援引之書排列)

國學書目類

(甲)國學總目之屬

一、經籍總目

二、經史合刊目

三、經子合刊目

(乙)經學專目之屬

一、詩

二、禮

三、樂

四、易

五、春秋

六、四書

七、小學

(丙)史地之屬

一、歷史 附傳記

二、地理

(丁)文學之屬

一、文集

丑、總集

子、文章志

寅、專集

二、詩
子、總集(詞話附)
丑、曲(附俗曲)
寅、彈詞(傳奇附)
卯、劇本(院本)
辰、小說(附小說攷)
(戊)哲學之屬(子部)
(己)科學之屬
一、社會科學
子、法津
二、自然科學
子、農書
丑、醫書
寅、算學
參攷書目類
(甲)徵引(引用)之屬
(乙)索引(引得、韻編、備檢)之屬
(丙)指導之屬
(丁)攷証之屬(附校勘)
(戊)著述攷之屬
一、族姓
二、學派
三、個人
闕佚書目類
(甲)禁燬之屬(違礙、抽燬、銷燬、全燬、遺失亡書)
(乙)採訪之屬(採集、採進、擬購、待訪、徵訪、徵存、搜訪、未至、進呈)
(丙)闕佚之屬
(丁)未刊之屬

圖書學類序

藏書而欲保存永久,除庋藏得法外,尚須注重目錄之編製。目錄精確核實,藏書雖亡,後世仍可因書目而知原書之梗概。如《漢志》編纂條例之謹嚴,《四庫》序列之詳實。吾人不見漢代、清代藏書,仍可籍書目,而知該兩朝藏書之盛,及該時學術源流之情況。編目必有規範,研究編目之方法,即目錄學也。

經學於漢代即分古今,自漢以降,益形紛岐,莫可究詰。清代碩儒,鑒於"束書不觀",妄談經義之頽風,乃倡"舍漢書無經學"、"實事求是"之說,以澄清虛妄之論。惠、戴之於經義,王氏父子之於訓詁,段、王諸家之於小學,皆本是說,致一生之力,以求返漢代治學之舊,世所稱考據學者是也。校讎目錄,亦考據之事。清代大儒,由是取途,若漢之劉向父子,宋之鄭漁仲等,為是而稱巨擘者也。

圖書學乃新名,雖不能直視為目錄學,或校讎學,然其所包涵之意義,實不外此二者,故立圖書學類,揭諸編首,用代總論。

圖書學類

(甲)目錄學之屬上

編藏之部

一、目錄學

目錄學(日課書目殘卷)

清耿文光撰

清光緒二十二年山西靈石耿氏家刻本九卷六冊(按此書據耿氏《凡例》言原本二十卷先刊九卷定為甲集,二集嗣出。)北平國立圕藏稿本,殘存八冊。(按此書極為襍亂殘缺且與清光緒二十二年刻本《目錄學》異同甚多。)

中國史部目錄學

鄭鶴聲編

上海商務印書館鉛印本,一冊(民國十九年。)

目錄學概論（附治目錄學之重要書目及古今書目分部異同表）
劉紀澤編
上海中華書局鉛印本，一冊（民國二十年。）
目錄學
姚名達撰
上海商務印書館《國學小叢書》本，一冊（民國二十四年。）
二、敘例
唐書敘例目錄一卷
見《唐書藝文志》及《宋史藝文志》。
中興館閣書目敘例一卷（鍔按詳細已見《中興館閣書目》條下）
宋陳騤編撰
見《宋史藝文志》。
可廬著述十種敘例既勤七種敘例。（鍔按可參閱《嘉定縣志》。）
清錢大昭撰
嘉定錢氏刻本四冊（清道光間）。
史籍攷敘例
清章學誠撰
《章氏遺書》本。
三、編目
擬編續四庫書目說明書
黃文弼撰
北平國立清華大學圕藏排印本，一冊。
四、敘錄
經典釋文敘錄一卷
唐陸德明撰
江寧局刻本（《書目答問補正》著錄）。
校正經典釋文敘錄
唐陸德明撰，清盧文弨校正
浙江圕藏《花雨樓叢鈔》本。
四部書目序錄三十九卷
宋殷淳撰

見《唐書藝文志》。

鍔按《隋志》不著錄。《隋書經籍志攷証》據《唐書藝文志》及《宋書殷淳傳》補錄。(《宋書殷淳傳》:凡四十"淳在祕閣撰四部書目行於世"。)

南詞敘錄一卷

明徐渭撰

武進董康刻《誦芬室叢刊》二編中《誦芬室讀曲叢刊》本一冊(民國六年)。上海中國書店編印《曲苑》本一冊(民國十年。按此書系影印《誦芬室讀曲叢刊》本。)

文苑春秋敘錄一卷

明崔銑撰

有單行本。

《四庫提要》:"是書自序,稱夫子刪《書》百篇,以寓懲勸,後來選文家,未有繼夫子之志,而法《尚書》者,乃錄漢詔疏,以迄明太祖檄元文,共為百篇,名曰《文苑春秋》。為《敘錄》一卷,略表作者之志。自漢下,凡十一目,今已散入《文苑春秋》,各冠本篇之首。"

四庫全書敘

清紀昀等撰,盧靖輯

清光緒二十三年沔陽盧靖刻《慎始基齋叢書》本,一本。民國十六年北京慈祥工廠鉛印本,一冊。(附李時選攷証,姚彥長觀書例,田朧初觀書後例。)

東西學書錄提要總敘二卷

清沈桐生撰

清光緒二十三年讀有用書齋校刻本,二冊。

四庫全書總目提要四部類敘一卷

元和江氏《靈鶼閣叢書》第一集本。

周秦諸子敘錄(按此書卷端題曰擬彙刊周秦諸子校注輯補善本敘錄,卷心又題曰周秦諸子校輯敘錄。)

清王仁俊撰

民國間北平國立圕重鈔本,一冊。

新刻十三經注疏敘錄

清畢亨撰

見《山東通志》。

宋元明集序錄一卷

見《八千卷樓書目》。

群書序敘錄

見《八千卷樓書目》。

四庫全書表文箋釋四卷

清紀昀撰，林鶴年箋釋

民國四年吳興劉承幹刻《求恕齋叢書》本，四冊。茂名林氏居思草堂重刊本。（按廣州中山大學圕目吳興劉氏刊本系在清宣統間。）

雪堂校刻群書序二卷

羅振玉撰

民國七年刊本（上虞羅氏自刊）二冊。民國九年上虞羅振玉刻《永鄉人甲乙丙丁稿》本。二冊。

瓜圃叢刊敘錄

金梁編

民國十二年鉛印本，一冊。

景宋元明詞敘錄

陶湘撰

民國十三年武進陶湘涉園刻本，一冊。

四庫全書提要敘箋註

清紀昀等撰，周雲青注

民國十五年上海醫學書局鉛印本，一冊。

瓜圃叢刊敘錄續編

金梁編

民國十七年鉛印本

五、度藏

澹生堂藏書約一卷

明祁承㸁撰

清乾隆間歙西鮑廷博刻《知不足齋叢書》初印第五集本。清光緒八年肆水盧氏芸林仙館補刻清乾隆間歙西鮑廷博刻《知不足齋叢書》第五集本。清光緒十八年會稽徐友蘭刻《紹興先正遺書》第三集中《澹生堂藏書目》附刻本。清光緒二十二年江陰繆荃孫刻《藕香零拾》本。

澹生堂藏書訓略

明祁承㸁撰

《知不足齋叢書》本。

古歡社約一卷

清丁雄飛撰(鍔按《書目長編》謂丁澎撰。)

清康熙三十六年武林王晫天都張潮同輯刻《檀几叢書》第二集本。清光緒二十七年江陰繆荃孫刻《藕香零拾》本。

天祿琳瑯排架圖

清乾隆間官編

民國二十二年故宫博物院圖景印本,一冊。(鍔按此書與《四庫全書薈要排架圖》合訂。)

文宗閣四庫全書裝函清冊四冊

不著編著名氏

北平國立圖藏鈔本,四冊。

流通古書約一卷

清曹溶撰(溶字潔躬,又字秋岳,號倦圃,秀水人,明崇禎丁丑進士,晚自號鉏菜翁。)

清乾隆間歙西鮑廷博刻《知不足齋叢書》初印第五集中《澹生堂藏書約》附刻本。清光緒八年肆水盧氏芸林仙舘補刻清乾隆間歙西鮑廷博刻《知不足齋叢書》第五集中《澹生堂藏書約》附刻本。清光緒十五年仁和許增刻《榆園叢刻十種》內《藏書約》附刻本。清光緒二十二年江陰繆荃孫刻《藕香零拾》本。

儒藏說

清周永年撰(永年字書昌,濟南歷城人,乾隆辛卯成進士,有《水西書屋藏書目錄》。)

《松鄰叢書》本。

藏書紀要一卷

清孫從添撰

清嘉慶十六年吳縣黄丕烈刻《士禮居叢書》本。清道光十三年世楷堂刻《昭代叢書》辛集本。清道光二十四年吳江沈楙悳輯刻《昭代叢書》合刻辛集本。清咸豐十年海寧管廷芬編鈔《花近樓叢書》本。清同治十年新會劉晚榮刻,清光緒十六年劉氏重編刻《藏修堂叢書》第四集本。清同治十年新會劉晚榮刻,民國五年南海黄任恒重編印《翠琅玕舘叢書》中《藝術叢書》本。清光緒九年吳縣潘祖蔭刊刻清吉林燾恩編印《潘刻五種》本。清光緒十二年仁和許增刻《榆園叢刻》中《娛園叢刻十種》本。清光緒二十二年江陰繆荃孫刻《藕香零拾》本。清光緒十三年上海蜚英館影印清嘉慶十六年吴縣黄丕烈刻《士禮居叢書》本。

持靜齋藏書紀要二卷

清丁曰昌藏，清莫友芝撰（日昌，字禹生，清廣东豐順人，官上海道時，宜稼堂郁氏宋元舊本都歸所有。）

清同治間豐順丁氏家刻《持靜齋書目》附刻本，一冊。民國間吳縣江杏溪輯印《文學山房聚珍版叢書》初集本，二冊。

藏書十約一卷

葉德輝撰

清宣統三年長沙葉德輝刻，民國八年葉氏重編印《觀古堂所著書》第二集本。

曝書隨筆一卷

楊嘉撰

民國十一年瑞安楊紹廉石印《墨香簃叢編》本，一冊。

六、章程

中江講院建立經誼治事兩齋章程

中江講院編

清光緒二十二年桐盧袁昶刻《漸西村舍叢書》本，一冊。

尊經閣募捐藏書章程一卷（祀典録一卷附）

清中江書院撰

清光緒二十三年桐盧袁昶刻《漸西村舍叢書》本，一冊。

文津閣四庫全書統計表

陳垣等查編

國立北平圕藏民國九年油印本，一冊。

目録學之屬下

一、板刻

宋校勘五經正義請雕版表

清繆荃孫《雲自在龕群書校補》本。

元西湖書院重整書目一卷（並附録）

元黄裳等編

民國三年仁和吳昌綬刻《松鄰叢書甲編》本,一册。

鍔按此書專記南宋監本,石刻現在杭州府學。《續修四庫全書提要》著錄:"《元西湖書院重整書目》。刊本。《松鄰叢書》本。"王式通提要:"《西湖書院書目》石本見存杭州府學,碑前列四庫之目,據後跋則皆書版也。大率南宋胄監所刊人,元遞有增補。"

古今書刻二卷

明周弘祖撰

清光緒三十二年長沙葉德輝刻《麗樓叢書》本,二册。民國八年葉氏重編印《觀古堂書目叢刻》本。北平國立圖藏該館自曬影明黃嘉善刻本,二册。日本三十八年民友社鉛印《古文舊書攷》附印本,僅上編。葉德輝《郎園讀書志》卷四曾見影寫明刻本。

鍔按此書上編載書目,下編專載碑目,故黃氏《金石書目》內亦著錄此書。此書成于嘉靖隆慶間,黃氏《金石書目》作"明周宏撰",而無"祖"字,或系遺漏,以別家著錄皆作"周弘祖"也。

酌中志(卷十八為《内版經書記略》)

明劉若愚撰(明宦官,襄陽人。)

《海山仙館叢書》本。

内版經書紀略一卷(按是書當《酌中志》卷十八。)

明劉若愚撰

民國間仁和吳昌綬刻《松鄰叢書甲編》本。《海山仙館叢書》本。

鍔按《續修四庫全書提要》著錄。是書記司禮監經廠庫内所藏書板。成書於明崇禎末年。

明經廠書目一卷

《四庫提要》:"蓋即當時通行則列,好事者錄而傳之。"

鍔按《四庫提要》,經廠即内繙經廠,此書前于劉若愚《内版經書記略》,記明内府所刊書目一卷。所列書百十四部。

二十四史刻本同異攷

清丁丙撰(丙字嘉魚,別號松生,晚號松存,錢塘人,道光十二年生,光緒二十五年卒。)

見《清代藏書家攷》。

古今書刻目錄一卷

據《述古堂書目》。

皇朝書刻

據《天一閣書目》。

經目藏板畫一卷

據《孝慈堂書目》。

四庫全書板本攷二十四卷

葉德輝撰

近刻，未全。

大光明殿儲存正統道藏版片目錄

李盛鐸編

稿本未刊。

鍔按此版毀於庚子之亂，全數計萬餘片。

中國雕版源流攷

孫毓修撰

民國七年上海商務印書館印《文藝叢刻一集》本，一冊。

書林清話

葉德輝撰

民國九年長沙葉德輝自刻本，四冊。

書林餘話二卷

葉德輝撰

民國十七年上海鉛印本。大中印書局活字本。

藏書絕句一卷

清楊守敬撰

民國十六年鉛印本，一冊。

中國版本略說

中國科學社編

民國二十年中國科學社中國書版展覽會鉛印紀念刊本，一冊。

陶集板本源流攷(附攷餘三則)

日本橋川時雄撰

民國二十年文字同盟社鉛印《雕龍叢鈔》本，一冊。

板本通義

錢基博撰

民國二十二年上海商務印書館鉛印《百科小叢書》本,一冊。

板本學答問

蔣吟秋撰

江蘇蘇州圕鉛印本。

二、書式

清欽定聚珍版程式

清金簡撰

清乾隆間《欽定四庫全書》文津閣本,一冊。清乾隆間《武英殿聚珍本全書》本。清乾隆間蘇州編刻巾箱本《武英殿聚珍版全書》本。清同治七年福建省重修贛刻《武英殿聚珍版全書》本。民國十七年上海神州國光社覆印民國二年鄧實編印《美術叢書》並增印黃賓虹續輯第三集第八輯本。

鍔按《四庫全書提要》謂此書成於清乾隆四十一年。

宋元本行格表二卷(並附錄及補遺)

清江標撰

清光緒二十三年元和江標自刻本,四冊。民國三年上海文瑞樓印本,(無卷數。)四冊。清光緒丁酉湘潭劉氏刻本。

宋元書式一冊(鍔按此書又名《宋元書影》,別見書影條)

清繆荃孫編(荃孫字筱珊,號藝風,江陰,清光緒丁丑進士)

影印本。

栞字樣略

不著撰者名氏

國立北平圕藏清刻本,一冊。

三、書衣

書衣題志

清莫友芝撰(友芝字子偲,貴州獨山人,世居黔南影山草堂。)

書衣襍志

清鄧邦述撰

附見《群碧樓書目》後。

四、書影

留真譜十二卷(二編八卷,鍔按《書目舉要》二編作二十卷,想系與前編合計。)

清楊守敬編

清光緒二十七年宜都楊氏刻，民國六年續印本，二十冊。二編八卷，民國六年刊印本。

宋元書影

清繆荃孫編

清江陰繆氏影刻本，一冊。

書影擇錄

清周亮工編（亮工字元亮，大梁人，明崇禎庚辰進士，入清官戶部右侍郎。）

《美術叢書初集》本。

古書叢殘六冊

羅振玉編集

民國六年上虞羅氏影印本

鍔按此書系《燉煌石室所見殘本書影》本。

鐵琴銅劍樓書影九冊

清瞿啟甲藏編（啟甲，常熟人。）

民國十一年常熟瞿氏影印本，九冊。（附清丁祖蔭撰《鐵琴銅劍樓宋元本書影識語》。）民國十一年商務印書館影印本。

故宮善本書影初編

張允亮等編

民國十八年故宮博物院圕影印本，一冊。

故宮善本書影

張允亮等編

民國十八年故宮博物院影印樣本，一冊。

嘉業堂善本書影五卷

劉承幹藏編

民國十八年吳興劉氏嘉業堂影印本，六冊。

盋山書影宋本第一輯一冊，第二輯，二冊。

江蘇國學圕藏編

民國十八年南京江蘇國學圕影印本。

重整內閣大庫殘本書影

故宮博物院文獻館編

民國二十二年北平故宫博物院文獻館影印本,一册。

寧樂古經選(鍔按此書以下為日本人所編書影。)

日本大屋德城輯

日本大正十五年京都布刻堂印刷所影印本,三册。

論語善本書影

日本大阪府立圕編

日本昭和六年貴重圖書影本刊行會影印本,一册。

善本影譜十輯

日本長澤規矩也編

日本昭和七年日本書志學會影印本,十套。(附日文解說。)

舊刊影譜

日本川瀨一馬編

日本昭和七年日本書志學會影印本,一册。(附各書日文解題。)

成簣堂善本書影七十種

日本蘇峰先生古稀祝賀紀念刊會編

日本昭和七年日本矢野國太郎影印本,一套。

善本影譜癸酉(第一二三四五輯。)

日本昭和八年日本書志學會影印本,五套。(附日文說解。)

宋本書影

日本長澤規矩也編

日本昭和八年日本書志學會影印本,一册。

訪書餘錄六編

日本和田維四郎撰

日本昭和八年弘文莊鉛印本,二册。

鍔按此書上册為本文篇,下册為圖錄篇,故列入書影。

宋元書影(鍔按是書又名《宋元書式》已入書式内)

有正書局編

民國間上海有正書局影印本,四册。

（乙）校讎學之屬

校讎略

宋鄭樵撰（樵字漁仲，宋蒲田人，生於宋崇寧三年，卒于宋紹興三十二年，居夾漈山。）

見《通志》。

校讎備論

宋鄭樵撰

見《通志校讎略》引。

校讎通義外篇一卷

清章學誠撰

浙江圍鉛印《章氏遺書》本，一冊。

校讎通義内篇三卷外篇一卷

清章學誠撰

民國十一年吳興劉承幹《章氏遺書》本，二冊。

校讎通義三卷（鍔按此言三卷乃僅計内篇也。清乾隆四十四年成書。）

清章學誠撰

清道光十三年其子章華紱校刻《章氏遺書》本，一冊。清咸豐元年南海伍崇曜刻《粵雅堂叢書》第五集本。清光緒三年其曾孫章季真貴陽刻本。民國間上海中華書局《四部備要》本。上海會文堂活字本。江南官書局本。

劉向校讎學纂微

孫德謙撰

商務印書館本。民國十三年元和孫氏四益宧刻《孫隘堪所著書》本，一冊。

續校讎通義

劉咸炘撰

民國十七年成都尚友書塾刻《雙流劉鑑泉所著書》中《推十書》本，二冊。

校讎述林

劉咸炘撰

民國十九年成都尚友書塾刻《雙流劉鑑泉所著書》中《推十書》本，一冊。

校讎學

胡樸安著

上海商務印書館《萬有文庫》本,一冊。上海商務印書館《百科小叢書》本,一冊。

校讎學史

蔣元卿撰

民國二十四年上海商務印書館《國學小叢書》本,一冊。

(丙)藏書家攷之屬

靈隱藏書記事一卷

清潘衍桐撰

《武林掌故叢編續刊》本。

鍔按《國立北平圕目録類》有清光緒十八年錢塘丁丙刻《武林掌故叢編》第二十一集本,一冊。謂清阮元、郭麐等撰。《清史藝文志》亦著録潘衍桐所撰,二者是否一書,待攷。

藏書記事詩七卷

清葉昌熾撰

清光緒丁酉十一月長沙學使署刊本。元和江氏《靈鶼閣叢書》本。葉氏重編自刻本。鍔按此書共六卷,附補遺一卷,卷首有目録,僅注藏書家及著書家之名號。人各有七絕一首,詩下援引他書,攷核一人藏書事實,於目録攷証大有裨益。惜編纂無倫次,既不依時代,又不分類别,檢查殊為不易,卷首有王頌蔚序。

清代私家藏書概要

袁同禮撰

載《圕學季刊》一卷二期。

清代藏書家攷

洪有豐撰

載《圕學季刊》一卷一期至三期。

中國藏書家攷略

楊立誠、金步瀛合編

民國十八年杭州浙江圕《四庫目略》發行處鉛印本,一冊。

天一閣藏書攷

陳登原撰

民國二十一年南京金陵大學中國文化研究所鉛印金陵大學中國文化研究所叢刊甲種本，（附楊鐵夫《重編寧波范氏天一閣圖書目錄》一卷，一冊。）

江蘇藏書家小史

吳春晗撰

中華圕協會鉛印本。

吳中藏書先哲攷略

蔣吟秋撰

江蘇蘇州圕出版本。

皕宋樓藏書源流攷一卷

日本島田翰撰

清光緒三十三年武進董康京師刻本。

鍔按日人岩崎氏以日金十一萬八千圓，購歸安陸氏書二十萬卷有奇，歸，島田彥楨作此《源流攷》。

〔附〕書史

經書源流歌訣

清李鍾倫撰

《榕村全書》附録本。

箸書紀年一卷

清王初相撰

據《嘉定府志》。

古書源流四卷

李繼煌編

民國十五年上海商務印書館鉛印再版本。

中國書史

陳彬龢、查猛濟同撰

民國二十年上海商務印書館鉛印本，一册。

書目類

(甲)叢書目之屬

一、叢書總目

彙刻書目(清顧修所撰,成於清嘉慶四年,按是書歷經各家增補編訂,故卷數册,各因版本而不同。)

清顧修編(字菉崖,石門人,鍔按是書成於嘉慶四年。)

清嘉慶四年桐川顧氏刻本,十册。(鍔按此書名爲《彙刻書目合編》。)清光緒元年長洲陳光煦蕪夢園重刻本,十二册。清光緒元年北平琉璃廠書坊刻本,十册。(鍔按此本爲增補本。)清光緒十二年上海福瀛書局依朱氏增訂本重編校刻本,二十册。(鍔按此本係清朱學勤增訂,清王懿榮重編。)清光緒十五年清仁和朱氏自刊本。民國八年上海千頃堂書局石印本,十册。(清顧修原編,清朱學勤增訂,清王懿榮重編。鍔按此本初編爲二十卷,附二編十卷。)《昌平叢書》本。清同治九年崇雅堂木活字本,十二册。(鍔按是書係清顧修編,無名氏補續編。)福山王氏刻本。(鍔按此目係朱學勤增補顧書,作二十卷。朱學勤清仁和人,咸豐時藏書家。)

叢書舉要六十卷

楊守敬原編,李之鼎補編

民國三年南城李氏宜秋館南昌鉛印本,四十四册。(附《刊誤記》一卷,《征刻南北宋人集小啓》。)民國七年甲寅八月南昌江新印刷所承印本,四十五卷,二十八册(或作八十卷)。(鍔按是書係楊撰李氏兩次增訂者)

叢書書目彙編四册

沈乾一編

民國十七年上海醫學書局鉛印本(附《補遺》《書名索引》。)

鍔按此書前有索引,依書目首字筆畫爲次。不分類。採集之書多有非叢書而誤入者,殊欠斟酌。

續彙刻書目十二卷(並補遺)

清傅云龍編(清光緒元年輯),清胡俊章補遺

清光緒二年北京善成堂刻本,十二册。

鍔按杜定友《校讎新義》有顧云龍者,未知是否一人。

行素草堂目睹書目十卷

清朱記榮編

清光緒元年自刊本，（鍔按是書簡稱《目睹書目》。附《汲古閣珍藏祕書書目》，一卷。）清光緒十一年吴縣朱氏槐廬家塾刻本，十册。（鍔按《清史藝文志》作《行素堂目覩書目》，未知是否一書。）

補續彙刻書目六卷

清吴式芬撰

見《山東通志》。

續刻書目十卷

羅振玉編

民國三年羅氏自刊本。民國三年連平范緯君雙魚室刻本，十册。

續彙刻書目閏編

羅振玉編

民國間羅氏自刊本，一册。

彙刻書目二編十卷

周毓邠編

民國八年上海千頃堂書局石印本，六册。

鍔按此書卷首有周氏自序，共存目五百四種。

續補彙刻書目三十卷

劉聲木編

民國十八年廬江劉聲木刻《直介堂叢刻》初編本，五册。

再續補彙刻書書十六卷

劉聲木編

民國十九年廬江劉聲木刻《直介堂叢刻》本，二册。

孔德圖彙刻書目

孔德圖編

民國二十年北平孔德圖油印本，五册。

天津圖叢書總目

天津圖編

附《天津圖書目》。

北平各圖所藏叢書聯合書目

北平圕協會編

北平圕協會印本。

二函洞

日本一色時棟編(或作一色時棟父撰。)

日本元禄十二年博古堂文會堂合刊本,一册。

彙刻書目外集六卷

日本松澤老泉編

日本文政三年慶元堂刻本,六册。

叢書目録五册

日本英遵撰

《近代名家著録書目》著録。

二、叢書子目

永樂大典目録六十卷

明解縉等編

靈石楊氏《連筠簃叢書》本,二十册。

漢魏百三家集題詞一卷

明張溥撰

清芬閣刊本。國立北平圕藏鈔本,一册。

四庫全書輯永樂大典書目一卷

清王際華編

傳鈔本。清嘉慶壬戌孫馮翼刻本

《遼海叢書總目提要》:"馮翼,字鳳卿,承德人,(即今瀋陽)貴州巡撫曰秉之子,曾刊《問經堂叢書》行世。近人邵瑞彭《書目長編》著録是書。後於杭州書肆求得之,又爲補其闕遺,印以行世。"

姚名達《目録學》:"乾隆三十八年二月初六日,依朱筠之請,派官選員,檢閲《永樂大典》。十一日,添派王際華、裘曰修遴員採録《永樂大典》各條成書,並將書名摘出,撮取著書大旨,叙列目録,又命將來辦理成編時,著名《四庫全書》。"

明永樂大典書籍散篇目一卷

清四庫館原輯

清何紹基鈔本。

皇清經解目錄重編

清阮元原編，無名氏重編並增補子目。

國立北平國藏《清清德堂藏鈔本書目四種》本，殘存首二册。

說郛書目攷（殘存三卷）

清陳師曾撰

國立北平藏圕稿本（存一册有費寅題跋。）

鍔按清管庭芬《海昌藝文志》卷十，載有陳氏《說郛書目注》十卷。

四錄堂全集目

清嚴可均編（可均字鐵橋。）

未刊（在《鐵橋漫稿內》）。

《藏書紀事詩》卷五引："《鐵橋漫稿・書葛香士林屋藏書圖後》，多舉一代藏書家之名，可作參攷。"

皇清經解淵源錄一卷

清蕭山沈豫補堂撰

《蛾術堂集》本。

皇清經解提要二卷（附續編）

清沈豫撰

蕭山沈氏刻《蛾術堂集》本（清道光十八年）一册。海寧陳乾慎初堂影印清道光十八年蕭山沈氏《蛾術堂集》本。

鍔按《國立北平圕目》作二卷，續提要一卷，共三卷矣。似正續共二卷，續則其中之一。《清藝文志》作一卷，似未錄續提要也。

金華叢書書目提要八卷

清胡鳳丹撰

見《金華叢書》。

通志堂經解目錄一卷

清翁方綱訂

《粵雅堂叢書》第十五集本（清咸豐三年南海伍崇曜刻）一册。《花近樓叢書》本（清咸豐十一年海昌管廷芬編鈔）一册。上海博古齋景印《蘇齋叢書》本（民國十三年）一册。國立北平圕藏《清德堂抄本書目四種》本。

春在堂全書校勘記

清俞樾撰

《春在堂全書》本。

四部叢刊書錄一冊

張元濟等編

《四部叢刊》本,一册。(上海商務印書館出版)

鍔按此書附《印行四部叢刊啟》《四部叢刊例言》《四部叢刊刊成記》《重印四部叢刊刊成記》。

四部備要目錄提要

中華書局編

上海中華書局刊本。

永樂大典現存卷目表

袁同禮輯

民國十八年刊印本。

〔附〕存疑

皇清經解檢目八卷

清葉啟盛編

庶和堂本。清光緒十二年刊本。

皇清經解敬修堂編目

清陶治元編

石印本。

學海堂經解編目

清淩忠照編

刊本。

永樂大典書目攷四卷

郝慶柏撰

稿本。

金毓黻《遼海叢書總目提要》:"慶柏字瑤圃,海城人,究心目錄學,此書第一卷為《四庫》著錄之《大典》書目。第二卷為《四庫》中之《大典》存目。第三卷為《四庫》未收之《大典》書目。第四卷為自《大典》目錄中錄出之書目。意在補孫鳳卿輯目之未備,故取而並刊焉。"

三、叢書子目索引(附補遺)

浙江圖叢書子目索引(附補遺)

金步瀛等編

杭州浙江省立圖鉛印本，一冊。（民國二十年。附《本編收叢書一覽》。）

浙江圖增訂叢目索引

金步瀛等編（步瀛字天游）

開明書店初版本（民國二十四年九月。）

鍔按此書卷首有李笠序，次為編者凡例，内存叢書四百六十七種。

四部叢刊索引

孫毓修編

上海商務印書館二次鉛印本（民國十八年）一冊。

國立清華圖叢書子目索引

國立清華大學圖編

國立清華大學鉛印本

金陵大學叢書子目備檢

金陵大學圖編

南京金陵大學圖鉛印本

黎錦熙曰：第三，分析著者，編成姓名筆劃索引，名臚列其所著在某叢書中之書。這可以把金陵大學的叢書子目備檢已出版的著者之部做個代表，檢查上也倒方便，但所收也以館藏之叢書三百六十餘部為限，又不錄叢書編刊者的姓名。（見《師大月刊》二十六期謝國楨《叢書子目類編序》。）

叢書子目類編

謝國楨編

黎錦熙序云："總之，整理叢書子目的四種體例，謝先生這部書實集其大成；（一）仿叢書舉要之例，為叢書總目；二、斟酌增補或分析四部的類目；三、為便利檢查起見，為書名索引；四為人名索引。卷首的叢書攷源，和卷尾的著者年代地輿分配等表，更是創作，至於攷定版本異同，探討名實存亡，審查詳略多少等，都非專家不辨，嘆觀止矣。"

十三經索引

葉紹鈞編

開明書店印行本。

(乙)著録書目之屬

一、書目

書目舉要一冊

周貞亮、李之鼎同編

南城李氏宜秋館刻本(民國九年)。

書目長編二冊

邵瑞彭等編

北京資研社鉛印本(民國十七年)二冊。

書目舉要補正

劉紀澤撰

未刊(清華研究院成績。)

國立北平圖書目目錄類二冊。(附《書名索引》及《著者索引》。)

國立北平圖編

國立北平圖鉛印本(民國二十二年八月。)

二、書目叢刊

潛采堂書目四種

清朱彝尊編

清宣統元年番禺沈宗畸刻《晨風閣叢書》本。

千墨齋彙鈔七家書目八冊

清貝墉編(或作趙光煦編)

《持靜齋書目》:"末署嘉慶丙子吳門吳光照手錄,汪士鐘曾藏,有三十五峰園主人、茂苑厚齋汪氏家藏等印。"鍔按《持靜齋目》所錄與《書目長編》所錄或非一書,特書名偶同耳。因其撰錄人不同。

古書目四種十四卷

清沈家本編

《沈寄簃先生遺書乙編》本(民國間歸安沈氏家刻本)三冊。

鍔按此書分四編,第一編為《三國志注所引書目》二卷;第二編,《世說注所引書目》三卷;第三編,《續漢書志所引書目》三卷;第四編,《文選李善注所引書目》六卷。

八史經籍志

清光緒八年張壽榮校刊日本文正八年刊本。

江刻三種書目

清江標編（標字建霞，號萱圃，元和人。）

元和江氏師鄦室刊本（清光緒戊子夏六月），四冊。

鍔按此書乃和常熟瞿氏、聊城楊氏、豐順丁氏三家善本書目而成。

書目叢鈔五冊

編者姓名未詳

國立北平圕藏鈔本五冊。（藏書目七種。）

鍔按《書目長編》亦有《書目叢鈔》一書，而系合世善堂、述古堂、延令季氏三家書目而成，編纂者姓氏亦不詳。

禁書目合刻

鄧實編

上海國學保存會鉛印《國粹叢書第二集》本，一冊。

鍔按是書包括書目四種。杭州抱經堂書局亦印有《清代禁書總目四種》一書，四冊。按卷數似非一書。待攷。

觀古堂書目叢刻八種

葉德輝編

湘潭葉氏刊本（清光緒壬寅）。長沙葉德輝重編印本（民國八年）二十冊。

晨風閣書目七種

清沈宗畸編

沈氏《晨風閣叢書》抽印單印本。

玉簡齋叢書二集

羅振玉編

清宣統間刊本，二十冊。上虞羅振玉編刻本（民國）十二冊。

二徐書目合刊

王存善編訂

仁和王存善鉛印本（民國四年）六冊。

快閣師石山房叢書

清姚振宗撰

杭州浙江省立圕鉛印《珍本叢刊》本（民國十八年）八冊。

古逸書録叢輯四冊

趙士煒撰

中華圕協會刊本(民國二十二年)。

三、書目雜著

書目正譌

宋鄭樵撰

見《鄭樵著述攷》。

目錄襍說

明魏禧撰

《書目長編》謂有傳鈔本。

書目評

王光掞撰

見《山東通志》。

書目攷

劉紀澤撰

清華研究院成績,未刊。

〔附〕古今書目

群書會記三十六卷

宋鄭樵撰

《玉海》卷五十二:"又総天下古今書籍,分類為《群玉會記》三十六卷。"

鍔按此書成于南宋高宋紹興十七年。

玉軒新纂古今書目二冊(不分卷)

明劉元亮撰

濟南山東省立圕藏明景泰三年烏江劉氏手稿本。

古今書目四卷

明吳懋撰(《平圕目》云不知撰人。)

國立北平圕藏鈔本,十六冊。

鍔按《述古堂書目》亦謂吳懋所撰,且有鈔本。書名稍異,曰:"《分門類編古今書目》四卷四冊。"待攷。

天下古今書目二卷

編者姓名未詳

據《萬卷堂書目》。

清閨秀藝文志五卷，一冊。

清單士釐編

濟南山東省立圖藏底稿本。

中國歷代藝文志

大光書局編繹所編

上海大光書局《史學叢書》本，（民國二十五年一月）一冊。

鍔按此書又名《中國歷代圖書大辭典》，包括十種史志。

史志書目類序

史志者，附史而行之藝文志也。然歷來著錄，有以官簿與史志相混者：如《七略別錄》之於《漢志》，《古今書錄》之于《唐志》。推其原因，二書實有相為因果之關係。班固刪節《七略別錄》，以成《漢志》，附史而行，歸之史志，宜也。若以《七略別錄》，亦歸史志，則非矣。《七略別錄》之作，為漢代官藏書籍総錄，非為附何史而作者。且史之體例，與官目有別，史志簡明節要，志其梗概，以便流傳為主。官簿以存真詳實，表其原委為主。《古今書錄》，官簿也，《唐志》鈔襲其文，而不得謂即史志也。《明志》之于《文淵》，亦其例也。

史志著錄，雖有斷代、通紀之別，而其編纂採掇之書，非必中祕所藏，亦或兼及私家（參閱《漢書藝文志》。）以志一代藝文。若《千頃書目》，雖兼及他家，——而官藏實未與焉，揆諸情理，應入私家。而梁任公以焦竑修《明史》，全錄其文，故以之入官簿史志內，可謂小不慎則大失矣（參閱梁著《圖書大辭典簿錄之部官簿及史志》。）

史有斷代、通紀兩體，劉知幾著為專論（參閱《史通》）。《史記》為通紀，《漢書》為斷代，已開其先河，非必待劉知幾之論，而後成書也。史分斷代、通紀，是非參半。通紀失之前後重複，則史志必至上下錯出，然通紀可以通澈，斷代可便稽攷。史志本斷代，《明史藝文志》為先，而上採元末，下及清初，曾為人所指詆。吾意斷代、通紀之說皆可取，要在人之斟酌應用耳。斷代，必先釐分界限，或依一代興亡年月，或依個人生卒仕履，確立疆界，嚴遵體例，則可有利而無弊矣。通紀則必權衡事之先後輕重，前代事蹟，已有詳文，故宜簡要；近代事蹟，前無記載，故宜詳實；讀史者不因其簡而視為粗忽，不因其詳而視為繁蕪。今所錄史志，均依朝代先後為序次，不以斷代、通紀分立系統也。

史志類

一、漢一(前漢)

漢書藝文志

漢班固撰,唐顔師古注

見《漢書卷》三十。《八史經籍志》本,一冊。(日本文政八年刻。)《古今圖書集成本》。(清光緒間上海石印局依原版式影印清雍正四年蔣廷錫等纂《欽定古今圖書集成》本。)又《古今圖書集成》本。(清光緒十年上海圖書集成鉛板印書局縮小排印清雍正四年蔣廷錫等纂《欽定古今圖書集成》本。)國立北平圕藏鈔本,六冊。

按《後漢書》及《隋志》云:"集新書於東觀仁壽閣,命校書郎班固、傅毅、賈逵等典校之,並依《七略》而為書部,因又編之以為《漢書藝文志》。"又按梁任公《圖書大辭典》謂:"全部採用劉氏《七略》,間有增刪、移易則自注出。"又謂:"此為現存書目之最古者,欲攷先秦學術淵源流別及古代書籍存佚真僞,必以此志為基本。後世書目之編制方法及分類,皆根據或損益此志。"又謂:"班固祖述劉《略》,人所其知矣。然志序末句云:'今刪其要以備篇籍。'是明有所刪定,非真鈔舊文也。《唐會要》載司馬貞《正義》議稱《七略》有《子夏傳》,班氏不載。又《史記管晏列傳》《正義》引《七略》云:管子十八篇,在法家。今《漢志》《管子》八十六篇在道家。班《志》不盡同于劉《略》,即此可見。《子夏易傳》之為僞書,近人攷証甚詳,班氏不載,足証別裁有識。章宗源《隋書經籍志攷証》卷三十三《七略》條下,列舉劉《略》、班固異同,可供參攷。"

漢書藝文志攷証十卷

宋王應麟撰(應麟字伯厚,浚儀人。)

清乾隆三年廣川張華年補刻明南監本《玉海》附刻十三種本,二冊。《欽定四庫全書》文津閣本(清乾隆間)。合河康基田校刻《玉海》附刻十三種本,(清嘉慶十一年)三冊。浙江書局重刻《玉海》附刻十三種本(清光緒九年)。元刊元印本(皕宋樓藏本)。

梁啟超曰:"此書實補注體,蓋補顔注所未備也,對於原書著錄各書之內多所論列,其年代真偽亦時代辨証。又增補原志未著錄之書二十六部,但所補者多有偽書,《四庫提要》已辨之。"

漢書藝文志攷誤一卷

清李賡芸撰（賡芸系錢大昕弟子。）

見《清朝未刊遺書志》（稿本存佚待攷。）

漢書藝文志疏証

清沈欽韓撰，（欽韓字文起，吴縣人。）

見《漢書疏証》卷三十。

漢書藝文志補注一卷

清王先謙撰（先謙字益吾，長沙人。）

見《漢書補注》卷三十。

漢書藝文志拾補六卷（鍔按《書目答問補正》作八卷。）

清姚振宗撰（振宗字海槎，山陰人。）

《快閣師石山房叢書》稿本（現藏浙江圖書館）。《快閣師石山房叢書》本（浙江圕鉛印《珍本叢刊》中）二冊。

鍔按此書第一、二、三卷與《漢書藝文志條理》第五、六兩卷合，《珍本叢刊》第三期第四、五、六卷與《隋書經籍志攷証》之第一、二、三、四卷並敘録合為《珍本叢刊》第四期。

漢書藝文志條理八卷

清姚振宗撰

快閣師石山房稿本（現藏浙江圕。）《師石山房叢書》本（民國十八九年間杭州浙江圕鉛印《珍本叢刊》本。）

漢書藝文志諸子略攷釋一卷

梁啟超撰

未刊（末附《諸子存佚真偽表》。梁著《圖書大辭典簿録類史志及官簿之部》著録）。

漢書藝文志舉例一卷

孫德謙撰

《孫隘堪所著書》本（民國七年元和孫氏四益宧刻）。一冊。

漢書藝文志舉例

顧實撰

上海商務印書館鉛印本。

漢書藝文志注解七卷（鍔按此書又名《漢書藝文志姚氏學》。）

姚明輝撰

武昌高等師範學校鉛印本(民國四年)二冊。上海吳興讀經會鉛印本(民國十三年)。上海大中書局本。

二、漢二(後漢)

後漢書藝文志

已佚。

據劉昭注《補續漢書八志序》知謝沈有《後漢書藝文志》,又據《七錄序》知袁山松《後漢書藝文志》(七錄序目:"其後有著述者袁山松亦錄在其書,又曰王儉《七志》條《七畧》及二漢《藝文志》所闕之書)。

又按《姚氏後漢書藝文志敘錄》云:"按此云二漢者,謂班《漢書藝文志》,袁山松《後漢書藝文志》也。袁志亡于唐末五代之亂。"七家後漢書內有謝、袁二家《漢書》各一卷,清黟縣汪文治輯。

後漢書藝文志

《書目長編》云:"據《七錄敘錄》所引,又《通志校讎略》引,以為袁山松撰。胡應麟曰:范書無志,蓋承書也。"梁啟超按范曄《後漢書》無志,司馬彪《續後漢書志》亦無藝文,治簿錄者憾焉。攷《七錄序目》云:"王儉七志,條《七略》及二漢《藝文志》所闕之書。"然則王儉所見蓋有《後漢書藝文志》矣。其作者誰耶?《七錄敘目》又云:"其後著述者,袁山松亦錄在其書。"然則袁山松有《後漢書藝文志》明矣。王儉所據,殆即此耶。又據劉昭注補《續漢書八志序》,知謝沈《後漢書》亦有藝文志,(文繁不具引。)沈年代在山松前,蓋山松所本。又《蔡邕傳》稱邕上書自陳奏其所著《十意》(當時諱志故改稱意),按文有律曆意,禮意,樂意,郊祀意,天文意,朝會意,車服意,五行意,為數僅八,尚缺其二。嚴可均疑是地理、藝文,但無他証,不敢武斷。要之自後漢迄晉宋間,著《後漢書》者將十家,其中藝文志必有數本,惜原書今皆亡佚矣。

補續漢書藝文志二卷

清錢大昭撰(大昭字晦之,號可廬,嘉定人。)

《昭代叢書》合刊壬集本一卷一冊(清道光二十四年吳江沈楙悳輯)。廣雅書局刻本(清光緒十四年)《廣雅叢書》本(民國九年番禺徐紹棨續編)。《積學齋叢書》本(清光緒十六年南陵徐乃昌刻)二卷,一冊。上海煥文書局點石齋同校印《史學叢書》本(清光緒二十八年。)

鍔按此書系補司馬彪《續漢書藝文志》。姚氏《後漢書藝文志敘錄》:"按錢氏是書，《書目答問》亦云二卷，未刊。今廣雅書局新雕本止一卷，二十餘葉，上及西漢，下包三國，類例既極草率，而不免重複誤收，漫無裁制，（鍔按注略）且與錢氏《藝文志》及《書目答問》所云二卷不相合，似非其手訂本。"梁啟超曰："標題後書者，范曄《後漢書》所志，劉昭作注時以司馬彪《續漢書》之志補之，而彪志亦闕藝文，此作欲以補彪之闕也。邵晉涵序謂其於一代著述，已搜採所遺，洋洋美備，但以後此侯氏、姚氏所補較之，殊覺其儉陋矣。其所收書，上及西漢，下包三國，又時不免重複誤收之弊，恐是未定稿也。"

補後漢藝文志

清厲鶚撰（厲鶚字太鴻，仁和人。）

梁啟超曰："文廷式《補晉書藝文志序》，稱有其書，存佚待攷。"

補後漢書藝文志一卷

清洪飴孫撰（飴孫字孟慈，陽湖人，亮吉子。）

見陸繼輅《合肥札記》。《授經堂書目》著錄，存佚待攷。

補後漢書藝文志

清勞頍撰（頍字桃叔）

梁啟超曰："錢泰吉《甘泉鄉人稿》曾記是書，蓋以錢大昭補本分部不古改從《漢志》，其所錄書，未能比錢加博。今未見傳本，存佚待攷。"

補後漢書藝文志

清侯康撰（康字君謨。）

《嶺南遺書》第五集本（清道光庚戌三十年嶺南伍崇曜刻入）四卷（按《嶺南遺書跋》云：原本無卷數，茲釐為四卷校訂，以付梓人）一冊。廣雅書局刻本（清光緒十七年）。《廣雅叢書》本（民國九年番禺徐昭棨重編印）。

鍔按姚氏《後漢藝文敘錄》云："按侯氏是書，略依《隋經籍志》四部之體，至子部小說而止，而子部編目如兵家、曆算、五行、醫方、褋藝五類無一書，集部與道佛二書，則皆未嘗措手焉。蓋其編未竣之初稿，非為完書，今所輯稱侯志即是其本。"

補後漢書藝文志二十七卷

清顧櫰三撰（櫰三字秋碧，江寧人。）

江陰繆氏藝風堂鈔本（殘存十四冊，有繆荃孫批校，按此書共二十九卷，缺第五卷、第七、八、九、十卷、第十三卷，現藏北平國立圖。）《小方壺齋叢書》第二集本（清光緒十九年南清河王錫祺鉛印本。《書目答問補正》著錄光緒二十一年清河王氏排印本，卷數亦作三十一卷。兩本應係一版,特以記錄時對年月稍失斟酌耳。)六冊,三十一卷。《金陵叢書甲集》本(民國三年上元蔣國榜鉛印。)八冊,十卷。

梁啟超曰:"此書未見,以顧氏補《五代志》比推,恐體例不逮侯、曾各書之善?"

補後漢書藝文志四卷

清姚振宗撰(清光緒十五年成書)

《適園叢書》第十一集本(民國五年烏程張鈞衡刻,卷首有自著敘錄。)四冊。

鍔按姚氏《後漢書藝文志敘錄》云:"其人物譔著悉以獻帝遜位之年為斷,其卒在是年之前,則無論乃心……其門類則以書之有無為斷。"

侯康補後漢藝文志補

清陶憲曾撰

在《靈華館叢稿》卷四內。

補後漢書藝文志一卷(攷十卷,附《自敘敘錄》《凡例》。)

曾樸撰(清光緒二十一年成書。)

《曾氏叢書》本(清光緒乙未。)

梁啟超曰:"本書與姚志並時,先後屬稿,各不相知,互無蹈襲。其志一卷,純仿各史志,僅列書名撰人,及卷數,亦可謂為全書之目錄。其攷十卷,則倣王伯厚《漢志攷証》之體而自為注也。本書最用心處在其分類,——著者以為荀勗之四部非後漢時所有,而向、歆之六略,後漢亦已不實用,乃參酌劉、荀、王、阮,別創部門,命為七志,一曰六藝,二曰記傳,三曰子兵,四曰文翰,五曰數術,六曰方技,七曰道佛。前六志為內篇,後一志為外篇,外篇後附前錄(紀新莽時人。)後錄(紀三國時人卒於延康前者。)存疑三篇焉。其敘錄具說具立七志及各書分隸之理由。蓋承鄭樵、焦竑學風,銳意辨析流略者,然茲事實難,因與創造皆易生違失。"又曰:"惟各書攷証,獨到之見多,或為姚所不逮,書末附存疑一錄,尤見矜慎,其多引佚文,似非簿錄體所宜,蓋踵章氏攷証《隋志》之成法也。"

〔附〕存疑

漢書藝文志講疏六卷

顧實撰(民國十年成書)

上海商務印書館本(民國十四年商務鉛印《東南大學叢書》再版本。附黃侃撰《七畧四部開合異同表》）一冊（《書目答問補正》謂民國十三年商務印。）

漢書藝文志箋

許本裕撰

載《國故月刊》。

漢書藝文志辨偽一卷

康有為撰

見《新學偽經攷》卷三。

前漢書藝文志注一卷

清劉光蕡註

《煙霞草堂遺書》本（民國十年弟子王典章輯刻。）一冊。

三、三國

補三國藝文志四卷

清侯康撰

《史學叢書》本（清光緒二十八年上海煥文書局點石齋同校印）一冊。《嶺南遺書》本。《廣雅叢書》本（清光緒十三年）。

梁啟超曰："原書無自序，亦未分卷，道光三十年伍氏刻入《嶺南遺書》時，二書（鍔按此指侯康《補後漢藝文志》及此書）皆依經史子集各區為四卷。其著述體例於自注中發其凡云：'凡諸見本傳及隋唐宋志釋文敘錄者，皆不著所出；若采自他書或附傳者則注之。'又云：'諸書卷數互異，則從其多者著錄。蓋卷數之少，或是後人闕佚，非原本也。'其書有別裁，搜輯亦頗博備，補後漢之作勝錢大昭；補三國則其所自創也。惜兩書所輯皆至子部小說家而止，而子部編目如兵家、曆算、五行、醫方、褋藝五類有錄無書；集部與佛道二錄則皆未措手，蓋仍是未成之稿本也。侯氏尚有補晉書、宋書、齊書、梁書、陳書、魏書、北齊書、周書《藝文志》，見番禺陳澧所撰傳；今未見本，想皆未成。"

三國藝文志四卷

清姚振宗撰（清光緒十五年成書）

《適園叢書》第十二集本（民國五年烏程張鈞衡刻。卷首有自敘錄，卷末有張鈞衡手跋。四冊。）

梁啟超曰："二書皆不冠以補字者，自敘云：'不自以補舊史之缺也。'二書（鍔按此指姚著《後漢書藝文志》及此書而言。）體例同出一轍，其特色有五：一、著者事略,一一詳載,令讀者得攷見其環境及學術淵源。二、著錄各書皆注出處,視侯康書加詳備。三、其書有近人輯本者皆舉列之。四、後人對於原書有批評皆錄入。五、有疑問者附按語攷証之。其分類大體依《隋志》,視當時書之有無略為增減,釋道二家則附四部之末。其斷代極謹嚴,極少濫收闌入之弊。至搜羅之博,則此兩時代之著作,殆已全收無遺,清代補志之業,此其最精勤最稱者矣,惟過于嗜博求全,或有並非著書如弟子著籍朝議典簿等亦概收錄,是其小失。"

侯康補三國藝文志

清陶憲曾撰

在《靈華館叢稿》卷四內。

四、晉

補晉書藝文志四卷補遺一卷

清丁國鈞撰(國鈞字秉衡,其子丁辰注,常熟)

《廣雅叢書》本(清光緒間廣雅書局刻民國九年廣州徐紹棨重編印)二冊。常熟《丁氏叢書》本(錫山文苑閣本活字排印)二冊。丁氏自印活字本(清光緒甲午)。元稿本(國立清華大學圖藏)。

梁啟超曰:"《晉書》舊注十八家,及唐太宗御撰本書而舊本俱廢,十八家中有無志藝文志不可攷矣;唐初修《晉書》時荀勗《中經簿》尚存,不據以作志,致司馬一代存簿無稽,甚可惜也。丁氏此書,斷代謹嚴,搜羅豐富,所錄資隋唐《志》者十之六,凡一千七十餘種;據群籍者十之四,凡六百八十餘種,皆注明出處,加以攷証,頗為精審,釋道二家附四部之末,但錄撰本,不錄譯本,具見別裁。其附錄一卷,分存疑、黜偽二類,撰人及成書時代有疑問者入存疑,不確知為偽書者入黜偽,此其特創之義例,深可取法。"

補晉書藝文志六卷

清文廷式撰(廷式字道希,萍鄉人)

宣統己酉湖南排印本。

補晉書經籍志四卷

清吳士鑑撰(士鑑字絅齋,錢塘人)

《含嘉室舊著》本(清光緒間自刻)一冊。

補晉書藝文志四卷

清秦榮光編

民國四年子錫田刊本。民國十九年上海秦之銜鉛印本，一冊。青島山大圕藏鉛印本(無卷數)一冊。

補晉書藝文志四卷

清黃逢元編

民國十五年東安席闓運悟廬鉛印本，四冊。

隋

隋書經籍志四卷(按此書當《隋書》卷三十二至三十五)

唐長孫無忌等奉勅撰(魏徵主撰，成書于唐貞觀中)

成都御風樓刻本(清光緒八年)四冊。《八史經籍志》本(清光緒八九年間鎮海張壽榮校印日本文政八年本)二冊。《欽定古今圖書集成》本(清光緒間上海石印書局依原版式印雍正四年蔣廷錫等纂)。清光緒十年上海圖書集成鉛版印書局縮小排印清雍正四年蔣廷錫纂《欽定古今圖書集成》本，二冊，五卷。

梁啟超曰："《隋書》中各志，言南北以來之掌故之總匯，不僅隋代三十餘年間之記載而已。"《隋志》云："後併寫入《隋書》，故通稱《隋志》，其《經籍志》分為四部，合條為一萬四千四百六十六部，有書八萬九千六百六十六部，約文緒義，凡五十五篇，各條本條之下。"《唐會要》："五月己卯，史官修梁齊陳周隋五代史志成，長孫無忌進之於帝，始禮儀，終經籍。"

隋書經籍志攷証十三卷

清章宗源撰(宗源字逢之，清乾隆丙午舉人，清嘉慶五年卒。山陰人)

《崇文叢刻》本(清光緒三年湖北崇文書局編刻，四冊。按此書流傳僅有史部一部，崇文書局亦僅刻其史部)。寫本(江蘇第一圕藏。系許周生藏書，書面有舊藏鑑止水齋今歸八千卷樓十二字，三卷，三冊)。

梁啟超曰："章宗源與章學誠共謀輯《史籍攷》，而宗源擔任漢晉六朝，佚史一部份，先從《隋志》著錄者著手以成此書。"《善本書室藏書志》："自欲撰《隋書經籍志攷証》，書成後，餘皆糟粕可棄也，此僅史部一種，徵引繁富，唐以前古籍賴以攷見，又《隋志》所未著錄者亦網羅無遺。"

隋書經籍志攷証五十二卷

清姚振宗撰

《快閣師石山房叢書》稿本(現藏浙江圕)。《快閣師石山房叢書》本(民國二十年間杭州浙江圖鉛印《珍本叢刊》中)三冊。

梁啟超曰:"張鈞衡跋振宗所著《後漢三國藝文志》敘及此書云,足訂逢之失。"

隋書經籍志補二卷一冊

清張鵬一撰(鵬一富平人。清光緒甲辰成書,書前有自序。)

在草山堂排印本。

梁啟超曰:"《隋經籍志》在諸史志中最稱精善,惟大體以阮《錄》為根據,故詳于南朝,而略於北朝。此書從《魏書》《北齊書》《周書》《北史》各傳,唐《志》搜集元魏高齊宇文周三朝著作,已得經說九十三部,史錄六十部,子類五十五部,專集七十二家,襍文三十篇,依《隋志》分類補入,各書皆注明出處,有論証者悉為寫入,著者藉貫仕履一一注明,誠《隋志》功臣也。"

隋書經籍志稿

清楊守敬撰

未刊。

隋書經籍志糾謬

康有為撰

見《新學偽經攷》卷十一。

隋代藝文志一卷

李正奮撰

國立北平圖藏鈔本(無刊本)。

隋代經籍志現存書目一卷

潘令華撰

未刊。

唐

舊唐經籍志二卷(是書當原書卷四十六至四十七。)

五代劉昫等奉勅撰

鎮海張壽榮校印日本文政八年《八史經籍志》本(清光緒九年間)。

梁啟超曰:此志全部迻寫田煚之《古今書錄》,總序述之甚明。序文云"今錄開元盛時四部諸書,以表藝文之盛。"又云:"後出之書在開元四部之外者,不欲襍其本部,今據所聞,附撰人等傳,其諸公文集,亦見本傳,此並不錄。”據此則《開元錄》不載之書，皆不以入志也。《開元錄》成於開元八、九年間，其所收書至永徽神龍而止，開元著作已不錄，天寶以來更無論。毋煚之修《書錄》，上距魏徵之修《隋書經籍志》，不及九十年，中間未經喪亂，典籍存佚，數量不懸，故欲攷之唐以前著作之存於開元間者，雖微此志，但讀《隋書》已可略睹。宋人修《唐書》之最大責任，謂宜將唐人著作全部網羅入志，庶使一代文獻得所總匯。開元以後，唐祚三百年，為中國歷史文化最盛時代，著述之富，足與自漢迄隋六七百年間數量相埒，今史臣怠於搜訪，乃輕輕以“不欲亂其本部，此並不錄”兩語自文。將盛唐以降三百年學術成績一概抹殺，吾輩今日讀《唐志》，將以攷唐以前古籍耶？則所可攷見者，殆不及百之一二，則謂諸史志中體例，尤窳劣者無過本志，亦不為過耳。

唐書藝文志四卷（在全史卷五十七至卷六十。）

宋宋祁、歐陽修等奉勅撰（歐陽修主撰，宋嘉祐五年成書）。

鎮海張壽榮校印日本文政八年刻《八史經籍志》本（清光緒八九年間）。影印清雍正四年蔣廷錫等纂《欽定古今圖書集成》（清光緒間上海石印書局依原式影印）。縮小排印清雍正四年蔣廷錫等纂《欽定古今圖書集成》本（清光緒十年上海圖書集成鉛版印書局縮小排印）。《擇是居叢書》本（民國五年烏程張鈞衡刻印）。

《直齋書錄解題》：“自《新唐書》錄出，監中有刊本。”梁啟超曰：“本志每類下，皆注‘不著錄者若干卷’。其不著錄者均當著錄者之半，皆唐人著述也。恐即《開元四部錄》，或《古今書錄》耳？本志所收唐人著述，視舊志增多數倍，是其優點，惟搜羅尚未備，以《崇文総目》及《太平御覽》引用目較之可見。總序云：‘今著於編有其名而亡其書者蓋五六。’可知其著錄並不以修志時現存目睹之書為限，然《隋志》凡亡書及闕卷皆注亡字，或注亡於書目下，本志不注，無從知所謂“十亡五六”者之為何書。此則新舊《兩唐志》所共同之惡例也。”

續唐書經籍志一卷（原書卷十九。）

清陳鱣撰（鱣字仲魚，號簡莊，清乾隆間藏書家，清海寧人，清嘉慶戊午舉人，著《經籍跋文》。）

《廣雅叢書》本。

梁啟超曰：“本書實別撰五代史也，以後唐南唐為正統，故稱續唐云。仲魚為乾嘉間鑒藏大家，經籍一志，固宜特其擅長，惜資料太少，不足供回旋耳。”

新唐書藝文志攷証四卷

羅振玉撰

梁啟超曰:"羅氏自刻《陸庵所著書目》有此書,但詢諸著者,謂並無刻本,且原稿亦已佚,其曾否屬稿,蓋未可知。吾嘗感諸史藝文志以《兩唐書》缺憾最多,清代學者于各史多有補志,或攷証,獨唐闕如,甚可怪,後有好古者,能試從事焉,實一不朽之業也。"

五代

補五代史記藝文攷三卷(原書卷二十二至二十四。)

清徐炯撰(炯字章仲,崑山人,乾學子。)

《適園叢書》本。

梁啟超曰:"歐公只有《司天》《職方》兩攷,章仲補八篇,以《藝文》殿焉。成書稍後倪闇公,蓋清代補藝文志之第二部也。五代年祚短促,其人物多上混晚唐,下跨初宋,斷代本極困難,此書所收未必正確,然搜採抑其勤矣。各書下凡晁《志》陳《錄》馬《攷》之解題及群籍中有資攷証者皆悉備錄,且注出處,此體在乾嘉後,各補志固所習用,清初作者尚以此書為創例也。陳、陸二家雖後起,返不逮其精善,蓋見此書之難能可貴矣。"

補五代史藝文志一卷

清顧櫰三撰

《仰視千七百二十九鶴齋叢書》第二集本(清光緒七年會稽趙之謙刻)。

紹興墨潤堂書苑影印清光緒間會稽趙之謙刻《仰視千七百二十九鶴齋叢書》第二集本(民國十八年)。民國九年番禺徐紹棨編印《廣雅叢書》本(清光緒十七年廣雅書局刻)。國朝《金陵叢書》本(清光緒二十二年江寧傅春官刻)。清光緒二十二年傅氏增編《金陵叢書》本(清光緒二十三年傅春官刻)。上海文瀾書局校印《史學叢書》本(清光緒十八年)。上元蔣國榜鉛印《金陵叢書乙集》本(民國四年)。北平清華大學圕藏鈔本(見《廣雅叢書》)。梁啟超曰:"此書錯謬不少,例如総集類列'《古今書錄》四十卷,毋昭裔撰。'此明為唐開元間毋煚之書,乃以嫁名於三百年後之蜀相,深可駭笑!且以此入總類,亦太不倫矣。其他歸類失當者猶多,如《花間集》入子部樂類,《十九代史目》入總集類皆是。"

宋

三朝藝文志

編者姓名及年代皆無攷，宋國史館稿，記太祖、太宗、真宗時所收書。梁啟超曰："《三朝志》，太祖、太宗、真宗三朝藏書，蓋仁宗時所編，以《崇文総目》為藍本；……《宋志序》云：'三朝三千三百二十七部，三萬九千一百四十二卷，……三朝所錄，則兩朝不復登載，而錄其所未有者；四朝於兩朝亦然。最其當時之目，為部六千七百有五，為卷七萬三千八百七十有七。'此北宋末年祕府藏書総數也。又云：'高宗移蹕臨安，建祕書省，當時類次書目約四萬四千四百八十六卷，至寧宗時續書目又得一萬四千九百四十三卷'此南宋中葉祕府藏書総數也。"

兩朝藝文志

《直齋書錄解題》："《兩朝國史》一百二十卷，仁宗、英宗兩朝國史也，王珪等撰，元豐五年六月奏御，監修……"梁啟超曰："《兩朝志》記仁宗、英宗兩朝續收書，蓋神宗時所編，《宋志序》云："兩朝一千四百七十二部，八千四百四十六卷。"

鍔按趙士煒輯《古佚書錄》內有此書。

四朝藝文志

梁啟超曰："以上五書（鍔按此指《三朝》《兩朝》《四朝》《中興續》等五種藝文志而言。）其目詳目《文獻通攷》及《宋志序》，編著姓名及年代皆無攷，蓋當時國史稿也。宋人著述中所稱《國史藝文志》或《國史兩朝藝文志》《國史中興藝文志》等蓋即是書（鍔按據《通攷》，鄭樵曾撰《中興四朝藝文志》，當系一書。）……《四朝志》記神宗、哲宗、徽宗、欽宗四朝續收書，蓋徽宗時所編，而南渡後追題者，以《政和祕書總目》為藍本，……《宋志序》云："四朝一千九百六部，二萬六千二百八十九卷。"

鍔按趙士煒所輯《古佚書錄》中有是書。

中興藝文志

編者姓名及年代皆無攷，蓋當時國史稿也，所記係高宗南渡初補收書，以《中興館閣書目》為藍本。

續中興藝文志

編者姓名及年代皆無可攷，宋時國史稿也。寧宗時所編，以《中興館閣續目》為藍本,記孝宗、寧宗兩朝續收書。

宋國史藝文志

宋人所撰姓氏及年代無可攷,《書目長編》著錄。

宋史藝文志八卷(在原書二百零二至二百零九。)

元脱脱等奉勅撰(元至正五年(一三四五)成書。)

鎮海張壽榮印日本文政八年刻《八史經籍志》本(清光緒八九年間)四冊。上海石印局依原版式影印清雍正四年蔣廷錫等纂《欽定古今圖書集成》本(清光緒年間)三冊。上海圖書集成鉛版印書局縮小排印清雍正四年蔣廷錫等纂《欽定古今圖書集成》本(清光緒十年。)五卷三冊。

梁啟超曰:"志首總序云:'舊史自太祖至寧宗,為書凡四志,藝文志者前後部帙有亡損互有異同,今刪其重複,合為一志,益以寧宗以後史志所未錄。'按此知當時所據為《三朝藝文》迄《中興藝文》諸志也。為舊志有志,此僅言四,是為併《中興》二志為一,不可深攷,本志每類末小結一行多有小注,'著錄若干部不著錄若干部'字樣,蓋即元初史官所補增,所謂,'益以寧宗以後史所未錄'者即此也。《四庫提要》云:'《宋史藝文志》紕漏顛倒,瑕隙百出,於諸史志中,最為叢脞。'(見《崇文總目》條下)斯固然矣。然以校《舊唐經籍志》,尚覺此善於彼,蓋《舊唐志》不能代表有唐四百年所保存古書之全部,又不能代表全唐人之著作,《宋志》於此兩鵠的尚差近,所最缺憾者,咸淳以後善述補增未備耳。至其編次及歸類之淩亂舛謬,似半皆踵襲舊志,而元初史官學識不足以是正之,未足深責也。欲知宋代所存舊籍及增加新著之實況,在北宋初當以《太平御覽》引書目為主。在南宋末當以馬氏《經籍攷》為主,參以清初倪、黃諸家所補,則本志罅漏亦略可補苴矣。"

宋史藝文志補一卷

清倪燦撰(燦字闇公,上元人。)盧文弨校訂(文弨字紹弓,仁和人。)

《群書拾補》本(清乾隆間杭東盧文弨刻《抱經堂叢書》中。)一冊。國立北平圕藏鈔清乾隆間杭東盧文弨刻抱經堂中《群書拾補》本,一冊。會稽徐友蘭刻《紹興先正遺書甲集》中《群書拾補補遺》本,一冊。鎮海張壽榮校印日本文政八年刻《八史經籍志》本,一冊。民國九年番禺徐紹棨重編《廣雅叢書》本(清光緒十七年廣雅書局刻。)一冊。江寧傅春官刻國朝《金陵叢書》本(清光緒二十四年)一冊。清光緒三十一二年傅氏增編《金陵叢刻》本(清光緒二十四年傅春官刻。)一冊。上海煥文書局點石齋同校印《史學叢書》本(清光緒二十八年)一冊。上海文淵書局校印《史學叢書》本（清光緒二十八年）一冊。

梁啟超曰："闇公當康熙初年創修《明史》時，在史館任職，著有《明史藝文志稿》，其體例欲倣《隋書志》兼《五代史志》，遼金元三《史》無《藝文志》，則新撰集，《宋史》有志而未備，則補之，合四代著作，而併麗于《明史》焉。清儒補史志之業，此其嚆矢也。乾隆間盧抱經得其稿本，合以吳兔床所鈔校，將《宋史》之部分與遼金元之部分析為二，編中所有案語言'入某書''舊有某書今不錄'者，當即盧氏所訂正也。其補遼金元《志》盧氏之例亦同。"

宋史藝文志補一卷

清盧文弨撰（文弨字召弓，號磯魚，又號檠齋，晚號弓父，人稱抱經先生，乾隆壬申進士，生平精於校讎，會萃諸書校勘曰《群書拾補》。）

《群書拾補》本。《八史經籍志》本。《紹興先正遺書》本。

四朝經籍志補

清吳騫編

國立北平圖藏鈔本。

鍔按此書原附吳氏校補《千頃堂書目》後。

宋史藝文志

清朱文藻撰（文藻字朗齋，仁和人。）

清吟閣著作十四冊。梁任公曰："朗齋生乾嘉盛時，與鮑淥飲、吳兔床、陳仲魚日夕從事於搜書校書之業。此書稿本多至二十四冊，博備可想，但未見刻本，傳鈔亦稀，不知遺稿尚在人間否？"

宋藝文志補遺四卷

清王榮蘭撰

據《湖南通志》。

宋國史藝文志輯本二卷

趙士煒輯

國立北平圖暨中華圖協會鉛印本（民國二十二年）一冊。

鍔按此書為趙氏輯《古佚書錄》叢輯之五，卷首有趙氏自序。

遼金元

補遼金元藝文志一本

清倪燦撰，清盧文弨校

《群書拾補》本(清乾隆間杭東盧文弨刻《抱經堂叢書》本)一冊。國立北平圖藏清鈔本(清乾隆間杭東盧文弨刻《抱經堂叢書》中《群書拾補》本。)一冊。《群書拾補補遺》本(清光緒十八年會稽徐友蘭刻《紹興先正遺書甲集》本。)一冊。鎮海張壽榮校印日本文正八年刻《八史經籍志》本(清光緒八九年間。)一冊。民國九年番禺徐紹棨重編印《廣雅叢書》本(清光緒十七年)一冊。上海煥文書局點石齋同校印《史學叢書》本(清光緒二十八年。)一冊。《金陵叢刻》本。

梁啟超曰:"此書為倪氏原稿,盧氏校訂,其關係已詳《補宋志》條下,近人編書目者,往往倪唐兩志並列,一若各自成書者然,大誤也。"鍔按《書目答問》謂倪璠撰。《書目答問補正》云:"此上元倪燦所撰,非倪璠撰也。"盧文弨復采海寧張錦云《元史藝文志》補入,張書無刻本。"

補遼金元三史藝文志

清金門詔撰(門詔字東山,江都人。)

上海石印書局依原式影印清雍正四年蔣廷錫等纂《欽定古今圖書集成》本(清光緒間)一冊。上海圖書集成鉛版印書局縮小排印清雍正四年蔣廷錫等纂《欽定古今圖書集成》本(清光緒十年。)一冊。《金東山集》本。《八史經籍志本》。廣雅書局本。《史學叢書》本。《昭代叢書庚集》本。

梁啟超曰:"此書著術在錢大昕之前,約與倪燦同時?但著者似未見倪書,其《元史》之部,搜羅不逮倪、錢之富,遼、金兩部,似視倪本為備。惟所著錄有單篇文字。"

補遼金元藝文志一卷

清郝懿行撰

廣雅書局本。《史學叢書》本。

補遼史經籍志(當《遼史拾補》卷十六。)

清厲鶚撰(鶚字太鴻,號樊謝,清錢塘人,清康熙庚子舉人。)

梁啟超曰:"著者未見倪、金兩氏書,然所收書亦有為彼兩志所無者。"

補遼史藝文志一卷

黃任恒撰

民國十四年石印本。

金史藝文志補一卷

清杭世駿撰(世駿字太宗,號堇浦,清仁和人。)

見《道古堂集》。

補金史藝文志

鄭文焯撰

未見傳本，《書目答問補正》遼金元三史《藝文志》條下。

元

元史藝文志

清錢大昕撰（大昕字辛楣，號竹汀，嘉定人。）

民國九年番禺徐紹棨重編印《廣雅叢書》本（清光緒十九年廣雅書局刻。）一冊。《潛揅堂全集》本（清嘉慶丙寅刻。清嘉慶五年黃丕烈校刻。錢氏自編）。鎮海張壽榮校印日本文政八年《八史經籍志》本（清光緒八九年間）。龍氏重刻全集本（清光緒甲申）。江蘇書局刻《元史》附刻本（清同治十三年）一冊。

梁啟超曰："上元倪氏（見前）書，未甚滿意，乃別為編次，或刪或補，嗣又見黃蕘圃（丕烈）所藏書，相與賞析，乃寫為定本。每卷末皆有'後學黃丕烈校'一條，知蕘圃於此書，參訂頗致力矣。"

元史新編藝文志

清魏源撰

《書目長編》著錄。

元史藝文志補

清張錦雲撰（錦雲字繼才，海寧人。）

梁啟超曰："抱經堂本《補遼金元藝文志》卷末附一行記述此書，蓋盧紹弓訂校倪志時，曾見其稿，有所採擇。"

鍔按《書目答問補正》補遼金元三史《藝文志》條下云張書無刻本。

明

明國史經籍志六卷（附糾繆一卷）

明焦竑撰（竑字弱侯，江寧人。）

明萬曆庚寅金陵本。明錢塘徐氏晏山館刊本（徐象樗）四冊。《粵雅堂叢書》第五集本（清咸豐元年南海伍崇曜刻）。東越陳汝元校刻本，五冊。《古今圖書集成》本。國立北平圖藏南枝堂鈔本。

《四庫提要》："蓋萬曆間陳于陛議修國史，引竑專領其事，書未成而罷，僅成此志，故仍以國史為名，顧其書叢鈔舊目，無所攷核，不論存亡，率爾濫載,古來目錄,惟是書最不足憑。”

梁啟超曰:“今按竑之學風,私淑鄭樵,此書最用心者,乃在各類目後之總論及所附糾繆一卷,意在辨証疏略,整理類別,雖學識無不偏駁,要亦自有創見,故章學誠《校讎通義》駁其誤校《漢志》十五條,然仍許其整齊有法,有可節取,詢持平之論也。”

明國史經籍志三卷(原書卷七十五至卷七十七)

清傅維鱗撰(維鱗字掌雷,靈壽人。)

《畿輔叢書》本。

梁啟超曰:“內分兩部分,第二部分為內府經籍板,照抄《酌中志》,而有省略,第一部分題殿閣皇史宬內通籍庫藏書,似摘鈔《文淵閣》,而僅得十之六七者。”

明藝文志五卷

清尤侗撰(侗字展成,號悔庵,又號艮齋,又號西堂,長洲人,清康熙己未召試博學鴻詞。)

《四庫提要》:“所摭拾既多掛漏,又往往不載卷數,及撰人姓名,其例惟載有明一代著作,而前史所載則不錄,蓋用劉知幾之說。”又云:“諸史之志,惟宋蕪襍荒謬,不足為憑,此書又出《宋志》之下,後來《欽定明史》,削侗此稿,重加編定,固至允之鑒也。”

明史藝文志四卷(原書卷九至三十九十六)

清王鴻緒撰(鴻緒字季友,華亭人。)

梁啟超曰:“而其藝文一志,即全竊黃俞邰書。”(鍔按此指黃氏所撰《千頃堂書目》。)

明史藝文志稿

《書目長編》:“廠肆近出《明史稿》一部,乃王鴻緒家塾師萬斯大手編,現藏大高殿,較王稿及《明史》溢出甚多。”

明史藝文志四卷(原書卷七十二至七十五。)

清張廷玉等奉勅撰(清乾隆四年進呈)。

鎮海張壽榮校印日本文政八年刻《八史經籍志》本(清光緒八九年間。)二冊

梁啟超曰:“全書大部分採王鴻緒《史稿》。”

明史藝文志補遺

清徐才鼎撰

《未灰齋全集》本。

清

清史稿藝文志四卷

朱師轍等編

民國十六年清史館鉛印本，二冊。民國十七年清史館排印單行本（據《書目答問補正》。）

皇朝經籍志六卷

清黃本驥編，蔣瓖維楊校

《三長物齋叢書》本（清道光二十五年。）二冊。

黄氏自序："竊以生逢右文之世；須知近時著作，何人所著何書，然後可以上追往古，因於全書目録（鍔按此指《四庫全書目録》）內檢出皇朝經籍別為一篇。"又云："是篇特以《四庫》著録存目之書為斷，非謂本朝書目盡在是也。"

〔附存〕

諸史藝文鈔三十卷

明祁承㸁撰（承㸁字爾光，明紹興山陰人，萬曆甲辰進士。）

據《千頃堂書目》。

藝文志攷二卷

據《菉竹堂書目》。

古今藝文志八十卷

清杭世駿編

據《杭州府志》。

鍔按《書目答問補正》《補後漢藝文志》條下，有杭氏著《補歷代藝文志》，未刊，未知是否一書待攷。

藝文志稿十四冊

據《潛采堂書目》。

皇明史乘

據《絳云樓書目》。

藝文志二十種綜合引得

燕京大學引得編纂處編

北平燕京大學鉛印本,四册(民國二十二年)。

中國歷代藝文志

上海大光書局編繹所編

上海大光書局《史學叢書》本(民國三十五年)洋裝一册。

鍔按此書又名《中國歷代圖書小辭典》,卷前有例言,所包括之藝文志共十種。

方志書目類序

方志之作,為期較晚,故彙之為目錄者亦較少;似無特立一類之必要。然方志於國家之重要,已為學者所注意,將來著作必多;續彙之目,當與日俱增,故立此類,以待後之賢達續入焉。

方志書目類

天下郡縣書目一卷

鍔按《崇文總目》天字前無梁字,《宋志》則有梁字,未見原書,無從稽攷,姑仍舊名,特附志於此。

天下志書目錄一本

鍔按《傳是樓書目》《書目長編》均著錄。

古今方輿書目一卷

清顧祖禹編

《稽瑞樓書目》《書目長編》均著錄。

元和郡縣圖志闕補目

清周夢棠輯

《岱南閣叢書》本。

两浙地志錄

清周廣業編

民國間海昌費寅復齋鈔本,一册(現藏國立北平圕)。

清學部圕方志目

清繆荃孫編

順德鄧實鉛印《古學彙刊》第二集（民國二、三年間）二冊。

斠本志書目錄

陶傅堯編，楊憲城校

民國間京師圖油印本，一冊。

大清畿輔書徵四十一卷（附勘誤表一卷。）

徐世昌編

民國間天津徐世昌鉛印本，十七冊。

方志攷稿甲集

瞿宣穎撰（穎字兑之）

天春書社鉛印本（民國十九年）三冊。

故宮方志目（並附錄）

故宮博物院圖編

北平故宮博物院圖鉛印本（民國二十年）一冊。

故宮方志目續編

故宮博物院圖編

北平故宮博物院圖油印本（民國二十一年）一冊。

金陵大學圖方志目錄

譚其驤等編

金陵大學圖叢刊本（民國二十一年金陵大學鉛印）一冊。

國立北平圖方志目錄

萬國鼎、儲瑞堂同編

國立北平圖鉛印本（民國二十二年）四冊。

隴右方志錄一冊

臨洮張維鴻汀纂次

北平大北書局印本（民國二十二年）。

鍔按此書卷首有張氏自序及凡例，書末有張氏後序，全書分四大類，省志、郡志、縣志、襍古今志，又分圖志、方物、耆舊、山川四類，每書下記志之卷數、冊卷、存佚、板本、書之卷次内容，間鈔他書之解題，（或提要。）原文分雙行細字排印，書後以張氏之案語殿焉，述書之内容，批評其得失。

中國地方誌備徵錄一冊

朱士嘉編

北平燕京大學圖印本。

中國地方誌綜錄

朱士嘉編

上海商務印書館本。

方志藝文志序

史書藝文志,所以志一代之藝文;方志藝文志,所以志一地之藝文,藝文志者,某一時代某一地方文化程度高低之水準也。東漢文章極盛,故班固有藝文之《志》;東晉喪亂,文學之士,皆斂迹山林,彬彬之風,無或遠聞;明清兩代,寰宇昇平,故前有《永樂大典》,後有《四庫全書》。以地方言:清代藏書七百餘家,兩浙居其大半;《四庫》著錄,兩浙著者為多,兩浙文化高低,略可想見矣。

一地方志,明末為盛,遜清中葉,其風益熾。一地藝文,應入方志;然應觀各家方志,藝文一志,取舍間有,即或入志矣,有錄書目者,有錄邑人著述者,有詩文書目並載者,紛然襍陳,殊無標準。故本編既以書目為主,其專錄邑人著述,及書目著述兼錄者,概屏而不錄。

方志藝文,單行刊本,固已不少,而視官私簿錄則遠不如也,故本編除將單本刊行者入錄外,凡附本志刊行,而自成卷帙者,皆分別入錄。

本編依省、郡、縣為編次,依時代次先後,時代編纂不明者,則概入存疑。藝文附本志刊行者,除於目下注其卷數外,並附注在本志之卷數,以便稽攷。

編纂者姓名,以該志編纂者為主,因方志編纂非一人,藝文志係何人所纂,或無可攷,姑如是記之。

方志藝文經籍志類

(甲)中國方志藝文經籍志之屬

一、省

江蘇

江南通志藝文志四卷(當清尹繼善等修,黃之雋等纂,清乾隆元年初印本《通志》卷一九〇至一九四。）

浙江

浙江通志藝文志三卷（當明胡宗憲修，薛應旂等纂，明嘉靖四十年精刻白綿紙初印本《通志》卷五三至五六。）

浙江通志書目一卷（當清王國安等修，黄宗羲等纂，康熙二十三年刻本《通志》卷四四。）

敕修浙江通志經籍十卷（當無名氏所著朱絲欄清雍正間精鈔本《通志》卷一九六至二〇六。）

敕修浙江通志經籍十三卷（當清李衛等修、傅王露等纂，清乾隆元年刻本《通志》卷二四一至二五四。）

安徽

重修安徽通志藝文志十一卷（當清吳坤修等修，何紹基等纂，清光緒四年刻本《通志》卷三三五至三四六。）

江西

江西志經籍志二卷（當清白潢修，查慎行等纂，清康熙五十九年精刻本《江西志》卷一一四至一一六。）

江西通志藝文略三卷（當清劉坤一等修，趙之謙等纂，清光緒六年刻本《通志》卷九九至一二二。）

湖北

湖北通志藝文志十九卷（當楊承禧等纂修，民國十年刻本《通志》卷七七至九十二。）

湖南

湖南通志藝文志六卷（當清馬慧裕等修，王煦等纂，清嘉慶二十五年刻本《通志》卷一九三至一九六，附各書院書目。）

湖南通志藝文志十三卷（當清李瀚章等修，曾國荃等纂，清光緒十一年刻本《通志》卷二四五至二五八。）

四川

全蜀藝文志六十四卷（附明劉大謨等修，王元正等纂，明嘉靖二十年刻本《四川總志》。周崔補纂，楊慎撰。）

四川通志書目五卷（當清常明等修，楊芳燦等纂，清嘉慶二十一年刻本《通志》卷一八三至一八八。）

河北

畿輔通志書目四卷（當清李鴻章等修，黄彭年等纂，清宣統二年北洋官報局大字石印本《通志》卷一三三至一三七。)

山東

山東通志藝文志十九卷(清楊士驤等修,孫葆田等纂,民國四年山東通志刊印局鉛印本《通志》卷一二七至一四六。)

山西

山西通志經籍記二卷(清曾國荃等修,王軒等纂,清光緒十八年刻本《通志》卷八七至八八。)

陝西

陝西通志經籍志一卷(當明趙廷瑞修、馬理等纂,明嘉靖二十一年刻本《通志》卷十五。)

陝西通志經籍二卷(當清劉於義等修、沈青崖纂,清雍正十三年精刻本《通志》卷七四,七五。)

甘肅

甘肅新通志藝文志一卷(當清升允等修,安維峻等纂,清宣統元年刻本《通志》卷九十四。)

福建

福建通志藝文一卷(當清金鋐修,鄭開基等纂,清康熙二十二年刻本《通志》卷六十二。)

福建通志藝文一卷(當清郝玉麟等修,謝道承等纂,清乾隆二年刻本《通志》卷六十八。)

重纂福建通志經籍十五卷(當清孫爾準等修,陳壽祺等纂,清同治六年刻本《通志》卷六七至八二。)

福建通志藝文志八十卷(附福建通志局纂,民國十一年刻初印未足本《通志》)

廣東

廣東通志藝文略九卷(當清阮元等修,江藩等纂,清道光二年刻本《通志》卷一八九至一九八。)

廣西

廣西通志藝文略九卷(當清謝啟崑等纂修,清道光十七年同治四年兩次修鐫,清嘉慶五年刻本《通志》卷二〇五至二一四。)

雲南

雲南通志書目四卷(當清岑毓英等纂修,清光緒二十年刻本《通志》卷二〇八至二一一。)

續云南通志稿（《滇事書目》二卷，當清王文韶等修，唐炯等纂，《滇人著述目錄》二卷，清光緒二十七年四川岳池縣刻本《通志》卷一六七至一七〇。）

黑龍江

黑龍江志稿書目一卷（當萬福麟修，張伯英等纂，民國二十一年鉛印本《志稿》卷六十一。）

新疆

新疆圖志藝文志一卷（當民國十二年東方學會重校增補鉛印本《圖志》卷九十。）

二、郡（府州）

江蘇

景定建康志書籍書版目一卷（當宋周應合纂，清嘉慶六年刻《建康志》卷三十三。

江寧府志南雍存版書目鄉賢書目共一卷（當清陳開虞纂修，清康熙七年刻本《府志》卷三十四。）

仝　　上（當清于成龍纂修，清康熙二十二年精鈔本《府志》卷四十。）

江寧府志書目二卷（當清呂燕昭修，姚鼐纂，嘉慶十六年刻本《府志》卷五四、五五。）

續纂江寧府志書目一卷（當清蔣啟勳等修，汪士鐘等纂，清光緒七年刻本《府志》卷八。）

嘉靖惟揚志經籍志一卷（當明朱懷幹修，盛儀纂，影鈔天一閣藏本《惟揚志》卷十二。）

揚州府志經籍一卷（當明楊洵修，徐鑾等纂，明萬曆三十三年刻本《府志》卷二十四。）

揚州府志書目一卷（當清尹會一纂修，清雍正十一年刻本《府志》卷三四。）

重修揚州府志書目一卷（當清張世浣等修，姚文田等纂，清嘉慶十五年刻本《府志》卷六十二。）

續纂揚州府志書目一卷（當清英傑修，錢振倫等纂，清同治十三年刻本《府志》卷二十二。）

淮安府志書目一卷（當明宋祖舜修，方尚祖纂，清同治六年修鋟明天啟本《府志》卷十九。）

淮安府志淮人文目一卷（當清高成美等修，胡從中等纂，清康熙二十四年刻藍色初印本《府志》卷十二。）

淮安府志書目一卷（當清衛哲治等修，顧棟高等纂，清咸豐二年重刻乾隆十三年刻本《府志》卷三十。）

淮安府志藝文一卷（當清孫雲錦修，吳昆田等纂，清光緒十年刻本《府志》卷三十八。)

同治徐州府志經籍攷一卷(當清朱忻修,劉庠等纂,清同治十三年刻本《府志》卷十九。)

嘉慶海州直隸州志藝文錄一卷(當清唐仲冕修,汪梅鼎等纂,清嘉慶十三年修補十六年刻本《州志》卷二十七。)

通州志書目一卷(當明林云程修,沈明臣等纂,明萬曆五年刻本《州志》卷五。)

通州直隸州藝文志一卷(當清梁悅馨等修,李念詒等纂,清光緒元年刻本《州志》卷十六。)

蘇州府志藝文志二卷(當清雅爾哈善等修,習寯等纂,清乾隆十三年刻本《府志》卷七五至七六。)

蘇州府志書目七卷(當清宋如林等修,石韞玉纂,清道光四年刻本《府志》卷一二二至一二八。)

蘇州府志藝文四卷(當清李銘皖等修,馮桂芬等纂,清光緒九年刻本《府志》一三六至一三九。)

松江府志書目一卷(當清宋如林修,孫星衍等纂,清嘉慶二十四年刻本《府志》卷七十二。)

松江府續志書目一卷(當清博潤修,姚光發等纂,清光緒十年刻本《續志》卷三十七。)

光緒太倉直隸州志書目一卷(當無名氏著,藍格紙楷,清光緒初年稿本《州志》卷三十五。)

太倉州志書目一卷(當王祖畬等纂,民國七年刻本《州志》卷二十五。)

浙江

萬曆杭州府志藝文志二卷(當明陳善纂,明萬曆七年刻本《府志》卷五十三至五十四。)

杭州府志書目一卷(當清馬如龍修,馬益等纂,清康熙二十五年刻本《府志》卷三十八。)

杭州府志書目三卷(當清鄭澐修,邵晉涵等纂,清乾隆四十九年刻本《府志》卷五七至五九。)

杭州府藝文志十卷(清吳慶坻編,清光緒二十四年長沙刊本。)

海寧州志稿藝文志五卷(當清許傅霈等原本,朱錫恩增纂,民國十年鉛印本《志稿》卷十二至十六。)

嘉興府志典籍一卷(當明劉應珂修,沈堯中纂,明萬曆三十八年刻本《府志》卷二十五。)

嘉興府志書目一卷（當清吳永芳修，錢以塏等纂，清康熙六十年刻本《府志》卷十六。）

嘉興府志經籍二卷（當清許瑤光修，吳仰賢等纂，清光緒三年刻本《府志》卷八十至八十一。）

吳興備志書目一卷（當明董斯張撰，《吳興叢書》單行本卷二十二。）

湖州府志著述四卷（當清胡承謀纂修，清乾隆四年刻本《府志》卷四四至四七。）

湖州府志藝文略五卷（當清宗源瀚等修，周學濬等纂，清同治十三年刻本《府志》卷五六至六一。）

寧波府志藝文志一卷（當明周希哲修，張時徹纂，明嘉靖三十九年刻本《府志》卷二十一。）

寧波府志藝文志上一卷（當清曹秉仁修，萬經等纂，清道光二十六年沈氏重刻雍正七年本《府志》卷三十五。）

紹興府志經籍志二卷（當清李亨特修，平恕等纂，清乾隆五十七年刻本《府志》卷七十七至七十八。）

赤城新志典籍一卷（當明陳相修，謝鐸纂，明弘治十年刻《新志》卷二十一。赤城即台州。）

光緒台州府志書目十九卷（當清王舟瑤等纂，民國十五年鉛印清光緒二十七年本《府志》卷三五至五四。）

台州藝文略（清楊晨編，《台州叢書》後集本。）

台州書目（太平金氏鴻遠樓所藏，民國三年刊本。）

台州經籍志四十卷（項元勳編，民國四年鉛印本）

衢州府志藝文志一卷（當明林應翔修，葉秉敬等纂，明天啟二年《刻本》府志卷十二。）

衢州府志藝文攷上一卷（當清楊廷望等纂修，光緒八年重刻康熙五十年本《府志》卷二十九。）

溫州經籍志三十三卷外編二卷辨誤一卷（清孫詒讓編，民國十年杭州浙江省立圖校刻本十六冊。）

處州府志書目一卷（當清潘紹詒修，周榮椿等纂，清光緒三年刻本《府志》卷二十六。）

安徽

新安志補藝文志補一卷（當明方信撰，明嘉靖四十一年刻本《志補》卷四內。新安即今徽州。）

徽州府志書目(當清丁廷楗等修,趙吉士等纂,清康熙三十八年刻本《府志》卷十七内。)

徽州府志藝文志一卷(當清馬步蟾修,夏鑾等纂,清道光七年刻本《府志》卷十五。)

寧國府志書目一卷(當清宋敳修,錢人麟等纂,清乾隆十八年刻本《府志》卷三十三。)

寧國府志藝文志一卷(當清魯銓等修,洪亮吉等纂,民國八年影印嘉慶二十年本《府志》卷二十。)

廬州府志藝文志一卷(當清胡獻珍修,朱弦等撰,清康熙十三年鈔本《府志》卷十。)

續修廬州府志藝文略二卷(當清黄雲修,汪宗沂等纂,清光緒十一年刻本《府志》卷九十至九十一。)

光緒鳳陽府志一卷(當清馮煦等修,魏家驊等纂,清光緒三十四年聚珍本《府志》卷十六。)

壽州志書目一卷(當清曾唯道等修,葛蔭南等纂,清光緒十六年活字本《州志》卷三十。)

滁州志藝文志一卷(當清熊祖詒纂修,清宣統元年活字印本《州志》卷九。)

歷陽典錄藝文二卷(當清陳廷桂纂輯,清同治三年和州官舍重刻嘉慶道光本《典錄正編》卷二十四《補編》卷五。和州即直隸州志。)

直隸和州志藝文志一卷(當清高照纂,清光緒二十七年活字本《州志》卷三十六。)

和州志藝文敘(清章學誠撰,《章氏遺書》本。)

江西

南昌府志藝文志一卷(當清許應鑅等修,曾作舟等清同治十二年刻本《府志》卷六十二。)

義寧州志書目一卷(當清王維新等修,塗家杰等纂,清同治十年刻本《州志》卷二十九。)

南康府志書目一卷(當清盛元等纂修,清同治年十一年刻本《府志》卷二十。)

九江府志書目二卷(清達春布修,黄鳳樓等纂,清同治十二年刻本《府志》卷四七至四八。)

撫州府志書目五卷(當清許應鑅等修,謝煌等纂,清光緒二年刻本《府志》卷七十六至八十。)

臨江府志藝文志一卷(當清德馨等修,朱孫詒等纂,清同治十年刻本《府志》卷十四。)

吉安府志書目一卷(當清定祥等修,劉繹等纂,清光緒二年刻本《府志》卷四十五。)

瑞州府志藝文志一卷（當清黄廷金修，蕭浚蘭等纂，清同治十二年刻本《府志》卷二十三。）

袁州府志書目（當清駱敏修等修，蕭玉銓等纂，清同治十三年刻本《府志》卷九之一）

贛州府志書目一卷（當清黄汝銓修，張尚瑗等纂，清康熙二十五年精刻本《府志》卷六十九。）

贛州府志書目一卷（當清魏瀛修，魯琪光等纂，清同治十二年刻本《府志》卷六十三。）

南安府志續增藝文志一卷（清雍正十一年游紹安增續康熙四十九年刻本《府志》。）

湖北

興國州志藝文志一卷（當陳光享等纂修，清同治季年刻本《州志》卷三十二。）

黄州府志書目四卷（當清英啟修，鄧琛等纂，清光緒十年刻本《府志》卷三十二至三十五。）

黄州府志拾遺藝文志一卷（當沈致堅纂輯，清宣統二年鉛印本《拾遺》卷五。）

鄿州志著述志一卷（當清封蔚礽修，陳廷揚等纂，清光緒十年重校八年本《州志》卷十。）

鼎修德安府全志五卷（當清傅鶴祥修，萬年觀等纂，刻本《府志》。清康熙二十四年鈔本作一卷。）

德安府志書目一卷（當清賡音布修，劉國光等纂，清光緒十四年刻本《府志》卷十九。）

荆州府志目錄一卷（當清葉仰高修，施廷樞撰，清乾隆二十二年刻本《府志》卷五十一。）

荆州府志藝文志一卷（當清倪文蔚等修，顧嘉蘅等纂，清光緒六年刻本《府志》卷七十四。）

襄陽府志書目一卷（當清陳鍔纂修，清乾隆二十五年刻本《府志》卷三十一。）

襄陽府志藝文志一卷（當清恩聯等修，王萬芳等纂，清光緒十一年刻本《府志》卷十七。）

襄陽藝文略（清吳慶嘉撰，清光緒二十三年自刊本。）

湖南

長沙府志歷代著述（當清蘇佳嗣修，譚紹琬等纂，清康熙二十四年刻本《府志》卷二十尾附。）

永州府志藝文志一卷（當清吕思湛等修，宗績辰纂，清同治六年重校道光八年本《府志》卷九。）

寶慶府志藝文略三卷(當清黃宅中等修,鄧顯鶴等纂,清道光二十五年刻本《府志》卷一百至一百零二。)

常德府志書目一卷(當清應先烈修,陳楷禮纂,清嘉慶十八年刻本《府志》卷十九。)

桂陽直隸州志一卷(當清汪斆灝修,王闓運等纂,清同治七年刻本《州志》卷二十四。)

四川

漢州志典籍志(當清劉長庚修,侯肇元等纂,清嘉慶十七年刻本《州志》卷三十八下。)

敘州府志藝文志一卷(當清王麟祥修,邱晉成等纂,清光緒二十一年刻本《府志》卷四十一。)

嘉定府志典籍(當清文良等修,陳堯采等纂,清同治三年刻本《府志》卷四六。)

河北

永平府志藝文志一卷(當清游智開修,史夢蘭纂,清光緒五年刻本《府志》卷四十八。)

廣平府志藝文一卷(當清吳中彥修,胡景桂纂,清光緒二十年刻本《府志》卷三十四。)

深州風土記書目一卷(當清吳汝綸纂修,清光緒二十六年刻本卷九。)

河南

開封府志書目一卷(當清錢綸修,成朝組等纂,清順治十六年刻本《府志》卷三十四。)

歸德府志藝文略一卷(當清陳錫輅修,查昌岐纂,清光緒十九年重刻清乾隆十九年刻本《府志》卷三十。)

河南府志經籍志四卷(當清施誠修,童鈺纂,清同治六年修鐫,清乾隆四十年刻本《府志》卷一百十一至一百十五。)

光州志藝文志一卷(當清高兆煌纂修,清乾隆三十五年刻本《州志》卷四十四。)

山東

濟南府志經籍志一卷(當王贈芳等修,成瓘等纂,清道光二十年刻本《府志》卷六十四。)

東平州志藝文略一卷(當清周云鳳修,唐鑑等纂,清道光五年刻本《州志》卷十七。)

東平州志藝文略一卷(當左宜似等修,盧崟等纂,清光緒五年刻本《州志》卷十七。)

青州府志藝文書目一卷(當清崔俊修,李煥章等纂,清康熙十二年刻本《府志》卷二十。)

青州府志藝文考一卷(當清毛永柏等修,劉耀椿等纂,清咸豐九年刻本《府志》卷三十三。）

增修登州府志藝文志四卷（當清賈瑚修，周悅讓等纂，清光緒七年刻本《府志》卷六十一至六十四。）

重修膠州志藝文志一卷（當清張同聲修，李圖等纂，精刻開化紙初印本《州志》卷二十。）

山西

代州志藝文志一卷（當清廉三等修，楊篤纂，清光緒八年刻本《州志》卷七。）

直隸絳州志藝文志一卷（當清李煥揚修，張于鑄纂，清光緒五年刻本《州志》卷十九。）

陜西

同州志藝文志一卷（當明張一莫修，馬朴纂，明天啟五年刻本《州志》卷十七。）

同州府志經籍志一卷（當清文廉修，蔣湘南纂，清咸豐二年刻本《府志》卷二十五。）

華州志藝文志一卷（當明李可久修，張光孝纂，清光緒八年重刻明隆慶六年刻本《州志》卷十一。）

再續華州志藝文志一卷（當清汪以誠修，史蓴纂，清光緒八年重刊清乾隆五十四年本《州志》卷四。）

延安府志書目一卷（當清汪蕙纂修，清光緒十年修鋟清嘉慶七年刻本《府志》卷六十八。）

福建

福州府志書目一卷（當明喻政修，林烴等纂，明萬曆四十年刻本《府志》卷七十一。）

福州府志藝文一卷（當清徐景熹修，魯曾煜等纂，清乾隆十九年刻本《府志》卷七十二。）

泉州府志藝文志二卷（當清懷蔭布等修，黄任等纂，清光緒八年重刻清乾隆二十八年《府志》卷七三，七四。）

漳州府志藝文志一卷（當清荔彤修，蔡世遠等纂，清康熙五十四年刻本《府志》卷二十九。）

建寧府志藝文志一卷（當清張琦修，鄒山等纂，清康熙三十二年刻本《府志》卷四十一。）

邵武府志書目一卷（當明韓國藩等修，侯袞等纂，明萬曆四十七年刻本《府志》卷五十一。）

重纂邵武府志藝文志一卷（當清王深等修，張元奇等纂，清光緒二十四年刻本《府志》卷二十九。）

廣東

廣州府志藝文略七卷(當清戴肇辰等修,史澄等纂,清光緒五年刻本《府志》卷九十至九十六。)

韶州府志藝文略一卷(當清額哲克等修,單興詩等纂,清同治十二年刻本《府志》卷三十九。)

惠州府志書目一卷(當清劉溎年等修,鄧掄斌等纂,清光緒七年刻本《府志》卷二十七。)

廣西

潯州府志書目一卷(當清孫世昌修,光昭纂,清道光六年刻本《府志》卷七十。)

雲南

永昌府志永人著述書目一卷(當清劉毓珂等纂修,清光緒十一年刻本《府志》卷六十四。)

貴州

貴陽府志藝文攷四卷(當清周作楫纂修,清道光二十年朱德璲刻本卷五十至五十三。)

興義府志藝文志一卷(當清張鍈修,鄒漢勳等纂,鉛印清咸豐三年本《府志》卷三十九。)

遼寧

長白藝文志四卷(高佳英浩編,國立北平圖藏民國六年高氏手鈔第四次稿本,四册)

察哈爾

蔚州志藝文志兩卷(當清慶之金修,楊篤纂,清光緒三年刻本《州志》卷十一、十二。)

三、縣

江蘇省

江浦埤乘書目二卷(當清侯宗海撰,清光緒十四年刻本《埤乘》卷三五、三六。)

江都縣志經籍志一卷(當清陸朝璣修,程夢星等纂,清雍正七年刻本《縣志》卷十七。)

江都縣志經籍志一卷(當清王格等纂修,清光緒七年重刻清乾隆八年本《縣志》卷三十。)

江都縣續志經籍志一卷(當清王逢源修,李保泰纂,清光緒七年重刻清嘉慶二十四年刊本《續志》卷八。)

光緒江都縣續志藝文攷一卷(當清劉汝賢等修,劉壽曾纂,清光緒九年刻本《續志》卷二十。)

甘泉縣志經籍志一卷(當清吴鶚峙等修,厲鶚等纂,清乾隆八年刻本《縣志》卷十六。)

儀真縣志藝文志一卷(當清胡崇倫修,陳邦楨等纂,清康熙七年刻本《縣志》卷十。)

儀真縣志藝文志一卷(當清馮玉章增修,清康熙三十二年刻本《縣志》卷十。)

儀真縣志藝文志一卷(當清陸師纂修,清康熙五十七年精刻本《縣志》卷十五。)

重修儀徵縣志藝文志二卷(當清王檢心修,劉文淇等纂,清光緒十六年重刻清道光三十年刻本《縣志》卷四十四、四十五。)

重修興化縣志藝文志一卷(當清梁園棣修,薛樹聲等纂,清咸豐元年刻本《縣志》卷九。)

重修寶應縣志書目一卷(當清孟毓蘭等纂修,清道光二十一年刻本《縣志》卷二十二。)

東臺縣志撰著一卷(當周右修,蔡復午等纂,清道光十年增刻清嘉慶二十年刻本《縣志》卷三十九。)

山陽縣志書目一卷(當清孫雲修,丁晏等纂,清同治十二年刻本《縣志》卷十八。)

續纂山陽縣志藝文志八卷(當邱沅等修,段朝端等纂,民國十年刻本《縣志》本八冊。)

清河縣志藝文一卷(當清吴棠修,魯一同纂,清咸豐四年刻本《縣志》卷二十三。)

續纂清河縣藝文一卷(當劉槱壽等修,範冕纂,民國十一年刻本《縣志》卷五。)

銅山縣志藝文攷一卷(當余家謨等修,王嘉詵等纂,民國十五年刻本《縣志》卷二十。)

沛縣志藝文志一卷(當于書云修,趙錫蕃等纂,民國九年上海鉛印本《縣志》卷八。)

光緒睢寧縣志稿藝文志一卷(當清侯紹瀛修,丁顯纂,清光緒十二年刻本《縣志》卷九。)

光緒贛榆縣志書目一卷(當清王豫熙修,張謇等纂,清光緒十四年刻本《縣志》卷十六。)

如皋縣續志藝文一卷(當清周際霖等修,周項等纂,清同治十二年刻本《續志》卷十三。)

崑新兩縣續修合志書目一卷(當清金吴瀾等修,汪堃等纂,清光緒六年刻本《合志》卷五十。)

常昭合志稿藝文志一卷(當清鄭鐘祥,張瀛合修,龐鴻文等纂,清光緒三十四年鉛印本《合志》卷四十四。)

吴江縣志典籍表一卷(當明曹一麟修,徐師曾等纂,明嘉靖三十七年刻本《縣志》卷十四。)

吳江縣續志書目六卷(當清金福曾等修,熊其英纂,清光緒五年刻本《續志》卷三十二至三十七。)

重修華亭縣志書目一卷(當清楊開第修,姚光發纂,清光緒四年刻本《縣志》卷二十。)

婁縣志藝文志四卷(當清謝庭薰修,陸錫熊等纂,清乾隆五十一年刻本《縣志》卷九至十二。)

婁縣續志藝文志一卷(當清汪坤厚等修,張云望等纂,清光緒五年刻本《續志》卷十。)

金山縣志藝文志一卷(當清龔寶琦等修,黄厚本等纂,清光緒四年刻本《縣志》卷十五。)

上海縣志書目一卷(當清史彩修,葉映榴等纂,清康熙二十二年刻本《縣志》卷十一。)

同治上海縣志書目一卷(當清葉廷眷等修,俞樾等纂,清同治十一年刻本《縣志》卷二十七。)

上海縣續志書目一卷(當吳馨等修,姚文枏等纂,民國七年刻本《續志》卷二十六。)

重修奉賢縣志藝文志一卷(當清韓佩金修,張文虎等纂,清光緒四年刻本卷十七。)

光緒南匯縣志藝文志一卷(當金福曾等修,張文虎等纂,清光緒五年刻本《縣志》卷十二。)

川沙廳志藝文志一卷(當清方瀛修,俞樾等纂,清光緒五年刻本《廳志》卷十二。)

青浦縣志書目一卷(當黎庶昌修,熊其英等纂,清光緒五年刻本《縣志》卷二十七。)

武進陽湖縣合志藝文志二卷(當清孫琬、王德茂合修,李兆洛等纂,清道光二十二年刻本《合志》卷三十二至三十三。)

武進陽湖縣志書目一卷(當清其淦等修,湯成烈等纂,清光緒五年刻本《縣志》卷二十八。)

無錫縣志書目一卷(當明周邦傑修,秦梁等纂,明萬曆二年刻本《縣志》卷二十。)

無錫縣志書目一卷(當清徐永言修,嚴繩孫等纂,清康熙二十九年刻本《縣志》卷二十六。)

無錫金匱縣志書目一卷(當清裴大中等修,秦湘業等纂,清光緒七年刻本《縣志》卷三十九。)

清江縣志藝文志一卷(當清葉滋森修,褚祥等纂,清光緒五年刻本《縣志》卷九。)

丹徒縣志書目一卷(當清何紹章等修,吕耀斗等纂,清光緒五年刻本《縣志》卷四十六。）

丹陽縣志書目一卷（當清劉誥等修，徐錫麟等纂，清光緒十一年刻本《縣志》卷三十五。）

溧陽縣志藝文志一卷（當清陳鴻壽等修，史炳等纂，清光緒二十二年活字排印清嘉慶十八年本《縣志》卷十五。）

溧陽縣續志藝文志一卷（當清朱畯等修，馮煦等纂，清光緒二十五年活字印本《續志》卷十五。）

鎮洋縣志書目一卷（當清王祖畬等纂，民國七年刻本《縣志》卷十一。）

嘉定縣志書目一卷（當清程國棟等纂修，清乾隆七年刻本《縣志》卷十一。）

嘉定縣志藝文志五卷（當清程其玨修，楊震福等纂，清光緒八年刻本《縣志》卷二十四至二十八。）

寶山縣志藝文志一卷（當清梁蒲貴等修，朱延射等纂，清光緒八年刻本《縣志》卷十二。）

寶山縣續志書目一卷（當張允高等修，錢淦等纂，民國十年鉛印《續志》卷十五。）

崇明縣志藝文志一卷（當清林達泉等修，李聯琇等纂，清光緒七年刻本《縣志》卷十六。）

海門廳圖志藝文志一卷（當清劉文徵等修，周家祿等纂，清光緒二十五年刻本《圖志》卷十五。）

浙江

富陽縣志著作目錄一卷（當清汪文炳等修，何熔等等纂，清光緒三十一年刻本《縣志》卷二十二。）

臨安縣志書目一卷（當清趙民洽修，清光緒十一年活字重印乾隆本《縣志》卷四。）

臨安縣志著述目錄一卷（當清彭循堯修，董運昌等纂，清宣統二年刻本《縣志》卷八。）

昌化縣志藝文志一卷（當陳培珽等修，潘秉哲纂，民國十三年鉛印本《縣志》卷十八。）

海寧名宦著書目一本（見《清吟閣書目》）

海昌藝文志續志二十四卷（清管庭芬原編、清蔣學堅續編，管元耀、費寅校補。民國十年海寧管元耀等修《海昌州志》鉛字抽印本，四冊。鍔案此書原名《海昌經籍著錄攷》共二十二卷，清光緒二十三年（一八九七）輯成。蔣學堅字子貞，清海寧人，有《平仲園書目》。）

寧誌備攷書目一卷（當明趙維寰撰，傳鈔崇禎三年本《備攷》卷八。）

寧志餘聞藝文志一卷（當清周廣業輯，民國六年海寧管振之鈔清乾隆五十四年本

《餘聞》卷八。)

海昌備志書目二十一卷(當清錢泰吉等纂,清道光二十六年刻本《備志》卷二七至四八。)

海寧州志稿藝文志五卷(當許傳霈等原本,朱錫恩等增纂,民國十年鉛印本《志稿》卷一二至一六。)

秀水縣志藝文志一卷(當明李培修,黄洪憲等纂,民國十三年鉛印明萬曆二十四年本《縣志》卷七。)

重修嘉善縣志藝文志一卷(當清楊廉等纂修,清康熙十六年刻本《縣志》卷十。)

續修嘉善縣志藝文志一卷(當清戈鳴岐等修,錢元佑等纂,清雍正十二年刻本《縣志》卷十。)

光緒桐鄉縣志藝文志一卷(當清嚴辰撰,清光緒八年刻本《縣志》卷十九。)

烏程縣志書目一卷(當清潘玉璿等修,周學濬等纂,清光緒七年刻本《縣志》卷三二。)

歸安縣志書目三卷(當清李昱修,陸心源等纂,清光緒八年刻本《縣志》卷二十至二二。)

長興縣志藝文一卷(當清趙定邦修,丁寶書等纂,清光緒十八年增補重校同治十三年本《縣志》卷二九。)

德清縣續志藝文志一卷(當清周紹濂修,徐養源等纂,民國元年石印清嘉慶十三年本《縣志》卷九。)

鄞縣志書目二卷(錢維喬修,錢大昕等纂,清乾隆五十三年刻本《縣志》卷二一至二二。)

鄞縣志藝文志七卷(當清楊坊修,董沛等纂,清光緒三年楊氏《縣志》卷五二至五八。)

慈谿縣志藝文四卷(當清楊泰亨等纂修,清光緒二十五年刻本《縣志》卷四六至四九。)

奉化縣志藝文一卷(當清李前澧修,張美翊等纂,清光緒三十四年刻本《縣志》卷三四。)

象山縣志藝文志一卷(當清史鳴臯修,姜炳章等纂,清乾隆二十三年刻本《縣志》卷十一。)

象山縣志著述一卷(當清童成立等修,馮登府等纂,民國四年活字重印清道光十二年本《縣志》卷二十。)

鎮海縣志書目二卷(當清于萬川修,俞樾纂,清光緒五年刻本《縣志》卷三一至三二。)

定海縣志藝文志一冊（當陳訓正等纂修，民國十四年刻本《縣志》第四冊。）

新修餘姚縣志經籍志一卷（當明萬曆間刻本《縣志》卷二二。）

餘姚縣志藝文一卷（當清邵友濂修，孫德祖等纂，清光緒二十五年刻本《縣志》卷十七。）

上虞縣志典籍志一卷（當清鄭橋修，唐徵麟等纂，清康熙十年刻本《縣志》卷十九。）

上虞縣志經籍志一卷（當清唐煦春修，朱士黻等纂，清光緒十七年刻本《縣志》卷三六。）

上虞縣志校續經籍志一卷（當清儲家藻修，徐致靖纂，清光緒二十四年刻本校續卷三九。）

嵊縣志經籍志一卷（當清李式圃修，朱淥等纂，清道光八年刻本《縣志》卷十。）

嵊縣志經籍志一卷（當清嚴思忠等修，蔡以瑺等纂，清光緒三年刻本《縣志》卷二一。）

新昌縣志藝文一卷（當金城修，陳畬等纂，民國七年鉛印本《縣志》卷十九。）

黃嚴縣志藝文志六卷（當清陳鍾英等修，王詠霓纂，清同治九年刻本《縣志》卷二五至三十。）

光緒仙居志書目一卷（當清王壽頤等修，王棻等纂，清光緒二十年活字排印本志卷十七。）

光緒寧海縣志藝文志三卷（當清王瑞成修，張濬等纂，清光緒二十八年刻本卷十四至十六。）

嘉慶太平縣志書目一卷（當清慶霖修，戚學標等纂，清光緒二十二年重刻嘉慶十五年本《縣志》卷十五。）

光緒太平縣續志書目一卷（當清陳汝霖等修，王棻等纂，清光緒二十年刻本《續志》卷十一。）

光緒金華縣志藝文志一卷（當清鄧鍾玉等纂修，民國四年排印清光緒二十二年本《縣志》卷十五。）

金華經籍志（胡宗楙輯，民國十三年胡氏自刊本。）

蘭谿縣志經籍志一卷（當清張許修，陳鳳舉等纂，清嘉慶五年刻本《縣志》卷十五。）

光緒蘭谿縣志經籍志一卷（當清秦簧等修，唐壬森等纂，清光緒十三年刻本《縣志》卷七。）

光緒浦江縣志稿藝文志一卷（當清黃志璠等纂修，民國五年排印清光緒二十一年本《縣志》卷十四。）

湯溪縣志藝文一卷（當丁燮等修，戴鴻熙等纂，民國二十年鉛印本《縣志》卷十二。）

龍游縣志藝文志一卷(當明萬廷謙修,曹聞禮等纂,明萬曆四十年刻本《縣志》卷九。)

江山縣邑人著述目錄(附于清汪浩修,宋俊纂,清康熙五十二年刻本《縣志》末尾。)

江山縣邑人著述目錄(附于清王彬修,朱寶慈等纂,清同治十二年刻本《縣志》末尾。)

開化縣志藝文攷一卷(當清孫錦修,方嚴翼等纂,清雍正七年刻本《縣志》卷十。)

建德縣志藝文志一卷(當夏日瑚修,王韌等纂,民國八年鉛印本《縣志》卷十三。)

光緒分水縣志藝文志一卷(當清陳常鏵修,臧承宣等纂,清光緒三十三年刻本《縣志》卷九。)

永嘉縣志藝文志六卷(當清張寶琳修,王棻等纂,光緒八年刻本《縣志》卷二五至三。)

樂清縣志經籍志一卷(當清路履祥等修,陳珅等纂,民國元年重校刻光緒二十七年本《縣志》卷十一。)

平陽縣志經籍志四卷(當劉紹寬等纂修,民國十四年刻本《縣志》卷四八至五一。)

玉環廳志藝文志一卷(當清杜冠英等修,呂鴻燾等纂,清光緒六年刻本《縣志》卷十三。)

青田縣志書目一卷(當清雷銑修,王棻纂,清光緒元年刊本《縣志》卷十二。)

縉云縣志書目一卷(當清何仍容等修,潘樹棻纂,清光緒二年刻本《縣志》卷十一。)

安徽

懷寧縣志書目一卷(當朱之英修,舒景蘅等纂,民國四年鉛印本《縣志》卷十一。)

太湖縣志藝文志一卷(當清符兆鵬修,趙繼元纂,清同治十一年刻本《縣志》卷三七。)

歙縣志藝文志(當清勞逢源修,沈伯棠等纂,清道光八年刻本《縣志》卷九之一。)

休寧志書目一卷(當明程敏政纂,明弘治四年刻本《縣志》卷七。)

祁門縣志藝文志一卷(當清王讓修,桂超萬纂,清道光七年刻本《縣志》卷三五。)

祁門縣志藝文志一卷(當清周溶修,汪韻珊纂,清同治十二年刻本《縣志》卷三五。)

黟縣四志藝文志一卷(當吳克俊等修,程壽保等纂,民國十一年刻本《四志》卷十二。)

績溪縣續編藝文志一卷(當清蘇霍祚修,胡家謙等纂,清康熙七年刻本《縣志》卷四。)

涇縣志藝文攷坿書目(當清習全史等修,王雲龍等纂,清順治十二年刻本《縣志》卷十一。)

涇縣志藝文一卷（當民國影印清李德淦等修，洪亮吉等纂，清嘉慶十一年刻本《縣志》卷二六。）

貴池縣志藝文略一卷（當清李愈昌等纂修，清順治十四年刻本《縣志》略卷八。）

貴池縣志藝文志一卷（當清陸延齡修，桂迓衡等纂，清光緒九年活字本《縣志》卷四十一。）

建德縣志藝文志一卷（當清周學銘等纂修，清宣統二年湖北鉛印本《縣志》卷十八。）

合肥縣志藝文志（當無氏纂修，毛裝蓋印官鈔稿本八冊內。）

續修舒城縣志藝文志一卷（當清吕林鍾等修，趙鳳詔等纂，清光緒三十三年刻本《縣志》卷四八。）

盱眙縣志稿藝文一卷（當清王錫元等纂，清光緒二十九年重校十七年刻本《志稿》卷十二。）

江西

南昌縣志書目一卷（當清顧錫鬯修，蔡正笏等纂，清乾隆十六年刻本《縣志》卷七十。）

南昌縣志書目一卷（當清何應麟修，彭良裔等纂，清道光六年刻本《縣志》卷三十四。）

南昌縣志書目二卷（當清劉于潯修，燕毅等纂，清同治九年刻本《縣志》卷二五、二六。）

新建縣志書目二卷（當清承霈修，杜友棠等纂，清同治十年刻本《縣志》卷九四、九五。）

豐城縣志書目一卷（當清王家傑修，周文鳳等纂，清同治十二年刻本《縣志》卷二十四。）

樂平縣志遺書目錄一卷（當清宋良翰修，楊光祚等纂，清康二十年刻本《縣志》卷十一。）

上饒縣志經籍志一卷（當清王恩溥等修，李樹藩等纂，清同治十一年刻本《縣志》卷二三。）

貴溪縣志書目一卷（當清楊長傑等修，黃聯珏等纂，清同治十年刻本《縣志》卷九。）

都昌縣志書目一卷（當清狄學耕修，黃昌蕃等纂，清同治十一年刻本《縣志》卷十五。）

德化縣志書目四卷（當清陳才鼎修，黃培之等纂，清同治十一年刻本《縣志》卷四四。）

德安縣志藝文志一卷(當清沈建勳修,程景周等纂,清同治十年刻本《縣志》卷十三。)

南豐縣志書目一卷(當清柏春修,魯其光等纂,清同治十年刻本《縣志》卷三十三。)

南豐縣志藝文志一卷(當黎廣潤修,趙惟仁等纂,民國十三年鉛印本《縣志》卷十一。)

臨川縣志書目二卷(當清童範儼修,陳慶齡等纂,清同治九年刻本《縣志》卷四九、五〇之一。)

金谿縣志書目一卷(當清李雲修,楊𧬊等纂,清道光三年刻本《縣志》卷七。)

金谿縣志書目一卷(當清程芳修,鄭裕修等纂,清同治九年刻本《縣志》卷三二。)

宜黃縣志書目五卷(當清張興言等修,謝煌等纂,清同治十年刻本《縣志》卷四。)

新俞縣志書目一卷(當清祥安等修,吳增逵等纂,清同治十二年刻本《縣志》卷十三。)

廬陵縣志書目一卷(當清陳汝楨等修,匡汝諧等纂,清同治十一年刻本《縣志》卷四六。)

泰和縣志藝文錄一卷(當清宋瑛等修,彭啟瑞等纂,清光緒四年刻本《縣志》卷二十二。)

吉水縣志書目一卷(當清彭際盛等修,胡宗元等纂,清光緒元年刻本《縣志》卷四十八。)

萬安縣志經籍志一卷(當清周之鏞等纂修,清光緒三年重校清同治十二年本《縣志》卷十六。)

永新縣志書目一卷(當清陳思浩等修,李煒等纂,清同治十三年刻本《縣志》卷二十二。)

高安縣志藝文志上(當清夏燮等修,熊松之等纂,清同治十年刻本《縣志》卷二十一。)

贛縣志書目五卷(當清黃德溥等修,褚景昕等纂,清同治十一年刻本《縣志》卷四四、四八。)

雲都縣志經籍志一卷(當清顏壽芝等修,何戴仁等纂,清光緒二十九年修錢清同治十三年本《縣志》卷十六。)

興國縣志書目一卷(當清孔興浙修,孔衍倬纂,清乾隆十五年精刻本《縣志》卷十九。)

興國縣志書目及志乘原委一卷(當清梅雨田等修,鍾音鴻等纂,清同治十一年刻本《縣志》卷四五。)

湖北

武昌縣志藝文一卷（當清鍾桐山修，柯鳳時纂，清光緒十一年刻本《縣志》卷十。）

蒲圻縣志藝文一卷（當清勞光泰等纂修，清道光十六年刻本《縣志》卷十。）

崇陽縣志藝文志一卷（當清高佐廷修，傅燮鼎纂，清同治五年刻本《縣志》卷十一。）

漢陽縣志書目一卷（當清劉嗣孔修，劉湘煃纂，清乾隆十三年刻本《縣志》卷三十一。）

漢川縣志藝文志上著錄（當清德廉等修，林祥瑗等纂，清同治十二年刻本《縣志》卷十九。）

孝感縣志著述存目（當清朱希白等修，沈用增纂，清光緒八年刻本《縣志》卷二十三。）

黄岡縣志藝文志一卷（當清俞昌烈修，謝荧等纂，清道光二十七年刻本《縣志》卷十五。）

黄岡縣志書目一卷（當清戴昌言修，劉恭冕等纂，清光绪八年刻本《縣志》卷二十三。）

麻城縣志藝文志（當清鄭慶華修，潘頤福等纂，清光緒三年刻本《縣志》卷四十二上。）

麻城縣志藝文志一卷（當清陸祐勤重訂，清鄭慶華等修，潘頤福等纂，光緒三年刻本。清光緒八年刻本卷三十二。）

安陸縣志藝文一卷（當清蔣炯等原本，李廷錫等纂，清道光二十三年刻本《縣志》卷三十三。）

光緒應城縣藝文志一卷（當清陳豪等修，王承禧等纂，清光緒八年刻本《縣志》卷十三。）

江陵縣志書目一卷（當清蒯正昌等修，劉長謙等纂，清光緒三年刻本《縣志》卷四九。）

南漳縣志藝文志一卷（當包安保等修，向承煜等纂，民國十一年石印本《縣志》卷十一。）

興山縣志藝文志一卷（當清黃世崇纂修，清光緒十一年刻本《縣志》卷十九。）

利川縣志藝文志一卷（當黃世崇纂修，清光緒二十年刻本《縣志》卷十三。）

福建

長樂縣志藝文一卷（當清彭光藻等修，楊希閔等纂，清同治八年刻本《縣志》卷十八。）

閩清縣志藝文志一卷（當楊宗彩修，劉訓瑺等纂，民國十年鉛印本《縣志》卷六。）

莆田縣志書目一卷(當清汪大經修,廖心琦纂,清光緒五年潘文鳳補刻乾隆二十三年本《縣志》卷三十三。)

耕冰寄廬鄉賢書目(康爵編,國立北平圕藏民國十八年莆田原稿謄清本,一冊。

僊游縣志藝文志一卷(當清陳與祚修,莊大椿纂,清乾隆十四年刻本《縣志》卷三十一。)

僊遊縣志著述目一卷(當清胡啟植等修,葉和侃等纂,清同治十二年重刻乾隆三十五本《縣志》卷四六。)

馬巷廳志書目一卷(當清萬友正纂修,清光緒十九年校補乾隆四十一年本《廳志》卷十七。府通判駐此故曰今為縣佐治。)

龍溪縣志著書總目錄一卷(當清江國棟修,陳元麟等纂,清康熙五十六年刻本《縣志》卷九。)

建甌縣志藝文志一卷(當詹宣猷等修,蔡振堅等纂,民國十八年鉛印本《縣志》卷十二。)

政和縣志藝文志一卷(當錢鴻文等修,李熙等纂,民國八年鉛印本《縣志》卷二十三。)

福安縣志著述目一卷(當清張景祁等纂修,清光緒十年刊本《縣志》卷三十三。)

龍巖縣志藝文志一卷(當馬龢鳴等修,杜翰生等纂,民國九年鉛印本《縣志》卷二十四。)

廣東

南海縣志藝文略二卷(當清潘尚楫等修,鄧士憲等纂,清同治八年重刻清道光十五年本《縣志》卷二五至二六。)

番禺縣志藝文略四卷(當清李福泰修,史澄等纂,清同治十年刻本《縣志》卷二四至二七。)

香山縣志書目一卷(當清田明曜等修,陳澧等纂,清光緒五年刻本《縣志》卷二十一。)

香山縣志書目一卷(厲式金修,汪文炳等纂,民國九年刻本《縣志》卷十五。)

新寧縣志書目一卷(當民國十年鉛字縮印清何福海等修,林國賡等纂,清光緒十九年刻本《縣志》卷十五。)

樂昌縣志藝文一卷(當劉運鋒修,陳宗瀛等纂,民國二十年鉛印本《縣志》卷二十一。十九。)

海陽縣志藝文略一卷(當清盧蔚猷修,吳道鎔等纂,清光緒二十六年刻本《縣志》卷二。)

光緒四會縣志藝文志（當清陳志喆等修，吳大猷等纂，清光緒二十二年刻本《縣志》第八編。）

高明縣志藝文一卷（當清鄒兆麟等修，區為樑等纂，清光緒二十年刻本《縣志》卷十四。）

鶴山縣志藝文一卷（當清徐香祖等修，吳應逵纂，清道光六年刻本《縣志》卷十。）

石城縣志藝文志一卷（當清蔣廷桂修，陳蘭彬等纂，清光緒十八年刻本《縣志》卷八。）

光緒嘉應州志藝文一卷（當清吳宗焯等修，溫仲和等纂，清光緒二十四年刻本《縣志》卷二十九，今曰梅縣。）

廣西

臨桂縣志書目二卷（當清蔡呈韶等修，胡虔等纂，清光緒十八年修録清嘉慶九年本《縣志》卷二十一至二十二。）

蒼梧縣志藝文志一卷（當清李百齡等原本，王棟等續纂，清同治十一年黃玉桂刻本《縣志》卷十三。）

容縣志書目一卷（當清易紹德等修，封祝唐等纂，鉛印光緒二十三年《縣志》卷二十三。）

懷集縣志藝文志一卷（當清孫汝霖等修，曾浤仁等纂，清同治十二年刻本《縣志》卷九。）

察哈爾

西寧縣新志藝文志一卷（當寅康等修，楊篤纂，清同治十一年刻本《新志》卷十。）

湖南

湘潭縣志藝文一卷（當清陳嘉榆等修，王闓運等纂，清光緒十四年刻本《縣志》卷十。）

湘陰縣圖志藝文志一卷（當清郭嵩燾纂修，清光緒三年刻本《縣志》卷三十。）

湘鄉縣志藝文志一卷（當清齊德五等修，黃楷盛等纂，清同治十三年刻本《縣志》卷五下。）

益陽縣志藝文志一卷（當清姚念揚修，趙裴哲等纂，清同治十二年刻本《縣志》卷二十二。）

瀏陽縣志書目一卷（當清王汝惺等修，鄒焌傑等纂，清同治十二年刻本《縣志》卷二十一。）

衡陽縣圖志藝文一卷（當清羅慶薌修，彭玉麟等纂，清同治十一年刻本《縣志》卷十。）

清泉縣志藝文一卷(當清開運修,張修府纂,清同治八年刻本《縣志》卷十。)

同治常寧志書目一卷(當清王山修,李孝經等纂,清同治九年刻本《常寧志》卷九。)

零陵縣志書目一卷(當清稽有慶修,劉沛纂,清光緒二年刻本《縣志》卷十三。)

新化縣志藝文志二卷(當甘啟運等修,劉洪澤等纂,清同治十年刻本《縣志》卷三十三,三十四。)

巴陵縣志藝文志二卷(當清姚詩德等修,杜貴墀纂,民國三年修鋟清光緒二十七年本《縣志》卷四十六至四十七。)

平江縣志書目一卷(當清張培仁等修,李元度等纂,清同治十三年刻本《縣志》卷五十一。)

武陵縣志藝文志一卷(當清孫翹澤修,陳啟邁纂,清同治二年刻本《縣志》卷四十五。)

桃源縣志書目一卷(當清譚震修,方堃等纂,清道光三年重刻元年本《縣志》卷十四。)

永順縣志書目一卷(當張孔等修纂,民國十九年鉛印本《縣志》卷三十二。)

石門縣志典籍志一卷(當清蘇益馨等修,梅嶧等纂,清嘉慶二十三年刻本《縣志》卷五十。)

慈利縣志書目一卷(當田興奎等修,吳恭亨等纂,民國十二年鉛印本《縣志》卷十九。)

永興縣志典籍志一卷(當清劉統修,曹流湛等纂,清嘉慶二十三年刻本《縣志》卷五十。)

四川

溫江縣志藝文志一卷(當張驥等修,曾學傅等纂,民國十年刻本《縣志》卷五。)

新都縣志經籍志二卷(當清張奉書修,張懷洵纂,民國三年重刻清道光二十四年本《縣志》卷十六至十七。)

重修彭縣志經籍志一卷(當清張龍甲修、呂調陽等纂,民國六年重印清光緒四年刻本《縣志》卷九。)

新津縣志書目一卷(當清王夢庚原本,陳霽學修,葉方模等纂,清道光九年刻本《縣志》卷十四。)

榮昌縣志書目一卷(當清廖朝冀原本,施學煌增修,清光緒九年增刻清同治四年本《縣志》卷二十二。)

巴中縣志藝文攷(當王搢等纂,馬文燦等原纂,余震等增纂,民國十六年石印本《縣志》下拾遺內。)

（阎金锷撰，民国二十六年山东大学本科毕业论文）

富順縣志藝文一卷（當彭文治等修，虞慶家等纂，民國二十年刻本《縣志》卷十五。）

三台縣志典籍目録一卷（當林志成等修，張樹勳等纂，民國二十年鉛印本《縣志》卷二十。）

資陽縣志經籍攷一卷（當范涑清修，何華元等纂，清咸豐十年刻本《縣志》卷十二。）

光緒井研志藝文一卷（當清葉桂年等修，吳嘉謨等纂，清光緒二十六年刻本《縣志》卷十五。）

河北

定興縣志書目一卷（當清張主敬等修，楊晨纂，清光緒十六年刻本《縣志》卷十五。）

唐縣志書目一卷（當清陳詠修，張惇德纂，清光緒四年刻本《縣志》卷十。）

雄縣新志著述篇（當秦廷秀等修，劉崇本等纂，民國十八年鉛印本《新志》第六冊。）

寧津縣志藝文志一卷（當清祝嘉庸修，吳潯源纂，清光緒二十六年刻本《縣志》卷十。）

東光縣志藝文志一卷（當清周植瀛修，吳潯源纂，清光緒十四年刻本《縣志》卷十。）

南皮縣志藝文一卷（當清馬士瓊修，黃潯焆等纂，清康熙二十一年刻本《縣志》卷八。）

南皮縣志藝文一卷（當清康熙十九年增補十二年刻本《縣志》卷八，劉坘續修。）

鹽山新志文獻略藝文篇一卷（當賈恩紱纂，民國間刻本《新志》卷二十一。）

正定縣志書目一卷（當清賈孝彰修，趙文濂纂，清光緒元年刻本《縣志》卷四十六。）

獲鹿縣志藝文志一卷（當清俞錫綱等修，曾鑅纂，清光緒四年刻本《縣志》卷十四。）

欒城縣志藝文志一卷（當清陳詠修，張惇德纂，清同治十一年刻本《縣志》卷十四。）

光緒邢臺縣志藝文志一卷（當清戚朝卿修，周祐纂，清光緒三十一年刻本《縣志》卷八。）

河南

祥符縣志書目一卷（當清張淑載修，魯增煜纂，清乾隆四年刻本《縣志》卷二十二。）

祥符縣志經籍志一卷（當清沈傳義修，黃舒昺纂，清光緒二十四年刻本《縣志》卷十九。）

鄢陵文獻志經籍志六卷（當清蘇源生撰，清同治元年刻本《縣志》卷十六至二十一。）

新鄭縣志經籍志一卷（當清黃本誠纂修，清乾隆四十一年刻本《縣志》卷三十。）

嘉慶安陽縣志書目一卷（當趙希璜修，武億纂，清嘉慶四年刻本《縣志》卷十四。）

安陽縣志藝文志二卷（當清貴泰修，武穆淳纂，清嘉慶二十四年刻本《縣志》卷二六至二七。）

獲嘉縣志藝文志二卷(當清吳喬齡修,李棟纂,清乾隆二十一年精刻本《縣志》卷十四至十五。)

輝縣志經籍志一卷(當清周際華修,戴銘等纂,清光緒十四年二十年兩次修鐫道光十五年刻本卷十三。)

河内縣志經籍志一卷(當清袁通修,方履籛纂,清道光五年刻本《縣志》卷十九。)

武陟縣志經籍志一卷(當清王榮陛修,方履籛纂,清道光九年刻板《縣志》卷二十。)

續武陟縣志經籍志一卷(當史延壽等修,王士傑等纂,民國十九年刻本《縣志》卷十二。)

洛陽縣志經籍志一卷(當清魏襄修,陸繼輅纂,民國五年石印清嘉慶十八年本《縣志》卷四十二。)

南陽縣志藝文志一卷(當清潘守廉修,張嘉謨纂,清光緒三十年刻本《縣志》卷十。)

項城志藝文志一卷(當清張鎮芳修,施景舜等纂,清宣統三年石印本《縣志》卷十一。)

寶豐縣志藝文志一卷(當清李彷梧修,耿興宗等纂,汪道光十七年刻本《縣志》卷十五。)

山東

歷城縣志藝文攷四卷(當清胡德琳修,李文藻等纂,清乾隆三十七年刻本《縣志》卷十九至二十二。)

鄒平縣志藝文攷一卷(當清羅宗瀛修,成瓘纂,清道光十六年刻本《縣志》卷十七。)

曲阜縣志書目一卷(當清潘相纂修,清乾隆三十九年刻本《縣志》卷五十三。)

重修泰安縣志藝文志一卷(當孟昭章等纂修,民國十八年鉛印本《縣志》卷十一。)

萊蕪縣志藝文一卷(當張梅亭等纂修,民國十一年鉛印本《縣志》卷十五。)

益都縣志藝文一卷(當清陳食花修,鍾諤等纂,清康熙十一年刻本《縣志》卷十三。)

益都縣圖志藝文二卷(當清張承燮等修,洪偉堂纂,清光緒三十三年刻本《縣志》卷二四。)

樂安縣志藝文志一卷(當李傅煦等修,王永貞等纂,民國七年石印本《縣志》卷十二。)

壽光縣志藝文志一卷(當清劉翰周纂修,清嘉慶四年刻本《縣志》卷十七。)

諸城縣志藝文攷一卷(當清宮懋讓等修,李文藻等纂,清乾隆二十九年刻本《縣志》卷十三。)

山西

太平縣志書目一卷(當清劉崇元修,張枚等纂,清雍正三年刻本《縣志》卷八。)

長治縣志藝文志一卷（當清李楨等修，楊篤等纂，清光緒十九年刻本《縣志》卷四。）

長子縣志藝文志一卷（當清豫讓修，楊篤等纂，清光緒八年刻本《縣志》卷六。）

繁峙縣志藝文志一卷（當清何才价修，楊篤纂，清光緒七年刻本《縣志》卷四。）

開喜縣志斠書目一卷（當清陳作哲修，楊深秀纂，清光緒六年刻本《縣志》卷三。）

開喜縣志藝文志一卷（當余寶滋修，楊韍田等纂，民國八年石印本《縣志》卷二十一。）

絳縣志藝文志一卷（當清胡延纂修，清光緒二十一年刻本《縣志》卷十七。）

陝西

長安縣志經籍志一卷（當清張聰賢修，董曾臣纂，清嘉慶十七年刻本《縣志》卷二十三。）

咸寧縣志經籍志一卷（當清高廷法等修，董祐誠等纂，清嘉慶二十四年刻本《縣志》卷十五。）

藍田縣志藝文志一卷（當清呂懋勳等修，袁廷俊纂，清光緒元年刻本《縣志》卷十。）

富平縣志稿藝文志一卷（當清樊增祥等修，譚廖纂，清光緒十七年刻本《縣志》卷三。）

韓城縣志著述目錄一卷（當清傅應全修，錢坫等纂，清乾隆四十九年刻本《縣志》卷十四。）

乾州志稿藝文志一卷（當清周銘旂纂修，清光緒十年刻本《縣志》卷九。）

附錄一

鄉鎮志藝文志

瓜洲續志書目一卷（當于樹滋輯，民國十六年鉛印本《續志》卷二十六。瓜洲在江都縣南。）

元和唯亭志藝文一卷（當清沈藻采輯，清道光二十八年刻本《亭志》卷十九。）

盛湖志書目一卷（當清仲廷機輯，民國十四年刻清同治末年。本志卷十二。即盛澤鎮在吳江縣南。）

唐棲志藝文一卷（當王同輯，清光緒十五年刻本卷十六。在今杭縣與德清縣接界處。）

烏青文獻藝文一卷（當清張園真纂，康熙二十七年刻本卷五內。在今吳縣桐鄉接界處。）

烏青鎮志著述目一卷（當清董世寧纂，民國七年鉛字重印清乾隆二十五年本卷十二。）

菱湖鎮志藝文略三卷（當清孫志熊撰，清光緒十九年刻本卷三九至四一。在今吳興縣南。)

寶前兩溪志略著述目二卷(當清吳玉樹編輯,民國十七年吳興劉氏嘉業堂刻嘉慶十二年刻本卷十一,十二,在今吳興縣東南。)

附錄二

存疑

長河志籍攷十卷(清德州田雯子編撰,《小方壺齋輿地叢鈔》第六帙本。《問影樓輿地叢書》第一集本。)

四庫湖北先正遺書提要四卷存目四卷(盧靖編。民國十一年沔陽盧靖慎始齋刻本,四冊。)

湖録經籍攷六卷二冊(清鄭元慶撰,民國九年吳興劉氏嘉業堂刊本。)

海虞藝文志六卷(清姚福均撰。清光緒二十三年印本。)

曲阜清儒著述記二卷(孔祥霖編,民國十九年北平圖重抄清史館舊藏書本,一冊。)

兩浙經籍志(清杭世駿撰。據《道古堂集》。)

廣西存書目錄(桂垣書局編。《清光緒十》六年桂垣書局刻本。)

諸州書目一卷(明張攀龍撰。據《宋史藝文志》。)

闗右經籍攷十一卷(清邢澍編,北平圖藏原刻本,二冊。)

焦山書藏書目四冊(焦山書藏委員會編,民國二十三年刊本。)

川中書籍目錄二卷(據《宋史藝文志》。)

四庫著錄江西先哲遺書鈔目四卷(胡思敬等編。民國四年間新昌胡思敬刻《豫章叢書》附刻本。)

(乙)外國方志(日本及其他)

日本國見在書目錄

日本藤原佐世編。

遵義黎庶昌刻《古逸叢書本》(清光緒九、十年間)一冊。日本昭和三年《續群書類從》完成會鉛印。

日本現在書目一卷

日本佐世在奥輯

遵義黎氏《古逸叢書》影刻舊鈔古卷子本。

鍔按佐世在奥是日本寬平時人,當我唐昭宗時代。

泰西著述攷

清王韜編

清光緒十六年長洲王韜鉛印《西學輯存六種》本，一冊。

日本書目志十五卷

康有為編(清光緒二十一年撰，分十五門)

清光緒間上海大同繹書局石印本，二冊。

番外襍書總目十七卷

編著者姓氏已不詳

國立北平圕藏鈔本，二冊。

群書一覽六卷

日本尾崎雄嘉編

日本亨和元年(當我清嘉慶六年。)日本大阪明善堂刊本，六冊。

書籍大目錄四卷

日本文照軒紫橋編

日本辛保十四年皇都書坊永田調兵衛刻本，一冊。

鍔案此書包括和學、漢學、佛學、襍著等書籍。

近代著述目錄八卷

日本堤朝風原編，日本萬笈堂主人英遵補定。

日本天保七年萬笈堂書坊刻本，五冊。

鍔按此書附《近代著述目錄索引》，萬笈堂英遵編目錄書目，水戶編集書目。

慶長以來漢學家著述目錄二卷

日本中根肅治編

日本明治二十七年八尾新助鉛印本，二冊。

廣益書籍目錄大全五卷

編著者姓氏不詳

日本洛陽書林永田調兵衛西村市郎右衛門等重校定，日本元祿五年刻本，一冊。

鍔按此書包括漢學、和學、佛學、襍著等書籍。

增益書籍目錄大全六卷

編著者姓氏不詳

日本元祿十一年丸屋源兵衛刻本，六冊。

鍔按此書包括和學、漢學、佛學、襍著等書籍。

近代名家著述目錄八卷

日本堤朝風原編,日本萬笈堂主人英遵補定。

日本天保七年萬笈堂書坊刻本,五冊。

鍔按此書後附《近代著述目錄索引》,萬笈堂英遵編目錄書目,水戶御編集書目。

合類書籍目錄大全

日本文昌軒紫橋編

日本寶曆四年皇都書坊刻本,十二冊。

大阪府立圕和漢圖書目錄

日本大阪府立圕編藏

日本明治四十一年大阪府立圕鉛印本,一冊。(附《書目索引》。)

朝鮮古書目錄

日本釋尾春芿編

日本明治四十四年京城朝鮮古書刊行會鉛印本,一冊。

德州幕府時代書籍攷

日本牧野善兵衛編

日本大正元年東京書籍商組合事務所鉛印本,一冊。

大阪府立圕增加和漢圖書目錄

日本大阪府立圕編

日本大正二年大阪府立圕鉛印本,一冊。

內閣文庫圖書第二部漢書目錄

日本內閣書記官室記錄課編

日本大正三年帝國地方行政學會鉛印本,一冊。

朝鮮總都府古圖書目錄

朝鮮總都府藏編

日本大正十年朝鮮印刷株式會社鉛印本,一冊。

東國藝文略

編著者姓氏未詳

國立北平圕藏鈔本,一冊。

世界名著提要

查士元等撰（民國十七年編。）

民國十七年鉛印本

鍔按此書內有小說、戲曲、詩歌、哲學、社會、經濟、教育、科學各種書。

漢繹東西洋文學作品編目

曾虛白編（民國十八年編）

九州帝國大學圖書目錄第一卷

日本九州帝國大學圕藏編。

日本昭和七年九州帝國大學附屬圕鉛印本，一冊。

附錄

存疑

日本仙鶴堂書目

據《近代名家著述目錄》。

日本舶載書目通覽

據《靜嘉堂祕籍志序》。

日本文和仙御書目錄

據《群書類從》。

日本新版蓁傳記目錄

據《叢書舉書》。

日本國見在書目攷証

日本藤原佐世原編

國立北平圕藏有日本無名氏《攷証》鈔本，五冊。

鍔按此書無書名，據內容增補，又此書內有望之案語當系撰者名氏。

日本本朝書籍攷

據《近代名家著述目錄》。

日本國朝書目三冊

日本藤井無佛齋編

據《近代名家著述目錄》。

公家藏書目錄類序

公家藏書，無世或無，舉凡一代政治，稍就軌道，搜羅圖書，以充祕府之事,因之以生。然公藏散亡,亦以政治腐敗之故,代有事實,不勝枚舉。公家藏書雖亡,而書目流傳者頗多,其或書目罕見,而據他書援引者,亦可攷見一代藏書情形,其或書目已佚,則本鄭樵亡書備於後世説(參攷鄭氏亦《校讎略》。)為著錄,並注該書目出處於每目之下,以便學者推敲。公家藏書,古以廣博為主,明清兩代,始有專重版本之藏,故今分公藏為普通版本、善本二類。

公藏書目類

(甲)普通本之屬

漢

別錄二十卷

漢劉向撰(向字子政,漢宗室。)

已佚(梁啟超謂此書亡於北宋)。

鍔按漢成帝河平三年,自武帝求書天下,百年之間,書積如山,外則太常太史博士之藏,內則有延閣廣內祕室之府。是年八月丁卯,成帝以書頗有散亡,使謁者陳農求遺書於天下,詔光祿大夫劉向校中祕書,向校經傳諸子詩賦,步兵校尉任宏校兵書,太史令尹咸校數術,侍醫李國柱校方技。向輒條其篇目,撮其旨意,錄而奏之(《漢志》)時又別集眾錄謂之《別錄》(《七錄序》)此為書目有提要之始。

劉向別錄輯本一卷

漢劉向撰,清洪頤煊輯,清孫彤校訂。

海寧陳乃乾慎初堂影印清嘉慶十六年承德孫馮翼刻《問經堂叢書》中《經典集林》本(民國十五年。)一本(按此書國立北平圕藏顧觀光輯鈔本,一冊。《經典集林》卷十二。)

七略別錄輯本一卷

漢劉向撰,清馬國翰輯

《玉函山房輯佚書》本(清同治十年濟南皇華館書局補刻)一冊。長沙瑯嬛館校刻《玉函山房輯佚書》本(清光緒九年)一冊。楚南湘遠堂重刻《玉函山房輯佚書》本(清光緒十年)一冊。

七略別錄佚文

漢劉向撰，清姚振宗輯

浙江省立圖鉛印珍本叢刊中《快閣師石山房叢書》本（民國十八年）一冊。

七略七卷

漢劉歆撰（歆字子駿，向子。）

梁啟超謂此書亦亡于宋代，但其原型全部存於《漢書・藝文志》中。

劉歆七略輯本一卷

清洪頤煊輯，清孫彤校訂

海寧陳乃乾慎初堂影印清嘉慶十六年承德孫馮翼刻《問經堂叢書》中《經典集林》本（民國十五年）一冊。國立北平圖藏有鈔本（清顧觀光輯。）一冊。

七略佚文

清姚振宗輯

杭州浙江省立圖鉛印珍本叢刊中《快閣師石山房叢書》本（民國十八年）一冊。

七略疏証

薛祥綏撰

載《國故》月刊。

後漢蘭台書部

後漢班固、傅毅等撰（鍔按此書成於漢明帝間。）

姚氏《藝文志》："按兩漢簿錄之書可攷見者，前漢惟劉中壘父子《別錄》《七略》，後漢惟此三書，此三書蓋亡于卓傕之亂。"《隋志序》："並依《七略》而爲書部。"

後漢東觀新記

漢班固、傅毅等撰

後漢仁壽闥（閣）新記

漢班固、傅毅等撰

梁啟超曰："右三書（鍔按此指《蘭台書部》東《觀新記》及本書也）歷代簿錄家皆未著錄，故卷數無從攷見。阮孝緒《七錄》序目云："及後漢蘭台猶為書部，又於東觀及仁壽閣撰集新記，校書郎班固、傅毅並典祕籍。"《隋書・經籍志序》云："班固等於蘭臺東觀仁壽閣集新書，並依《七略》而為書部。"據此，知東漢時確有此三書，其體例及分類，蓋全依《七略》也。三書似皆亡于董卓之亂，並王儉、阮孝緒亦未得見也。

王允上蘭台石室祕書

漢王允條上

范氏《後漢書本傳》云:"初平元年代楊彪為司徒,守尚書令如故,及董卓遷都關中,王允收歛蘭台石室圖書祕緯要者以從,既至長安皆分別條上,又集漢朝舊事所當施用者一皆奏之,經籍俱存,允有力焉。"注云:"按上條者,條列其篇目也。"

二、三國

校定群書錄

吳韋昭撰(昭字弘嗣。)

梁啟超曰:"《吳志·韋曜傳》(魏諱昭改稱曜)云:'孫休踐祚,為中書郎,命依劉向故事,校定眾書。'案:當有成書,但史文簡略不可攷見耳。"又云:"吳主孫時已佚。"

魏皇覽簿

魏皇象撰

已佚(顧懷三《補三國藝文志》著錄。)

梁啟超曰:"《魏文帝紀》云:'帝好文學,使諸儒撰集經傳,隨類相從,凡千餘篇,號曰《皇覽》。'《魏志·楊俊》傳裴注引《魏論》云:'王象受詔撰《皇覽》,合四十餘部,部有數十篇,通合八百餘萬字。'按《皇覽》為中國類書之祖,性質與《七略》之簿錄原書不同,惟分四十餘部,各有子目,實當時書籍之總匯,故荀勗著《中經簿》,其丙部特列皇覽部一門,唐初修《隋志》時,《皇覽》雖佚,猶存其目,黃初間所存書,當具備中矣。"

魏中經簿

魏鄭默撰

已佚。

梁啟超曰:"《隋書·經籍志》序云:'魏祕書郎鄭默始制《中經》。'《初學記》引王隱《晉書》云:'鄭默除其浮穢,著《魏中經簿》。虞松謂默曰,今而後朱紫別矣。'按據此知此書著錄各書別裁頗嚴。"

晉(陳晉附)

晉中經新簿十四卷

晉荀勗、束皙編

《隋書·經籍志攷証》:"《晉中經》十四卷,荀勗撰。《晉書·荀勗傳》:

'勗領祕書監，與張華依劉向《别録》整記籍，又得汲郡冢中古文竹書，勗撰次之，以為《中經》，列在祕書。'《晉武帝本紀》《束晳傳》：咸寧五年十月汲郡人得竹簡古書，詔祕書監荀勗，著作郎束晳撰次，以為中經，藏於祕府。"梁啟超曰："《隋書・經籍志序》云：'祕書監荀勗，又因(鄭默)《中經》更著新簿，分為四部，総括群書，一曰甲部，紀六藝及小學等書，二曰乙部，有古諸子家，近世子家、兵書、兵家、術數，三曰丙部，有史記，舊事，皇覽簿，襍事。四曰丁部，有詩賦，圖讚，汲冢書。但録題，至於作者之意，無所論述。'此為書分四部之始。但乙為子部，丙為史部，與後世異，其書無解題，異於《七録》。"鍔按此書命名極不一致，曰《中經》，曰《新簿》，曰《中經新薄》，要皆指此一書。

東晉元帝書目

梁啟超曰："《隋經籍志序》云：'東晉之初，漸更鳩聚，著作郎李充以荀勗舊簿校之，但以甲乙為次。'案充所新校，必有書目，《隋志》以下皆不見其名，或即此書耶？"鍔按《隋志序》又云："以經為甲部，史為乙部，子為丙部，集為丁部，自爾因循，無所變革。"此中國數千年來書目四部體之首創也。

東晉義熙四年祕閣四部目録

撰人不詳

見《七録》序目(在《弘明集》内。)

東晉義熙已來新集書目三卷

鍔按《書目長編》據《隋志》謂荀勗撰。《舊新唐志》均謂丘深之撰。

南北朝

宋祕書閣四部書目四十卷

宋殷淳撰

梁啟超曰："成書年代不詳，此書卷帙繁重，疑有解題，但《隋志》已不著録，恐是為王《志》阮《録》所掩，六朝時已佚矣。"

宋文帝元嘉八年四部目録

宋謝靈運撰

見《隋志序》。

宋元徽元年四部書目録四卷(《舊唐志》書名無四部二字)

《隋書・經籍志攷証》："《南齊書・王儉傳》，儉撰定《元徽四部書目》，《唐志》卷同，《隋志序》曰：宋元徽元年，王儉造目録，大凡一萬五千七百四卷。"

今書七志七十卷

宋王儉撰(《唐書·藝文志》謂賀縱補。)

梁啟超曰:"《隋志》既言其書名上每立一傳,又言不述作者之意,不知各傳中所言何事,甚卷數多至七十,當必有解題矣。"張西堂曰:解題之體,大要不外四者,一曰撰人傳略……(鍔按張氏之說亦不足解梁氏之惑矣。)《隋書經籍志攷証》:《南齊王儉傳》,儉上表求校墳籍,依《七略》撰《七志》四十卷,上表獻之。(鍔又按此書卷數亦不一致有作七十卷者、四十卷者、三十卷者。)

南齊四部書目

南齊王亮、謝朏等編

《隋書·經籍志》云:"祕書丞王亮,監謝朏,造《四部書目》。"(南齊永明中(483-493)。)

梁四部書錄

梁任昉撰(昉字彥昇,梁博昌人,生於宋大明四年,卒于梁天監七年。)

鍔按此書與劉孝標文德殿《四部目錄》四卷是一是二尚待攷。

梁天監四年書目四卷

梁丘賓卿撰

梁天監六年四部書目錄四卷

梁殷鈞撰

鍔按此書作于梁武帝時代。又按此書與天監四年丘賓卿所撰書目,是否一書尚待攷,《隋志》著錄,《兩唐志》則未著錄,此書或亡于隋末。

梁東宮四部目錄四卷

梁劉遵編

《隋志》《新唐志》均著錄。

梁文德殿四部目錄四卷

梁孝標編

梁啟超曰:"此書與任昉之《四部目錄》是一是二尚待攷証。"

梁五部目錄

鍔按此書系於劉孝標所編《文德殿四部目錄》外加祖暅所撰術數一部故名。

七錄十二卷

梁阮孝緒撰

《隋書經籍志攷証》:"普通中處士阮孝緒，博采齊以來王公之家，凡有書記，參校官簿，更為七錄……其分部題目頗次序，割析辭義，淺簿不經。"（鍔按其分類多參劉歆王儉之說一詳見序中。）

梁啟超曰:"此書南宋時猶存，今存序目一卷，在唐釋道宣《廣弘明集》中，隋《志》多鈔襲其書。"

魏石室祕錄甲乙二卷（鍔按此書又名《甲乙新錄》。）

魏盧昶撰（昶字叔遵，范陽人。）

見《北史孫惠蔚傳》。

陳天嘉六年壽安殿四部目錄四卷

《隋書經籍志攷証》:唐《志》卷數同，隋《志》序曰，梁元帝收文德之書，公藏經籍，歸於江陵，大凡七萬餘卷。周師入郢，咸自焚之。梁天嘉中，又更鳩集，考其篇目，遺闕尚多。"

陳德教殿四部目錄四卷

隋《志》著錄（作四卷。）

隋

隋開皇四年四部目錄四卷

《隋書經籍志攷証》:"開皇四年《四部目錄》四卷，唐《志》題牛弘撰，隋《志》序曰:開皇三年，牛弘請遣使搜訪異書，往往間出，及平陳後，經籍漸備，其得多太建時書，總集編次，存為古本，召韋霈杜頵等於祕書內補續殘缺，為正副二本，凡三萬餘卷。"

隋開皇八年四部目錄四卷

梁啟超曰:"右二書（鍔按此指開皇四年《四部目錄》及本書）。年代相距不遠，疑出一人手，攷牛弘以開皇三年上書言書有五厄，請開獻書之路，時弘為祕書監，其繼續在職幾何年，待攷，要之此二目當與弘關係最深。"

隋香厨**四部目錄四卷**

見隋《志》，兩唐《志》均未著錄。

七林

隋許善心撰（心字務本，高陽人。）

《北史文苑傳》云:"善心效阮孝緒《七錄》，更制《七林》，各撰總序於篇首，可於部錄下明作者之意，區分類例。"鍔按此書於隋開皇十七年，隋《志》失載，梁啟超謂此書有解題。"

隋開皇二十年書目四卷(或作二卷)

隋王邵撰

舊新唐《志》均著錄。隋《志》未著錄。

隋大業正御書目九卷

《隋書經籍志攷証》:《隋大業書目》九卷。《北史》:隋西京嘉則殿有書三十七萬卷,煬帝命柳顧言等詮次,除其重複猥複,得正御本三萬七千餘卷,納於東都修文殿,又寫五十副本,簡為三品,(鍔按注略。)分置東都西京宮省,其正御書,皆裝翦華綺,寶軸錦標,於觀文殿前為書室四十間,窗戶褥幔咸極珍麗。"

梁啟超曰:"按隋《志》所著錄之正御書目錄,即專記修文殿所貯者,示異於嘉則殿舊藏及所寫副本也。"

唐(附南唐)

麗正殿四庫書目錄

唐褚無量、馬懷素等奉勅撰

梁啟超曰:成於唐玄宗開元七年。《唐會要》云:開元七年九月勅令寫四庫書,各於本庫每部別為目錄。按:四庫之名始此。

續七志

唐褚無量、馬懷素等奉勅編

梁啟超曰:"《會要》又云:'有與四庫書名類者,依劉歆《七略》排為新志。'《唐書馬懷素傳》:'懷素建言自齊以前舊籍,王儉《七志》已詳,請採近書篇目,及前志遺者,續儉志以藏祕府,詔可。'按此,知當時於四庫目錄外,尚有《續七志》。但兩書似皆未成定本,後乃合併以成群書四部錄,故兩唐《志》與宋《志》於此兩書皆不著錄也。"

唐群書四部錄二百卷

唐元行沖撰,韋述撰序例

梁啟超曰:"《群書四部錄》二百卷,殷踐猷等奉勅修,元行沖奏上,開元九年成書。兩唐《志》均著錄。《資治通鑑》:開元五年祕書監馬懷素奏省中書散亂訛缺,請選學術之士二十人,整比校補,從之。於是搜訪逸書,選吏繕寫,命國子博士尹知章桑泉尉韋述等同刊正。九年十一月,國子祭酒元行沖上《群書四錄》,凡書四萬八千一百六十九卷。《唐書馬懷素傳》云:綜合諸史所記載,大約此書修於開元三年(舊唐《經籍志》及《唐會要》說)或五年(《馬懷素傳》

及《通鑑》說）成於開元八年（《馬懷素傳》說）或九年（舊《志》《通鑑》《會要》說。）據舊志序所錄毋煚序文有首尾三年語，則此書始開元五年建議創修，六，七，八三年修成，九年乃奏上，其言開元三年創修者，三或五之訛也。總持者屢更其人，體例亦數變。初以四庫分目，中間以歸類困難，欲依王儉《七志》而為之續，最後終無以易魏徵隋《志》之部類，仍分錄四部以為定本。其序例為韋述所撰。（見《會要》。）此書為唐代整理官書最大努力之結果，卷數多至二百，浩翰亦為前此所無。實簿錄學中最佳得紀念之作品也。《崇文總目》已不著錄，其書似亡于唐末之亂矣。"

古今書錄四十卷

《唐會要》："自後煚又略（開元九年《群四部錄》。）為四十卷，名曰《古今書錄》。"

梁啟超曰："《崇文總目》有《開元四庫書目》四十卷，不著撰人名氏，按年代與卷數，舍此則無他書。又曰：劉昫等修《唐書》，其經籍即全部迻錄煚書，惟刪其小序及注釋耳。又云：煚為《群書四部錄》總纂三人中之一，且專任子部，蓋當時簿錄學者之一鉅子也。《四部錄》成於眾手，煚雖為主持之重要人物，然意終不愜，嗣乃私撰此書，重加刪定。"

唐開元四庫書四十卷

據《崇文總目》（鍔按此目即《古今書錄》，梁氏已辨之矣。）

集賢書目一卷

唐韋述撰

鍔按新唐《志》及宋《志》均著錄。

唐天寶三載四庫更造書目

鍔按此書見《唐會要》，新舊唐《志》均未著錄。《集賢注記》：唐玄宗天寶三載，閏二月，四庫更造書目，六月造成。"

唐天寶十四載四庫續寫書目

據《唐會要》。舊新唐《志》均失載。

唐貞元御府群書新錄（鍔按即《藝文新志》。）

鍔按此目見《柳宗元集・陳京行狀》。新舊唐《志》均失載，此書作于唐德宗貞元中。

唐祕閣書目四卷

按《崇文總目》及《宋史藝文志》均作《唐祕閣四部書目》四卷。撰人及年代皆不詳。

唐新撰書目錄一卷

梁啟超曰:此書題新撰書,當係專收中晚唐人所著。為某舊錄中,如《古今書錄》之類,所未及收者,原書久佚,其內容無從懸斷。”

建業文房書目(鍔按此書亦名《澄心堂書目》。)

後唐二主藏書,宋趙彥若撰(《書目長編》)

梁啟超曰:“《澄心堂目》或專錄真精之本,如清代之天祿琳瑯目耳。”又曰:“《後山談叢》云:《澄心堂目》,南唐烈祖節度金陵之燕居也。趙彥若家有《澄心堂書目》,才三千餘卷。有建業文房印。”又云:“《建業文房書目》三千餘卷,有金陵圖書院印。兩書蓋實只一書,五代官録可攷者僅此。……攷江南文化為當明最盛之區,其官庫藏書,决不止三千卷。”

〔附〕存疑

學士院褉撰目一卷,唐韋述撰。

陳詩庭云宋初革郡鎮及宮殿,詔各學士院撰,或附于宋代存疑下。

宋

史館新定書目錄四卷(亦名《乾德史館書目》)

梁啟超曰:“太祖乾德六年即開寶元年編。見《玉海》引《國史志》。已佚。”

太清樓書目四卷

鍔按《藏書紀事詩》:“宋黃伯思曾見樓內異書,樓在洛陽。”《書目長編》:“宋杜鎬撰,據宋《志》。又《玉海》作《景德太清樓四部書目》。”《宋史》僅著書名卷數,未著撰人姓氏,《書目長編》所引似誤。梁啟超曰:“真宗景德四年編,見《玉海》,已佚。”

龍圖閣書目七卷

宋杜鎬撰

梁啟超曰:“祥符《龍圖閣四部書目》,真宗大中祥符六年編,見《玉海》,已佚。”鍔按《玉海》卷五十二真宗咸平元年十一月以館祕閣書籍歲久不治,詔朱昂、杜鎬與劉承珪整比,著為目錄。”又咸平三年二月丙午,朱昂、杜鎬上所編館閣圖籍目錄,皆升官,賜金紫。”並無大中祥符間之書目,梁氏所云或有謬誤耶?

玉宸殿書目四卷

宋杜鎬撰（《書目長編》據宋《志》。）

鍔按《直齋書錄解》附于《龍圖閣瑞物寶目》條下。

崇文總目

宋王堯臣等奉敕撰

《永樂大典》本，十二卷。江南圖藏鈔本，六十六卷。南京龍蟠里圖藏鈔本，六十六卷（止載書目無解題，其書已盡括錢輯七卷未不如錢本。清乾隆間《欽定四庫全書》文津閣本，六冊，十二卷。北平國立圖藏四庫本，四冊，十二卷。清嘉慶四年嘉定秦鑑刻《汗筠齋叢書》第一集本（後人改名《蘭芬齋叢書》初集本，五卷，八冊。清錢東垣等輯釋。）南海伍崇曜刻《粵雅堂叢書》第十五集本（亦錢東垣輯釋）。《後知不足齋叢書》第四函本（清光緒八年常熟鮑廷爵刻。）五冊，五卷（亦錢東垣等輯釋。）

《玉海》："宋仁宗慶曆元年，十二月己丑翰林學士王堯臣……等上新修《崇文總目》六十卷，分十九部，其書總數凡三萬六千六十九卷，以四庫書併合著錄。"

鍔按此書卷數極不一致，有云六十六卷者，六十五卷者，六十四卷者，六十二卷者，六十卷者，原書卷數已若是之不同，原書已不復存，攷核無從，莫可斷定。即各輯釋本卷數亦不一致，有十二卷者，五卷者，對是書之卷數，存佚等問題極為複襍。梁啟超曾分別攷証：一、原本闕佚之部分及其闕佚之時代。（二）原本卷數異同問題。三、六十六卷本與一卷本。四、六十六卷本現在存佚問題。五、《大典》（永樂）本與錢輯本。條分縷折，攷核精審，可資治目錄學者之參攷。

皇祐祕閣書目

宋仁宗皇祐中編

已佚。

皇祐史館書目

趙士煒《中興館閣書目輯攷》："《史館新定書目》四卷。〔原釋〕不知作者，載皇祐史館所藏書，其目分經史子集，（上十五字《玉海》無廛有一分字）四部，總一萬四千四百九卷（《山堂攷索》前十九，《玉海》五十二。）按《國史志》上有乾德六年四字，宋《志》下有錄字，《祕書省闕書目》，《郡齋讀書志》並祇一卷，《遂初堂目》卷數，作《皇祐史館書目》，《通志略》作《史館書目》二卷，張方平撰。"

鍔按此撰仁宗中，編者姓名無攷。原書已佚。

嘉祐館閣書目

宋歐陽修奉敕撰(此書成于宋仁宗嘉祐六年)。

梁啟超曰:"其目的似在修補《崇文總目》,體例殆亦同彼書,各書蓋皆有解題。"

已佚。

熙寧國子監書目一卷

趙士煒《中興館閣書目輯攷》:"《國子監書目》一卷。〔原釋〕熙寧七年國子監書庫鬻書之數(上五字《玉海》無)總一百二十五部,今存書目一卷(《山堂攷索》前十九,《玉海》五十二)。"

鍔按此書撰於宋神宗熙寧七年。已佚。

元祐祕閣書目

《宋會》要:"六月八日,祕書者言稱補寫祕閣黄本,以《崇文総目》比較,别造書目。"

鍔按此書編于宋哲宗元祐二年,編者姓氏無攷。已佚。

政和祕書總目

宋徽宗政和七年編,已佚。

梁啟超曰:"此書為重訂《崇文總目》而作,比《崇文》增書數百種,內容無甚區别,惟易其名。《遂初堂目》著錄《祕閣四庫書目》疑即此書。"鍔按《宋史志》所著錄《祕閣書目》一卷,亦即是書。"《玉海》引《宋會要》云:"宋徽宗政和七年十一月十四日校書郎孫覿奏,四庫書尚循《崇文》舊目,頃訪求遺書,《總目》之外,凡數百家,幾萬餘卷,請撰次增入《總目》,合為一卷,詔覿及著作郎倪濤,校書汪藻、劉彥適撰次,名曰《祕書總目》。"據此,則是一書更無可疑。

乾道祕府群書新錄八十三卷

宋唐仲友編(仲友字悦齋,金華人。)

鍔按此書成于宋乾道中,原書已佚。此目見蘇伯衡《悦齋文粹序》及(嘉靖)《金華縣志》。

梁啟超曰:仲友以乾道中典校祕書,撰集所校書以為此錄,蓋即後此《中興館閣書目》之藍本也。其書有八十三卷之多,想極贍博,乃《宋史》及《玉海》《通攷》等書絕無道及者,豈因仲友與朱子構怨,晚宋諸儒故抑沒其述作耶? 幸而蘇伯衡《悦齊文粹序》記書名卷數,後人得攷之其厓略,恰如唐陳京之貞元御府群書新錄僅賴抑宗元一文以傳其名也。"

中興館閣書目七十卷序例一卷

宋陳騤等編

趙士煒輯本(民國二十二年北平圖與中華圖協會鉛印)三冊。

鍔按此書成于宋孝宗淳熙四年。《玉海》徵引該書原文頗多,趙氏輯本即多據《玉海》。各家著錄卷數亦不一致,《玉海》作七十卷,《古今圖書集成》作三十卷。

《直齋書錄解題》:"祕書監臨海陳騤叔進等撰,五年之上,中興以來,庶事草創,網羅散逸。中祕所藏,視前世獨無歉焉。殆且過之,著錄四萬四千四百八十六卷,蓋亦盛矣。其間攷究疏謬亦不免焉。"

《玉海》卷五十二:"宋孝宗淳熙四年十月,祕書少監陳騤等乞編撰書目,騤又編《館錄》載祕閣諸庫書目。"

梁啟超曰:"此書有解題,引見《玉海》者頗多,攷証評論皆有價值,不在《崇文總目》下也。"

中興館閣續書目二十卷

宋張攀龍等編

趙士煒輯本一卷(民國二十二年北平圖與中華圖協會鉛印本)。

《直齋書錄解題》作三十卷,並云:"祕書丞吳群張攀從龍等撰,嘉定十三年上之,以淳熙後所得書纂續前錄,草率猶甚,凡一萬四千九百四十三卷。"

《玉海》卷五十二:"祕書丞張攀龍等乞編《中興館閣續書目》,以續前書,得書七百五十二家,八百四十五部,凡一萬四千九百四十三卷,是年四月告成。"

梁啟超曰:"《中興館閣續書目》三十卷,寧宗嘉定十三年張攀龍奉詔撰,已佚。宋《志》及《遂初堂目》《直齋書錄解題》俱著錄。此書繼陳騤之作當亦有解題,但遺文傳者已極稀。"

〔附〕存疑

隆安西庫書目二卷(宋《志》著錄,作者不詳,待攷。)

祕書省書目二卷(宋志著錄,著者卷數均無從攷,待攷。)

大宋史館書目一卷(長沙王氏刊《郡齋讀書志》:謂袁本作五卷。又云:"右皇(先謙按舊抄本)朝史館書總計一萬五千一百四十二卷。")

元

元祕書監志書目二卷(在《祕書監志》卷五卷六。)

元王士點、商企翁合編(士點字繼志,東平人。企翁字繼伯,曹州人。)

江南圖藏抄本。《廣倉學窘叢書》本。

梁啟超曰:“此目無書名及卷數,僅分載在庫者,先次送庫書,後次發下書,各若干部若干冊。其分類,經史子集外,別標道書、醫書、方書、類書、小學、志書、陰陽志、農書、兵書、法帖等,《續文獻通攷》卷一百四十一迻錄其文。”

共山書院藏書目

鍔按此書見錢氏《元志》,編著者姓氏不詳。

元上都分學書目

元毛文在編(鍔按此書成於元順帝至正中(約在134以後))

已佚。

《元史新編藝文志》:“至正中助教毛文在購一千四百六十三卷,為目藏之崇文閣,一藏開平儒學。一藏分學。”

共山書院藏書目錄

鍔按此書編者姓氏已無攷,成書于元仁宗延祐三年。《柳貫文集》云張某撰。《元史新編藝文志》:“柳貫序稱汲郡張公,不詳其氏,延祐三年,參議中書省。”

元祕府書林四冊

鍔按成書年代及編者姓氏均無攷。今據《菉竹堂書目》入。”

明

明舊書目二冊

鍔按此目見《內閣藏書目錄》卷末。注云:“國初祕閣藏書目也,前於楊士奇《文淵閣書目》。”

明文淵閣書目四卷

明楊士奇等編

《四庫全書》文津閣本(清乾隆間)四冊。《讀畫齋叢書》戊集本(清嘉慶間桐鄉顧修刻。)二十卷,七冊。錢竹汀所藏舊鈔本(江蘇第一圖藏)二冊。

鍔按此書,《四庫提要》善《本書室藏書志》《經義攷》均著錄,前有正統六年六月二十六日士奇等題本一通,稱各書目自永樂十九年南京取來,後移藏文淵閣,此本當時閣中存記書籍,故所載書多不著撰人姓氏,又有冊數而無卷數,惟略記若干部為一廚,若干櫥為一號而已。

明祕閣書目

明王艮撰(鍔按北平圖所藏抄本謂馬愉撰)

北平國立圖藏有鈔本二冊。

梁啟超曰："《千頃堂目》有《祕閣書目》二卷題馬愉撰，別有《內閣書目》一卷題張溥撰，《提要》疑黃虞稷以溥書題愉名，按或溥、愉各有成書名偶同耳。愉書自黃目後無著錄者，想已佚，附見其目於此。"

內閣藏書目錄八卷

明張萱、孫能傳等編

述古堂鈔本（北平圖藏）二冊。《適園叢書》第一集本（民國二年烏程張鈞衡刻）四冊。愛餘堂藏舊鈔本（江蘇第一圖藏）二冊。商丘宋氏藏書鈔本。宣統已酉內閣大庫發出之殘本（京師圖藏）。

倪燦《明史藝文志》："中書舍人張萱請於閣臣，將內閣藏書，躬自編類，更著目錄，視前所錄，十無一二，所增益者，僅近世文章地理，其他唐宋遺編，悉已被館閣諸臣借沒。"

梁啟超曰：各錄皆有冊數無卷數，略注撰人姓氏，官職，同一部而有數部者，皆複列之，或全或闕詳記，然而分部不明流別，歸動多錯迕，弊亦正與正統楊目同也。"

鍔按此書編于明萬曆三十三年。《書目舉要》：《適園叢書》本，據《人月叟清持靜齋叢書》所存《文淵閣書目》校刊成書。"

明閣藏家錄四卷

明張萱主撰

鍔按此書附於《內閣藏書目錄》八卷條下，萱曾校祕閣書籍。

明祕閣書目

明錢溥撰（溥字原博，華亭人。）

《四庫提要》："是編前有自序，蓋其致仕歸里後所作，……所載書祇有冊數而無卷數，大抵多與《文淵閣書目》相出入，正統六年楊士奇等奏疏一篇，亦附後。黃虞稷《千頃堂書目》，載此書為馬愉撰，而溥別有《內閣書目》一卷，然溥實載此書卷首，疑虞稷所誤記也。"

梁啟超曰："據《提要》所錄自序，溥入東閣為史官，日閱中祕書，因錄其目，藏以待攷；及致仕歸里後，其子自京回，又錄未收書目，芟其重複，併為一集，大抵多與《文淵閣書目》相出入。按所謂又錄未收書者，不知是否正統以後所續收？此書若尚在人間，取以與楊張二目對勘，則明代書集散之迹更可明白也。"

明內閣書目一卷

鍔按《四庫提要》以《千頃堂目》所著錄之《祕閣書目》為馬愉撰系虞稷之誤,今國立北平圖實有馬愉所撰之《祕閣書目》,然則《四庫提要》之說似失實矣。再據《千頃堂目》錢溥有《內閣書目》一卷,又據《提要》所錄錢溥《祕閣書目》之序,溥確有《祕閣書目》一書,然則錢溥曾著兩書目耶?抑"祕閣"之誤耶?待証。

明南雍志經籍攷二卷(此書當《南雍志》卷十七、十八。)

明梅鷟編校

《觀古堂彙刻》本。明嘉靖二十三年刊本。吳氏《松鄰叢書》本。

鍔按此書為南京國子監掌故之書。吳氏《松鄰叢書》本序:"今依舊志以官書為上篇,梓刻為下篇,系之曰《經籍攷》。"

南雍書目一卷

梁啟超曰:"《千頃堂目》有《南雍総目》一卷,《絳雲》《述古》兩目皆有南雍書目一卷,不知與此志(鍔按此指《南雍志》)詳略異同若何。邵懿辰云:《南雍書目》一卷,自《南雍志》輯出。或明末早有別出耶?……以上四書(鍔按此系《千頃堂目》所著錄《國子監目》《御書樓書》及此二書而言。)清中華以降藏書家皆未道及,想已佚。"

御書樓書目一卷

鍔按此目已見《南雍書目》條下,書已佚。此書乃此北雍之目。

國子監書目一卷

鍔按此目已見《南雍書目》條下,此書乃記北雍書之目。

太學經籍志一卷

明郭盤編

上虞羅氏蟫隱廬刻本(民國五年)一冊。

鍔按此書原題下注《皇明太學志》卷二典制下經籍門,兼言官書及版刻。

明行人司書目二卷續書目一卷

明徐圖等編

東萊徐圖重刻本(明萬曆壬寅。)一冊。

梁啟超曰:"見《千頃堂目》。《絳雲樓目》有此書無卷數。邵《目》云:瞿氏有《行人書目》一冊,但《鐵琴銅劍樓目》未著錄。《書目長編》云有刊本,未見。按明制行人司行人每奉使出外,歸京時例須攜書籍一種以上為司中所未有者繳進本司書庫（此制直至明萬曆時猶不廢。）故行人司藏書獨富，其目若猶存人間，中或有祕笈也。”

明都察院書目

鍔按《千頃》《絳雲》兩目，皆有《都察院書目》，不著卷數。

明萬曆重編內閣書目八卷

不著撰姓氏

江南圕藏有鈔本，二本。

鍔按《經義攷》《藝風藏書續記》《善本書室藏書志》《持靜齋書目》《江南圕善本書目》均謂不知著者名氏。以上諸書並云，未葉有記云：“萬曆三十三年，歲在乙巳內閣敕房辨事大理寺，左寺副孫能傳、中書張萱、秦焜、郭安民、吳大山奉中堂諭，校理並纂輯已同簿賬，至萬曆間書多殘闕，復命萱等編纂，較前次已為翔實。國朝七閣藏書，復有天祿琳瑯、宛委別藏以貯佳本，同閣所餘，棄同甌脫，宣統二年全數逡交京師圕，惜止存十之四五，然與此目頗相脗合云。”（鍔按上文，各書互相鈔襲此僅節錄《藝風藏書續記》以例其餘。）

清祕藏

明張應文撰，其謙德潤色之

《藏修堂叢書》本。《翠琅玕館叢書》本。《美術叢書初集》本。

明嵩陽書院書目

清耿介撰

據《內閣殘目》（附《嵩陽書院志》）。

明刑部書目

明許士奇編

據《浙江通志》。

明天都閣藏書目錄二十五卷

明張兆洛撰（《書目長編》作張允兆）

據《內閣殘目》。

明紫陽書院書目（附於書院志後）

清施璜撰

據《內閣殘目》。

明米陽書院書目

明竇克勸撰

據《內閣殘目》。

明布政書目

據《萬卷堂書目》。

清

清內閣庫存殘書目

編者姓氏未詳

國立北平圕藏鈔本,六冊。

清內閣藏書舊目(清學部錄存)

國立北平圕藏民國七年京師圕重鈔教育部藏本,六冊。

四庫全書總目提要二百卷

清紀昀等奉勅撰(昀字曉嵐,號春帆,晚號石雲,謚號文達,清乾隆甲戌進士。獻縣人。)

廣東刻本(清光緒間)一百十六冊。武英殿聚珍版本(清乾隆間)一百冊。廣東書局重刊本(清同治七年。)一百十二冊。浙江湖洲先刻小本(清乾隆六十年湖州沈氏刻本)。閩聚珍版覆本。南昌謝啟昆刊本(清乾隆六十年)。楊氏刻本。上海大東書館縮印殿本(附《四庫未收書目提要》五卷《索引》四卷)。上海商務印書館《萬有文庫》本,四十冊。上海商務印書館鉛印精裝本,四冊。

鍔按此書著手編纂始自清乾隆三十八年清乾隆四十七年告成,分類大致祖《隋書經籍志》。《書目長編》云:近人從《四庫全書》每書卷首迻錄彙訂本與校刻本及聚珍版各書所錄不同之處甚多。此書簡稱"四庫提要",或"四庫総目。"

四庫全書總目提要撮鈔

清紀昀等編,不著鈔撮者姓氏

清鴨漪亭鈔本(國立北平圕藏殘本)八冊。

鍔按此書無書目,據內容增補,又此書僅有經史二部,缺子集,當非全書也。

四庫全書簡明目錄二十卷

清紀昀等奉敕撰

趙懷玉鮑廷博刻本(清乾隆四十七年。)南昌謝啟崑刻本。湖州沈氏刻本(清乾隆六十年)。揚州小字本。廣州局刻本(清同治七年)。墨潤堂重校印本(清光緒乙卯孟夏)。

鍔按此書成於清乾隆三十九年。《書目答問》：繙閱較便，惟《四庫》歸存目者，《簡明目》錄無之，亦間有與《提要》不合者。《書目長編》：按趙本最早，較四庫定本出入甚多。

四庫全書提要分纂稿（即江南書錄。）

清邵晉涵撰

會稽徐友蘭刻《紹興先正遺書》本（清光緒十六年）一册。

鍔按此書《聚學軒叢書》名《南江書錄》，内容全同，惟較此少二則。《清代圖發達史》第三十六頁注。

南江書錄一卷（即四庫全書分纂稿）

清邵晉涵編

貴池劉世珩刻《聚學軒》第五集本（清光緒間）一册。

四庫全書附存目錄十卷

清胡虔撰

桐城胡氏刻袖珍本（清乾隆五十八年癸丑）。廣州學海堂重刻本（清光緒十年）。

鍔按《書目舉要》云："單載書名，撰人，無提要。"

四庫未收書目提要五卷（即《揅經室外集》。）

清阮元等撰（元字伯元，號雲台，諡文達，清乾隆五十四年進士。）

子儀徵阮福等校刻《揅經室外集》附刻本（清道光二年）二册。成都御風樓刻本（清光緒九年）二册。傅以禮校訂本（清光緒八年）。上海大東書局影印《四庫全書總目提要》附印本（民國十一年）一册。雙流黄氏濟忠堂刻本（民國二十年）三册。上海商務印書館四部叢刊本。廣州書局刻《揅經室全集》本。七林堂校錄彙函本四卷改題《揅經室經進書錄》。

鍔按此書亦名《揅經室外集》，或名《揅經室經進書錄》，存書一百七十五種，體例略仿《四庫全書》。

續修四庫全書提要目七册（不分卷）

柯劭忞等撰

國立山東大學圖藏油印本。

鍔按此書每册各有目錄，律皆有經部，間有史部，子集二部則未之錄。

石渠寶笈三編目錄三册

清嘉慶四年敕撰

上虞羅氏印本。

清嘉慶目錄五冊

編著者姓氏未詳

據《文瀾閣書目》。

四庫書目略二十卷

清費莫文良編(鍔按編者名氏不一,有題莫文良者,有題費莫者,有題費莫文長者。)

費氏家刻本(清同治九年)十二冊。

鍔按《清代圕發達史》葉三十九注云。

四庫目略四冊

楊立誠編

杭州浙江省立圕鉛印本(民國十八年)四冊。

四庫全書攷証一百卷

清王太嶽等編

武英殿聚珍版本。閩覆本。

四庫全書攷異四十卷

陳垣撰

稿本。

四庫全書書目表

李滋然撰(西元一九一〇年成書)

見《清代圕發達史》葉三十九注。

四庫全書存目

胡維撰

鍔按《清代圕發達史》葉三十九注。

清蓮池書院書目

清黄彭年撰(清咸豐)

保定刻本(《書目長編》著錄)。

萬卷樓藏書總目

清白鍾元、范右文編

清光緒七八年間刻本,一冊。

鍔按萬卷樓為蓮池書院藏書之樓,然則此書與上書為一書耶?

清國子監南學存書一卷

編著者姓氏未詳
國子監刻本（清光緒十年甲申）
清國子監南學第二次存書目一卷
編者姓氏未詳
國子監刻本（清光緒十五年乙丑）。
志學齋儲書目一卷
清梅鬱文等編
關中書院刊本（清光緒十七年）。
文津閣四庫全書目錄（附園內各殿宇陳設書籍目錄。）
清世綱、英麟同編
國立北平圖藏清光緒二十年點查編錄鈔本，二冊。
鍔按此書封面作文津閣四庫全書目錄，附避暑山莊陳設書籍目錄。
大梁書院藏書總目（附購書略例、藏書閱書規則）
清顧璜編
清光緒二十四年刻本，一冊。
學古堂藏書目（附捐藏書目）
編著者姓氏未詳
清光緒間刻本，一冊。
浙江藏書樓甲編書目（殘卷）乙編書目（全卷附補遺。）
清楊復等編
杭州浙江藏書樓鉛印本（殘存二卷附日文書目清光緒二十三年。）
壬子文瀾閣所存書目五卷（附文瀾閣目補一卷）
清錢恂編（目補系張箴編）
杭州浙江公立圖補刻本（卷五又分七卷，民國十二年）四冊 。
陝山味經書院藏書目錄
清劉光蕡編
民國十二年門人王典章輯刻《煙霞草堂遺書》續刻本，一冊。
補刻文瀾閣四庫闕簡書目錄
堵福詵編
杭州浙江圖刻本（民國十五年）一冊。
清宮史續編書籍門二十六卷（即當《國朝宮史續編》卷七十五至一百。）

清慶桂編

北平故宫博物院圕抽印本(民國二十一年)四冊。

王朝目錄

清黃奭輯

《漢學堂叢書》本

民國

故宫所藏觀海堂書目四卷

何澄一編

北平故宫博物院圕鉛印本,(民國二十一年)一冊。

國立北平圕故宫博物院圕滿文書籍聯合書目

李德啟編,于道泉校

國立北平圕及故宫博物院圕合印本(民國二十二年)一冊。

故宫普通書目六卷

北平故宫博物院圕編

北平故宫博物院圕鉛印本(民國二十二年)三冊。

故宫圕書記

施廷鏞撰

載《國學季刊》一卷二期。

大高殿所藏楊氏觀海堂藏書目錄(按此書無書名,據内容增補。)

故宫圕編

民國間故宫圕油印本一冊。

香港學海書樓藏書總目錄二冊

編著者姓名未詳

粵中央大學圕藏本。

教育部圖書目錄八卷

教育部編

民國元年鉛印本,一冊。民國四年重編鉛印本。

河北大學經史子集書目

河北大學圕藏編

民國十九年印本。

（乙）善本之屬

川本書籍目錄三卷

著者名氏及年代已不可攷

據《通志》。

清四庫簡明目錄標注二十卷

清邵懿辰編（懿辰字位西，仁和人，或作蕙西，清咸豐間人。）

仁和邵章刻《半岩廬所著書》本（清宣統三年）六冊。北平圖藏梁啟超批校本。鑑止水齋傳鈔本，八冊。國立北平圖藏繆荃孫批校傳鈔本，十冊。

《橋西襍記》："邵君蕙西居京師，購書甚富，案頭置《簡明目錄》一部，所見宋元舊刻本抄本，手記於各書之下，以備他日校勘之資。"

《書目答問補正》："專記版本，《郘亭知見傳本書目》多錄自此書。"

四庫全書薈要目一卷

清于敏中等奉敕撰（此書成於1779年。）

民國間仁和吳昌綬刻《松鄰叢書》甲編本，一冊。北平故宮圖抽印《清宮史續編書籍門》本（民國二十一年）

清乾隆三十八年五月初一日聖諭："惟摛藻堂向為宮中陳設書籍之所，牙籤插架原按四庫編排，朕每息此觀書，取攜最便，著於全書中，擷其精華繕為《薈要》，其篇式一如《全書》之例，蓋彼極其博，以取其精。"

清天祿琳瑯書目十卷

清于敏中等奉敕編

清光緒十年長沙王先謙刻本。

鍔按此書成於清乾隆四十年，所錄各書乃清宮珍祕藏於昭仁殿者，《四庫簡目》云："此目以經史子集為綱，書則以宋金元明刻版朝代為次。"

清天祿琳瑯書目二十卷

清彭元瑞等奉敕撰

《欽定四庫全書》文津閣本（清乾隆間）五冊。長沙王先謙校刻本（清光緒十年）十冊。

鍔按此書編于清嘉慶丁巳十月，每書有解題，多言版本，有宋遼金元明五朝板本之書。

中江尊經閣藏書目

清中江書院尊經閣藏編

桐廬袁昶刻《漸西村舍叢書》本(清光緒二十五年)一冊。

清學部圕善本書目稿本

清繆荃孫編

清宣統間京師圕鈔繆荃孫親筆增校本二冊。民國元二年間,順德鄧實銘印《古學彙刊》第一集本,三冊。

鍔按此書原無書名,因與《古學彙刊》中之《清學部圕善本書目錄》相同,解題稍異,故增補此名,且內中多有繆氏親筆增補及校改。

《古學彙刊提要》上篇:清宣統己酉學部奏請在京師設圕,以內閣所出之古籍,江南購呈歸安姚氏、南陵徐氏之書,常熟瞿氏鈔進之書,敦煌石室之經,全數發館,並派荃孫為監督,督率司員分類編目,提出宋元舊版各家鈔校者為善本,仍分經史子集,記載行字尺寸,另成一編。"

京師圕善本書目

夏曾佑、彭清編

民國五年京師圕鉛印本四冊。

鍔按北平圕所藏,書名書目前有簡明二字。

壬子北平圕善本書目

江瀚重修

京師圕重鈔教育部藏鈔本(民國七年)五冊。

天祿琳瑯查存書目

施廷鏞撰

見《圕學季刊》一卷二期。

兩浙古刊本攷二卷

王國維撰

上虞羅振玉等鉛印《海寧王忠慤公遺書》第二集本(民國十六年)一冊。稿本。

五代兩宋監本攷三卷

王國維撰

上虞羅振玉等鉛印《海寧王忠慤公遺書》二集本(民國十六年)一冊。

明代勅撰書攷

李晉華撰

北平燕京大學鉛印引得特刊第三種本，一冊。

擒藻堂四庫薈要目

故宫博物院圖編

北平故宫博物院圖鉛印本（民國二十二年）一冊。

故宫殿本書庫現存目三卷

陶湘編

北平故宫博物院鉛印本（民國二十二年）三冊（附彩色書影）。

故宫所藏殿本書目

故宫博物院圖藏編

北平故宫博物院圖鉛印本（民國二十二年）一冊。

故宫善本書目三卷

張允亮編

北平故宫博物院圖鉛印本（民國二十三年）一冊。

鍔按此書共分三編，第一為《天禄琳瑯現存書目》，第二為《天禄琳瑯外書目》，第三為《宛委別藏書目》。

〔附〕存疑

圖書寮漢籍善本書目四卷

日本宫内省圖書寮藏編

日本昭和五年東京圖書寮鉛印本，四冊。

清内府刻書目

編著年代及作者姓名均未詳

傳鈔本。

《書目長編》："不止一本，凡收入内府之版皆未全載。"

私藏家書目錄類序

私家藏書之風，始于齊梁逮至唐宋；蔣彧晁陳，尤為著稱，竊窺唐宋以前，官簿著述為多，各代帝王，雖不無雅好斯文者；而以倡導文學粉飾昇平，搜羅圖書，用為故事者，亦有焉，其取義雖殊，而文風因之以振，圖籍因之可觀，唐宋以降，外夷陵夷，生民塗炭，強暴之君，畏人以威，臨民以刑，文武之教蕩然，木鐸之聲無聞，圖籍文物，視同腐朽矣。文學鴻儒，竊憂斯文之將喪,乃搜羅圖籍,藏之私家。孔子曰:禮失而求諸野,私家藏書,庶幾近之。

國家治亂,迭為反復,王室帝胄,且有不保,一家一人之力,又何能不隨亂離而轉易也!且河伯恣肆,祝融猖厥,更非人所能預知,是以藏書家作為目錄,以備不測,仍可因目錄而得其餘響也。炎漢圖籍,今尚能攷其涯略者,以有漢《志》耳。隋五代諸朝,為時最暫,其儒雅之風,尚流被於今者,亦賴有隋《志》在耳。清代私家藏書之存者,浙江瞿氏,山東楊氏,殘篇斷簡,流落四夷,實皆等於雲煙過眼耳。然清代私藏之盛,曠古未有,特以私家存目較多耳。

私家藏書,唐宋而後,日益增多,書目之書,遠駕官簿之上,今特闢為一類,以志其盛。或言題跋,或言書志,或言經眼,或言板本,各為畛域,俱入私家藏書目類上。優劣兼收,青紫並貯,至其性質難以確定,則依製作書目之時代,分別入私家藏書目錄類中。然以未見版本者為限,其有版本可稽者,則仍入私家藏書目錄類上,又或年代久遠,流傳不廣,其書目僅見他書援引,而撰者版本均無可攷,則入私家目錄類下。

私家藏書目錄類上

(甲)題跋之屬(藏書志)

容齋題跋

宋洪邁撰

《津逮祕書》本。

攻媿題跋

宋樓鑰撰(鑰字大防,自號攻媿主人,鄞縣人。宋嘉定六年卒,年七十七,諡宣獻)

《適園叢書》本。

《鄞縣志》:"……聚書萬餘卷,皆手校讎,號善本,客有願傳錄者,輒欣然啟帙以授。"

後村題跋

宋劉克莊撰

《津逮祕書》本。《適園叢書》本。

南濠居士文跋四卷

明都穆撰（穆字元敬，吳縣人，宏治己未進士）

國立北平圖藏明刻本，二冊。

鍔按此書卷三卷四為書畫題跋。

紅雨樓書跋

明徐𤊹撰（𤊹字惟起，明閩縣人）

見《重編紅雨樓書跋序》。

重編紅雨樓書跋一卷

明徐𤊹撰，清繆荃孫編

民國三年新陽趙詒琛刻，清宣統二年自刊《峭帆樓叢書》本。

隱湖題跋

明毛晉藏撰（晉初名鳳苞，晚更名晉，字子晉，常熟人，生於明萬曆二十六年，卒于順治十六年，年六十二。）

海虞毛氏汲古閣刻本，一冊。

鍔按此書書名隱湖二字，系後人所增。

隱湖題跋一卷續跋一卷

明毛晉藏撰

常熟丁祖蔭等刻《虞山叢書》本，一冊。

汲古閣刻書跋

明毛晉撰

汲古閣刻本。

汲古閣題跋初集二卷續集一卷

明毛晉撰

劉氏藏書題跋

明劉城藏編

刊本。

牧齋題跋二卷

清錢謙益撰

國立北平圖藏清鈔本，二冊。

漁洋書籍跋尾二卷

清王士禎編（士禎字貽上，號阮亭，自號漁洋山人，清新城人，順治乙未進士）

仁和葛元煦刻《嘯園叢書》本，一冊（清光緒四年）

鍔按《持靜齋書目》,有《漁洋書跋》二卷,刊本,國朝劉堅彙編,《帶經堂集》書籍跋尾之文。

朱彝尊《池北書庫記》:池北書庫者,今少詹事新城王先生聚書之室也。

述古堂藏書題辭一冊

清錢曾藏撰(曾字遵玉,號也是翁,又號貫花道人,裔肅子,清常熟人)

《述古堂藏書目自序》:余二十年來,食不重味,衣不完采,摒當家資,悉藏典籍中,如蟲之負版,鼠之搬薑,甲乙部居,粗有條例……生平所嗜,宋槧本為最。"鍔按錢氏藏書處曰:述古堂,曰也是園,曰莪匪樓。

讀書敏求記四卷

清錢曾藏撰

嘉興沈尚傑重修清乾隆十年原刻本,四冊(清乾隆六十年)。儀徵阮福小瑯環仙館刻本,四卷,二冊(清道光五年)。番禺潘仕誠刻《海山仙館叢書》本(清道光二十七年)。清雍正丙午趙氏刻本。上海掃葉山房刻本(民國三年)。

《四庫提要》:"此書皆載其最佳之本,手所題識彷佛歐陽修《集古錄》之意。"

鍔按江蘇省立第一圖書館有精鈔本一卷,《善本書室藏書志》亦著錄精鈔本一卷,二本同為鮑以文吳小谷藏書,未知與四卷本有何不同,待攷。

讀書蕞殘三卷

清王鉞藏撰[(一六五九——一六八四)字聲遠,蘭山人]

世德堂遺書本,一冊(清康熙五十三年子瑯琊王沛憻刻)。世德堂重刻本三卷三冊(清康熙六十一年子瑯琊王沛憻重刻,鍔按此本系清顧嗣立王兆符編)。

《四庫提要》:前一卷皆跋《漢魏叢書》,後二卷皆跋《說郛》,別有刊本,在《任菴五書》中,以前一卷自為一書,題曰《墨餘筆記》,後二卷則仍《讀書蕞殘》。

知聖道齋跋尾二卷

清彭元瑞藏撰

思餘堂稿附刻本。《式訓堂叢書》三編本,海寧管廷芬編鈔《花近樓叢書》本一冊。

鍔按國立北平圕藏有《花近樓叢書》本一卷一冊,或系板本有損益之處?

又按浙江[1]。

振綺堂書目六卷

清汪誠藏撰(誠字孔皆,號十村,璐子,乾隆甲寅舉人。)

東方學會鉛印本二冊(民國十六年。)

鍔按《國立北平圖書目》誠作憲,並云清汪少洪汪榮垞編,清陳奐檢校,今據《中國藏書家攷略》誠為憲之孫,《清史藝文志》及《北平圖書目》,記載稍有出入。《中國藏書家攷略》:先世藏書最富,而未有書目,因取所藏編為四部,詳攷撰書人,並注明得自何本,閱歲而成,凡書三千三百餘部,計六萬五千卷有奇,是則此目為誠所編無疑矣。《藝風藏書續記》謂朱文藻為編目云:朱郎齋(文藻)為輯《振綺堂書錄》,摭其要旨,載明何撰述,何時刊本,何人鈔藏校讀評跋,手編十冊,今穰卿進士鈔得史部一冊,子部二冊,集部三冊,其經部全佚,史部亦未全也。

繡谷亭薰習錄

清吳焯撰,吳玉墀輯(焯字尺鳧,號繡谷,清錢塘人)

仁和吳氏雙照樓刻本。仁和吳昌綬刻《松鄰叢書乙編》本(民國間)二冊。

鍔按是書僅經集二部,經部易類,集部楚辭四種,唐人集二十三種,宋人集一百二種,金人集四種,元人集五十八種,明人集十九種共二百一十種。《杭郡詩輯》云:喜聚書,凡宋雕元刻與舊家善本,若饑渴之於飲食,必求獲而後矣,故瓶花齋藏書之名,稱於天下,所著《薰習錄》,則記所藏祕冊也。

蕘圃藏書題識十五卷

清黃丕烈撰(丕烈字紹武,號蕘圃,清吳縣人,乾隆戊申舉人)

汪繆荃孫輯刻。

江陰繆荃孫單刻本(民國八年)。

鍔按國立北平圖藏有十卷本,附《刻書題識》一卷。

士禮居藏書題跋記六卷

清黃丕烈撰,清潘祖蔭輯

吳縣潘祖蔭滂熹齋單刊本三冊六卷(清光緒十年)。上海醫學書局影印吳縣潘氏滂嘉齋單刻本四冊。

鍔按《清史藝文志》作四卷,《續錄》一卷。又案書內題跋三百七篇。

---

① 此下闕。

士禮居藏書題跋續記一卷

清黃丕烈撰

元和江氏《靈鶼閣叢書》本(清光緒丙申)。

鍔按此書内題跋七十六篇。

士禮居藏書題跋記再續二卷

清黃丕烈撰,清繆荃孫輯

《古學彙刊》第一集本。

鍔按此書内題跋五十篇。

古泉山館藏書題跋一卷

清瞿中溶撰(中溶號木夫,字萇生,竹汀先生婿,嘉定人)

江陰繆荃孫刻《藕香零拾》本一本(清宣統二年)

《藝風藏書續記》:此冊共四十三跋,皆攷証明及國朝人翻雕刻之書。

木士居書跋二卷

清瞿中溶撰

繆氏刻《藕香零拾》本(清光緒戊申)。

經籍跋文一卷

清陳鱣撰(鱣字仲魚,號簡莊,海寧人,清嘉慶戊午舉人)

海寧蔣光煦刻《別下齋叢書初集》本一冊(清道光十七年)。蔣氏重編印《涉聞梓舊》本(清咸豐六年)。武林竹簡齋影印《涉聞梓舊》本(清光緒間)。葉氏龍眠山房成都刻本(清光緒四年)。上海涵芬樓影印《涉聞梓舊》本(民國十三年)。會稽章碩卿刻《式訓堂叢書第一集》本(清光緒四五年間。)吳縣朱記榮重印《式訓堂叢書》本(改名《校經山房叢書》本)。

拜經樓藏書題跋記五卷(附錄一卷)

清吳壽暘撰(壽暘字虞臣,騫子)

吳縣江杏溪編印《文學山房聚珍版叢書》第二集本六冊(民國間)。上海博古齋影印柳蓉邨彙刻《拜經樓叢書》本四冊(民國十一年)。《別下齋叢書》本。《式訓堂叢書》本。

鍔按《國立北平圕書目》,吳壽暘作曹壽暘,壽暘系吳騫之子,大可証明曹係吳之訛,且各家書錄亦無作曹者。

曝書褉記二卷

清錢泰吉撰(泰吉字輔宜,自號警石,浙江海鹽人。)

海寧蔣光煦刻《别下齋叢書》本一册(清道光十九年)。蔣氏重編《别下齋叢書》本(清咸豐六年)。武林竹簡齋影印《别下齋叢書》本(清光緒間)。上海涵芬樓影印《别下齋叢書》本(民國十二年)。秀水杜文瀾重刻本一册(清同治七年)。孫錢志澄依集行款重刻杜文瀾刊本三卷一册(清光緒十一年)。會稽張碩卿刻《式訓堂叢書第一集》本三卷一册(清光緒四、五年間)。吳縣朱記榮重印《式訓堂叢書》改名《校經山房叢書》本三卷一册(清光緒三十年)。莫友芝江蘇刻本(清同治戊辰)。《甘泉鄉人稿》本。

甘泉鄉人稿二十四卷

清錢泰吉撰

刊本。

愛日精廬藏書志三十六卷續志四卷

清張金吾撰(金吾字慎旃，海鵬侄，清昭文人。)

昭文張氏家刻本十册(清道光七年)。吳縣徐氏靈芬木活字本十册(清光緒十三年)。

《東湖叢記》六卷

清蔣光煦撰[(一八一三——一八六〇)字日甫，一字愛荀，號生沐，自號放菴居士，海寧人。)]

江陰繆荃孫刻《雲自在龕叢書》本三册(清光緒九年)。

楹書隅錄五卷續四卷

清楊紹和藏撰

民國元年董康補刻清光緒二十年聊城楊氏海源閣家刻本十册。

儀顧堂題跋十六卷

清陸心源撰(心源字剛甫，號存齋，清歸安人。)

歸安陸氏自刊本四册(清光緒十六年)。《潛園叢書》本。

鍔按卷首有清光緒十八年陸氏自敘。

續語堂題跋一卷

清魏錫曾藏撰

《魏氏遺書》本。仁和魏氏刻《魏稼孫先生全集》本一册(清光緒九年)。

抱經樓藏書志六十四卷

清沈德壽藏撰(德壽字藥庵，慈谿人。)

慈谿沈氏鉛印本二十册(民國十三年)。

《抱經樓書目記》:余弱冠時好古人書畫,及歷代諸家尺牘,遇有所獲,必詳其姓名,識其真贋,採拾二十年屬目者以數千計,所蓄既夥,非敢自詡珍藏,蓋以存前人之真跡,貽後人之鑒信也。至甲申春,余起湖洲,謁觀察陸存齋,引余登樓,悉發其所藏之書,並勸余置書,余本性喜於此,益覺怦怦,尋歸里,徧搜書肆,兼採舊藏家,遇有不成卷帙及亡其版者,出資精鈔。迄十有六年,不遑他事,而惟書是求,余蓋有深意焉,間嘗稽吾族家譜,梁時休文公聚書二萬卷,是時嘖嘖咸稱盛舉,自易代以來,蕩然無存,余欲踵其盛,必如歐陽公曰:凡物好之而有餘力,則無不敢也。余僅溫飽,不能聚資購書,則惟有奉儉約,不為無益之費,出遇異書,傾囊必購,人皆迂而笑之,余以為夙好在此,願薄富貴而厚於書,近來搜羅將遍,古本罕見,而弆廚計三萬五千餘卷,爰著《抱經樓書目》六十四卷,仿《皕宋樓藏書志》例,略表吾志,以示後人,願吾子孫繼繼繩繩相承弗替,是予所厚望也。

燉煌石室真跡甲乙丙丁戊五卷

清王仁俊撰(清光緒壬辰進士)

清宣統己酉王氏石印本。

適園藏書志十六卷

清張鈞衡藏撰(鈞衡字石銘,吳興人,光緒甲午舉人。)

民國間南林張氏家塾刻本六冊。

補悔堂書目跋尾

清蕭士恒藏撰

清光緒丁丑年稿本。

如是園書目跋尾

清蕭士恒藏撰

清光緒戊戌年十月稿本。

柏堂讀書筆記

清方宗誠撰

《柏堂襍著》本。

砥齋題跋

清王宏撰

《小石山房叢書》本。《涉聞梓舊》本。

讀書引十二卷

清王謨撰
建昌郡學刻本六冊（清乾隆四十八年）。
讀書襍跋
清王元啟撰
《惺齋襍著》本。
書目提要一冊
編者及成書年代均不詳。
清光緒間刊本。
鄰蘇老人手書題跋
清楊守敬撰
未見刊本。
郎園讀書志十六卷十六冊
葉德輝藏撰
民國十七年長沙葉氏鉛印本，十六冊。
鍔按此書當與戊辰初夏印於上海澹園者為一本。
書籍跋
梁啟超撰
《飲冰室文集》本。
遼居乙稿
羅振玉撰
民國二十年上虞羅振玉石印本一冊。
丙寅稿
羅振玉撰
民國十六年上虞羅振玉石印本一冊。
面城粗舍襍文乙編一卷
羅振玉撰
上虞羅振玉刻《陸庵所著書》本一冊（清光緒二十一年）。
面城精舍襍文甲編一卷
羅振玉撰
上虞羅振玉刻《陸庵所著書》本一冊（清光緒十七年）。
松翁近稿

羅振玉撰

上虞羅振玉鉛印本一册(民國十四年)。

書舶庸譚四卷

董康撰(現為北大教授)

上海大東書局影印本三册(民國十九年)。國立北平圕藏鈔本二册。

鍔按此書又名《董康東遊日記》。

藏園群書題記第三集

傅增湘撰

天津大公報出版部抽印《國聞周報本》一册(民國二十二年)。

藏園群書題記第二集

傅增湘撰

天津大公報出版部抽印《國聞周報本》一册(民國二十一年)。

藏園群書題記

傅增湘撰

天津大公報出版部抽印《國聞周報本》一册(民國二十年)。

鍔按此書即《群書題記》第一集。

讀書題識一卷

朱希祖撰

國立北平圕藏鈔本一册。

(乙)讀書志(解題提要)之屬

筲齋讀書錄二卷

明周洪謨撰

邵懿辰《簡明目錄標注》著錄。

義門讀書記五十八卷

清何焯撰,蔣維鈞編(焯字屺瞻,號茶仙,長洲人,康熙癸未進士,康熙六十一年六月九日卒,學者稱義門先生)

清乾隆辛未家刻本。苕溪吳氏刊本。

欣託齋藏書記

清杭世駿撰[(一六九六——七七三)字大宗,號堇浦,一號秦亭老民,仁和人,雍正甲辰進士]

見《書林清語》引。

廉石居藏書志摘要一卷

清孫星衍撰

《持靜齋書目》著録有刊本。

廉石居藏書記内編一卷外編一卷

清孫星衍藏撰，清陳宗彝編次

《木犀軒叢書》本（清光緒十二年德化李盛鐸刻）一冊。《式訓堂叢書》第二集本一冊（清光緒間會稽章碩卿刻）。《校經山房叢書》本一冊（清光緒三十年朱記榮重印《式訓堂叢書》改名）。

竹汀先生日記鈔二卷

清錢大昕撰，門人何元錫編

滂熹齋單刻本一冊（清光緒間吳縣潘祖蔭刻）。清吉林恩燾編印《潘刻五種》本一冊（清光緒間吳縣潘祖蔭所刊）。《式訓堂叢書》第一集本一冊（清光緒四、五年間會稽章碩卿刻）。

《校經山房叢書》本三卷一冊（清光緒三十年）吳縣朱記榮重印《式訓堂叢書》改名）。

鍔按此書之二卷者乃指潘刻本而言，潘刻本無策問卷三一卷，僅卷一内系所見古書；卷二為所見金石，二卷耳。式將此書入知見，吾覺其不如歸書志之較為顯著，故改入私家書志，以便人之檢討焉。

小眠齋讀書日記一卷

清汪沅藏編（沅字西顥，號槐塘，清錢塘人，乾隆丙辰舉博學鴻詞。）

國立北平圕藏清一簾一劍館傳鈔本殘存四冊。

鍔按清丁申《武林藏書録・小眠齋讀書日札》條下曰：《日札》凡四卷，古今書一百餘種，今平圕所藏鈔本僅録二百六十餘種，亦未分卷，恐非全豹矣。又按《中國藏書家攷略》云：《日札》凡四卷，古今書五百餘種，每一書敘其撰人姓名並序敘，略著書之大義，間參已論。

廉石居藏書記二卷

清孫星衍撰，陳宗彝編

陳氏刻本（清道光十六年）。《式訓堂叢書》本（清光緒甲申會稽章氏刊）。《木犀軒叢書》本（上虞羅振玉刻）。《校經山房叢書》本（即《式訓堂叢書》本改名）。

鍔按陳宗彝序作一卷。

鄭堂讀書日記七十一卷

清周中孚撰

《吳興叢書》本二十四冊(民國十年吳興劉承幹刻)。《仰視千七百二十九鶴齋叢書》本。持静齋藏周氏手稿本。

《宋元舊本書經眼錄》:讀一書必為解題一篇,條其得失,議論頗能持平,亦好學深思之士也。

鍔按此書卷數亦甚不一致,《書目舉要》作三十四冊,國立北平圕所藏者為七十一卷。《持静齋書》與《書目舉要》同,他如《清史藝文志》《宋元舊本書經眼錄》《浙江圕目》均不與卷。

開有益齋讀書志六卷續志一卷

清朱緒曾撰(緒曾字述之,清江寧人,道光初舉人)

金陵翁氏菇古閣校刻本(清光緒庚辰六年)四冊。

鍔按此書成于清穆宗同治十二年,原稿為述之作,而編輯乃其子桂模任之也。

陸心源跋云:其書仿《郡齋讀書志》之例,而精過之。

讀書敏求續記

清馬玉堂撰(玉堂字笏齋,清海鹽人,道光辛巳副貢)

見《嘉興府志》。

群書提要一卷

清沈豫撰

蕭山沈氏刻《蛾術堂集》本一冊(清道光十八年)。

皓月樓藏書記

清葛香士藏撰(清道光蘇州人)

據《藏書記事詩》。

鍔按香士好古書,藏書之處曰瀓波皓月樓。道光壬午,張鑑嘗訪之,為作圖且為文以記,圖曰《葛香士林屋藏書圖》,記曰《葛氏瀓波皓月樓藏書記》,自甲而丙而丁,依四部例悉著於目,他若鳳館之新章,免園之祕冊,咸不與焉。

善本書室藏書志四十卷(附錄一卷)

清丁丙藏編(丙字嘉魚,別字松生,晚號竹存,清錢塘人)

錢塘丁氏家刻本十八冊(清光緒二十七年)。

鍔按清光緒二十七年丁氏刻本作十六冊，國立北平圖所藏作十八冊，似係另一本，據八千卷樓孫峻序，知此書大都出於孫峻之手。

滂熹齋藏書記三卷

清潘祖蔭藏，清葉昌熾撰，清潘承弼增編

吳縣潘氏家刻本二冊（清光緒間）。海寧陳乃乾慎初堂鉛印本二冊（民國十三年）

鍔按潘祖蔭字伯寅，小字曰東鏞，吳縣人，咸豐壬子進士，光緒十六年卒，年六十一，謚文勤。癸未奉諱歸吳。延葉昌熾館於滂熹齋，盡窺帳祕，每讀一書，輒為解題，成《滂熹齋讀書記》二卷。

碧琳瑯館藏書記

清方功惠藏撰（清光緒中）

國立北平圖重鈔江安傅氏藏鈔本一冊（民國二十二年）。

鍔按此書僅載經部易、詩、書三類。

皕宋樓藏書志一百二十卷續志四卷

清陸心源藏撰

清光緒十年陸氏編刻《潛園叢書》本四十冊（清光緒八年歸安陸心源刻）。

陸氏十萬卷樓刻本三十二冊（清光緒壬午）。

李宗蓮序云："仿貴興馬氏、竹垞朱氏、月霄張氏例成藏書志一百二十卷。"

藝風藏書記八卷續記八卷

繆荃孫藏撰（字炎之，一字筱珊，晚號藝風，江陰人，光緒丙子進士。）

江陰繆氏刻本六冊（清光緒二十六年）。《續記》為民國元年刻。

鍔按此書第八卷有殘缺，板本，行式，印記，來源，頁數，闕損，間鈔各家題跋，撰人仕履，書中大旨無不言及。

墨海樓書目補提要

清周郇藏編

楊家駱輯《清代著述志資料叢書》第二集第一種本，一冊（民國二十二年上海中國圖書大辭典編輯館印）。

讀書瑣記一卷

清鳳應韶編

《粟香室叢書》本。《藝海珠塵》本。

潄六山房讀書記

清吳昆田撰

《小方壺齋叢書》本。

復堂日記八卷

清譚獻撰

《半厂叢書》本

上海李氏藏書志

清李筠嘉撰

據《藏書記事詩》引。

匪石日記鈔一卷(附遺文一卷)

清鈕樹玉撰

《滂熹齋叢書》本。

萬卷精華樓藏書記六十四卷

清耿文光撰

國立北平圖藏原稿本,殘存十冊。

鍔按國立北平圖藏殘本,計存經部十四卷,全;史部四卷,殘,餘皆褋亂殘缺,不能窺其線索。

古柏齋讀書褋識一卷

清王宗文撰

《聚學軒叢書》第五集本。

讀書評

編者及成書年代未詳

見《八千卷樓書目》,據云有鈔本。

賁園書庫目錄輯略

張森楷撰(民國十三年著)

成都嚴氏刊本。

勸堂讀書記十卷

顧家相藏撰,子顧燮光輯錄(民國十六年成書)

會嵇顧燮光等編校鉛印《勸堂遺書》本一冊(民國十七年。)

讀書敏求記校正四卷

清管廷芬撰,章鈺補輯

長洲章氏自刻本六冊(民國十五年。)

讀書敏求記校証補輯類記

章鈺撰

民國間章氏鉛印本一冊(附《讀書敏求記據校各本略目》)。

雙鑑樓藏書續記二卷

傅增湘撰

江安傅氏藏園刻本二冊(民國十九年。)

(丙)經眼(知見,所見寓眼)之屬

所見古書目

清黄丕烈撰(乾隆)

據《蘇州府志》。

李南澗所藏書目所見書目所聞書目

清李文藻撰(乾隆)

據《藏書記事詩》引《李南澗墓表》。

吳越所見書畫錄

清陸時化撰(時化字潤之,號聽松,清太倉州人,乾隆四十四年病歿,年六十六。)

《風雨樓叢書》本。

郘亭知見傳本書目十六卷

清莫友芝輯,子莫繩孫編(友芝字子偲,嘉慶辛卯舉人,貴州人。)

日本田中氏北京鉛印本十冊(清宣統元年)。山陰吳隱西泠社鉛印本十六卷六冊(清宣統間)。江安傅增湘鉛印本八冊(民國間)。上海掃葉山房石印本,八冊(民國十六年)。上海掃葉山房石印本三冊(民國七年)。

宋元舊本書經眼錄三卷(附錄二卷)

清莫友芝撰,子莫繩孫編

《影山草堂六種》本一冊(清同治十二年獨山莫氏刻)。上海還讀樓校刻本四冊(清光緒十年。)

莫繩孫跋:同治乙丑迄己巳先君客遊所見或解題,或攷其槧鈔善劣,或僅記每頁行字數目,或並錄其序跋及藏書家跋語印記,皆經眼時隨筆記之,以備循覽,繩孫謹次為三卷,更集他書衣及碑帖題語為二卷附焉,我家影山草堂僻在黔南舊藏書粗備,尤多先人手澤,亂後散佚略盡,不可復得。今卷中厲存一二先君少時所校也,念之泫然。同治癸酉七月丁未朔第二男繩孫謹誌于江寧旅舍。

目治偶鈔四卷

清周廣業編

國立北平圕藏有清種松書塾鈔本三冊。國立北平圕藏民國間費氏復齋鈔本三冊。

四部寓眼錄四卷

清周廣業撰

清周耕厓所著書本。

培元經眼書目

清何厚甫撰

湖南刻本。

群書經眼錄六十卷

清王初桐撰

《古香堂十三種》本。

古書經眼錄一卷

清王頌蔚撰

《寫禮廎遺著四種》本一冊(民國四年其子王季烈刻)。

燉煌鳴沙山石室書一卷

羅振玉撰

清宣統元年王氏石印本。清宣統己酉羅氏排印本。

燉煌鳴沙山石室目錄一卷

羅振玉撰

國粹學報社鉛印改定本一冊(清宣統間)。

李先生經眼書目三十二卷

李盛鐸撰

稿本(附《歷代藏書家印記攷》)。

書目偶鈔二十一卷

徐謙撰

國立北平圕藏藍絲欄鈔本九冊。

鍔按此書系徐氏刪節《四庫標注》稿而成書。

書目叢鈔初編四卷

不著編者名氏

國立北平圖藏鈔本四冊。

（丁）板本之屬

善本

汲古閣珍藏祕本書目一卷

清毛扆編（扆字斧季，明毛晉藏編。）

吳門黃氏士禮居刻《士禮居叢書》本（清嘉慶庚申十月）一冊。上海蜚英館影印清嘉慶五年吳門黃丕烈刻《士禮居叢書》本（清光緒十三年）。吳縣朱記榮刻槐廬家塾刻《行素草堂目覩書錄》附刻本（清光緒十年間）。國立北平圖藏殘鈔本。上海掃葉山房石印本（民國三年）。《持靜齋書目》著錄，據云藏有清嘉慶戊午笏山手鈔本。

鍔按此目內各書，皆宋元明各朝之鈔本，精鈔本，影鈔本，通行之書不在此目內。

延令季氏宋版書目

清季振宜藏編（振宜字詵令，號蒼葦，揚州泰興人，順治丁亥進士。）

吳門黃丕烈士禮居刻《士禮居叢書》本一冊（清嘉慶乙丑）。

黃丕烈《季蒼葦書目序》："《滄葦書目》載宋元版刻以至鈔本，幾於無所漏略。余閱《述古堂藏書目序》有云舉家藏宋刻之重複者拆閱售之泰興季氏，是季氏書半出錢氏，而古書面目較諸錢氏所見更詳。今滄葦之書已散失，每從他處得之，証諸此目，若合符節，方信藏書不可無目，且不可不載何代之刻，何時之鈔，俾後有所徵信也。

傳是樓宋元版書目一卷

清徐乾學藏編（乾學字原一，號健菴，崑山人，康熙庚戌進士第三人及第）

儀徵吳丙湘刻《傳硯齋叢書》本一冊（清光緒十一年）。上虞羅振玉刻《玉簡齋叢書》本一冊（宣統二年）。民國間羅氏重編印《玉簡齋叢書》第二集本（清宣統二年上虞羅振玉刻）。

黃宗羲《傳是樓藏書記》："喪亂之後，藏書之家多不能守，異日之塵封未觸，數百年之沈于瑤牛篋者一時俱出，於是南北大家之藏書盡歸先生，先生之門生故吏遍於天下，隨其所至，莫不網羅墮簡，搜羅緹帙，而先為之海若。"

又云:"築樓于所居之後,凡七楹斲木為廚,貯書若干萬卷,部居類彙,各以其次,素縹緗帙,啟鑰爛然,與其子登樓而詔之曰:吾何以傳汝哉?因指書而欣然笑曰:所傳者唯是矣!遂名其樓為傳是。"

文瑞樓藏書目錄十二卷

清金檀藏編(檀字星軺,清桐鄉人)

桐鄉顧修刻《讀畫齋叢書》庚集本二册(清嘉慶十六年)。國立北平圖藏有四卷抄本四冊。

鍔按《書目舉要》註此書二十卷。《浙江圖叢書子目索引》作金樟撰,恐系訛誤。光緒《桐鄉縣志》云金檀自訂《文瑞樓書目》十二卷。

延令吳氏家藏書目一冊

清吳之振藏撰(之振字孟舉,清嘉興石門人,康熙時貢生。一六四〇——一七一七)

據《傳是樓書目》。

黄宗羲天一閣藏書記:"甲辰館語溪,檇李高氏書以求售二千餘,大略皆鈔本也,余勸孟舉收之。余在語溪三年,閲之殆遍,此書固他鄉寒故也。"

訥齋書目四冊

清怡賢親王撰

傳鈔本。

陸心源《宋槧婺州九經跋》:怡賢親王收藏。王為聖祖仁皇帝之子,其藏書之所曰樂善堂,大樓九楹,積書皆滿,絳云樓未火以前,其宋元精本大半為毛子晉錢遵王所得,毛錢兩家散出,半歸徐乾學季滄葦,徐季之書由何義門介紹歸於怡府。乾隆中四庫館開,天下藏書家皆進呈,惟怡府之書未進,其中為世所罕見者甚多……怡府之書藏之百餘年,至端華以狂悖誅,而其書始散落人間,聊城楊學士紹和,常熟翁叔平尚書,吳縣潘文勤,錢塘朱修伯宗丞得之為多。"

五研樓書目

清袁廷檮藏編(廷檮字壽楷,一字又愷,清吳縣人。)

據《蘇州府志》。

《先正事略》卷三十六《余古農先生事略》:"……又得先世所藏五硯,為樓弆之,蓄書萬卷,皆宋元槧刻及金石碑版法書名畫之屬……"

刊本目錄

清章學誠編

元和江氏《靈鶼閣叢書》本。

石研齋書目二卷

清秦恩復藏編（恩復字近光，一字敦夫，又字澹生，江都人，乾隆五十二年進士）

據《續揚州府志》。

鍔按《清史藝文志》作四卷。顧澗蘋嘗觀其所藏秘笈，並示以新編書目二卷，尋覽既周，歎其體制之善曰：由宋以降，版刻衆矣。同是一書，用校異本，無不夐若徑庭者，每見藏書家目錄，經某書史某書云云，而某書之何本，漫不可別識，今此目創為一格，各以入錄之本，詳註於下，既使讀者于開卷間，目瞭心通而據以攷信，遂不啻燭照數計。

見存漢魏六朝文集版刻本目錄

清嚴可鈞編

見《全上古三代秦漢三國六朝文》卷首。

上善堂書目（不分卷。）

清孫從添藏編（從添字慶增，號石芝，清常熟人。）

瑞安陳繩夫刻本一冊。（民國十八年。）

鍔按此書又名《上善堂宋元版精鈔舊鈔書目》，宋版五十五部，元版七十六部，名人鈔本九十部，影宋鈔本七十二部，舊鈔本一百四十五部。

百宋一廛書錄一卷

黃丕烈藏編（丕烈字紹甫，或作紹武，乾隆戊申舉人）

《適園叢書》第一集本一冊（民國二年烏程張鈞衡刻）。

百宋一廛賦一卷

清顧廣圻撰（廣圻字千里，清道光十五年二月十九日卒，年七十一，自號思適居士，又號澗蘋，元和縣人），清黃丕烈注。

清吉林恩濤編印《潘刻五種》本（清光緒三年吳縣潘祖蔭刻）。吳縣黃丕烈《士禮居叢書》本（清嘉慶十年）。上海蜚英館影印清嘉慶十年吳縣黃丕烈刻《士禮居叢書》本（清光緒十三年）。

鍔按李兆洛《養一齋集》卷十一《顧君墓誌銘》謂廣圻卒于道光十九年，年七十，二說相左，待攷。又案《持靜齋書目》云：皆述蕘圃所藏宋槧之源流也。”

求古居宋本書目一卷

清黃丕烈藏編

民國八年葉氏重編成《觀古堂書目叢刻》本一冊(民國七年長沙葉德輝刻)。

藝芸精舍宋元本書目一卷

清汪士鐘藏編(士鐘字閬源,長洲人。)

吳縣潘祖蔭刻《滂熹齋叢書》第二函本一冊(清同治十二年)。番禺沈宗畸刻《晨風閣叢書》本一冊(清宣統元年)。吳縣江杏溪編印《文學山房聚珍版叢書初集》本一冊(民國間)。

閬源"蓄志收書以家藏四部書為尋常習見之本,必廣搜宋元舊刻,以及《四庫》未採者"(黃丕烈《郡齋讀書志序》)。盡得黃蕘圃、周香巖、袁壽堦、顧抱沖四家書(潘祖蔭《藝芸精舍宋元本書目跋》)。取宋本元本別編其目,各成一冊(顧廣圻《藝芸精舍書目序》)。

道古樓書畫目錄五冊

清馬思贊藏編(思贊字寒中,號衎齋,又號南樓,又字仲安,一號漁村,清海人)。

國立北平圖書館藏馬氏手稿本一冊。

鐵琴銅劍樓藏書目錄二十四卷

清瞿鏞藏編(鏞字子雍,紹基子,清常熟人)。

清光緒二十四年瞿氏訂正校印清光緒三四年間刻常熟瞿氏罟里家塾刻本十冊。常熟瞿氏刻本十二冊(清咸豐十年)。武進董康刻《誦芬室叢刻》本十冊(清光緒二十三年)。

清吟閣書目四卷

清瞿世瑛藏編

民國間仁和吳昌綬刻《松鄰叢書乙編》本一冊。

鍔按《藝風藏書續記》及《書目舉要》均作瞿潁山撰,《清史藝文志》作瞿瑛撰,待攷。又按此書所藏鈔本七百九十二種,名人批校鈔本一百七十七種,名人批校刊本二百九十八種,影宋元鈔本三十種。

寶書閣著錄一卷

民國間仁和吳昌綬刻《松鄰叢書乙編》本一冊。

鍔按此書存目七十三種,不分類,僅著撰者時代及姓名卷數,卷前有小序:"書齋清晝,孤坐吟餘,整架上書,多善本,恐世罕流傳,隨筆著之,不復差次,天壤間奇祕無盡藏,安知不載於是編尚多耶,願同志合力搜訪……"

海源閣宋元鈔本書目一冊

清江標編,清楊紹和藏

江氏刻書目三種本。

海源閣宋元祕本書目四卷

清楊紹和藏，楊保彝編

山東省立圕鉛印山東省立圕叢刊第二種本一冊（民國二十年）。

書鈔閣書目

清周星詒藏編（星詒字季貺，清山陰人，生於道光十三年，卒於光緒三十年。）

據《適園藏書志》云有傳鈔本。

鍔按季貺因得《北堂書鈔》，而名其閣，所藏書大都陳蘭鄰帶經堂散出之本，有《書鈔閣行篋書目》，宋元本外，亦皆名人鈔校精本，其書後歸蔣鳳藻香生之鉄華館。

臥雪樓藏書簿四冊

清袁方瑛藏編（方瑛字潄六，清湘潭人，道光乙巳進士。）。

葉氏觀古堂藏原稿本。

《藏書記事詩》卷六："昌熾按湘中袁潄六方瑛，乙巳進士，官松江知府，其臥雪樓藏書極富，黄再同前輩曾見其書目四大冊，《漢書》宋元刊本多至十餘部，餘可知矣。李木齋同年隨父中丞公官湖南得其書最多。"

古翰廖山館藏書目錄

清曾釗藏編（釗字勉士，清南海人，道光乙酉拔貢生。）

江陰繆氏藏傳鈔本。

《古翰廖山館藏書目錄序》："歐陽子曰，好之而無力，雖近且易有不能致，余每誦而悲之，然亦用是自豪，蓋余室四壁立獨插架數萬卷且有宋元槧及舊鈔手校本，紙墨奇古，丹鉛淋漓，清風逗簾，展卷留連，未嘗不私心竊喜，謂幸不中廬陵之言也……"

竹崦盦傳書目一卷

清趙魏藏編（魏字晉齊，清仁和人。）

長沙葉德輝刻《觀古堂彙刻書》第一集本一冊（清光緒三十年）。清光緒三十年長沙葉德輝刻，民國八年葉氏重編成《觀古堂書目叢刊》本一冊。

結一廬宋元本書目一卷

清朱澂編

清光緒二十一年刻本（附於清光緒二十八長沙葉氏《觀古堂彙刻書》二集後）。民國七年長沙葉德輝刻，民國八年葉氏重編《觀古堂書目叢刻》本（附《結一廬書

目》後)

滂熹齋宋元本書目一卷

清潘祖蔭藏編(祖蔭字伯寅,號鄭盦,清吳縣人。)

《晨風閣叢書》本一冊(清宣統年番禺沈宗崎刻)。海寧陳乃乾慎初堂鉛印《滂熹齋藏書記》附印本一冊(民國十三年)。

牧令書輯要

清丁日昌輯

《牧令書》本。

《藏書紀事詩》卷二:"丁中丞日昌,字禹生,廣東豐順人,同治間開府君吾御史嚴而愛民如子,身後謗譽參半,實則精明慈惠文襄之後,能福吾吳民者公其一也。藏書極富,其為上海道時宜稼堂郁氏宋元舊本都歸插架,有《持靜齋藏書目》五卷,其尤精者……"

朱衎廬舊藏鈔本書目

清朱昌燕藏(昌燕字苓年,號衎廬,海寧人,光緒甲午丁未之際掌教東昌書院),費寅輯編

國立北平圖藏民國十六年海寧費寅手鈔本一冊。民國十八年海寧張宗祥鉛印《朱衎廬先生遺稿》附印本一冊。

咫進齋善本書目四卷

清姚覲元藏編(覲元字彥侍,清歸安人,道光舉人)

國立北平圖藏民國間鈔本二冊。山大藏四冊合訂。

歸安陸氏舊藏宋元本書目

陸心源藏編

國立北平圖藏民國間費氏復齋鈔本一冊。

鐵琴銅劍樓宋元本書目四卷

清瞿鏞藏,清江標編

元和江標刻《江刻書目三種》本二冊(清光緒二十三年)

持靜齋宋元鈔校本書目一卷

清丁日昌藏,清江標編

《元和江刻書目三種》本

唫香館藏書目

清馬瀛藏

國立北平圕藏清宣統三年費氏復齋鈔本一册。

《東湖叢記》：吾鄉陳仲魚徵君向山閣藏書大半歸馬二槎上舍，上舍余中表行也，其《唫香仙館書目》多世所未見之本，有宋本《漢書》《晉書》，因以漢晉名其齋，《晉書》為天籟閣故物，有王弇州手鈔補缺之卷，真書林環寶也。

《持靜齋書目》：《桂苑筆耕錄》有二槎祕笈、馬氏唫香仙館收藏印，又曾肇《曲阜集》有馬氏收藏、二槎藝文、宋臨安之老人家諸印。昌熾按吟香吟春不同，東湖是其中表當可據……《藏書紀事詩》卷六引。

澍海樓舊本書目四卷（並附錄）

清吳引孫舊藏，陳乃乾編

冀縣王富晉鉛印本二册（民國二十一年）。

古泉仙館宋元本書序錄一卷

清瞿中溶編

見《八千卷樓書目》。

唐宋祕本書目

編著人及成書年代未詳

據《清吟閣書目》。

清德堂鈔本書目四種

編著人及成書年代未詳

據《清吟閣書目》

鍔按此書內所存為《文獻通攷》《五禮通攷》《通志堂經解》《皇清經解》等四書目錄。

草鈔本書目一册

編著人及成書年代未詳

據《持靜齋書目》。

蓡綏閣藏舊本書目一册

楊嘉編，清黃紹箕藏

《墨香簃叢編》本（民國十一年其父瑞安楊紹廉石印）。

傳書堂善本書目十二卷

蔣汝藻藏

國立北平圕藏民國間傳鈔本四册。

傳書堂善本書目補遺四卷

蔣汝藻藏

國立北平圖藏民國間傳鈔本二冊。

鈔本書目

編者名氏不詳

國立北平圖藏鈔本四冊。

鍔按此書有題跋,此書紙張為繆荃孫稿紙,内中並有繆氏批評,為繆氏所編也。又此書僅有史部一冊,子部二冊,集部一冊,闕經部,而各部全不似完整。恐為殘本也。

涵芬樓藏善本目錄

商務印書館藏編

國立北平圖藏自鈔本三冊。

徵刻唐宋祕本書目攷証

葉德輝撰攷証

《觀古堂書目叢刻》本。

雙鑑樓善本書目四卷

傅增湘編

江安傅氏藏園刻本三冊(民國十八年)。

無錫縣立圖善本書目二卷

秦毓鈞編

吳錫縣立圖鉛印本一冊(民國十八年)。

鍔按附勘誤表卷首有秦氏自敘,上下卷各依四部分類,部又分類,類又分目,每書下注,何時何人撰,注板本,藏者,冊數。

寒瘦山房鬻存善本書目七卷

鄧邦述撰

江寧鄧邦述刻本三冊(民國十九年)。

群碧樓善本書目六卷

鄧邦述藏編

國立北平圖藏鈔本一冊。

寒云手藏所寫宋本提要二十九種

袁克文藏編

民國二十年影印手稿本,一冊。

嘉業堂藏書樓善本書目

劉承幹藏編

國立北平圕藏傳鈔本一冊（民國二十一年）。

成簣堂善本書目八編

日本蘇峰老人藏，日本蘇峰老人古稀祝賀紀念刊行會編。

日本昭和七年民友社鉛印本一冊。

日本訪書志續編（或名日本訪書志補）

清楊守敬撰，王重民輯

《中華圕協會叢書》第三種本。

經籍訪古志六卷補遺一卷

日本全善森立之合撰

清光緒乙酉徐承福姚文棟排印本。

鍔按此書皆記宋元舊本書，中國已佚者甚多。

日本訪書志十六卷

清楊守敬撰

清光緒丁酉楊氏自刻本八冊。

鍔按此書卷首有楊氏自序，説明書之來源。

古文舊書攷四卷

日本島田翰撰

日本明治三十八年民友社鉛印本四冊。民國十六年北平藻玉堂鉛印本五冊。

靜嘉堂祕籍志五十卷卷首一卷

日本岩崎彌之助藏，日本河田羆撰

日本大正六年靜嘉堂鉛印本二十五冊。

鍔按此書卷一至卷十二所載之書，為清陸氏皕宋樓藏書，卷十三至五十為清陸氏十萬卷樓舊藏書。

靜嘉堂文庫漢籍分類目錄

日本岩崎彌之助藏，靜嘉堂文庫編

日本昭和五年靜嘉堂文庫鉛印本一冊。

青洲文庫古版書目

日本渡邊信藏編

日本明治三十八年鉛印本一冊。

鍔按此書分漢學和學襍集書籍

普通版本附一:板片,附二:補普通版本。

寧藩書目一卷

明朱權編(鍔按此據《書目長編》補編人姓名)

清天一閣范氏藏本。

《四庫提要》:《寧藩書目》一卷(浙江范懋杜家天一閣藏本)不著撰人名氏,初寧獻王權,以永樂改封南昌,日與文士往還,所纂輯普通板本及刊刻之書甚多。嘉靖二十年,多焜求得其書目,因命教授施文明校刊行之,所載書凡一百三十七種,詞曲院本道家煉度齋醮諸儀俱焉,前有多焜序,及啟一通,後有施文明跋,多焜啟中所稱父王者乃郯陽端惠王拱樻,以嘉靖初受命攝寧府事,多焜後亦襲封,謚曰恭懿,見《明史諸王世表》。

千頃堂書目三十二卷

明黃虞稷編(居中次子,字俞邰,明晉江人。)

《欽定四庫全書》文津閣本十八冊(清乾隆間)。國立北平圖藏清杭世駿鮑廷博吳騫等手跋鈔本十六冊。國立北平圖藏清況周頤手跋鈔本十八冊。國立北平圖藏清光緒間歸安姚氏手校咫進齋本十六冊。國立北平藏無名氏鈔本十六冊。《適園叢書》第二集本十六冊(民國二年烏程張鈞衡刻)。江蘇第一圖藏書鈔本十四冊。海寧王國維校本(未刊)。

梁啟超曰:後此王鴻緒採真書人《明史稿》,官修《明史》因之,然則此書與《明史藝文志》之關係,始如《七略》之於《漢志》,《古今書錄》之于《唐志》矣。

《四庫提要》:攷明一代著作者,終以是書為可據,所以《欽定明史藝文志》,頗採錄之。

《書目答問補正》:黃目乃《明史藝文志稿》,視《明史》尤精博,所坿宋遼金元人書,則四史之缺略者。

汲古閣校刻書目一卷

明毛晉原本,清顧湘校

顧崇福補刻清道光二十一年其父顧湘所刻《小石山房叢書》本一冊(清同治十三年)。國立北平圖藏清無名氏編鈔《書目叢鈔》本,鍔按此書或作清鄭懋德撰,如《書目舉要》,《清史藝文志》及《浙江圖叢書子目索引》均作鄭德懋撰，各說不一，未知孰是，待攷。

汲古閣刻書細目

見《拜經樓題跋》。

汲古閣書目補遺一卷

清鄭懋德編，清顧湘校

顧崇福補刻清道光二十一年其父顧湘所刻《小石山房叢書》本一冊（清同治十三年）。國立北平圕藏清無名氏編鈔《書目叢鈔》本一卷一冊。

牧齋書目一卷

清錢謙益藏（謙益字受之，號牧齋，一號蒙叟，又號峨眉老衲，石渠舊史，常熟人，明萬曆進士。）

國立北平圕藏鈔本四冊。長沙葉氏觀古堂藏舊鈔本一百二十頁。

鍔按謙益早歲科名，交遊滿天下，盡劉子威、錢功父、楊五訓、趙汝師四家書，更不惜重貲，購古本，書賈奔走捆載無虛日，用是所獲充牣，幾埒內府。

絳云樓書目四卷

清錢謙益藏編，清陳景云注

南海伍崇曜刻《粵雅堂叢書》第九集本二冊，持靜齋鈔本（葉氏《郇園讀書志》云有解題）。國立北平圕藏清宣統元年鈔校本二冊。

絳云樓書目補遺一卷

清錢謙益藏編，清陳景云注

長沙葉德輝刻《觀古堂彙刻書》第一集本一本（清光緒二十八年）。民國八年葉氏重編成《觀古堂書目叢刻》本一冊（清光緒二十八年，長沙葉德輝刻）。

鍔按此書版本既多，卷數不一，惜見聞有限，不能通覔各本，一一校讀，攷其原委究竟，茲僅就各家著錄之較為確者，分別將其板本，臚列於正篇及補遺兩書目下，餘者均附錄於此：

江南圕藏絳云樓書目一卷，舊鈔本，二冊。

《清史藝文志》著錄與上同（不著版本。）

《藝風藏書續記》：《絳云樓書目》兩大本，傳鈔本。

《善本書室藏書志》：《絳云樓書目》一卷，舊鈔本。

《持靜齋書目》：《絳云樓書目》七十四卷，精鈔本。

《郎園讀書志》：《絳云樓書目》二冊，舊鈔本（不分卷。）

《楹書隅錄續編》：《絳云樓書目》一卷，舊鈔本，一冊。

鍔又按各家所著錄一卷本,是否即補遺?《持靜齋目》所著錄七十四卷與四卷本,是否均為正編?何卷帙參差若是之天壤耶?

竹垞行笈目錄(或作書目)

清朱彝尊藏編(彝尊字錫鬯,號竹垞,又號醧芬,一號小長廬釣魚部,秀水人,康熙巳未舉博學鴻詞,一六二九——一七〇九)

番禺沈宗畸刻《晨風閣叢書》中《潛採堂書目四種》本一冊(清宣統元年)。

述古堂書目四卷

清錢曾藏編

南海伍崇曜刻《粵雅堂叢書》第九集本一冊(清道光三十年)。國立北平圖藏清無名氏編鈔《書目叢抄》本一冊。朱秋厓手鈔本(清乾隆庚子)。

鍔按繆氏《藝風堂藏書續記》作十卷。

也是園藏書目十卷

清錢曾藏編

清姚氏咫進齋鈔本一冊。上虞羅振玉刻《玉簡齋叢書》二冊(清宣統二年)。民國間羅氏重編印《玉簡齋叢書》二集本二冊(清宣統二年上虞羅振玉刻)。

好古堂書目四卷(附闕書目,好古堂收藏宋元板書目)

清姚際恒藏編(際恒字立方,號首源,清仁和人。)

國立北平圖影鈔江蘇第一圖藏清丁丙舊藏鈔本一冊。南京中社影印江蘇第一圖藏清丁丙藏鈔本一冊(民國十八年)。《讀書齋叢書》本。《美術叢書》三集本。江蘇第一圖藏精鈔本四卷一冊。江南圖藏鮑以文吳小谷所藏本一冊。

孫氏祠堂書目內編四卷外編三卷

清孫星衍編

國立北平圖藏鈔本二冊。《木犀軒叢書》本二冊(清光緒九年德化李盛鐸刻)。金陵孫忠愍祠堂刻本(清嘉慶庚午)。

鍔按民國七年《京師圖善本書目》,僅四卷,二冊;未註內編字樣,清孫星衍撰,舊鈔本,歸安姚氏藏書,注云:按繆目題作《平津館書目》。

藉書園書目

清周永年

據《濟南府志》。

桂馥《周先生傳》,周永年字書昌,濟南歷城人,結茅林汲泉側,因稱林汲山人，先生於衣服飲食玩好一不問，但喜買書賈客出入故家，得書輒先生，凡積五萬卷，先生見收藏家易散，有感于曹石倉及釋道藏，作《儒藏說》，約予買田築借書園，祀漢經師伏生等，聚書其中，招致來學。

沈起元《題水西書屋藏書目錄後》，余來主濼源書院講席，得周生永年……今所藏經史子集二氏百家之書，已數千卷，皆能言其大義……”

怡云仙館藏書簡明目錄十卷（附藏書總目及藏書目及藏書目錄三編。）

清陳善藏編

國立北平圖藏原稿本，十一冊（按此書總目缺集部）。

四明盧氏藏書目錄

清盧沚藏編（沚字青厓，清乾隆間鄞縣人。）

國立北平圖傳鈔江安傅氏藏津寄盧鈔本一冊（民國二十二年。）

慈云樓書目

清李筠嘉藏編（筠嘉字修林，清上海人，道光丙午六月卒，此書成於乾隆六十年）

武昌許子行藏稿本，李之鼎鈔有副本。

鍔按此目僅有經史子三部。又按《龔定盦續集》卷三《上海李氏藏書志序》：藏書至四千七百種，議論臚注至三十九萬言，精於校勘，有《李氏藏書志》。

江上云林閣書目四卷

清倪橫藏編（橫系模之誤，模字迂村，清安徽望江人，清嘉慶己未進士。）

清道光三十三年自刻本。

《江上云林閣書目自序》：嘉慶二年，余曾有經鋤堂各架藏書序，五年構江上云林閣藏書十二橱中……洎任鳳陽教授十二年稍有所獲，屬子孫輩繕一清目，以不負數十年購求鑽研之意云。時道光乙酉秋九月上浣江上云林閣主人迂存倪模序。

金山錢氏家刻書総目十卷（鍔按此書卷數據《清史藝文志》補）

清錢培孫藏編

金山錢氏家刻本四冊（清光緒四年刻。附舊藏書版八種）。

愛日精廬藏書簡目

清張金吾藏編（金吾字慎旃，別號月霄，光基子。）

國立北平圖藏無名氏簡錄鈔本一冊。

鍔按據《常昭合志稿》云金吾撰《愛日精廬藏書志》四十卷。

嵇瑞樓書目一卷(鍔按《書目舉要》作四卷)

清陳揆藏編(揆字子準,清常熟人,因得唐劉賡《嵇瑞》一卷,因名其書樓。)

《滂熹齋叢書》第三函本一冊(清光緒三年吳縣潘祖蔭刻。)

五桂樓書目四卷

清陳澄量藏編(澄量字式筌,號石泉,清餘姚人,師事孫磬諸重光,慕遠祖宋時號五桂者昆季五人並著清望,遂以五桂名其樓。)

《五桂樓叢書本》四冊(清光緒二十一年姚江黃承乙刻)。

帶經堂書目四卷(並附錄)

清陳徵芝藏,孫陳樹杓編(樹杓字星村。)

清順德鄧實輯《風雨樓叢書》第二集本(清宣統三年上海神州國光社鉛印)。

鍔按神州國光社本卷四分上下,有周星詒、陸心源批語印在簡端。《清史藝文志》作五卷。《書目舉要》云:目多久佚之籍,世不經見,恐有誇侈,不可遽信。陸心源《帶經堂陳氏書目書後》:《帶經堂書目》五卷,陳蘭鄰太令所藏書也。

宜稼堂書目

清郁松年藏編(松年字萬枝,號泰峰,清上海人,道光二十五年恩貢生。)

國立北平圖於民國二十二年傳鈔江安傅氏雙鑑樓藏鈔本一冊。

八千卷樓書目二十卷十冊

清丁仁編

錢塘丁氏聚珍倣宋版印本(清光緒己亥七月)。錢塘丁氏排印本四冊(民國十二年)。

破鐵綱二卷

清胡爾榮撰(字豫波,號蕉窗,清海寧人,道咸間與蔣生沐友善。)

《藕香零拾》本一冊(清光緒間江陰繆荃孫刻)。

鍔按此卷談書籍偶及碑帖,下卷談書畫。

持靜齋書目四卷續增一卷

清丁日昌藏,清莫友芝編

豐順丁氏家刻本(清同治間)六冊。江標重刻豐順丁氏家刻本(清光緒二十一年。附《持靜齋藏書紀要》一卷)。

鍔按《書目舉要》作六卷,乃係六冊之誤,實則讀書為五卷六冊,《清史藝文志》所載亦同,《潮洲藝文志》亦作五卷。

丁氏持静齋書目（附藏舊刊本書目）

清丁日昌藏，清江標編（標字建霞，號師鄦，又自署笘誃，光緒乙丑進士。）

《江刻書目三種本》一冊（清光緒二十年元和江標刻）。

舊槧書目

清顧鶴逸藏

國立北平圖重鈔江安傅氏舊藏本一冊（民國間）。

拾園張氏書目四冊

《書目長編》：張氏，疑即海鹽張氏。

遂初堂書目一卷

宋尤袤藏編（袤字延之，靖康二年丁未生，紹興五年卒，享年六十八，紹興十八年進士，謚文簡，小名盤郎，小字季常。）

《欽定四庫全書》文津閣本一冊（清乾隆間）。《海山仙館叢書》本一冊（清道光二十六年番禺潘仕誠刻）。《常州先哲遺書》本一冊（清光緒二十二年武進盛宣懷刻）。上海涵芬樓鉛印明鈔一百卷《說郛》本一冊（民國十四年）。江蘇第一圖藏汪魚亭藏書舊鈔本一册。

《藏書紀事詩》魏了翁跋：知此其藏書亡于寶慶初元年間。

毛開《遂初堂書目序》：延之始自青衿，迨夫白首，嗜好既篤，網羅斯備，日增月益，晝誦夜思，重之不以借人，新若未嘗觸手，耳目所及，有虞監之親鈔，子孫不忘，多杜俣之手校，表層樓而儷富，託名山而共久，不已盛乎。

《直齋書錄解題》：《遂初堂書目》一卷，錫山尤氏尚書袤延之，淯熙名臣，藏書至多，法書尤富，嘗燼於火，今其存無幾矣。

真賞齋賦

明華夏藏（夏字中甫，無錫人，與文徵明、祝允明為摯友，構真賞齋于東沙，藏鼎彝金石縑素，品鑒推江東巨眼。）

豐坊撰（坊字存禮，後更名道生，字人翁，別號南愚外史，鄞縣人，嘉靖二年進士）

《藕香零拾》本。

天一閣書目四卷

明范欽藏，清范懋恒編，清阮元重編

揚州阮元文選樓刻本（清嘉慶十三年，鍔按此本卷一至卷三各分為二卷，卷四分為四卷，附清范懋敏編《天一閣碑目》一卷，清黃宗羲撰《天一閣藏書記》。）

鍔按《持靜齋書目》作八冊，嘉慶十三年刊本，分經史子集，共四千九十四種,五萬三十七百九十九卷,皆明天啟以前舊本,清范懋柱錄(懋柱字漢衡,清乾隆間鄞縣人,正輅曾孫從益孫。)此錄其祖明兵中侍郎范欽(字堯卿,一字安卿,明嘉靖壬辰進士累官兵部右侍郎。)

全祖望《天一閣藏書記》:天一閣肇始於明嘉靖間,而閣中之書不自嘉靖始,固城西豐氏萬卷樓舊物也。豐道生晚得心疾,潦倒於書淫墨癖之中,喪失其家殆盡而樓上之書宋槧與寫本為門生輩竊去者幾十之六,其後又遭大火,所藏無幾。范侍郎欽素好購書,先時嘗從道生鈔書,且求其作藏書記。以其倖存之餘歸之於閣,又稍從弇州互鈔以增益之,雖無復增豐氏之舊,然亦雄視浙東焉。

四明范氏書目二卷

明范欽藏編

《書目長編》:《清吟閣書目》有《天一閣書目》二本,梁同書手鈔。民國間上虞羅振玉編刻《玉簡齋叢書》第二集有《四明天一閣藏書目錄》二冊一書,或同一書而異名也。

菉竹堂書目六卷

明葉盛藏編(盛字與中,號蛻庵,明崑山人,正統十三年進士,成化十年卒,諡文莊。)

《粵雅堂叢書》第十五集本二冊(清咸豐四年南海伍崇曜刻)。

國立北平圖藏鈔本。

《四庫提要》:其敘列體例,大率本之馬端臨《經籍攷》。又云:又別有新書目一卷附於後,中載夏言、王守仁諸人集,皆不與盛同時,蓋子孫所續入也。

濮陽蒲汀李先生家藏目錄一卷

明李廷相藏編(廷相夢弼,李瓚之子,濮州人,弘治壬戌進士第三,諡文敏,成化十七年辛丑生,嘉靖二十三年甲辰卒,享年六十四。)

民國間羅氏編印《玉簡齋叢書》二集本一冊(清宣統二年羅振玉刻。)

鍔按《李浦汀藏書目錄》一書亦與上書為一書?特以卷數不同,各家著錄或分別存之,《國史經籍志》《千頃堂書目》均作二卷,或謂(?)四卷。又按李氏藏書,式訓堂書畫攷諸書。其藏書處曰雙檜堂。

晁氏寶文堂書目三卷

明晁瑮藏編

國立北平圖藏明鈔本三冊。

《四庫提要》：瑮字君石，號春陵，開州人，宋太子太傅廻之後，嘉靖辛丑進士，官至國子監司業，……此本以御製為首，上卷分總經、五經、四書、性理、史、子文集、詩詞等十二目，中卷分類書、子襍、樂府、四六、經濟、舉業等六目，下卷分韻書、政書、兵書、刑書、陰陽、醫書譜、藝圃、算法、圖志、年譜、姓氏、佛藏、道藏、法帖等十五目，其著錄極富，雖不能盡屬古本，而每書下，間為注明某刻，亦足以攷見明人版本源流。

脉望館書目四卷

明趙琦美藏編（畸美字亢度，自號清常道人，明常熟人，文毅公用賢子，生於嘉靖四十二年癸亥，卒於天啟四年甲子，享年六十二）

《玉簡齋叢書》二集本二冊（民國間上虞羅振玉編刻）。《涵芬樓秘笈》第六集本四冊（民國七年上海商務印書館編印。趙氏門僕。）

上海商務印書館再版本（民國十三年。）

世善堂書目二卷

明陳第藏編（第字季立，連江人，生於嘉靖二十年辛丑，卒于萬曆四十五年丁已。）

《知不足齋叢書》第十一集初印本二冊（清乾隆六十年歙西鮑廷博刻）。肄水盧氏芸林仙館補刻乾隆六十年歙西鮑廷博刻《知不足齋叢書》第十九集本（清光緒八年）。

《世善堂書目題詞》：吾性無他嗜，惟書是癖，難幸承世葉，頗有遺本，然不足以廣吾聞見也，自少至老，足跡遍天下，遇書輒買，若惟恐失，故不擇善本，亦爭價值，又在金陵焦太史宣州沈刺史家得未曾見書，鈔而讀之，積三四十餘年，遂至萬有餘卷，從未敢云汗牛充棟，然以資聞見，備採擇足矣。今歲閒居西郊，粗為位置，因成目錄，得便檢查。吾買書蓋以自娛，子孫之讀不讀，聽其自然。至於守與不守，亦數有必至，吾雖不聽之，其可得耶？萬曆丙辰溫麻山農誌。

《靜志居詩話》：余游閩，林秀才侗持第後人所輯《世善堂書目》求售，燈下閱之，見唐五代遺書琳瑯滿目，如披靈威唐述之藏，多平生所未見，不覺狂喜，秀才許至連江代購，踰年得報，書則已散佚，徒有惋惜而已。

鮑以文《世善堂書目跋》：明萬曆間，明連江陳第手自編定，子孫時時增益，藏弆二百餘年，後嗣不復能守，乾隆初錢塘趙谷林賚多金往購，則已散佚無遺矣。目錄一冊，余從趙氏得之，斷種祕冊約三百餘，予按其目求之，積四十一年無所得，當時散落誠可惜也。

澹生堂藏書目十四卷

明祁承㸁藏編(字爾光,號夷度,自號曠翁,山陰人,明萬曆甲戌進士。)

《紹興先正遺書第三集》本四冊(清光緒十八年,會稽徐友蘭刻)。江南圖藏原寫本,十本。

《靜志居詩話》:參政藏書,將亂,其家悉載之云門山寺,惟遺元明來傳奇,多至八百餘部,而《葉兒樂府》不與焉。予猶及見之。其手錄群書目八冊,今存古林曹氏寺中,所儲已盡流傳于姚江禦兒鄉矣。

紅雨樓書目四卷

明徐𤊹藏編(熥弟,字惟起,更字興公,萬曆間與曹學佺狎主閩中詩坦,閩縣人,永寧令棉之子。)

繆荃孫藝風堂鈔本。

萬卷堂書目四卷(此書又名《聚樂堂藝文目錄》)

明朱睦㮮藏編(橚五世孫,字灌甫,號西亭。)

《玉簡齋叢書》本四卷二冊(清宣統二年上虞羅振玉刻)。《玉簡齋叢書第二集》本(民國間羅氏編印)。《觀古堂彙刻書》第一集本四卷一冊(清光緒二十九年長沙葉德輝刊)。國立北平圖影鈔咸豐元年汪鉄樵依鹽官仲氏長春閣鈔本校補本一冊(民國間)。

徐氏家藏書目四卷

明徐𤊹藏編

國立北平圖藏鈔本一冊。

《紅雨樓家藏書目序》:予少也賤,性喜博覽,嘗取父書讀之,覺津津有味,既長,稍知訪輯,然室如懸罄,力不能舉群有也。會壬辰乙未辛丑為吳越之遊,庚子又有書林之役,乃撮其要者購之,因其未備者補之,更有罕購難得之書,或即類以來,或因人而迄,或有朋舊見遺,故藉故家鈔錄,積之十年,合先君子先伯兄所儲,可盈五萬三千餘卷,存之小樓,堆床充棟,頗有甲乙次第,鉛槧假日,遂仿鄭氏《藝文略》、馬氏《經籍攷》之例,為書目四卷。萬曆丙寅初秋,三山徐𤊹興公書。

珊瑚網書錄

明汪珂玉藏編(明徽州人,寄籍嘉興,字玉水,崇禎中官山東鹽運使判官。)

《適園叢書》本。

天一閣現存書目四卷

明范欽藏，清薛福成編

無錫薛福成刻本四冊（清光緒十五年）。

鍔按《書目舉要》及《清史藝文志》均作六卷。又按此書實為錢恂所編，見沈家本撰《枕碧樓存稿》卷六。此書卷首載有黄宗羲《天一閣藏書記》。全祖望《天一閣碑目記》，卷末載有《重編進呈書目》，附《天一閣校刊二十種奇書目》、范氏家著《天一閣見存碑目》《天一閣見存石刻》《天一閣新藏書目》。

得月樓書目摘錄

明李鶚沖藏

《粟香室叢書》本一冊（清光緒十年江陰金武祥刻）。《常州先哲遺書》本一冊（清光緒二十二年武進盛宣懷刻）。國立北平圖書館藏無名氏編鈔《書目叢鈔》本一冊。

鍔按清華大學圕書目名無摘錄二字，作一卷。

西吳韓氏書目二冊

明末人藏編，姓名已不可攷。

《書目長編》：未詳撰者，近羅振玉《玉簡齋叢書》重刊名曰《近古堂原稿》，藏吳興徐氏漢石經齋。

馬氏日鈔

明馬愈撰

《學海類編》本。

萬卷堂家藏藝文目一卷（目或作記）

明朱睦㮮藏

丹鉛精舍鈔校本一冊（清咸豐五年）。江蘇第一圕藏汪鉄樵校藏舊鈔本一冊。江南局藏本。

《書目長編》：《觀古堂彙刻書》本，《玉簡齋叢書本》，又名《聚樂堂藝文目錄》，汪氏振綺堂有鈔本四冊，見邵；又有《萬卷堂藝文目》八卷，見蔣氏《東湖叢記》；江南局藏《萬卷堂藝文記》一卷。

百川書志二十卷

明高儒撰

民國八年葉氏重編《觀古堂書目叢刻》本四冊（民國四年長沙葉德輝刻）。江蘇第一圕藏十萬卷樓鈔本。江南圕藏蕭山王氏手鈔本二本。瞿氏千墨齋鈔七家書目本。繆氏藝風堂藏鈔本。羅鏡泉藏鈔本。

《居易錄》:涿州高儒武弁也,家多藏書,有《百川書目》。

《徵刻唐宋祕本書目》:高儒《百川書志》二十卷,涿州人,志其家藏書,如晁公武之例。

明近古堂書目

編藏者姓氏不詳

《玉簡齋叢書》二集本二冊(民國間上虞羅振玉刻)。

含經堂書四卷

清徐元文藏編(元文字公肅,號立齋,乾學弟,清江蘇崑山人,生於明崇禎七年)

仁和王氏排印本。《二徐書目》本。

季滄葦書目

清季振宜藏編

《士禮居叢書》本一冊(清嘉慶十年吳縣黃丕烈刻)。上海蜚英館影印清嘉慶十年吳縣黃丕烈刻《士禮居叢書》本一冊(清光緒十三年影印,有無名氏過錄清朱子清校注)。國立北平圕藏無名氏編鈔《書目叢鈔》本一冊。上海掃葉山房石印本一冊(民國三年)。

鍔按《清史藝文志》作一卷,他家著錄多謂不分卷,各書注明卷數,本數,鈔者版本,注於書名上,或用小字注於書名下。

傳是樓書目四卷

清徐乾學藏編(乾學字原一,號健庵,康熙庚戌進士。)

鮑氏知不足齋鈔本六冊(清乾隆三十七年)。清守雅堂傳鈔本五冊。仁和王氏存善鉛印《二徐書目》合刻本四冊(民國四年)。國立北平圕藏鈔本三冊。

鍔按絳云樓未焚以前,徐氏得其鈔本不少。

培林堂書目二冊

清徐秉義藏編(秉義字彥和,號杲庭,乾學弟,清崑山人,康熙十二年進士。)

仁和王存善鈔印二徐合刻本二冊(民國四年)。江寧鄧氏藏鈔本。

佳趣堂書目

清陸漻藏編(漻字其清,清康熙時之吳門醫士也。)

《觀古堂書目叢刻》本二冊(民國八年長沙葉德輝刻)。千墨齋彙鈔七家書目本。《藝風藏書續記》著錄有傳鈔本。《持靜齋書目》著錄漱六樓舊鈔本。

鍔按此目卷首有置書年分,自康熙十四年至雍正八年,有自序。

楝亭書目三卷

清曹寅藏編（寅字子清，號楝亭，清奉天人，康熙中巡視兩淮鹽政。）

國立北平圖藏鈔本三冊，又藏萬寶齋鈔本二冊。千墨齋彙鈔七家書目本。

鍔按《遼海叢書總目提要》作四卷。民國五年《京師圖善本書目》作三卷三冊，系歸安姚氏藏書，有曾在當湖胡篴江家朱方長方印。

青綸館書目二冊

清朱筠藏編（筠字蘭揮，號晉齋，舉子，康熙進士）

千墨齋彙鈔七家書目本。《松鄰叢書》本。

鍔按《書目長編》作一卷。《清史藝文志》作三卷。

孝慈堂書目四卷

清王聞遠藏編（聞遠字聲宏，號蓮涇，清蘇州人，生於清康熙二年。）

《觀古堂書目叢刻》本二冊（民國八年長沙葉德輝編刻）。繆氏藝風堂藏鈔本。

體用全學一卷

清李顒口授，清張珥手錄

清康熙三十二年原刻《二曲集》本一冊（清光緒三年石泉彭懋謙重刻）。

本立堂藏書目

清魏維新藏編

國立北平圖藏康熙二十年析津魏氏原稿本殘存一本。

鍔按此書前有分類一篇，題目上二字，始經終啟牘，是當有目下二字，已缺佚。

小山堂書目

清趙昱光藏編（昱光原名殿昂，字功千，號谷林，仁和人，乾隆丙辰薦試博學鴻詞）

清道光中刻本（不全）。

鍔按《清史藝文志》有《小山堂藏書目》二卷，趙一清撰，未知是否與此書為一書。趙氏之書大半得之山陰祁氏澹生堂。

全祖望《小山堂藏書記》：趙一清，字誠夫，谷林子，能昌其家學，好聚書，甚于其父。每一聞異書，輒神色飛動，不致之不止。其所蓄書連茵接屋，凡書賈自苕至，聞小山堂來取書，相戒無得留書過夕，恐如齊文襄之待祖珽也，撰有《小山堂書目》二卷。

塾南四庫目錄六卷

清王昶藏撰(昶字德甫,號述菴,一字蘭泉,又號琴德,清江南青浦人,生於雍正三年,卒于嘉慶十二年,乾隆甲戌進士。)

青浦自刻本。

振綺堂兵燹後藏書目

清汪憲編

廣州國立中山大學圕藏鈔本。

知聖道齋書目四卷

清彭元瑞藏編

《玉簡齋叢書》本一冊(清宣統二年上虞羅振玉刻)。民國間羅氏重編印《玉簡齋叢書》二集本一冊(清宣統二年上虞羅振玉刊)。

抱經樓藏書目錄十二卷

清盧址藏編

國立北平圕重鈔南開大學圕藏舊鈔本四冊(民國二十二年)。道州何紹基藏鈔本。

鍔按《書目舉要》作四卷。

怡府書目

清怡賢親王藏

國立北平圕藏傳鈔本四冊。

鍔按怡賢親王所藏之書多錢曾、徐乾學兩家故物。

來雨樓書目二卷

清周厚堉藏編(厚堉字仲育,清婁縣人。)

《松鄰叢書》本。

鍔按厚堉於清乾隆中曾以書數百種進四庫館備採錄。

石經閣藏書目錄

清馮登府藏編

國立北平圕藏有鈔本一冊。

鑑止水齋書目

清許宗彥藏編(宗彥字積卿,又字周生,清德人,生於清乾隆三十三年,卒于嘉慶二十三年,嘉慶己未進士。)

國立北平圕藏重鈔徐乃昌鈔本四冊。又藏四冊鈔本。北平中華圕協會鉛印《圕學季刊》第五卷第三四期單行本一冊四卷(民國二十年)。丁氏持靜齋藏鈔本一册。

鍔按《清史藝文志》作一卷。

天一閣藏書總目四卷八册

清阮元編

清乾隆間刊本。

拜經樓書目二卷

清吳騫藏編（騫字槎客。海寧人。一七三三——一八一八）

國立北平圖藏民國間費氏復齋鈔本二册（有費寅批註）。

玉海樓藏書目錄

清孫衣言藏，子詒讓編（衣言字卲聞，號琴西，晚號遯叟，道光庚戌進士。瑞安人。一八一四——一八九四）

孫氏原鈔本。《圕學季刊》一卷二期。

《玉海樓藏書記》：予家自先大父資政府君，隱君種學，好聚圖籍，兒時見先世所藏多前朝善本，丹黄殆遍，經亂無復存者。予初官翰林，稍益購書，以禄簿不能如所欲。同治戊辰，復為監司金陵，寇亂之餘，故家遺書往散出，而東海舶來，且有中土所未見者。次兒貽讓，亦頗知好書，乃恣意購求，十餘年間致書約八九萬卷，維視深寧所見，未能十之四五，然頗自謂富矣。舊居褊隘，苦不能容，今年春為次兒卜築河上，乃于金帶橋北，别建大樓，南北相向，各五楹，專為藏書讀書之所，盡徙舊藏處之樓上，而以所刊《永嘉叢書》四千餘版列置樓下，以便摹印。因取深寧翁所以名書者以名斯樓，手書榜以表之。我子孫如有得天雋敏而加之以好學，能讀終一書，而知其可好，則可以盡讀他書，則豈惟我樓所藏，惟深寧所未見，皆可遍覽而悉通也。異時詞章之美，著述之富，庶幾亦如深寧，斯不謂之可寶也乎。復取古人讀書之法，及就今日藏書之意，具為條約，揭之堂壁，鄉里後生有讀書之才，讀書之志，而能無謬我約，皆可以就我廬，讀我書，天下之寶，我固不欲為一家之儲也。

寅昉藏書目

清蔣光煦藏編

江南圕藏鈔本。

秦漢十印齋藏書目四卷

清蔣鳳藻藏編

國立北平圕藏鈔本四册。

書鈔閣行篋書目

清周星詒藏編

國立北平圕藏民國間費氏復齋重鈔原稿本二冊。

結一廬書目四卷

清朱學勤藏,子朱澂編(澂字子清,伯修子,咸豐時以道員需次江寧,庚寅病歿,書歸張幼樵副憲。)

國立北平圕藏清光緒二十三年鈔本二冊。《觀古堂彙刻書》第二集本一冊(清光緒二十八年長沙葉德輝刻)。民國八年葉氏重編成《觀古堂叢書》本二冊(清光緒二十八年長沙葉德輝刻)。《晨風閣叢書》本一冊(清宣統元年番禺沈宗畸刻)。

恬裕齋藏書目

清瞿鏞藏編

江南圕藏鈔本。

海源閣藏書目

清楊紹和藏編

《江刻三種書目》本一冊(清光緒十四年元和江標刻)。

鍔按《清史藝文志》作一卷,楊以增撰。

清武林藏書錄五卷(清光緒十一年成書。)

清丁申撰(申字竹舟,清錢塘人。)

《武林掌故叢編》第二十四集本二冊(清光緒二十六年)。《西湖集覽》二十四集本。

鍔按《書目舉要》作五卷,丁氏《武林掌故叢編》本作三卷,《清史藝文志》同。

五萬卷閣書目記四卷(附叢刻。)

清李嘉績藏編

潞上李嘉績刻《懷潞園叢刊十五種》本三冊(清光緒間)。

碧琳瑯館藏書目錄四卷

清方功惠藏編

國立北平圕鈔東方圕藏鈔本四冊(民國二十一年)。

雲間韓氏藏書目

清韓應陛藏

國立北平藏鈔本(鍔按此本封面題松江韓氏書目,名雖不同而實則一書也。)

思補精舍書目

清秦獻廷藏編

國立北平圖藏原鈔本二冊。

宜稼堂書目一冊

清郁松年藏編（松年字萬枝，號泰峰，清上海人。）

江陰繆荃孫藝風堂藏鈔本。

鍔按郁氏之書大半於一八六〇年得之於汪士鐘。太平天國後其書之一部歸陸心源，一部歸楊以增。《宜稼堂叢書》，乃郁氏以其所藏文明舊本，世不多見者刊印而成。

艮軒藏書目錄

清熙元藏編

國立北平圖藏無名手批鈔本一冊。

如園架上書鈔目五卷鈔目補一卷（鍔按此書原名省廬書目。）

清蕭名湖編，清蕭士恒補

益園蕭氏如園刻本二冊（清光緒二十四年）。

共讀樓書目

清國英藏編

吉林索綽絡氏家塾刻本二冊。

鳴野山房書目

清沈復燦藏編

國立北平圖藏傳鈔本八冊（民國二十一年）。

朱臥庵書畫目

明朱之赤藏編（之赤字臥庵，清蘇州人。）

《美術叢書》二集本。

面城樓書目二卷

清金廣詠藏編

長興金氏鉛印本（民國七年）。

人境廬藏書目錄

清黃遵憲藏，黃有則編

梅縣印本。

古越藏書樓書目二十卷

清徐樹蘭藏編

崇實書局石印本八冊(清光緒三十年)。

鍔按此書分部為學政二部,別創一體,殊不通俗。

吳興藏書錄

清鄭元慶錄,清范鍇輯

《范聲山襍著》本一冊(清道光間烏程范氏刻)。

徒河趙氏藏書目錄

清拙懶生輯

國立北平圖藏原鈔本八冊。

揚州吳氏測海樓藏書目錄十二卷

清吳引孫藏編

清宣統二年刻本六冊。

鍔按此書初名《有福讀書堂書目》,分十一部,見陳乃乾自撰《測海樓舊本書目序》。

弈慶藏書樓書目

清祁理孫藏

國立北平圖藏鈔本六冊。

郘亭書目

清汪鳴鸞藏編

武進李氏藏副本。

秋燈課詩屋書目

清王彥威藏編

清王氏家藏稿本

密韻樓書目

蔣汝藻藏書,王國維編(汝藻號槃庵,清南潯人。)

癸亥稿本。

群碧樓書目九卷

清鄧邦述編

國立北平圖藏該館鈔本六冊。

觀古堂藏書目

葉德輝藏編

民國四年葉氏自刊本。

東海藏書樓書目四冊

徐允中藏編

杭州武林印書局鉛印本（民國九年）。

鍔按此書目有作六冊，系附補遺二冊。

萇楚齋書目二十二卷

劉聲木藏編

廬江劉聲木鉛印《直介堂叢刻》本六冊（民國十五年。附《直介堂訪書目》一卷。）

問影樓藏書目錄初編二卷續編二卷（附叢書目錄）

新昌胡思敬藏編

新昌胡思義上海鉛印本四冊（民國十七年。）

重編寧波范氏天一閣圖書目錄

楊鉄夫等編

寧波市政府油印本一冊（民國十九年）。金陵大學《中國文化研究所叢刊》甲種中《天一閣藏書攷》附印本一冊（民國二十一年南京金陵大學中國文化研究所鉛印）。

詒莊樓書目八卷

王修藏編

長興王氏鉛印本四冊（民國十九年。）

追來堂偶存書目

曼殊夢蜨生藏編

國立北平圕鈔本一冊（民國二十一年）。

梁氏飲冰室藏書目錄

國立北平圕編

國立北平圕鉛印本四冊（民國二十二年。）

飲冰室藏書目錄初編三十一卷

梁啟超藏，吳其昌、梁廷燦合編

國立北平圕藏飲冰室鈔本十六冊。

朱福榮編

國立北平圖書館鉛印本一冊（民國二十三年）

德化李盛鐸藏編

德化李氏家藏手稿本。

蓼綏閣書目一卷

楊嘉藏編

《墨香簃叢編》本。

天馬山房書目

馬敘倫藏編

民國間油印本一冊。

張氏藝文

張元濟編

海鹽張氏《涉園叢書續編》本。

寄南書目(即錦石山房書目)

廣州中山大學圖藏鈔本。

錦石山房書目(即寄南書目,見上。)

蟫隱廬書目一冊

北平國立清華大學圖藏鉛印本。

《持靜齋書目》:精鈔本,不著書籍原委,但列幾架第幾層某函某書而已,自第一函起至六千一百四十四函止,未詳撰者名。

觀古堂藏書目四卷

葉德輝藏編

長沙葉氏觀古堂鉛印本四冊(民國四年)。

附[刻書之目]

烏程閔氏刻套版書目

《書目長編》:誤收凌刻。據云有傳鈔本。

甘泉堂出版目錄一本

據《觀海堂書目》。

畢沅所刻書目三十五卷

據《觀海堂書目》。

三川古刻總目一卷

據《宋史藝文志》。

古刻叢鈔

元陶宗儀撰

《平津館叢書》本。《知不足齋叢書》本。《學古齋金石叢書》本。

汲古閣家塾藏版目錄一冊

《持靜齋書目》：舊鈔本，無卷數，分經史子集四種，尚有未刻書十四種，亦編於卷末，國朝毛晉所刻書。

汲古閣刻版存亡攷一卷

清鄭德懋編，清顧湘校

顧崇福補刻清道光二十年其父顧湘所刻《小石山房叢書》本一冊（清同治十三年）。國立北平圖藏清無名氏編鈔《書目叢鈔》本。

永慕堂藏碑版六卷

清袁昶撰

《漸西村舍叢書》本。

古板本目錄一冊

日本英尊編

據《近代各家著述目錄》。

活字版目錄

日本英遵編

據《近代名家著述目錄》。

日本古刊書目

日本吉澤義則編

日本昭和八年帝都出版社鉛印本，一冊。（附《日本古刊書目年表》《日本古刊書文獻年表》《日本古刊書目索引》。）

（戊）著述之屬

族姓著述

袁氏藝文金石錄二卷

清袁昶，袁渭漁合編

桐廬袁昶刻《漸舍村舍叢書》本一冊（清光緒二十三年）。

鍔按此書上卷為藝文，下卷為金石，故或入金石之目。

新安吳氏藝文志略

清吳蔭培編

新安吳蔭培刻《吳氏家志》抽印本一冊(清宣統三年)。

王氏藝文目

清王其康編

民國九年嘉定王充增編印《先澤殘存》,民國十五年校正重刊本一冊。

錢氏藝文志略三卷

清錢師璟編

端溪書院刊本。

鍔按此書,《清史藝文志》已著錄,《嘉定縣志》又有二卷本,亦為錢師璟所編,始錢璘迄錢師徵,各有小傳,六世,一百八十餘種。

衡陽二王著述目錄二卷

清鄒漢勳撰

據《湖南通志》。

開湖盛氏撰述總目一卷

清盛時霖編

據《嘉興府志》。

婺源董氏所著書目

胡韞玉輯本

未見刊本。

天台妙山陳氏書目一卷

陳立樹編

陳氏重修天台妙山《陳氏宗譜》抽印本一冊(民國十八年。)

鍔按此書即天臺妙山《陳氏宗譜》卷六十四藝文二書目。

唐氏先世著述目錄

唐鼎元編

民國二十年刻本。

個人著述

陳思王自撰書目

據《晉書曹植傳》。

夾漈書目一卷

圖書志一卷

宋鄭樵撰(樵字漁仲,興化軍莆田人。)

據《古今圖書集成》卷四百一十二。

《直齋書録解題》：鄭樵記其平生所自著之書志者，蓋述其作書之意。

楊升菴著述目録

據《絳云樓書目》。

一齋著書目録

明陳第編（第字季立，明連江人，編有《世善堂書目》）

耕全堂編輯書目一卷

清何冷編

據《武進陽湖合志》。

雪泥書屋遺書目録一卷補遺一卷

清牟房編

據《山東通志》云：是編所載皆其父庭所著書，經目十三種，史目四種，子目十七種，集目十三種，據云有刊本，未見。

王獻唐《雪泥屋遺書目録提要》：棲霞牟陌人……得其概要矣。（民國二十六年五月三日《山東民國日報》王撰《山左先哲遺書提要》。）

春在堂全書要録一卷

清俞樾撰

清光緒九年俞氏重編印《春在堂全書》本一冊（清光緒九年清俞樾刻。）

周耕厓所著書目

海寧周廣業編

據《彙刻書目二編》。

高密遺書目録

清黄奭輯

《漢學堂叢書》本。

畢弇山著書目

清畢沅秋帆撰

據《彙刻書目二編》。

蘭山王氏所著書目

清王紹蘭著書之目。

鄭氏書目攷一卷

清王昶編

海昌管廷芬編鈔《花近樓叢書》本一册(有管廷芬手跋)。

王觀堂先生校本批本目錄

趙萬里編

載《國學週報》二卷。

萬木草堂叢書目錄

編者姓名不詳

國立北平圖藏鈔本一册。

鍔按此目內各書皆康有為所撰。

戴東原著述纂校書目攷

梁啟超撰

《飲冰室全集》本。《戴東原二百年紀念論文集》本。

一隅草堂稿目錄(附襍著目)

秀水計楠壽喬著

鍔按此目著錄《一隅草堂稿》目錄十九種,襍著目十一種。

壽松園先生著書目

編者姓氏未詳

日本安政四年丁已刊本。

據《彙刻書目二編》。

陶宏景所著書目

載《雲笈七籤陶先生小傳》後。

弢園老民自著書目

王韜撰

據《彙刻書目二編》。

私家藏書書目類下

唐

新集書目一卷或作蔣彧書目

唐蔣彧編(二十五史無傳)

據《新唐書藝文志》及《宋史藝文志》。

吳氏西齋書目一卷

唐吳兢藏編（兢字西齋，汴州浚儀，唐咸亨元年庚午生，天寶八年己丑卒，六七〇——七四九）

《郡齋讀書志》：《吳氏西齋書目》一卷（先謙按袁本三卷無書字），右唐吳兢撰，其藏書凡一萬三千四百六十八卷，兢自撰書目，附於正史之末，又有續鈔書列於後（先謙按袁本撰作錄，舊鈔同。）

杜信東齋書籍二十卷

唐杜信編（信字立言，元和國子司業，不見於二十五史。）

據《唐書藝文志》。

宋

孫氏群書目錄二卷

宋孫光憲編（光憲字孟文，號葆光子，宋陵川貴平人。）

鍔按此書撰著人無攷，今據《藏書紀事詩》引《宋史》及《郡齋讀書志》謂孫光憲好聚書，此或即其目。又按光憲依荊南高季興為從事，後歸宋太祖，累檢討祕書監。

呂氏書目二卷

宋呂大防編（大防字微叔，先汲郡家藍田，宋天聖五年丁卯生，紹興四年丁丑卒，公元一〇二七——一〇九七，年七十一。）

《藏書紀事詩》：昌熾按今《四庫》本二十四卷，輯自《永樂大典》，然則其書明初尚存，或亡於南宋也？

吳祕家藏書目二卷

宋吳祕編（祕字君謨，宋甌寧人，從劉牧學，第景祐進士。）

據《宋史藝文志》。

藏六堂書目一卷

《直齋錄解題》：莆田李氏云：唐江王之後，有家藏誥命，其藏書自承平時，今浸以散逸矣。

劉沆書目二卷

據《宋史藝文志》。

鍔按劉沆，景洪孫，字沖之，天聖進士，皇祐中累官同中書門下平章事，卒謚文安。

邯鄲書目十卷

宋李淑藏編

鍔按王先謙刻衢本《郡齋讀書志》,趙士煒輯《中興館閣書目輯攷》均著錄,大致相同。李淑為宋仁宗皇祐中(一〇四九——一〇五三)藏書家,藏書二萬八百十一卷,著為《邯鄲書目》十卷,凡五十七類,其外又有藝術志,道書志,畫志,通為八目,其子德芻再集其目三十卷。

《直齋書錄解題》:學士河南李淑獻臣撰,號圖書十志,皇祐己丑自作序以示子孫曰:朋圭芻者,其子壽朋復圭德芻也。

慶善樓家藏書目二卷

宋陳貽範編(貽範字伯模,臨海人,宋治平四年進士。)

據《宋史藝文志》。

《臨海縣志》:好藏書,所著有《慶善家藏書目》二卷,《慶善集》若干卷。

王暐《萬卷樓記略》曰:臨海陳氏有藏書之樓曰萬卷樓,陳氏世儒家,五季時自金華來居縣西之松里,族以大蕃,衣冠相繼,至宋少卿府君,始即所居作樓藏書,逮其後大著府君新之,入國朝大德間,大著之季剛中侍制又新作之,而聚書愈多。《台州經籍志》。

夷門蔡氏藏書目三卷

宋蔡致君藏編(致君宋大梁人。)

蘇過《夷門蔡氏藏書目序》:比游京師,有為余言吾里有蔡致君,隱居以求志,好古而博雅,閉門讀書,不交當世之公卿,類有道者也。余矍然異之,一日,造其門,見其子從容請交焉。其子為吾言,吾世大梁人,業為儒,吾祖吾父皆不事科舉,不樂仕宦,獨喜收古今之書,空四壁捐千金以購之,常若饑渴然,盡求善工良紙,手校而積藏之,凡五十年,經史百家、離騷風雅、儒墨道德、陰陽卜筮技術之書,莫不兼收而並取,今二萬卷矣,且吾父有德不耀,常畏人知,棄冠冕而遺世久矣。必不能從子游,余悵然自失,悠然而返,予惟古之遺民,未嘗以一藝自名於世雖不求人知,而知以其所踐履者,絕乎流俗故也。龐德公隱于鹿門,妻子躬耕,或疑其不仕,以為何以遺子孫也。龐公曰,我遺子孫以安,不為無所遺也。今居士口不談世之爵祿,身不問家之有無,所付子孫者獨書耳。龐公之急殆無以過此,居士之子敏而文學日富,不知其所以然者,抑所謂不見異人必得異書,中郎為有子矣。余將負笈而求觀焉,乃持其總目三卷,為敘而歸之,庶幾附記於斯與藏書者終始。

葉石林書目

宋葉夢德藏編（夢得字少蘊，號石林，宋吳縣人，紹聖四年進士，生於熙寧十年，卒於紹興十八年。）

《直齋書錄解題》：《石林集》一百卷，葉夢得撰，其居在弁山下，奇石森列，藏書數萬卷，既歿，守者不謹，屋與書俱燼於火。

馬端臨《經籍攷》引葉氏《過庭錄》曰：公卿藏書家，惟宋宣獻擇之最精，止二萬許卷，而校讎精密，吾家舊所藏，僅與宋氏等，而宋氏好書人所未見者，吾不能盡得也。自六經諸史及諸子之善者，通有三千餘卷，讀之固不可限以數，以二十年計之，日讀一卷，亦可以再週。其餘一讀足矣。惟六經不可一日去手，吾自登科後，每以五月後天氣漸暑，不能泛及他書，即日專誦六經一卷，至中秋時畢，謂之夏課，守之甚堅，宣和後始稍廢，歲亦必一週也。

李正議書目三卷

宋李定撰（字資深，宋揚州人，少受學於王安石。）

據《國史經籍志》。

沈諫議書目二卷

宋沈立撰（立字立之，宋歷陽人。）

據《祕書省四庫闕書目》。

鍔按《國史經籍志》作三卷。《藏書紀事詩》引《宋史》：沈立初在蜀，悉以公粟售書，積卷數萬，神宗間所藏，立上其目。

秦氏書目一卷

《直齋書錄解題》：濡須秦氏元祐二年，有為金部員外郎者聞於朝，請以宅舍及文籍，不許子孫分割。

荊南田氏書目二卷

宋田鎬撰

長沙王先謙刻《郡齋讀書志》：右皇（先謙案舊鈔本）朝田鎬撰，田偉居荊南，家藏書幾三萬卷，鎬，偉子，因成此目。元祐中，袁默為之序。

鍔按《祕書省四庫闕書目》及《宋史藝文志》均作三卷，《郡齋讀書志》作六卷，不著撰人姓名，《中國藏書家攷略》乃折中二說："《田氏書目》六卷，田鎬撰。"

籯金堂書目三卷

鄱陽吳氏

鍔按據《宋史藝文志》,金一作經,《國史經籍志》作吳嗣良撰。

邯鄲再集書目三十卷

宋李德芻撰(德芻為李淑之子,詳見《邯鄲書目》條下。)

據《宋史藝文志》。

沈少卿書目一卷

據《祕書省四庫闕書目》。

鍔按北宋時歷陽九江各有沈氏藏書之目,未知孰是。

沈氏萬卷堂目錄二卷

據《宋史藝文志》。

鍔按北宋時歷陽九江各有沈氏藏書之目,未知孰是。

江氏書目

宋江正藏書,鄭毅夫編(正字元叔,江南人。)

鍔按《宋史藝文志》有《徐州江氏書目》二卷,未知是否即江正之書。待攷。鄭毅夫《江氏書目記》:舊藏江氏書數百卷,缺落不甚完,予凡三歸安陸,大為搜訪,殘帙遺編,往往得之閭巷間,無遺矣,僅得五百十卷,通舊藏凡千一百卷,江氏遺書具此矣。

朱氏藏書目

宋朱軒撰(宋東平人。)

《藏書紀事詩》引周紫芝《朱氏藏書目序》:文林郎朱君軒,世居大梁,其祖官東平,因徙居焉,虜人犯順,東平陷歿,君方以事在江南,遂與其家不相聞,今既十年矣。一日與僕言,為之出涕。且曰吾家藏書萬卷在東平,今所存唯書目,且出以示僕,皆其祖朝儀君所藏,自五經諸子百家之書,皆手校善本,其餘異書小說,皆所未嘗知名,秦漢以來至於有唐,文人才士,類書家集猶數千卷,嗚呼可謂富矣哉。君因俾余序而藏之。余詰其所以序之之意,曰吾祖以善人稱于鄉里,子孫絕不至於中絕,吾有季弟,離東平時年十五,今有二十五六歲矣,有幼子,未能勝衣,而眉目偉秀,嶷嶷如成人,使其不死,今亦可二十餘,萬一吾書有不為灰燼,猶幸其復存,他日可為吾家舊物,子其為吾記之。余聞其言謂之愴然,而告之曰:事有興衰物有成壞,此理之常,所不可逃者,今子家雖墮虜,而身猶能抱遺書之總目,今家世之勤勞,以幸朝廷克復境土,再有中原,尚能保其所藏,以不失中朝賢大夫之家,則其志固亦可嘉矣。昔韓偓之著《香匳》,昭宗之亂散失不全,而蘇得其第一篇,偓自述以為可喜，它時使君得其全書，則其為喜當何如哉，子姑俟之毋躁。

石庵書目

宋蔡瑞撰

據葉適《石庵書目序》。

鄭氏書目七卷

宋鄭寅撰（寅字子敬，莆田人。）

《直齋書錄解題》：莆田鄭寅子敬，以所藏書為七錄曰經，曰史，曰子，曰藝，曰方技，曰文，曰類。寅知樞密院，僑之子，博文強記，多識典故，端平初召為都司，執法守正，出為漳州，以歿。

漳州吳氏書目（鍔按此書以下所錄宋代書目撰人及成書時代均無可攷，故附存於此，以借鴻達之攷核焉。）

《直齋書錄解題》：奉議郎漳莆吳與可權家藏，閩中不經兵火，故家文籍多完具，然地溼苦蠹損。

《藏書紀事詩》：昌熾案閩中地志，《漳莆吳氏藏書目錄》四卷，與陳氏（直齋）所記一卷不同。

梅屋書目

宋許棐撰（棐字忱父，號梅屋，宋海鹽人，隱居秦溪）。

據《曝書襍記》。

《梅屋書目自序》：余貧喜書，舊積千餘卷，今倍之，未足也。亦有新刊，知無不市，人有奇編，見無不錄，故環室故書也。

東湖書目志一卷

宋滕強恕撰

鍔按《宋史藝文志》無"目志"二字。

呂氏書目二卷

據《宋史藝文志》。

孫氏群書目錄二卷

據宋《史藝文志》。

紫薇樓書目一卷

據《祕書省四庫闕書目》。

紫云樓書目一卷

據《宋史藝文志》。

元

陸氏藏書目錄

元陸氏

鍔按此書目不詳藏編之人,據《中國藏書家攷略》或即陸友,友字友仁,一字宅之,自號研北生,元平江人,多藏書。黃溍《陸氏藏書目錄序》:吳郡陸君,居闤闠中,四壁之外,輒與賈區直,君及第,其篇帙部分類別,為之目錄,以便覽者。

莊蓼塘書目

元莊肅撰(肅字菉叔,號蓼塘,元松江青龍鎮人。)

《上海縣志》:仕宋為祕書院小史,宋亡棄官歸,性嗜書,聚書至八萬卷,手鈔經史子集,下至稗官小說,靡所不具,其書目以甲乙分十門。元至正間,修宋金遼三《史》,詔求遺書,危素購於其家,得五百卷。

《輟耕錄》:蓼塘既歿,子孫不知保惜。至正六年詔求遺書,有以書獻者予一官。江南藏書多者只三家,莊其一也。繼命危學士素,特來選取,其家恐兵遁圖讖干禁,悉付祝融,其孫群玉收拾燼餘,悉載入京。

明

御書樓書目

明朱橚撰(明太祖第五子,初封吳王,改封周王,成祖即位復歸封舊爵,洪熙初卒,謚定)

據《絳雲樓書目》。

都氏書目一卷

明都穆藏編(字元敬,吳縣人,明天順三年己卯生,嘉靖四年乙酉卒,一四五九——一五二五,卒年六十七。)

據《國史經籍志》。

式齋藏書目錄

明陸文量撰(文量名容,明太倉人,成化丙戌進士)

據《千頃堂書目》。

祝允明《懷星堂集·甘泉陸氏藏書目序》:故浙江參政式齋陸氏生文星,以雅德碩學,偉才高識,立言於憲孝兩朝,平生蓄書甚富,既歿,其子鄉貢進士安甫彙列其目，並已所得所通繫者，凡為經史子集合若干卷。

吳文定專案目錄一卷

明吳寬撰（寬字原博，號匏庵，明長洲人，成化八年會試廷試，皆第一，明宣德十年乙卯生，弘治十七年卒，享年七十，謚文定）

《靜志居詩話》：是時吳中藏書家，多以祕冊相尚，若朱性甫、吳原博、閻秀卿、都玄敬輩皆手自借錄，匏庵遺書流傳者，悉公手錄，以私印記之，前輩風流，不可及也。

金陵羅氏書目四卷

明羅鳳撰（鳳字汝文，一字印岡，號簡翁，明上元人，宏治丙辰進士。）

《開有益齋讀書志》：惟印岡太守傳至其元孫壽，字原博，與姚潮元白嚴賓子寅，俱精鑑賞，撰有《金陵羅氏書目》四卷。

顧尚書書目六卷

明顧璘藏書目（璘字華玉，明吳縣人，宏治丙辰進士，成化十二年丙申生，嘉靖十一年壬辰卒，享年七十。）

據《千頃堂書目》。

江東藏書目

明陸深藏編（深字子淵，號儼山，明上海人，宏治十八年進士，生於成化三年丁酉，卒於嘉靖二十三年申辰，享年六十八，謚文裕。）

《式古堂書畫攷》載其《江東藏書目錄序》：余家學時喜收書，然覶覶屑屑，不能舉群而有也，壯遊兩都見載籍，然限於力，不能舉群聚也。間有殘本不售者，往往間取之。故余之書多斷缺，少者或手自補，多者幸他日之偶完而未可知也。正德戊辰夏六月寓安福里，宿疴新起，命重出曝既，及次第於寓樓，數年之積，與一時長老朋舊所遺，歷歷在目，顧而樂焉。余四方人也；又慮放失，是故錄而存之，各繫所得，儻後益焉，將以類續入。是月六日史官江東陸深識。

《藤陰襍記》：綠雨樓陸文裕舊邸，在正陽宣武二門之間，東曰素軒，北曰澹堂，中為書窟。

衡府書目一卷

明朱祐楎藏編

據《萬卷堂目》及《千頃堂目》。

白華樓書目

明茅坤藏,其孫止生編(坤字順甫,號鹿門,明歸安人,嘉靖戊戌進士,正德七年壬申生,萬曆二十九年辛丑卒。)

茅坤《白華樓書目》下引《湖錄》云:“鹿門茅先生藏書甲海內,練市新構書樓凡數十間,至於充棟不能容,其孫大將軍止生編,為九學十部目,自序云:‘九學者,一曰經學,二曰史學,三曰文學,四曰說學,五曰小學,六曰兵學,七曰類學,八曰數學,九曰外學,十部者即九學之部而加以世學,世學不可以示來世。然時王之制,吾先人以慈名於世,吾敢忽諸。’其後攜至白門,遭國變散去,著有《白華稿》《玉芝山房稿》,卒年九十。”

盛時泰借書錄

明盛時泰(字仲交,號云浦,明金陵人,多藏書)。

據《佳趣堂書目》。

晁氏寶文堂分類書目三卷

明晁瑮藏(瑮字君石,號春陵,明開州人,嘉靖辛丑進士。)

《書目舉要》:每書下間有著明某刻,可攷見明代版刻源流。

西亭中尉萬卷堂書目十六卷

明朱勤美撰,朱睦㮮藏(字灌甫)

《藏書紀事詩》:昌熾案勤美,西亭之子,朱竹垞所稱孫侍郎耳。伯與西亭之子竹居交契,竹居,疑為勤美字也。

《萬卷堂書目跋》:余宅西乃遊息之所,建堂五楹,以所儲書環列其中,倣唐人法,分經史子集,用各色牙籤識別,……編為四部,人代姓名,各具撰述之下……隆慶庚午八月中秋日東坡居士睦㮮書。

《明詩綜小傳》:……先是海內藏書者,推江都葛氏,章丘李氏灌甫,傾貲購之,起萬卷堂諷誦其中,汴亡之後,漂蕩於洪流怒濤,可勝歎哉。

焦氏藏書目錄二卷

明焦竑藏撰(竑字弱侯,號澹園,明上元人,萬曆乙丑進士第一,生於嘉靖二十年,卒于萬曆四十八年,享年八十,諡文憲。)

據《千頃堂書目》。

博雅堂藏書目錄

明孫樓藏編(樓字子虛,號百川,嘉靖丙午舉人。)

據《藏書紀事詩》引目錄自序。

玄賞堂書目二冊

明董其昌藏編（其昌字玄宰，號思白，松江樂亭，明嘉靖三十四年乙卯生，崇禎九年丙子卒，享年八十二。）

據邵氏《簡明目錄標注》。

玩易樓藏書目二卷

明沈節甫藏編（節甫字以安，號錦宇，烏程人，明嘉靖己未進士。）

據《千頃堂書目》《吳興藏書錄》。

《玩易樓藏書目錄自序》：余性愚拙，無他嗜好，獨甚愛書。每過貨書者，惟恐不余售，且去，惟恐其不復來也。顧力不足，不能多致，又不能得善本，往往取其直之廉者而已，即有殘闕，必手自訂補，以成完帙。

存石草堂書目十卷

明沈啟原藏編（啟原字道卿，秀水人，嘉靖己未進士。）

據《國史經籍志》。

明芙蓉莊書目二卷

《書目舉要》：明末人所編，或云顧從義，見邵目。邵又云：又有《韓氏藏書目》一冊，大同小異，其書名又與世傳《絳雲樓目》相出入。

鍔按顧從義，明上海人，字汝和，號硯山，嘉靖中詔選端行善書，從義名第五，授中書舍人，隆慶初以修國史擢大理評事，篤志摹古，又精鑒賞，好文愛士，吳趙間推為風雅藪，有《閣帖釋攷異》。

姑蘇吳氏書目一卷

明吳岫藏編（岫字方山，號濠南居士，明嘉靖時吳縣人。）

據《千頃堂書目》。

二酉山房書目六冊

明胡應麟藏編（字元瑞，更字明瑞，自號石羊生，蘭谿人，明萬曆丙子舉人。）

據《金華經籍志》。

千頃堂藏書目錄六卷

明黃居中藏編（居中字明立，號海鶴，寓居金陵，萬曆十三年舉人。）

據《千頃堂書目》。

張氏藏書目錄四卷

明張應文藏編（應文字茂貫，號彝齋，又號被褐先生，崑山人，明嘉靖五年丙戌生，萬曆十八年庚寅卒，享年六十五。）

據《蘇州府志》。

鍔按張氏籍貫、字號記載各不一，或謂字茂實，或謂號彝甫，或謂明崇山人。

後林潘氏書目

明潘曾竑藏編（曾號字昭度，烏程人，萬曆丙辰進士。）

《吳興藏書錄》：官至巡撫，有意汲古，廣儲縹湘，視學中州，羅致更富。鼎革時遭刼，士兵至以書於溪中壘橋為渡，以搬運什物，書之受厄至此！有《後林潘氏書目》，今以不存。

續鈔堂書目

明黃宗羲藏編（宗羲字太沖，號南雷，海內稱梨洲先生，明浙江餘姚黃竹浦人，忠端公尊素長子，生於萬曆三十八年八月八日，卒於明亡後十四年七月初三日。）

《餘姚縣志》：……憤科舉之學，思所以變之，既盡發家藏書讀之，不足則鈔之同里世學樓鈕氏，澹生堂祁氏，南中則千頃齋黃氏，吳中所絳雲樓錢氏，窮年搜討，遊屐所至，遍歷通衢委巷，搜鬻故書，薄暮一童肩負而返，乘夜丹鉛，次日復出，率以為常，晚年益好聚書，所鈔自鄞之天一閣范氏，歙之叢桂堂鄭氏，禾中倦圃曹氏，最後則吳之傳是樓徐氏。然嘗語學者曰：當以書明心，無玩物喪志也。

富春軒藏書目錄

明耿震國藏，清耿迪吉編

陳用光《太乙舟文集・河南耿氏富春軒藏書目錄敘》：富春軒者，耿徵君震國與其兄華國讀書之齋名也。耿氏居襄城自奉政君顯以學行仕宦著於明者數世，崇禎末富春石偕二子殉難，及我朝而以文學稱者相接也。富春君嘗購書金陵，合奉政所積得三萬五百七十卷，傳至訓導君應蛟，而目錄遂失，又五世孫迪吉，乃就其父孝友君所蓄書並先世所藏，重加編目，又備著孝友君所手鈔，及累世自著書目，附於後，仍繫之富春軒者，從其朔也。子興宗以示余，余謂耿氏後能裒集遺書，兢兢守之，惟恐失墜，富春君游高忠憲、黃石齋之門，而百樓先生為孫徵君奇逢弟子。雖籍西平，別於襄城，然固興宗五世從祖也。孫徵君隱居伊洛，實開濳庵之學，余觀耿氏自著書中，有《中州道學編》，孝友君手鈔書，有《蘇門大社譜》，意其述者孫氏之學乎。

黃氏書錄

明黃虞稷藏編（字俞邰，一字楮園，明金陵人，崇禎二年巳己生，清康熙三十年辛未卒，享年六十三）

世學樓書目

明鈕石溪藏編（明會稽人）

黃宗羲《天一閣藏書記》：古今書籍之厄不可勝計，以余所見言之，越中藏書之家，鈕石溪世學樓其著也。余見其小說目錄亦數百種，商氏之《稗海》，皆從彼借刻。崇禎庚午間，其書初散，余僅从故書舖得十餘部而已。

好古堂書目（鍔按此目以下明代書目編纂人時代尚待攷者，附記於此，備來日之攷証）

明胡彭述藏編（彭述字信甫，明海鹽人）

《好古堂書目》自序："予家世為塾師，自誠齋府君迄仰厓君凡四世，雖隱不同，而其雅好均類于張華。以故藏書幾至萬卷，亦云盛矣。茲懼卷目煩多，易於散逸，敬分四類：曰經、史、子、集，貯之好古堂中，冀時一展玩之，以開此心茅塞，期無負祖父相傳之意，然而未易能也。"

石庵書目一卷

明陳姜謨撰（字獻可，明嘉興人。）

據《傳是樓書目》。

萬卷樓書目一卷

明方作謀藏編

據《國史經籍志》。

李中麓書目一卷

明李中麓，明章邱人。

據《千頃堂書目》。

書莊記一卷

《百川書志》云：國朝武定侯刻書目也。

周府書目

明朱橚藏編

據《萬卷堂書目》。

玩畫齋藏書目錄

明姚翼藏編（翼字翔卿，號孺參，歸安人，晚自號海屋子）。

據《吳興藏書錄》。

葛寢埜書目一卷

明葛臣藏編

據《萬卷堂書目》。

韓氏藏書目一本

據《清吟閣書目》。

清

季滄葦書目隅存一卷

清季振宜藏(振宜字詵兮,號滄葦,泰興人,順治丁亥進士。)

據《八千卷樓書目》。

通志堂書目

清納蘭性德藏編(性德字容若,清遼陽人,康熙癸丑進士。)

據《書林揚觶》。

法宋樓書目四卷

清沈嗣選藏編(字仁舉,號果巷,明秀水人。)

據《浙江通志》。

百歲堂書目

清惠棟藏編(棟字定宇,號松厓,長洲人,周惕孫)。

據《蘇州府志》。

楊文貞文籍志

明楊士奇藏編(字人岳,清山西沁州人,清雍正甲辰進士)。

《文籍志序》:吾先世藏書數萬卷,元季悉燬於兵。吾早有志於學,而孤貧不能得書,稍長事鈔錄,無以為楮算之費,則往往從人借讀,不能數得,年十四五出教童蒙,頗有所入,以供養,不暇市書也。弱冠稍遠出授徒所入頗厚,始蓄書,不能多也。及仕于朝有常祿,又時有賜賫,節縮百費,日月積之,一為收書之資,歷十餘年,經史子集雖不能備,視吾先世所藏千百之什一,視吾少時可謂富矣。夫人於其所好,勞心勞力以求得之,必得謹護珍襲,不至於廢壞,逮後之人,未嘗知得之之難,蓋有棄之如瓦礫者,吾懼後人之不知守也,志吾之所以得而勉其所以守,蓋昔人受一草一木,猶戒以勿壞,矧書籍聖賢至訓之所寓乎,敬之哉!

叢書樓書目

清馬曰琯、馬曰璐藏編(曰琯字秋玉,號嶰谷,祁門人,曰璐字佩兮,號半槎,曰琯弟。)

《鲒埼亭集外編十七·叢書樓記》：家有叢書樓，迸疊十萬餘卷，與全祖望友善，互屬借鈔，得有異書，必出相示，鈔購窮年，不以為疲。

二老閣書目

清鄭性藏編（性字義門，别號南溪，清慈溪灌浦人，乾隆中卒，寒村子。）

金祖望《二老閣藏書記》：黄太沖先生藏書遭大水，卷軸盡壞，身後一火，失去大半，南溪理而出之，其散亂者復整，其破損者復完，得三萬卷，並鄭氏自子平先生以來家藏亦及其半，乃於所居之旁，築二老閣以貯之。

穆堂書目二卷

清李紱藏編（紱字巨來，學者稱穆堂先生，清臨川人，生於康熙十二年，卒於乾隆十五年。）

袁枚《臨川李公傳》：不惡其崛強，欲摧折之，兩次決囚，皆縛至菜市，宣旨赦還。公文強記，藏書五萬卷，手加丹黄，其宏綱巨旨都能省記。刑部中楊某，欲試公，故於押赴市曹時，探問經史疑義，公對，赭衣白刃應答如流，楊退而告人曰：李公真鐵胎人。

滃云樓書目

清章學誠藏編

據《章氏遺書》。

瞑琴山館藏書目

清劉桐藏編（桐字舜輝，一字疏雨，清烏程人。）

張鑑《瞑琴山館藏書目序》：……雄於財而多家累，年未三十即棄舉業，遠遊楚，歸則談杭州谷林堂趙氏及揚州玲瓏山館馬氏之耽書好客，不禁心神響往。乾隆壬子癸丑間，即以藏書自任。湖州固多書客，織里一鄉居者，皆以傭書為業，出則扁舟孤棹，舉凡平江遠江，遠近數百里之間，簡籍不脛而走，又值盧氏抱經堂吳氏瓶花齋讎校本散出四方，於是疏雨所收之書，已達十餘萬卷。癸亥病歿，其家不能收拾，子幼為人煢惑，舉所藏之富，畀之他人。楊秋室題其身前訪書圖云：自古圖書厄，多經刼失亡，未聞豪賈奪，舉作債家償，洵實事也。

環碧山房書目一卷

清汪輝祖藏編（字煥曾，號龍莊，乾隆乙未進士。）

據《八千卷樓書目》。

映雪樓書目錄攷五冊

清莊仲芳藏編(字芝階,秀水人,嘉慶庚午舉人。)

《映雪樓藏書目攷自跋》:余生平所嗜唯書與花,而書尤甚。積五十餘年,得書幾五萬卷,合經史子集區為十卷,注為三編,內編有醇無疵,外編有醇疵參半,附編多偽書,或淺陋疵類者,各撰人名氏爵貫,略及行事並著書之意,他日書即云散,留此一目,亦足以見余精神所寄矣。

此靜坐齋書目

清翁廣平藏編(廣平字海琛,號瞥石,清平望人,道光元年舉孝廉方正。)

據《藏書記事詩》。

甘泉鄉人邇言

清錢泰吉撰(泰吉字輔宜,號警石,清嘉興人,道光丁亥官海寧訓導,取仇山村官冷身間可讀書之句以名其齋。)

《甘泉鄉人稿藏書述》:余六經粗備,先大夫曰:我有書數千卷,在吳橋縣王氏,當取以畀爾。迨先大夫喪歸,過吳橋縣之連兒窩,以書來歸,遂攜以南,籤排甲乙,先宜人顧而喜曰,兒好書,可以畢父兄之志矣。惜吾家耆英堂數萬卷盡屬姓,否則,恣所流覽也。歲丁卯,世父得語溪吳氏黃葉村莊藏書,盡舉以賜。三十年來遇善本非力所不能購,必購藏焉。今雖不及儲藏家十分之一,而舉舍中一堂二內所者充棟者皆書也。

鐵華館書目

清蔣鳳藻藏編(鳳藻字香生,清長洲人,香生在閩中交周星貺,盡得其目錄之學。)

鍔按或云有傳鈔本,未見。

玉函山房藏書簿錄二十五卷(續編一冊)

清馬國翰藏編

據《山東通志》。

萬卷樓書目一冊

清黃彭年藏編

鍔按據云有傳鈔本,未見。

海日樓行笈書目

清沈曾植藏編(曾植字子培,號乙盦,晚號寐叟,清嘉興人,清光緒庚辰進士。)

鍔按據云有稿本,未見。

張月霄書目

清張金吾藏編

據《藏書紀事詩》。

吟香仙館書目

清馬瀛藏編（字仁槎，清海寧人。）

據《東湖叢記》。

鍔按馬氏富藏書，大半陳鱣向山閣物，《吟香館書目》内，多世所未見之本，有宋本《漢書》《晉書》，因以漢晉名其齋。

暝琴山館藏書目四卷

清范楷藏編

據《清史藝文志》。

樂意軒書目四卷

清吳成佐藏編（字嬾巷，銓子。）

據吳興吳志忠《璜川吳氏經學叢書緣起》。

津逮樓書目十八卷

清甘福藏編（字德基，號夢下，國棟子，清江寧人。）

據《續江寧府志孝友傳》

問字堂書目一冊

編藏者名氏未詳

《書目長編》：疑即孫星衍書目。

許文恪書目一卷

清許乃普藏書，李滂輯

據《書目長編》，據云有稿本。未見。

之五堂書目

清楊玉復藏編

據《湖南文徵》。

聽嚶堂書目

清李文昱藏編

據《湖南通志》。

平安館書目

清葉志詵藏編

據《續攷古圖》陸序。

古林書目

清曹浤藏編

據《南宋襍事詩》卷首所引。

蕉林書目

清梁清標藏編

據《藏書紀事詩》引《復初齋集》。

三魚堂書目

清陸隴其藏編

據《嘉興府志》。

酉陽山房書目四卷續目二卷

清陳宏緒藏編

據《藏書紀事詩》引《石莊集》。

紅豆山房藏書目

據《藏書紀事詩》引《東洲草堂集》。

晚出書目四卷

清王守訓藏編

據《山東通志》。

金元功藏書目

清金元功藏編(清太倉人,富藏書,士禮居著錄《新定續志》,即其舊藏。丁氏《持靜齋書目》著錄《艾軒集》,有金元功藏書記)。

據《持靜齋書目》。

蠹圃書目二十卷

清袁芳瑛藏編

據《湖南通志》。

寶墨樓書目

清張貞藏編(清安邱人。)

據《山東通志》。

存寸堂書目一冊

據《清吟閣書目》。

臨清徐氏書目

清徐坊藏編

據云有稿本,未見。

太和堂書目二冊

據邵氏《簡明目録標注》。

式古堂目錄

清尤瑩藏編

據云有印本，未見。

綠猗軒書目

清舒燾藏編

據《綠猗軒文集》。

培風閣書目

清朱琦藏編

據《文選集釋序》引。

夢好樓書目

清董鑄范藏編

據《藏書紀事詩》引《夢好樓記》。

信西藏書目錄

日本人所藏編，姓氏已不詳

據《群書類從》。

守先閣書目

日本河上羆

據《靜嘉堂祕笈志序》所引。

民國

萬木草堂書目

康有為藏編

據云有刊本，未見。

越縵堂書目

李慈銘藏

據云有傳鈔本及活字本。

談間齋書目

上海顧氏，姓名未詳。

據云有稿本，未見。

私家藏書目錄類下

道在齋書目一冊(據《傳是樓書目》)
映雪齋書目一冊(仝上)
馬氏鈔藏書目(附於傳是樓書目後)
聖譯樓書目(據云李祖年編)
文康張氏藏書目錄(據《山東通志》,據云張彥士藏)
于文定公書目(于慎思編,據《山東通志》。)
歐陽參政書目一卷(據《國史經籍志》)
余衛公萬卷□藏書目一卷(仝上)
忻賞齋書目六卷(仝上)
寄傲堂書目四卷(韓氏,仝上)
陳氏書目一卷(仝上)
徐儆弦藏書目(據《絳云樓藏書目》)
于定國藏書目(仝上)
桓瘦齋書目(仝上)
五百名家書目(仝上)
徽府集書文冊(據《萬卷堂書目》)
洪子美書目(仝上)
鍔按洪子美,名楩,鐘孫。
袁懷雪書目(仝上)
張兔園書目(仝上)
沈倚山書目(仝上)
惇好樓書目(仝上)
習靜堂井內齋書目(仝上)
水東書目(仝上)
劉氏文房書目(仝上)
謍庵家藏書目(仝上)
章三洲書目(仝上)
三石書目(仝上)

臨潁賈氏家藏書目（仝上。鍔按《國史經籍志》作二卷，《千頃堂目》有《賈氏書目》二卷，賈詠撰，與上書未知是否一書。）

吳氏書目摘要（仝上）

東明書目（仝上）

及齋書目（仝上）

王文莊書目（仝上。《國史經籍志》作二卷）

芝山書目（仝上）

愚齋家藏書目（仝上）

浚川倚山書目一卷（仝上）

書目總記（仝上）

河東書目（仝上）

玄白堂書目（仝上）

舒古堂書目（仝上）

沈竹東書目（仝上）

徐文定公書目（據《千頃堂書目》）

百城樓藏書目（仝上）

大萊堂書目二卷（仝上）

四櫃書目二卷（張鹵。仝上）

平湖沈氏書目一卷（仝上）

錢塘夏氏書目一卷（仝上）

上蔡李氏家藏書目一卷（仝上）

華亭徐氏書目一卷（仝上。葉昌熾以為出徐獻臣伯忠家。）

徽府書目一卷（仝上）

商文毅公家藏書目一本（據《脈望館書目》及《也是園書目》）

黃蔡陽家藏書目一本（仝上）

張氏清綺齋書目一卷（據《八千卷樓書目》，《書目長編》疑即海鹽張氏？）

王巽庵家藏書目一卷（據《述古堂書目》）

日本水戶家御編集書目（據《近代名家著述目錄》）

劉氏疎雨樓書目（據《皕宋樓藏書源流攷》）

大師御作書目錄一卷（據楊氏《觀海堂書目》）

聿修堂書目一本（仝上）

湘水校經堂書目一本

慈谿馮氏醉經樓書目

翁文恭所藏明以來七十家書目

孫氏家藏書目(清孫葆田)

廬山錄一卷

岑號錄一卷

蒲編堂書目十八卷(據《藏書紀事詩》引《觀閣叢稿》)

國學書目類序

郭紹虞先生序劉修業女士所編《國學論文索引四編》云:所謂國學云者,中國某某學某某學之共名而已。今倣劉女士所引之例,略為剪裁,以立國學書目類。國學総目適當劉氏《索引総論》。經學專目適當劉氏《索引》之經類;劉女士《索引》所列語言文學及考古學兩類,本編均歸經學專目小學;略倣四部分類,以小學音韻附經部之例。史地之屬適當劉氏《索引》史學地學兩類,因地學目錄過少,亦倣四部分類,以地理附史部之例。文學之屬適當劉氏《索引》文學類。子部,在圕學專名詞英譯作□,劉氏索引諸子類,為便學者檢討,不若哲學"一名為通俗也。"科學"譯自文□□一字,即中國向稱之格物學也,科學約分二種,有自然科學,有社會科學。劉氏《索引》之天文曆法、算學、氣象等皆自然科學也。劉女士以自然科學為科學,而另立政治、經濟、社會、教育、宗教等類,則直視該數種學問為非科學矣。實則大謬不然,社會科學即該數種學問之総稱也。若謂中國無社會科學,則又何曾有自然科學?是劉女士分類稍欠斟酌處。故本編分科學為二類,自然科學,社會科學,自然科學向為國人所輕視,然歷代著術尚不乏人,故特立專目,以錄其書之目。社會科學,中國向無此名,然不得以無此名即謂無社會科學,如經部內《禮經》即社會科學中之倫理學。子部中之《鄧析子》即論理學。唯以將故舊典籍中之專門學問抽出,分類而彙為科學專目者甚少(因囿於四部分類法之說)。故中國科學之書,反形減少。今立科學之目,以誌國學之核博廣洽,以塞謂中國無科學者之口。

今將四部按其性質分類,談政治者入政治,談文學者入文學,各自組成新系統,亦研究發揚國家故有文化之新途徑也。

國學書目類

(甲)國學總目之屬

一、經籍總目

古今四部書目五卷

梁劉杳撰

據《隋書經籍志》。

經書目錄十一卷

宋歐陽伸（一作坤）編

據《宋史藝文志》。

授經圖二十卷

明朱睦㮮撰

《欽定四庫全書》文津閣本四冊（清乾隆間）。朱氏原刻本（明萬曆二年）。龔氏《玉玲瓏閣叢書》本四冊（清康熙間）。三原李氏《惜陰軒叢書》本（清道光十九年）。

《四庫提要》：是編所述經學源流也。又云：是書乃因宋章俊卿舊圖而增訂之。

授經圖四卷

明朱睦㮮撰，黄虞稷、龔翔麟同編

《書目答問補》正：《宋書》二十卷，其自序稱四卷，《提要》疑其誤。

經序錄五卷

明朱睦㮮撰

《四庫提要》：睦㮮既作《授經圖》，又取諸家說經之書，各采篇首一序，編為一集，以誌其概，頗嫌掛漏。

經籍會通

明胡應麟撰

《少室山房筆叢》本。

四部正譌三卷

明胡應麟撰

《少室山房筆叢》本。商務印書館活字本。

經籍目略

明王佐撰

據《粤大記》及《書目長編》。

四書經學攷十一卷

明邢邦佐撰

據《傳是樓書目》。

古經解目

據《萬卷堂書目》。

經籍目錄

據《季滄葦書目》。

九經目錄

據《傳是樓書目》。

經籍舉要一卷(並附錄)

清龍啟瑞編

《漸西村舍叢書》本一冊(清光緒十九年桐廬袁昶刻)。甘肅督學使署重刻本(清光緒八年)。

鍔按此書撰人各家記載不同,《書目舉要》為袁昶撰,《清史藝文志》為龍翰臣撰,《書目長編》及《國立北平圖目》仝為龍啟瑞撰。

歷代載籍足徵錄一卷

清莊述祖撰

《珍藝宧遺書》本一冊(清道光十五年其子莊文灝刻)。《訓纂堂叢書》本。

梁啟超曰:此書觀其命名,蓋造端甚宏大,但已刻成者,僅《漢志》六藝之部,且至於春秋而止,《論語》以下闕焉。蓋未成之稿也。其刻出之部分,攷証頗精詳,足供《漢志》之參攷。

經籍要略

清裕德撰

山東書局本(清光緒間)。

經籍攷

日本況齋岡孝撰

國立北平圖重鈔江安傅氏藏原鈔本一冊(民國二十二年)。

經解要目

日本池田四郎次郎撰

東京研文社鉛印本一冊（日本大正四年）。

二、經史合刊目

經史書目七卷（或名經史目錄。）

宋楊九齡撰

據《宋史藝文志》。

經史釋題二卷

宋李肇撰

宋史藝文志：李肇《經史釋文題》三卷。趙氏輯《中興館閣書目輯攷》：《經史釋文題》三卷（玉海四二）。鍔按《唐志》《崇文》目《通志略》並作《經史釋題》二卷。《南部新書》云肇著《經史目錄》。《崇文目》云，起九經下至唐氏實驗列篇帙之凡概釋其題。

經史品題

據《遂初堂書目》。

經史書目提要

鴨漪亭藍絲欄本三冊。

三、經子合刊目

經子解題

呂思勉撰

上海商務印書館鉛印《國學小叢書》本一冊（民國十五年。）

(乙)經學專目之屬

一、詩

詩經著述書目

清張之洞編

許氏抽印本。

鍔按原書在《經義述聞》書眉。

詩經參攷書目提要

陸侃如撰

載《國學月報》。

二、禮

三禮目錄一卷

漢鄭玄撰

清鄞縣袁鈞輯(清光緒戊子浙江書局刊《鄭氏佚書本》)。清黃奭輯《高密遺書》之一(《漢學堂叢書》本)。曲阜孔廣林輯(清光緒庚寅山東書局刊《通德佚書所著錄》本)。清臧庸輯(《鄦齋藂書》本)。

褉儀注目錄六卷(或作四卷)

據《隋書經籍志》。

鄭氏儀禮目錄校証(鍔按此書各頁及版心題《禮記箋》。)

清胡匡衷撰

《郝氏遺書》本。

禮記篇目

清芮城撰

詳見鄭氏《禮記箋》。

三、樂

琴書存目六卷別錄二卷

周慶云撰

烏程周慶云刻本四册(民國三年)。

四、易

讀易別錄三卷

清全祖望撰(字紹良,號謝山,鄞縣人,乾隆丙辰進士。)

《知不足齋叢書》第十五集初印本一册(清乾隆間歙西鮑廷博刻)。肄水盧氏芸林仙館補刻清乾隆間歙西鮑廷博刻《知不足齋叢書》第二十三集本一册(清光緒八年)。

易傳辨疑四卷

清瞿均廉撰(字春沚,錢塘人,清乾隆乙酉舉人。)

《四庫提要》:瞿作翟,此書攷自漢迄元《易》注源流得失,百十四條。

五、春秋

春秋比事目錄

清方苞撰

《望溪全集》本。

六、四書

四書現存書目

日本研經會編

東京文求堂書店鉛印本一冊（日本大正三年）。

七、小學

小學攷五十卷

清謝啟崑等撰（清宣宗嘉慶三年成書）

謝氏刻本（清嘉慶丙子年）。重鐫樹經堂板十八冊（清咸豐壬子年）。上海鴻文書局影印嘉慶間原刊本三冊（清光緒十五年）。浙江官書局刻本。

說文目錄

清葉銘編

葉氏《存古叢書》本一冊（清宣統二年山陰吳隱西泠印社印，附說文統系第一圖並題跋）

雅學攷

清胡元玉撰

長沙刻《胡氏禊著》本。

汗簡目錄敘略一卷

宋郭忠恕撰

汪啟淑刻本。汪立名一隅草堂本。明初仿宋刊本。

《書目答問》：此書多沿誤，鄭珍《汗簡箋正》極精，未刊。

研究說文書目（此書又名《許學攷目》）

王時潤編

民國十年石印本一冊。

許學攷二十六卷

黎經誥編

江州黎經誥鉛印本十六冊（民國十六年）。

清代關於說文著述目錄

馬敘倫編

《圕學季刊》一卷一期。

鍔按此書為《清人所著說文之部書目初編》草稿。

說文目錄

丁福保編

無錫丁福保鉛印本一冊(民國十三年)。上海醫學會印本(書名冠以增訂二字)。

(丙)史地之屬

一、歷史(附傳記)

史目

唐裴松之編

《隋書經籍志攷証》補入,《史記五帝紀正義》引裴松之書目。

宗諫注十三代史目十卷

鍔按此書當興《十三代史目》非一書。茲據《崇文總目》《唐志》《宋志》。

十三代史目

鍔按此書著録卷數編者亦不一致:《宋史藝文志》作一卷,商仲茂撰。《郡齋讀書後志》作八卷,殷仰茂撰;《祕書省四庫闕書目》作三卷,殷仲茂撰。《郡齋讀書志》作三卷。並云:右殷仲茂撰,輯《史記》兩漢三國晉宋齊梁陳後魏北齊周隋史籍篇次名氏國(先謙按舊鈔本)朝杜鎬以唐五代書目續之。

史目

鍔按此書命名卷數撰者亦甚不一:《祕書省四庫闕書目》及《宋史藝文志》著録有《歷代史目》十五卷。《日本現在書目証注》有《諸史目》三卷,楊公玠撰。《唐書藝文志》著録有《歷代史目》十五卷。《唐書經籍志》著録《史目》三卷,楊公玠撰。唐《書藝文志》著録有《史目》三卷,楊公玠撰。《隋書經籍志》作二卷。

十九代史目二卷

宋杜鎬續編(據《宋志》)

鍔按《崇文總目》著録有《十九代史目》二卷,宋舒雅等撰。《郡齋讀書志》《十三代史目》條有云:國朝杜鎬以唐五代書目續之。是則此書為杜鎬撰無疑矣。《崇文總目》所著録,或係他書。

唐五代史目

宋杜鎬撰

鍔按此目乃續《十三代史目》者,已見十三代史志條下。

史略六卷

宋高似孫撰

遵義黎庶昌《古逸叢書》覆宋刻本（其版今存蘇州局）。《四明叢書》第一集本。《昭代叢書》第一集本。日本昌平學藏宋槧本。

《經籍訪古志》：此書文辭簡約，而引據精覈，多載逸書，實為讀史家不可闕之書矣。

通鑑外紀目錄五卷

宋劉恕撰（恕字道原，宋高安人，生於明道元年，卒于元豐元年。）

蘇州局本。璜川吳氏刻本（清嘉慶十六年）。《四部叢刊》影印明刊本。鄱陽胡克家注補本（坊間石印）。

宋通鑑目錄三十卷

宋司馬光撰（光字君實，號迂夫，晚號迂叟，世稱涑水先生，宋陝州夏縣人，生於宋天慶三年。）

蘇州局繙宋本。

鍔按此書體若表譜，以便尋檢《通鑑》也。

舊五代史目錄二卷

宋薛居正等奉敕撰

《二十四史》本。

新五代記目錄一卷

宋徐無黨注

據《書目答問》。

河南東齋（或作齊）史目錄（或無錄字）三卷

據《崇文總目》。

曾氏史鑑三卷

據《宋史藝文志》。

王國維氏史學關係論文書目

日本三島氏編

載《日本史學襍誌》。

史籍攷三百二十五卷

清章學誠撰

鍔按《書目長編》云：全書不傳，按敘錄總目刻入劉刻《章氏遺書》內。此書成於清乾隆五十二年至五十九年間。《書目答問》云：未刊，殘稿藏美國國會圕。

三通序目三卷

清陳宏謀撰

《培遠堂全集》本。

史記天官書總(或作補字)目一卷

清孫星衍編

《昭代叢書》壬集本。廣雅書局《史學叢書》初集本。

史籍攷一百卷

清畢沅撰

據《畢弇山著書目》。

史目表

清洪飴孫撰

《洪北江遺集》本。

讀書識餘

清丁寶書編

國立北平圕藏清歸安丁原稿謄清本,殘存一冊。

鍔按此書僅存史部,故入國學目類史部。

正史攷略一冊

范文瀾撰

北平文化學社印本。

內閣大庫書檔舊目

中央研究院歷史語言研究所編

國立中央研究院歷史語言研究所鉛印本一冊(民國二十二年。按此書卷心題內閣書檔舊目,又此書為《史略叢書》之三。)

正史彙目

諸暨鄭鶴聲編

《書目答問補》正:此書欲彌章書未行憾,用意與實齋相似,有云南高等師範學堂油印本。

清九朝京省報銷(檔冊目錄)

國立北京大學鉛印本

晚明史籍攷二十卷

謝國楨編著

國立北平圕鉛印本十冊(民國二十一年)。

清軍機處檔案目錄一冊

故宫博物院文獻館編

故宫博物院印本

二、地理

金陵大學圕中文地理書目

金陵大學圕編

金陵大學圕鉛本。

(丁)文學之屬

一、文集

子、文章志

褋撰文章家集敘十卷

晉荀勗撰

鍔按新舊唐《志》褋作新，五卷。

文章志四卷

晉荀勗撰

據《隋書經籍志》。

文章錄

晉邱淵之撰

據《隋書經籍志攷証》。

續文章志二卷

晉傅亮撰

《隋書經籍攷証》:《續文章志》二卷，傅亮撰，唐《志》卷同。《文選海賦》注，廣川木元虛為海賦，文甚儁儷。《北堂書鈔》設官部，陸云才藻並引傅亮《文章志》(無續字)續……並引《續文章志》，不著傅亮名。

文章志四卷

晉摯虞撰

《隋書經籍志攷証》:《文章志》四卷，摯虞撰。《晉書摯虞傳》，虞撰《文章志》四卷。《魏志陳思王傳》……並引摯虞《文章志》。唐《志》卷同。

晉文章紀

晉顧愷之撰

據《隋書經籍志攷証》。

正流論

鍔按《隋書經籍志攷証》:《正流論》一卷(儀吉補)。集部總集類又有《正流論》一卷,蓋即一書也。

文章志

據《隋書經籍志攷証》。

宋世文章志二卷

梁沈約撰(約字休文,梁武康人,生於宋元嘉十八年,卒于梁天監十二年,謚隱。)

據《梁書沈約傳》云約著《文章志》三十卷。

晉江左文章志三卷

宋明帝撰

《隋書經籍志攷証》:《宋書明帝紀》,帝在藩時,撰江左以來《文章志》。唐《志》二卷。

二、總集

南唐群書麗藻目錄五十卷

南唐朱遵度撰(遵度青州人。)

據《直齋書録解題》。遵度於保大中卜居金陵,著《群書麗藻》一千卷。

御製御札目錄

宋寧宗嘉定三年編

據《玉海》卷五十二。

澹生堂明人集部目錄

明祁承㸁編

鄧氏《風雨樓叢書》本。

國朝文家文集一卷

據《萬卷堂書目》。

礀庵輯集書目

陳蓋謨編

據《傳是樓書目》。

知不足齋宋元人集目一卷

清鮑廷博編

江陰繆氏藏鮑氏手抄本。

《藝風藏書續記》：鮑淥飲手鈔本，注明詩集文集，詩文總集，卷數，鈔刻本，亦注宋本，各家藏本……

陳氏葦汀藏列朝詩文集目

清陳墫編（墫字仲遵，號葦汀，清長洲人，頗嗜古書，所居曰西畇草堂。）

據《曝書襍記》。

靜惕堂書目（宋元人集）一卷

清曹溶藏編（溶字潔躬，又字秋岳，號倦圃，浙江秀水人，明崇禎丁丑進士，晚年自號鉏菜翁），清陳景云注

《觀古堂彙刻書》中《絳云樓書目補遺》附刻本一冊（清光緒二十八年葉德輝刻）。民國八年葉氏重編成《觀古堂書目叢刻》中《絳云樓書目補遺》附刻一冊（清光緒二十八年長沙葉德輝刻）。《古學彙刊》第二集本一冊（民國二三年間順德鄧實鉛印）。江蘇第一圖藏清錢謙益所藏舊鈔本。

《池北偶談》：曹侍郎秋岳，好收宋元人文集，嘗見其靜惕堂所載宋集，自柳開《河東集》已下凡一百八十家，元集自耶律楚材《湛然集》已下，凡一百十有五家，可謂富矣。

潛採堂宋元人集目一卷

清朱彝尊藏編

民國八年重編成《觀古堂書目彙刻》本一冊（清宣統三年長沙葉德輝刻）。《古學彙刊》第二集本一冊（民國二、三年間順德鄧實鉛印）。

鍔按《清史藝文志》作《曝書亭宋元人集目》。

碧琳瑯館書目（僅總集一類）

清方功惠藏編

德化李盛鐸藏本。國立北平圖於民國二十二年重鈔歸安傅氏重鈔本一冊。

宋元文集目錄二卷

據《近古堂書目》。

國朝文集目錄（《述古堂書目》作二卷）

據《絳雲樓書目》。

宋人集目廣徵六卷

李之鼎撰
存稿未刊。
韓塚墓遺文目錄
羅振玉編
《雪堂簊刻》本。
晚晴簃所藏清人別集目錄
徐世昌藏
國立北平圕藏傳鈔本四冊
寅、專集
柳待制文集並目錄(附錄)
元柳貫撰
《四部叢刊》本。
王船山遺書目錄
曾刻《船山遺書》本。
二、詩
子、總集(附詩話)
集一百家詩話總目
明阮宏休
百家詩話總龜後集目錄
明阮宏休
鍔按以上二書均載《增修詩話總龜》卷首。
丑、專集
沈建樂府詩目錄一卷
據《宋史藝文志》。
趙閑閑詩集目錄二卷
新城王樹枏《陶廬叢刊》本。
三、詞
子、詞集(附詞話)
〔詞綜選錄〕詞家集目
清朱彝尊藏編
載本書凡例內。

宋元人詞目

清吳昌綬藏編（昌綬字印丞，清仁和人）

趙尊嶽藏原稿本。

丑、曲（附俗曲）

録鬼簿二卷（或於書名上有新編二字）

元鍾嗣成編

《讀曲叢刊》本。《曲苑》本。《傳奇彙刊》本。上海古書流通處影印清康熙十五年奉天曹寅刻《楝亭十二種》本（民國十年）。

録鬼簿校注二卷

元鍾嗣成編，王國維校注

《海寧王忠慤公遺書》四集本一冊（民國十七年上虞羅振玉等校印）。

曲品二卷

明鬱藍生撰

暖紅室稿刻傳奇附刊第二種本一冊（清宣統二年貴池劉世珩刻）。上海中國書店編印《曲苑》本三卷一冊。國立北平大學出處部據劉氏校訂本鉛印再版本二冊（民國十一年）。

重訂曲海総目一卷

清黃文暘編

民國間國立北平圕影曬清同治二年海寧管廷芬編鈔《銷夏録舊五種》本一冊。

曲海總目提要四十六卷

清黃文暘原本，董康校訂

上海大東書局鉛印本十六冊（民國十七年）。

曲目表

清支宜豐撰

上海中國書店編印《曲苑》本一冊（民國十年）。江南圕藏鈔本。

宋元戲曲攷

王國維撰

《海寧王忠慤公遺書四集》本。

曲録一卷

王國維編

《晨風閣叢書》本。《海寧王忠慤公遺書》四集本。

戲曲攷原

王國維編

《晨風閣叢書》本。《海寧王忠慤公遺書四集》本。

錄曲餘談

王國維編

《海寧王忠慤公遺書》四集本。

曲録六卷

王國維編

《海寧王忠慤公遺書》四集本三冊。《晨風閣叢書》本。《曲苑》本。

唐宋大典攷

王國維編

《海寧王忠慤公遺書》四集本。

湖南唱本提要錄

姚之逸編撰

民國十八年印本。

中國俗曲總目提要

劉復、李家瑞同編

北平國立中央研究院歷史語言研究所鉛印本二冊(民國二十一年)。

寅、彈詞(附傳奇)

西締所藏彈詞目錄

鄭振鐸藏編

國立北平圕打字本一冊

新傳奇品一卷續一卷

明鬱藍生撰

國立北京大學出處部據劉氏校訂本鉛印再版本一冊(民國十一年)。

傳奇品二卷

清高奕撰

《暖紅室彙刻傳奇》附刊第三種本一冊(清宣統二年貴池劉世珩刻)。國立北京大學出處部據劉氏校訂本鉛印再版本一冊(民國十一年)。

傳奇彙攷(闕本)八冊

編著者姓名未詳
古今書室石印本八冊（民國三年）。
卯、劇本（附院本）
院本名目（襍劇待攷）
載汪汲葵田氏《消夏錄》。
亂彈劇本目錄
故宮文獻館藏編
民國間故宮文獻館油印本一冊。
祸木廬藏劇目（附錄）
宋春昉編
民國二十年鉛印本一冊。
辰、小說（附小說攷）
襍家小說目錄一卷
據《述古堂書目》。
小說攷証十卷
蔣瑞藻撰
商務印書館鉛印《文藝叢刻乙集》本三冊（民國十三年）。
小說攷証續編五卷
蔣瑞藻撰
商務印書館鉛印《文藝叢刻乙集》本二冊（民國十三年）。
大連圕所見中國小說書目提要
孫楷第編
國立北平圕與中國大辭典編纂處鉛印本一冊。
中國通俗小說書目十二卷（補遺及補正）
孫楷第編
國立北平圕鉛印本一冊（國二十二年。附書名索引，著者姓名及別號索引）

（戊）哲學之屬（子部）

子略四卷目錄一卷
宋高似孫撰
《欽定四庫全書》文淵閣本四卷一冊（清乾隆間）。《學津討原》第八集本四卷一冊(清嘉慶九年虞山張海鵬刻)。上海涵芬樓影印《學津討原》本(民國間)。上海博古齋影印明弘治間無錫華氏覆宋本《百川學海》已集本(民國十年)。武進陶湘影印宋本《百川學海》已集本(民國十六年)。北平樸社鉛印本(民國十七年)。《四明叢書》第一集本(民國二十二年鄞縣張壽鏞校刻)。照曠閣本。上海中華書局《四部備要》本。江蘇第一圕藏何夢華所藏明鈔本。

《四庫提要》:目冠卷首,始漢《志》迄鄭《志》藝文略諸子之目。

子鈔目

庚忠容

載《子略》。

諸子辨一冊

明宋濂撰,顧頡剛標點

北平樸社印本(民國十年)。

莊子翼莊子書目

明焦竑撰

據《古今圖書集成莊子部彙攷》。

墨子閒詁目錄一卷

清孫詒讓撰

《瑞安孫氏遺書》本。

欽頒文瀾閣四庫全書子集部目清冊

清金裕新編

國立北平圕藏清道光四年原鈔底本(殘存三冊。附核對不符清冊,此書缺經史二部。)

子敘一卷

清黃以周撰

《儆季襍著》五種本一冊(清光緒二十年江蘇南菁講舍刻印)。

老子别錄一卷

清吳鼎(鼎一作鼐)撰

《昭代叢書》癸集本。

子籍攷

清張鶴齡撰

據云有稿本,未見。

諸子攷略一冊

姚永樸撰

北平資研編繹社印本。

周秦諸子書目一卷

胡韞玉編

《樸學齋藂刊》本一冊（民國十二年涇縣胡韞玉鉛印）。

老子攷七卷（附《通論》《札記》《略目》《日本老子著述略目》《老子繹書略目》《老子傳記略目》《道德經碑幢略目》。）

王重民撰

中華圖協會叢書本三冊（民國十六年北平中華圖協會鉛印）

(己)科學之屬

一、社會科學

刑法

法制類新學書目提要

清沈兆禕撰

清光緒二十九年印本。

歷代刑法書存亡攷

謝冠生撰

上海商務印書館印《東方襍誌》第二十三卷第三號抽印本一冊（民國十四年）。

和漢軍書要覽

日本林道春撰

日本安和七年（當清乾隆四十三年）大阪書肆刊本。

二、自然科學

子、農書

澤農要錄

清吳邦慶撰

《畿輔河道水利叢書》本。

中國農書目錄彙編

毛雝等編

《金陵大學圖叢書》本(民國十三年南京金陵大學圖鉛印)。

丑、醫書

醫經目錄二卷

據《秘書省四庫闕書目》。

大宋本草目三卷

據《祕書省四庫闕書目》。

醫藏目錄

明殷仲春編

國立北圖藏海寧費寅復齋鈔本一冊。

嵩渚醫書目

據《萬卷樓書目》。

醫林目錄一卷

清佘鴻業編

據《竹崦庵書目》。

古今醫籍備攷六卷

清董氏編

《烏程董氏叢書》本。

歷代醫學書目

商務印書館印本。

歷代醫學書目提要

丁福保撰

清宣統二年刊行。

類証本草所出經史方書

載本書卷首。

外台祕要目錄一卷

《日本訪書續志》:此日本東京醫官小島尚質以紀蕃竹田氏宋槧本校勘,又以《巢氏病源》《孫氏千金方》,凡王燾所引書之尚存者,莫不對讀,可謂精之極。小島三世以醫鳴於日本,余得古醫書祕本多出其家。

醫籍攷二卷

日本仙鶴堂編

國立北平圖影鈔楊守敬校藏日本文化十一年鈔本。

醫籍著錄二卷

日本櫻陰生尚真編

國立北平圖影鈔楊守敬校藏日本鈔本。

醫籍彙刻目錄一卷

日本櫻蔭生尚真編

國立北平圖影鈔楊守敬校藏日本鈔本一冊。

寅、算學

勿庵曆算書記二卷

清楊文鼎撰

《知不足齋叢書》第十一集本（清乾隆間歙西鮑廷博刻）。肄水盧氏芸林仙館補刻清乾隆間歙西鮑廷博刻《知不足齋𠻤書》第十九集本（清光緒八年）。

中國算學書目彙編

裘仲曼撰

載《清華學報》第三卷第一期。

算學書目提要

丁福保輯

無錫竢實學堂刊本（清光緒二十五年）。

古代算學書錄六卷（附錄一卷編目一卷）

清劉鐸編

上海算學書局石印本四冊（清光緒二十四年。附上海算學書局編《古今算學𠻤書編目》一卷）。

參攷書目類序

著述之有關目錄者，則入書目內？《古今圖書集成》，於目錄掌故關係非淺，邵氏《書目長編》，割裂入目，梁啟超雖明知為類書，而仍前人之舊入官錄。（參閱梁著《圖書大辭典簿之部》官部及史志。）馬氏《經籍攷》，朱氏《經義攷》，皆於目錄有關，然以《經籍攷》入官簿，《經義攷》入私家，則不可也。因該書所錄，既非官藏，更非私貯。採錄則斷章取義，非如解題，提要之提綱挈領，與簿錄體例，迥別故也。然以其書，採錄廣博，引據綦詳，能補綴目錄之略，故列參攷書目，以明附收之意，治目錄者，可分別視之。

索引、引用之書,其內雖為書目,其本身乃因索引、引用所本之書而定。單就本身而言,實無若何價值。《二十五史索引》,若二十五史已佚,則《索引》等於廢紙。《三國志注引用書目》,若《三國志注》已不在人間,吾人決不能因其引用書目而知該書之真目也。因索引、引用之目,僅為便利檢討原書之用,其排次既無時代先後,又無評價於其間。或以筆劃為先後,或以韻字為部類,此等書雖於目錄有關,而實不得與晁、陳之《志》同列,故亦歸入參攷書目類。

參攷書目類

(甲)徵引(引用)之屬

意林採錄書目

唐馬總撰

《書目答問補正》:《意林引書目》在宋洪邁《容齋續筆》及明胡應麟《少室山房筆叢》內。

通志藝文略引用四庫書目

據《靜嘉堂祕籍志》。

四書纂疏引用書目

宋趙順孫撰

據《靜嘉堂祕籍志》。

呂氏家塾讀詩紀引用書目

宋呂祖謙撰

據《靜嘉堂祕籍志》。

太平御覽引用書目

宋李昉等撰

在本書卷首。《書目答問補正》:此引書目可補隋《志》所未備。

古文四聲韻引用書目

宋夏竦撰

在本書卷首。《書目舉要》云:汲古閣寫本,慶曆四年序進,卷首標所引各書,錢遵王謂近世無存者,不盡然。然所見亦罕矣。《浙江採輯遺書總錄》

《書目長編》云：此目蓋出李建中手。

通鑑参據書目

宋高似孫撰

見《史略》卷四。

太平廣記引用書目

宋李昉等撰

在本書卷首。

小學引用書目

元吳迂撰

據《饒州府志》。

尚書輯錄纂注引用諸書

元董鼎撰

據《静嘉堂祕籍志》。

史記評林引用書目

明凌稚隆撰

在本書卷首。

赤水玄珠採用歷代醫家書目

明休陽生撰（生子東宿，孫一金，新安人。）

載本書卷首。

漢書評林引用書目

明凌稚隆編

載本書卷首。

本草綱目引書目

明李時珍撰

載本書卷首。

十國春秋引用書目

清吳任臣撰（任臣字志伊，一字爾器，號託園，清仁和人，康熙己未應試博學鴻詞。）

在本書《凡例》內。

學蔀通辨採據諸書

清張伯行撰（伯行字孝先，號恕庵，河南儀封人，康熙二十四年進士，卒謚清恪，有正宜堂藏書。）

在本書《凡例》內。

兩淮鹽筴志引証書目

清朱彝尊撰

《潛采堂書目四種》本(在清宣統元年番禺沈宗畸刻《晨風閣叢書》中)。

日下舊聞攷引用書書目

清朱彝尊撰

在本書卷首。

全唐詩未備書目

清朱彝尊撰

《潛采堂書目四種本》一冊(在清宣統元年番禺沈宗畸刻《晨風閣叢書》中)。

明詩綜采摭書目

清朱彝尊

《潛采堂書目四種》本一冊(在清宣統元年番禺沈宗畸刻《晨風閣叢書》中)。

意林缺書目

清嚴可均撰(可均字景文,號鐵橋,烏程人,嘉慶庚申進士)。

在《鐵橋漫稿》內。

文選李注引用書目

清汪師韓撰(師韓字抒懷,號韓門,又號上湖,清錢塘人,雍正癸丑進士)。

在《文選理學權輿》卷二。

尚書後案採取鄭王注書目

清王鳴盛撰

在本書卷首。

南宋紀事詩引用書目

清沈嘉轍等撰

在本書卷首。

駢雅訓纂引用書目

清魏茂林撰

在本書卷首。

三國志注引用書目

清趙翼撰

在《二十二史劄記》及《二十二史攷異》內。

《書目長編》：按明徐應秋《玉芝堂談薈》已有此目。《書目答問補正》：此引書目可補隋《志》所未備。

三國志注書目二卷

歸安沈家本輯

《沈寄簃先生遺書乙編》刻本（鍔按此目乃《古書目四種》之一）。

續漢書志注所引書目三卷

清沈家本編

《古書目四種》本一冊（在民國間歸安沈氏家刻《沈寄簃先生遺書乙編》中）。

世說注書目二卷

清沈家本撰

《古書目四種》本（《沈寄簃先生遺書乙編》本）。

文選注書目六卷

清沈家本輯

《古書目四種》本。

西湖志舊擇書目引用書目

據《清吟閣書目》。

廈門志徵引書目

清周凱等輯

載《廈門志》卷首。

初學記引用書目

楊守敬輯

南城宜秋館存原稿。

水經注引用書目

楊守敬輯

南城宜秋館存原稿。

《書目長編》：按此目明李長庚刻本已有之，見徐應秋《談薈》。光緒間楊希閔匯校亦有之。

世說新語引用書目

楊守敬輯

南城宜秋館藏原稿本。

齊民要術引用書目

楊守敬輯

南城宜秋館藏原稿。

唐宋類書引用書目八卷

楊守敬輯

南城宜秋館藏原稿本。

世說新語徵引書目一卷

葉德輝輯

長沙思賢書局王校《世說新語》附刻本。

建炎以來繫年要錄所引書目

李之鼎輯

南城李氏稿,未刊。

藝文類聚引用書目一卷

北平大學研究所編

未刊。

太平御覽引用書目補遺一卷

北京大學研究所編

未刊。

太平廣記引用書增訂目錄一卷

北京大學研究所編

未刊。

三國志注引用書目補遺

趙紹祖編

古事比引用書目

方中德編

在本書卷首。

後漢書引書目錄一卷

《國立北平圖目》謂編者為日本人。

楊氏觀海堂有森氏開萬藏鈔本。國立北平圖藏日本鈔本一冊。

武經七書彙解引用書目

載本書卷首。

讀禮通攷引用書目

清徐乾學編

在本書卷首。

（乙）索引（引得韻編備檢）之屬

群書備檢三卷

宋石延慶、馮至游校勘群書備檢三卷，《郡齋讀書志》及《直齋書錄解題》云不知撰者為何人。

四庫全書総目韻編（按此書即依戴植提要別目增訂，見范氏自序。）

清范志熙編

國立北平圖藏清藕香簃墨絲欄精鈔本一冊。

四庫全書総目索引四卷

陳乃乾編

大東書局石印《四庫提要》附本三冊。

四庫全書総目未收書目索引四卷

陳乃乾編

上海大東書局影印四《庫全書総目提要》附印本一冊（民國十九年。）

文瀾閣目索引一卷

楊立誠編

民國十八年鉛印本一冊。

四庫薈要目錄索引

胡鳴盛編

應城胡鳴盛北平鉛印本一冊（民國二十一年）。

四庫全書総目及未收書目引得

燕京大學引得編纂處編

燕京大學鉛印本二冊（民國二十一年）。

四庫全書總目韻編索引

國立北平圖編

附范氏《四庫全書總目韻編》後。

別集索引

浙江省立圖編

杭州浙江省立圖鉛印本一冊（民國二十年）。

鍔按此書所錄之別集,限於民國十九年以前該館所藏者。

藝文志二十種綜合引得

燕京大學引得編纂處編

燕京大學鉛印本四冊(民國二十二年)

(丙)指導之屬

學童書錄

明豐坊輯(坊字存禮,後更名道生,字人翁,別號南禺外使,家有萬卷樓,鄞縣人,嘉靖進士。)

《碧琳瑯館叢書》本。

讀書次第一卷

清李顒口授,門人李士瓆鈔錄

清光緒三年石泉彭懋謙重刊清康熙三十二年刻《二曲集》本一冊。

書目答問一卷

清張之洞編

清光緒四年原刻後印剜補本一冊(附別錄《國朝著述姓名略》)。上海淞隱閣刻袖珍本四冊(清光緒四年)。貴竹陳文珊依光緒二年寫定本重刻本二冊(清光緒五年)。上海蜚英館影印原刻初印本二冊(清光緒十四年)。沔陽盧靖刻《慎始齋叢書》本二冊(清光緒十三年)。北京慈祥工廠鉛印本一冊(民國十五年)。《張文襄公全集》本四冊(民國十七年新城王樹枏刻)。上海商務印書館《國學基本叢書》本。新化三味堂刊本八冊(清光緒二十三年)。

書目答問箋補四卷

清江人度編

清光緒乙己自刻本。

要籍解題及其讀法

梁啟超編

《清華週刊叢書》本一冊(民國十四年北京清華學校清華週刊叢書社印)。

國學入門書要目及其讀法

梁啟超編

上海亞洲書局本一冊。《飲冰室文集》本。

讀西學書法

梁啟超編

清時務報館排印本。

三訂國學用書選要

李笠編

北京樸社鉛印本一冊（民國十年）。

中國文學選讀書目提要

儲皖峰

北京寶仁堂活字本。

系統的文字學參攷書目舉要

沈兼士編

載《國學月刊》內。

中國文學選讀書目一冊

吳又陵編

儲皖峰刊本（民國十四年）

國學用書類述

支偉成撰

民國十五年自刊本。

國學書目提要

上海醫學書局編

上海醫學書局印本（民國十七年）。

中國文學精要書目

王浣溪撰

民國十九年鉛印本。

一個最低限度的國學書目

胡適編

上海亞洲書局鉛印本一冊。《胡適文存》二集本。

書目答問補正五卷

淮陰范希曾耒研撰

國學圖鉛印本（民國二十年）。

(丁)攷証之屬(附校勘)

王海藝文部

宋王應麟撰

《玉海》。

通志藝文略

宋鄭樵撰

《通志》。

群書會記二十六卷

宋鄭樵撰

《直齋書錄解題》:大略記世間所有之書,非必其家皆有之也。

鍔按《玉海》《通攷》《宋志》均作三十六卷,書一作玉。《國史經籍志》作《紹興群會議》三十六卷。

文獻通攷經籍攷

宋馬端臨撰

鍔按此書全鈔《直齋書錄解題》及《郡齋讀書志》。

王圻續通攷經籍攷

明陸元輔撰,汪炤從經義攷重輯之

據《嘉定縣志》。

授經圖二十卷

明朱睦㮮撰

《欽定四庫全書》文津閣本四冊(清乾隆間)。明萬曆二年朱氏原刻本。龔氏《玉玲瓏閣叢書》本四冊(清康熙間)。三原李氏《惜陰軒叢書》本(清道光十九年)。

《四庫提要》:是編所述經學源流也。又云:是目乃因宋章俊卿舊圖而增訂之。

授經圖四卷

明朱睦㮮撰,黃虞稷、龔翔麟同編

《書目答問補正》:朱書二十卷,其自序稱四卷,《提要》疑其詳。

經序錄五卷

明朱睦㮮輯

《四庫提要》：睦㮚既作《授經圖》，又取諸家說經之書，各采篇首一序，編為一集，以誌其概，頗嫌掛漏。

經籍會通

明胡應麟撰

《少室山房筆叢》本。

二酉襍綴三卷

明胡應麟撰

明刻《少室山房筆叢》本。

四部正譌三卷

明胡應麟撰

《少室山房筆叢》本。商務印書館活字本。

四書經學攷十一卷

明邢邦佑撰

據《傳是樓書目》。

清通攷經籍攷

續通攷經籍攷

古今僞書攷一卷

清姚際恒撰（字立方，號首源，清仁和人，有《好古堂書目》四卷。）

《知不足齋叢書》第十一集本一冊（清乾隆間歙西鮑廷博刻）。肄水盧氏芸林仙館補刻《知不足齋叢書》第二十三集本一冊（清光緒八年。）《慎始基齋叢書》本一冊（清光緒二十三年沔陽盧靖刻）。文學山房《聚珍版叢書初集》本一冊（民國間吳縣江杏溪輯）。上海大東書局鉛印顧實重攷再版本一冊（民國十七年）。北京中華印刷局鉛印金受申攷釋本二冊（民國十三年）。金陵大學中國文化研究所叢刊甲種黄云眉補正本（民國二十年南京金陵大學中國文化研究所鉛印）。蘇州嘉魚坊西寶華山房刊本一册（清光）緒三年丁丑春。長沙經濟堂刻單行本。

清通志藝文略

續文獻通攷藝文略

古今圖書集成經籍典五百卷

清康熙間奉敕撰

梁啟超曰：《圖書集成》不過一類書耳……內中《經籍典》……因其為官撰書，而與簿錄有連，始附其目於此（鍔按此文載圖書大辭典簿錄之部）……每類之書率分彙攷、總論、藝文、紀事、襍錄五目。

經義攷三百卷

清朱彝尊撰

《欽定四庫全書》文津閣本七十八册(清乾隆間)。德州盧見曾補刻康熙間原刻本三十三册清乾隆二十年此書曾氏補目錄二卷。浙江書局刻本五十册(清光緒二十三年)。上海中華書局《四部備要》揚州馬氏本鉛印三十二册。

鍔按此書實止二百九十八卷。《東湖叢記》:仁和沈椒園廷芬撰《續經義攷》未成書,稿本散失。又云:嘉定錢既勤東垣著有《補經義攷》,書亦未見刊行。《書目答問》:錢東垣《經義攷》四十卷,《續經義攷》二十卷,未刊。

經義存亡攷

清朱彝尊撰

國立北平圕藏稿本十册(有馮登府手跋)。

鍔按朱氏《經義攷》,初名《經義存亡攷》,後改為《經義攷》,是書僅易三册,春秋三册,禮二册。

經義攷補正十二卷

清翁方綱撰(字正三,號覃溪,順天大興人,乾隆十七年進士。)

《粵雅堂叢書》本(清道光三十年)。自著《蘇齋叢書》本六册(清乾隆間)。上海博古齋影印清乾隆間北平翁方綱刻《蘇齋叢書》本四册(民國十三年)。

經師經義目錄一卷

清江藩撰

《粵雅堂叢書》本(附《漢學師承記》後)。商務印書館活字本(附《漢學師承記》後)。《益雅堂叢書》巾箱本(華陽傅世洵刻)。

經籍沿革攷

楊守敬撰

《日本訪書志·廣韻跋》內,書未成。

經籍攷補

清林國賡撰

據云有原稿本。

古今圖籍攷一卷

據《述古堂書目》。

通學書籍攷

原題述廬編（述廬恐即鄒淩元）

《通學齋叢書》本一册（清光緒二十五年高安鄒淩元印）。

經籍攷

清房山甲撰

據《山東通志》。

新學僞經攷

康有為撰

清光緒十七年刊行本

古書真僞及其年代

梁啟超講授，吳其昌等筆記

民國間清華學校油印本一册（附姚名達撰《宋胡姚三家所論列古書對照表》）。

清朝學案目錄

易順鼎撰

墓皋廬襍刻本。

古今僞書攷攷釋

清姚際恒撰，金受申攷釋

廣州中山大學圕藏本。

古今僞書攷補正

黄云眉撰

民國二十一年印本。

經籍攷

日本況齋岡孝撰

國立北平圕重鈔江安傅氏藏原鈔本一册（民國二十二年）。

群書校補一百卷（鍔按此書以下屬校勘）

清陸心源撰

《潛園蔱書》本。

群書綴述百四十卷

清周謝庵撰

劉禧延《研六齋筆記跋》：所纂《群書襍綴》百四十卷，薈萃諸家論跋，儲藏家之一大掌故也。

斠補隅錄十四卷

清蔣光煦撰

《涉聞梓舊》本。

群書拾補三十八卷十二冊

清盧文弨撰

徐氏鑄學齋刊本(清光緒十五年)。抱經堂刻本(清乾隆庚戌)。《紹興先正遺書》本(本十七卷《補遺》三卷《識語》三卷)。

(戊)著述攷之屬

一、姓名

文選著作人各目錄三卷

唐韋竇鼎撰

鍔按《祕書省四庫闕書目》有《文選名氏》十卷。《唐書藝文志》,韋作常。《郡齋讀書志》同。並云:右唐常竇鼎撰纂《文選》所集文章著作人姓氏爵里行事及其述作之意。

春秋本義春秋名氏攷

明程端學撰

見《古今圖書集成經籍典》卷三百七十八。

古今著述人名書目

清彭維新撰

據《墨香閣集》。

二、學派

桐城文學選述攷四卷

劉聲木編

《直介堂叢刻初編》本一冊(民國十八年廬江劉聲木刻)。

三、個人

朱子著述攷略一卷

清董大鵬撰

婺源董氏家藏原稿本。

黄黎洲著述攷

謝國楨撰

載《國學月刊》。

鄭樵著述攷

顧頡剛撰

載《國學季刊》。

楊惺吾先生著述攷

王重民撰

載《文字同盟》襍志。

王靜安先生著述攷

儲皖峰撰

載《國學月刊》二號。

朱子著述攷

吳其昌撰

載《國學論叢》。

闕佚書目類序

國家有盛衰興亡，書籍有殘闕佚失，代有事實。政亂軍爭，水浸火化，書籍淩替，難免四劫。（參閱陳登原《古今典籍聚散攷》。）書雖散佚，而目或仍傳，其有不可復得者，則注其闕佚，以便搜訪，故別立闕佚書目。有官府禁燬，而遭闕佚者。有從事採訪，而有無難定者。有確知已闕佚者。故有禁燬書目、採訪書目、闕佚書目，或其稿本雖存，而藏者無力未刊，則有未刊之目凡四類。

闕佚書目類

（甲）禁燬之屬（違礙、抽燬、銷燬、全燬、遺失亡書）

宋禁書目錄一卷

《玉海》卷五十二：宋仁宗寶元二年正月丙午，學士院言，奉詔定陰陽禁書，與司天監定係禁書十四門，為目錄一卷，請除《孫、吳子》，歷代史天文律曆五行志，並《通典》所引諸兵家外，餘悉為禁書，詔從之。

奏徵咨禁書目

清乾隆中官編

《國粹叢書》第二集中《禁書目合刻》本一冊(清光緒三十三年上海國學保存會鉛印)。

建礙書籍目錄

清乾隆間官刻本二冊。

銷燬抽燬書目一卷(又名《全燬書目》,《抽燬書目》)

清戴衢亨等編

清乾隆五十三年官刻本。《咫進齋叢書》第三集本一冊(清光緒六七年間歸安姚覲元刻)。《國粹叢書》第二集中《叢書目合刻》本(清光緒三十三年上海國學保存會鉛印)。國立北平圕藏鈔本二冊。

違礙書目

編者姓氏未詳

《咫進齋叢書》第三集本一冊(清光緒八年歸安姚覲元刻)。《國粹叢書》第二集中《書目合刻》本一冊。

鍔按廣州大山大學圕藏清榮柱校刊本,未見。

違礙書籍目錄二冊

編者姓名未詳

國立北平圕藏江寧官刊本。陝西官刊傳鈔本。鄞縣馬氏藏刊本。

禁書総目三種一本

清姚覲元彥持編

《咫進齋藂書》本。

銷燬抽燬書目禁書違礙書目奏徼咨禁書目合刻一冊

鄧實秋放編

《國粹藂書》本。

四庫抽燬書提要稿一卷(並附錄)

王重民編

無錫丁氏《書目藂刻》本一冊(民國二十年上海醫學書局鉛印)。

清代禁燬書四種索引四卷

抱經堂書局編

杭州抱經堂書局鉛印四冊本(民國二十年)。

（乙）採訪之屬（採集、採進、擬購、待訪、徵訪、徵存、搜訪、未至、進呈）

唐四庫搜訪圖書目一卷

據《崇文総目》。

嘉祐搜訪闕書目一卷

趙氏《中興館閣書目輯攷》：〔原釋〕首載嘉祐六年六月訪求遺書詔書（《玉海》十三，五十二）。蓋《崇文総目》書成後，仁宗患祕府所藏遺逸尚多，於是開獻書之路，下諸道求訪（《山堂攷索》前十九）。

求書補闕一卷

宋徐士龍編

據《宋史藝文志》。

元史館購書目

元順帝至正中危素編

據錢氏《補元史藝文志》。

明永樂典徵書目殘本

國立北平圕藏鈔本一冊

明吳郡未至書目

據《萬卷堂書目》。

徵刻唐宋人祕本書目一卷

清黃虞稷、周在浚同編

《昭代叢書》辛集本一冊（清道光十三年世楷堂刻。附紀映鐘等《徵刻唐宋祕本書啟》，清張芳《徵刻唐宋祕本論略》，清曹溶《流通約古書》。）觀古堂彙刻本（清光緒三十四年長沙葉德輝刻。附書刻攷証及刻書人事略。）民國八年葉氏重編印《觀古堂書目藂刻》本一冊。

浙江採集遺書総錄（又名浙江解進備采書目）

清沈初等編

浙江刻本六冊（癸集分上下，清乾隆三十九年。）

清解進書目一冊

京師圕藏鈔本

浙江解進備采書目

清乾隆四十二年官編

國立北平圖藏清鈔本。

浙江乾隆進呈書目一冊

清乾隆四十二年官編

國立北平圖正文齋鈔本。長沙葉氏觀古堂藏鈔本。

清江蘇採輯遺書総目二冊

清高晉等編

鍔按京師圖藏歸安姚氏所藏傳鈔本。國立北平圖藏清黄丕烈編,歸安姚氏咫進齋鈔本,與上書未知是否一書,待攷。又案《清學部圖善本書目》:兩江総督高晉江蘇巡撫薩載設局採書,得書二千八百部,照經史子集編,此書未刊行。

藝文待訪錄一卷

清羅以智撰

未見刊本。

江蘇採該書目一卷

清黄體芳撰

清光緒九年江陰學署刊本。

鍔按國立北平圖藏有江蘇督學部編,清光緒九年江蘇刻本,與上書是否為一書?待攷。

徵訪明季遺書目一卷

清劉世環撰

清宣統二年北京鉛印本一冊。載《國粹學報》。

《晚明史籍攷》:《徵訪明季遺書目》一卷,鉛印本,清劉世環輯,是書所列書目多取材於楊傳九秋室《南疆逸史跋》,前有徵書啟,又《叢書書目彙編》列有甥教簃鈔本,明季紀事所列之書亦與《南疆逸史跋》相同,恐僅有其目而無其書。

清代進書表錄存目一卷

清錢恂編

《續四庫全書提要》:進書用表皆駢儷之文,以頌不忘規為主,此篇恂就有清一代蒐集百餘表,按年序列,編為目錄。

進呈書目

《涵芬樓祕笈》第十本。京師圖藏鈔本,十冊。

各省進呈書目

上海商務印書館編印《涵芬樓祕笈》第十集本四冊。

宋人集目應徵六卷

李之鼎撰

南城李之鼎藏稿本。

直介堂徵書目一卷

劉聲木編

《萇楚齋書目》附刻本一冊（民國十五年廬江劉聲木鉛印《直介堂叢書》中）。

浙江採進未收書目一卷

江寧鄧氏群碧樓藏鈔本。

擬購書目

汪士鐸編

據海村手書筆記。

（丙）闕佚之屬

南齊永明闕書目一卷

鍔按隋志所云當在永明十一年以後。並云：魏徙都洛陽，借書於齊，有《闕書目》一卷。

魏闕書目錄一卷

梁啟超謂此書系孫惠蔚所撰

據《隋志經籍志》。

唐藝文志見闕書目一卷

袁本《郡齋讀書志》：右唐藝文志，近因朝廷募遺書，刻牘佈告境內，下注書府所闕，俾之訪求。

祕書省續編到四庫書目二卷

宋紹興初改定

國立北平圕藏師石山房鈔本一冊。清光緒三十三年葉氏重編印觀古堂書目叢刻本，二冊，（清光緒二十九年長沙葉德輝刊刻）。江蘇第一圕藏鈔本（前有李兆洛記，末有隆慶包山子陸治題識一行，又禹山周輔借觀一印）。儀顧堂藏舊鈔本。皕宋樓藏舊鈔本。善本書室藏鈔本。江南圕藏鈔本二本。昭文張氏藏鈔本。

《鐵琴銅劍樓藏書目》：舊題紹興年改定，按此書見《直齋書錄》及《玉海》,即《祕書省所頒闕書目》,其闕者注闕字於逐書之下。按《唐書藝文志》亦有《見闕書目》一卷,意在訪求而作也。又按《晁氏讀書志》,有《大宋史館書目》,総一萬五千一百四十二卷。《通志藝文略》有《四庫書目》,按其分類卷數,與此本相同,則即當日《四庫書目》,注明有闕者耳。

鄭樵求書闕記七卷外記十卷

《玉海卷》五十二:南宋高宗紹興十七年,鄭樵按《祕書省所頒闕書目錄》集為《求書闕記》七卷,外記十卷。

亡書備載

宋鄭樵撰

據鄭樵上書。

嘉祐求遺書目

據《遂初堂書目》。

求書補闕一卷

宋徐士龍撰

據《宋史藝文志》。

四庫闕書

據《西湖書院書目》。

四庫闕書錄

據《菉竹堂書目》。

四庫遺書目錄一卷

據《稽瑞樓書目》。

四庫闕書目一卷

清徐松撰

國立北平圖藏鈔清華大學舊鈔本(民國二十二年)。清華大學圖藏舊鈔本。

庚子内庭遺失書目摺

鹿傳霖撰

據云有傳鈔稿本,未見。

宋祕書省續編到四庫闕書目攷証二卷

宋紹興間官撰,湘潭葉德輝攷証

長沙葉氏觀古堂刻本(清光緒二十八年)。

補鈔文瀾閣闕簡書目錄

民國十五年浙人刊本(姓氏未詳)。

(丁)未刊之屬

梨洲遺著未刊書目

明黃宗羲撰

上海時中書局鉛印《梨洲遺著彙刊》附印本。諸暨蔣慶振彙印《黃黎洲先生遺著十種》附印本。

雪泥居遺書未刊目

清牟庭初撰(初名庭相,字陌人,號默人,乾隆乙卯優貢官任成訓導,著述未刊。)

南獻遺徵箋

鄭文焯編,范希曾箋

《稺露室遺書》本一冊(民國二十年淮陰范氏家刻)。

清著述未刊書目一卷

清鄭文焯撰(字叔問,一字小坡,漢軍旗人,光緒乙亥舉人。)

蘇州局本。

《續四庫全書提要》:目錄所著,類種存書,至朱氏《經義攷》,以談經者局守一家之言,致先儒遺編散失者什九,乃依馬氏《經籍攷》之例,而推廣之於撰人書名卷數下各注存、佚、闕、未見,用意甚盛。是編網羅散失四部,凡若干種,間附案語。

國朝未刊遺書志略(據《清史藝文志》作一卷)

清朱記榮編

《觀自得齋叢書》一冊(清光緒八年石埭徐士愷刻)。

著述未刊目二卷

據《觀海堂書目》。

参攷書目

阮文達《揅經室外集》(又名《四庫未收書目》)

尤延之《遂初堂書目》

張文治《書目治要》

劉紀澤《目錄學概論》

章學誠《校讎通義》
周貞亮《書目舉要》
留庵《雕版源流攷》
莫友芝《郘亭知見傳本書目》
顧實《漢書藝文志》
紀曉嵐《四庫総目》
柯劭忞《續修四庫全書提要》
楊家駱《四庫大辭典》
張壽鏞《八史經籍志》
秦榮光《補晉書藝文志》
林鈞《石廬金石書志》
楊立誠《中國藏書家攷略》
張元濟《四部叢刊書錄》
高似孫《子略》
張之洞《書目答問》
梁啟超《要籍解題及其讀法》
梁啟超《國學書目》
黃文暘《曲海総目提要》
張維《隴右方志錄》
謝國楨《晚明史籍攷》
《中文地理書目》
瞿宣潁《方志攷稿》
鄭鶴聲《史部目錄學》
黃文獻《金石書目》
曾樸《後漢書藝文志》
孫詒讓《溫州經籍志》
蒙啟鵬《廣西近代經籍志》
范希曾《南獻遺徵箋》
島田翰《古文舊書攷》
朱彝尊《經義攷》
江蘇圕《盋山書影》

姚際恒《古今僞書攷》
黄云眉《古今僞書攷補正》
楊守敬《留真譜》
故宮博物院圖《故宮善本書影初編》
葉德輝《郎園讀書志》
晁公武《郡齋讀書志》
羅振玉《古書蕞殘》
陸心源《儀顧堂題跋》
陳振孫《直齋書錄解題》
陸心源《皕宋樓藏書志》
毛扆《汲古閣藏本書目》
楊守敬《日本訪書志》
楊守敬《日本訪書志補》(王重民輯)
趙士煒《古逸書錄叢輯》
陳恒《燉煌刼餘錄》
日本全善《經籍訪古志》
《內閣書檔舊目》
《常熟縣立圖續編書目》
錢遵王《讀書敏求記》
管庭芬《讀書敏求記校正》
丁丙《善本書室藏書志》
于敏中《天祿琳瑯書目》
彭元瑞《天祿琳瑯書目後編》
孫從添《上善堂書目》
《無錫圖善本書目》
《江南圖善本書目》
《江蘇第一圖善本書目》
江標刻《三種書目》
江標《宋元本書目行格表》
楊紹和《楹書隅錄》
莫友芝《宋元舊本書經眼錄》

瞿鏞《鐵琴銅劍樓藏書目》
《清華圕中文目錄》(民國十六年本)
《中山大學圕中文古書分類目錄》(民國二十四年本)
《中山大學圕圖書目錄》
《中法大學圕中文書目》
范氏《天一閣書目》
丁仁《八千卷樓書目》
丁日昌《持靜齋書目》
張金吾《愛日精廬藏書志》
姚際恒《好古堂書目》
繆荃孫《藝風藏書續記》
沈乾一《叢書書目彙編》
顧修《彙刻書目》
楊守敬《叢書舉要》
《文獻通攷經籍攷》
《欽定古今圖書集成經籍典》
《通志藝文略》
《玉海藝文部》
《吳中先哲藏書攷略》
《書目答問斠補》
《山堂攷索》
《百宋一廛賦注》
《七略別錄》
《資治通鑑目錄》
《國學論文索引》
《明詩綜》
劉若愚《酌中志》
《清代私家藏書概要》
吳春晗《江蘇藏書家小史》
劉復《中國俗曲總目稿》
《瞿氏補書堂寄藏(平圕)書目錄》

董其昌《玄賞齋書目》
《山東省立圖書目》(民國六年本)
《外交部藏書目錄一二編》(民國五年本)
《京師圕善本書目》(民國五年本)
《書目答問補正》(民國二十年本)
《北京大學藏書目錄》(油印本)
《廣州中山大學圕中日文分類目錄》(民國二十四年本)
《國立山東大學圕目錄》(油印本)
邵瑞彭《書目長編》(民國十七年本)
朱師轍《清史藝文志》
《國立北平圕書目目錄類》
《中國歷代藝文志》(大中書局本)
廣西統計局《廣西述作書目》
《二十五史人名索引》
《中國地方志綜錄》
牟庭《雪泥屋遺書目錄》
李鐮堂《方志藝文志彙目》
程長源《古今圖書集成索引》
金毓黻《遼海叢書総目提要》
《師石山房叢書》
葉昌熾《藏書紀事詩》
陳登原《古今典籍聚散攷》
《北堂書鈔藝文部》
劉元亮《玉軒新纂古今書目》
單士釐《清閨秀藝文志》
胡朴安《校讎學》
錢基博《版本通義》
蔣元卿《校讎學史》
姚名達《目錄學》
杜定友《校讎新義》
《北平圕方志書目》

鄭樵《校讎略》
《清代圕發展史》(英文本)

参攷襍誌及期刊目錄

《浙江省立圕館館刊》
《禹貢半月刊》
《文瀾學報》
《北平師範大學月刊》
《江蘇圕館年刊》(二十五年)
《支那研究》四十號
《益世報讀書周刊》(八、九)
《廣東新民襍誌》(二卷三期)
《東吳學報》(三卷三期)
《中法大學期刊》
《嶺南學報》(四卷四期)
《國立北平圕月刊》
《中央半月刊》
《中央大學圕周刊》
《圕學季刊》
《國學季刊》
《中華圕協會會報》
《亞洲學術襍誌》
《國學叢刊》
《北大國學季刊》
《北平圖館館刊》
《東方學報》(日文)
《燕大史學年報》

古今書目簡志後序

民國二十六年四月八日，殺青既竟，重校一過，其中錯謬百出，因限於時間及參攷書籍，弗得重行訂正，深以為憾。傳曰：知者千慮，必有一失。不學如鍔，錯謬疏略，必然之事耳。然不敢自欺，更不敢欺人，兹將稿成之後，所見錯誤，縷舉如次。至其未及覺者，則望賢達匡正之。

（一）本書原擬於書後，附書名索引、人名索引、參攷書索引，以備尋檢，其奈時不我許何！所幸本書分類，較為嚴明，俱可依類而求之。

（二）本書原擬於每書之下作一解題，敘明書之大旨，特以時地所限，不能廣搜旁証，僅于私家藏書目類書目下，援引他家舊說，或自抒管見，略敘一書內容。其他各類，間有解題，已非常體矣。以是體例岐出，殊為心疚耳。

（三）編纂人生卒仕履，應以先見為主，其後不得重出，編目已有定例，今以時間所限，不能剪裁補正，以符定例，殊不自安。

（四）本書援引他書，或據原書節錄，或輾轉迻錄；其或版本不同，或因傳鈔有誤；惜不能廣備眾本，以是正之，傳訛之譏。實難免矣。

以上所舉，僅其大者，隱微疵病，更不待言，他日倘得餘暇，當細心斠校，以彌所失也。

（据山東大學圖書館藏複印本整理，整理者：楊雅然，范萌）

附录一　阎金锷学籍卡档案

國立山東大學教務處表格：**學生學歷總表**

學號：26093
姓名：閻金鍔

履歷	學號：26,093　姓名：閻金鍔　字：　性別：男　已婚未：已
	年齡：24　生辰　年　月　日
	籍貫：山東　省　惠民　縣(　村鎮)
	永久通信處：惠民茶院街22號
家屬	家長：(姓名)閻容德　(關係)爲本人之父　(職業)學　(通訊處)全上
	監護人：(姓名)　(關係)爲本人之　(職業)　(通訊處)
保證人	(1)姓名：　(關係)爲本人之　(職業)　(通訊處)
	(2)姓名：　(關係)爲本人之　(職業)　(通訊處)
入校前經歷	中學 (1)校名：山東省立高級中學　校址：濟南桿石橋外　已否畢業：20年6月畢業
	中學 (2)校名：　校址：　已否畢業：
	大學 (1)校名：　校址：　肄業年數：
	大學 (2)校名：　校址：　肄業年數：
	曾任職務　機關：　職務：　服務年數：

獎學金登記				
學期 \ 年別 / 金額	第一年	第二年	第三年	第四年
第一學期				
第二學期				

學年雜記表					
22 年度	年度	年度	年度	年度	年度
惠民縣第五科					
貸金;					

閻金鍔　**在校學歷表**

入學	報名號數：民國22年度　256　號(投考地點：濟南)
	經過民國　22　年度入學考試入學
	經過民國　年度轉學考試入學
	本校承認之轉入學分總數：

學年	院	系	年級
民國　年　月至　年　月			
民國　年　月至　年　月			
民國　年　月至　年　月			
民國　年　月至　年　月			
民國　年　月至　年　月			
民國　年　月至　年　月			

休學	1	年　月　日因　休學　年
		年　月　日復學編入　系　年級
	2	年　月　日因　休學　年
		年　月　日復學編入　系　年級
退學		年　月　日因　退宿
畢業		年　月　日在　院　系畢業得　學士位
記過		

入學試驗成績表

必考科目		選考科目		入學試驗成績總平均
科目	成績	科目	成績	
黨義	48	世界史地	20	
國文	64	[illegible]	22	
英文	14			
中外歷史地理	47			
代數幾何平面三角	18			34.5

畢業後情形記錄

（阎金锷撰，民国二十六年山东大学本科毕业论文）

學號：26093
姓名：閻金鍔

歷年修習學分總表

學程名稱	共同必修	本系必修	他系必修	選修
國文	4			
英文	18			
第二外國語	16			
自然科學	6			
社會科學	6			
中國通史		6		
[illegible]		6		
文字學		6		
中國文學史		6		
先秦文		4		
訓詁學		6		
高級作文		2		
詩學概論		4		
小說作法				4
[illegible]				4
樂府詩研究				4
經學史		4		
文藝思潮(代小說)		4		
古文字學(代訓詁學)		6		
詞		4		
漢魏六朝文		4		
歐洲文學概論			6	
毛詩學				2
漢書研究				4
中國語言學研究				4
[illegible]		4		
文學批評原理		6		
畢業論文指導		2		
校讎學		4		
儒家學說研究				4
共計	50			
各項學程應修學分				
畢業學分總數				

畢業論文

論文題目：

審查結果

學分

其他必修學程	一	二	三	四	共
黨義					
軍事訓練	3	3			6
體育	2	2	2	2	8

歷年成績表

民國第22年度（第1年級） 文理學院院中國文學系系

學程	成績 上學期	成績 下學期	成績 學年	學分
一年級國文 / 國文 B	70.5	77	70 / 75	2 / 4
一年級英文 C	70	85	80	12
中國通史	55	75	68	6
[illegible]	65	76	72	6
文字學	75	60	65	6
一年級法文	70	50	57	8
一年級軍事訓練 B	81.5	82.5	82	3
體育	66	71.5	70	2
歐洲通史	61.5	60	61	6
本學年學分總數				40

備註

民國第23年度（第2年級） 文理學院院中國文學系系

學程	成績 上學期	成績 下學期	成績 學年	學分
二年級國文 / 中國文學史	88	80	70 / 83	2 / 6
先秦文	78	82	81	4
訓詁學	78	80	79	6
高級作文	76	75	75	2
詩學概論	78	73	75	4
一年級法文	75	68	70	8
二年級英文 C	71	71	71	6
[illegible]	67	78	74	4
小說作法	74	84	81	4
樂府詩研究	70	77	75	4
普通生物學	66.3	75.7	73	6
二年級軍事訓練	83	80	81	3
體育	70	69.5	65	2
本學年學分總數				54

備註

民國第24年度（第3年級） 文理學院院中國文學系系

學程	成績 上學期	成績 下學期	成績 學年	學分
經學史	76	75	75	4
文藝思潮(代小說)	70	77	75	4
古文字學(代訓詁學)	74	80	78	6
詞	63	71	68	4
漢魏六朝文	78	88	85	4
二年級法文 A	60	74	69	8
中國語言學研究	72	75	74	4
歐洲文學概論	69	72	71	6
漢書研究	95	90	92	4
毛詩學	80	86	84	2
體育	61	66	64	2
本學年學分總數				46

備註 140

民國第25年度（第4年級） 文理學院院中國文學系系

學程	成績 上學期	成績 下學期	成績 學年	學分
[illegible]	74.5	86	82	4
文學批評原理	63	60	61	6
畢業論文指導	一	及	格	2
校讎學	70	86	81	4
儒家學說研究	76	78	77	4
體育	60	79.3	73	2
				20
本學年學分總數				

160

備註

民國第　年度（第　年級） 院　系

學程	成績 上學期	成績 下學期	成績 學年	學分
本學年學分總數				

備註

民國第　年度（第　年級） 院　系

學程	成績 上學期	成績 下學期	成績 學年	學分
本學年學分總數				

備註

附录二 国立山东大学中国文学系第四届毕业生毕业论文一览

姓名	性别	籍贯	论文题目	指导教师	备注
冯汉贞	女	江西赣县	说文重文笺	姜忠奎	
王塘	男	河南临漳	清代艺文志	台静农	
王遵海	男	山东临淄	尚书源流考略	栾调甫	
杨道松	男	安徽庐江	论衡校正	姜忠奎	
朱绍安	男	山东博平	元曲考略	黄公渚	
赵新坡	男	山东临沂	王渔洋诗研究	黄公渚	
郁少英	男	江苏启东	清代文字大狱考	施畸	
张希周	男	山东沂水	古泉文字编	栾调甫	
高佩	男	河南舞阳	两汉征伐匈奴史	施畸	
袁绪曾	男	河南中牟	杜诗研究	黄公渚	
周中矩	男	河南巩县	东汉党锢研究	施畸	
严曙明	男	安徽寿县	谢康乐诗研究	黄公渚	
王维卿	男	山西寿阳	国风研究	台静农	
梁永信	男	山西定襄	秦汉衰亡研究	施畸	
王延琦	男	山东日照	说文方言疏证	姜忠奎	
顾宝荃	男	江苏灌云	韩非子研究	黄公渚	
庄敬梓	男	山东莒县	殷周铜器图形文字研究	闻在宥、姜忠奎	
李永儒	男	山东安丘	毛诗郑笺引用三家诗总考	姜忠奎	
隋廷莹	男	山东诸城	四家诗异文音值研究	闻在宥、姜忠奎	
张毓琏	男	江苏如皋	短篇小说之结构	台静农	
董云霞	女	河南固始	说文训同义异考	姜忠奎	
阎金锷	男	山东惠民	古今书目简志	姜忠奎	

(据山东省档案馆 J110-01-719-001 整理)

附　录

山東大學中文專刊目錄

《楊振聲文集》

《黄孝紓文集》

《蕭滌非文集》

《殷孟倫文集》

《高蘭文集》

《殷煥先文集》

《劉泮溪文集》

《孫昌熙文集》

《關德棟文集》

《牟世金文集》

《袁世碩文集》

《劉乃昌文集》

《錢曾怡文集》

《葛本儀文集》

《董治安文集》

《張可禮文集》

《郭延禮文集》

《曾繁仁學術文集》

《中國詩史》(陸侃如、馮沅君)

《詩經考索》(王洲明)

《出土文獻與先秦著述史研究》(高新華)

《戰國至漢初的黄老思想研究》(高新華)

《蔡倫造紙與紙的早期應用》(劉光裕)

《劉光裕編輯學論集》

《摯虞及其〈文章流别集〉研究》(徐昌盛)

《王小舒文集》

《蘇軾詩文評點研究》(樊慶彦)

《中國小説互文與通變研究》(李桂奎)

《中國當代戲曲論爭史述》(劉方政)
《中國電影新生代的軌跡探尋》(丁晉)
《莫言小説敘事學》(張學軍)
《景石齋訓詁存稿》(路廣正)
《古漢字通解 500 例》(徐超)
《戰國至漢初簡帛人物名號整理研究》(王輝)
《瑤語方言歷史比較研究》(劉文)
《石學蠡探》(葉國良)
《因明通識》(姜寶昌)
《山東大學文學院史料叢編》第一輯(張洪剛、李振聚)
《山東大學文學院史料叢編》第二輯(張洪剛、李振聚)
《山東大學文學院史料叢編》第三輯(李振聚、張洪剛)
《山東大學文學院史料叢編》第四輯(李振聚、張洪剛)